今はじめる人のための
俳句歳時記 第三版

角川書店＝編

はじめに

一、この本は、よく使われる季語を載せた基本的な歳時記です。収録されている季語を使って、身近なところから俳句を作ってみましょう。
一、一年を、春・夏・秋・冬・新年にわけ、さらに時候・天文・地理・生活・行事・動物・植物に分類してあります。
一、見出しの季語の下にある○の中の語は、言い換えの季語（傍題）として使えます。
一、見出しの季語の下にある◎の中の語は、関連する季語として使えます。
一、見出しの季語の振り仮名は、新仮名遣いによっていますが、送り仮名は旧仮名遣いになっています。新仮名遣いと旧仮名遣いの表記が異なる場合には、旧仮名を左に付けました。
一、○と◎の中の語には、新仮名遣いの振り仮名のみを付けていますが、仮名で書く語には、旧仮名遣いを使っています。
一、初心の方のために、例句内の読み誤りやすい語には、原句にない振り仮名を補いました。振り仮名は新仮名遣いで統一しました。

目次

はじめに　三

春

春　二六
立春　二七
啓蟄　二七
春分　二八
彼岸　二八
如月　二九
弥生　二九
寒明　三〇
春寒　三〇
春浅し　三一
春めく　三一
冴返る　三二
花冷　三二
暖か　三三
麗か　三三
長閑　三四
日永　三四
遅日　三五
蛙の目借時　三五
春暁　三六
春昼　三六
春の暮　三七
春の宵　三七
春の夜　三八
八十八夜　三八
春深し　三九
暮の春　三九
春暑し　四〇
行く春　四〇
弥生尽　四〇

春の日　四二
春の空　四二
春の雲　四三
春の虹　四三
春夕焼　四三
春の月　四四
朧　四五
春の星　四五
春の闇　四六
陽炎　四六
霞　四七
花曇　四七
鳥曇　四八
東風　四八
春一番　四九

春風　四九
春疾風　五〇
風光る　五〇
霾　五〇
春塵　五一
春雷　五一
春雨　五二
菜種梅雨　五二
春の雪　五三
別れ霜　五三
蜃気楼　五四
逃水　五四

地理

春の山　五五
山笑ふ　五五
春の野　五六
春の水　五六
水温む　五七
春の川　五七
春の海　五七
潮干潟　五八
春田　五八
春泥　五九
残雪　五九
雪崩　六〇
雪解　六〇
薄氷　六〇
流氷　六一

生活

卒業　六二
入学　六二
遠足　六三
花衣　六三
春の服　六三
春日傘　六四
木の芽和　六四
草餅　六五
桜餅　六五
菜飯　六六
春灯　六六
春炬燵　六七
厩出し　六七
野焼く　六七
耕　六八
種蒔　六八
花種蒔く　六九
苗木植う　七〇
剪定　七〇
根分　七一
茶摘　七一
汐干狩　七二

螢烏賊　九六
栄螺　九六
蛤　九八
桜貝　九九
蜆　一〇〇
寄居虫　一〇〇
蝶　一〇一
蜂　一〇一
虻　一〇二
春の蚊　一〇二
春蟬　一〇三
蚕　一〇三

植物

梅　一〇四
椿　一〇四
桜　一〇五
花　一〇六
落花　一〇六
辛夷　一〇七
沈丁花　一〇七
連翹　一〇八
ミモザ　一〇八
ライラック　一〇九
馬酔木の花　一〇九
躑躅　一一〇
雪柳　一一〇
木蓮　一一一
藤　一一一
山吹　一一二
夏蜜柑　一一二
桃の花　一一三
梨の花　一一三
杏の花　一一四
林檎の花　一一四
木瓜の花　一一五
木の芽　一一五
蘖　一一六
若緑　一一六
松の花　一一七
杉の花　一一七
柳　一一八
猫柳　一一八
桑　一一九
竹の秋　一一九
春落葉　一二〇
黄水仙　一二〇
雛菊　一二一
勿忘草　一二一
チューリップ　一二二
シクラメン　一二二
ヒヤシンス　一二三

夏

土用　一四九
暑し　一五〇
大暑　一五二
涼し　一五二
夏の果　一五三
秋近し　一五三
夜の秋　一五三

天文

夏の空　一五四
雲の峰　一五四
夏の月　一五五
南風　一五五
青嵐　一五六
風薫る　一五六
梅雨　一五七
五月雨　一五八
夕立　一五八
虹　一五九
雷　一五九
朝曇　一六〇
五月闇　一六〇
夕焼　一六一
日盛　一六二
西日　一六二
炎天　一六三
片蔭　一六三
旱　一六三

地理

夏の山　一六五
夏の川　一六五
夏の海　一六六
卯波　一六七
土用波　一六七
植田　一六八
青田　一六八
泉　一六九
滝　一六九
滴り　一七〇

生活

夏休　一七一
帰省　一七一
更衣　一七二
夏衣　一七二
浴衣　一七三
白絣　一七三
水着　一七四
サングラス　一七四
夏帽子　一七五
白靴　一七五
粽　一七六
夏料理　一七六

夏痩　二〇三

行事

こどもの日　二〇四
母の日　二〇四
父の日　二〇五
端午　二〇五
幟　二〇六
鬼灯市　二〇六
祭　二〇七
名越の祓　二〇七
原爆忌　二〇八
祇園祭　二〇八
業平忌　二〇九
桜桃忌　二一〇
河童忌　二一〇

動物

蟇　二一一
蜥蜴　二一一
蛇　二一二
蛇衣を脱ぐ　二一三
羽抜鶏　二一三
時鳥　二一四
郭公　二一四
仏法僧　二一五
青葉木菟　二一五
老鶯　二一六
浮巣　二一六
通し鴨　二一七
鮎　二一七
金魚　二一八
熱帯魚　二一八
鰹　二一九
鱧　二一九
蟹　二二〇
舟虫　二二〇
海月　二二一
夏の蝶　二二一
火取虫　二二二
蛍　二二二
毛虫　二二三
兜虫　二二四
金亀子　二二四
天道虫　二二五
斑猫　二二五
水馬　二二六
蟬　二二六
蠅　二二七
蚊　二二七
蠛蠓　二二八
ががんぼ　二二八
蟻地獄　二二九

植物

月見草　二五六
葵　二五七
向日葵　二五七
合歓の花　二五八
百日紅　二五八
夾竹桃　二五九
凌霄の花　二五九
仙人掌の花　二六〇
水芭蕉　二六〇
萍　二六一
河骨　二六一
蓮の浮葉　二六二
睡蓮　二六二
黴　二六三

秋

時候

秋　二六六
初秋　二六六
文月　二六七
立秋　二六八
残暑　二六八
秋めく　二六九
新涼　二六九
二百十日　二七〇
秋彼岸　二七〇
秋分　二七一
秋の暮　二七一
夜長　二七二
爽やか　二七二
秋麗　二七三
冷やか　二七三
秋寒　二七四
冷まじ　二七五
秋深し　二七五
行く秋　二七六
冬近し　二七六

天文

秋の日　二七七
秋晴　二七七
秋の声　二七八
秋の雲　二七八
秋高し　二七九
月　二七九
名月　二八〇
十六夜　二八一
後の月　二八二
星月夜　二八二

天の川　二八三
流星　二八三
秋風　二八四
野分　二八五
台風　二八五
雁渡し　二八六
黍嵐　二八六
秋の雨　二八七
稲妻　二八七
霧　二八八
露　二八九

地理

秋の山　二九〇
花野　二九〇
秋の田　二九一
刈田　二九一
水澄む　二九二
秋の川　二九二
秋の海　二九三

生活

運動会　二九四
夜学　二九四
新酒　二九五
新米　二九五
枝豆　二九六
夜食　二九六
栗飯　二九七
松茸飯　二九七
衣被　二九八
新蕎麦　二九八
秋扇　二九九
秋の灯　二九九
灯籠　三〇〇
障子洗ふ　三〇〇
松手入　三〇一
火恋し　三〇一
冬支度　三〇二
添水　三〇二
案山子　三〇三
稲刈　三〇三
新藁　三〇四
夜なべ　三〇五
竹伐る　三〇五
秋蒔　三〇六
蘆刈　三〇六
下り簗　三〇七
踊　三〇八
相撲　三〇八
地芝居　三〇九
月見　三〇九
菊人形　三一〇

紅葉狩　三一〇
芋煮会　三一一
秋思　三一一

行事

七夕　三一二
重陽　三一三
高きに登る　三一三
温め酒　三一四
終戦記念日　三一四
震災記念日　三一五
敬老の日　三一五
赤い羽根　三一五
体育の日　三一六
文化の日　三一六
鹿の角切　三一七
秋祭　三一七
時代祭　三一八
草市　三一八
盂蘭盆会　三一九
門火　三二〇
墓参　三二〇
地蔵盆　三二一
施餓鬼　三二一
灯籠流し　三二二
西鶴忌　三二二
子規忌　三二二

動物

鹿　三二四
猪　三二四
蛇穴に入る　三二五
渡り鳥　三二五
小鳥　三二六
色鳥　三二六
燕帰る　三二七
稲雀　三二七
鶺鴒　三二八
啄木鳥　三二八
雁　三二九
鵙　三三〇
落鮎　三三〇
鯊　三三一
鰯　三三一
秋刀魚　三三二
鮭　三三二
秋の蝶　三三三
秋の蚊　三三三
秋の蟬　三三四
蜩　三三四
蜻蛉　三三五
虫　三三五
竈馬　三三六

蟋蟀　三三七
鈴虫　三三七
鉦叩　三三八
螽蟖　三三八
馬追　三三九
轡虫　三三九
螇蚸　三四〇
蝗　三四〇
蟷螂　三四一
蚯蚓鳴く　三四一
蓑虫　三四二

植物

木犀　三四三
木槿　三四三
芙蓉　三四四
桃　三四四
梨　三四五
柿　三四五
林檎　三四六
葡萄　三四六
栗　三四七
石榴　三四七
無花果　三四八
胡桃　三四八
銀杏　三四九
青蜜柑　三四九
柚子　三五〇
金柑　三五〇
檸檬　三五一
榠樝の実　三五一
草紅葉　三五二
紅葉　三五二
黄落　三五三
新松子　三五四
桐一葉　三五四
木の実　三五五
通草　三五五
蔦　三五六
竹の春　三五六
芭蕉　三五七
朝顔　三五七
カンナ　三五八
鶏頭　三五八
葉鶏頭　三五九
コスモス　三五九
白粉花　三六〇
鬼灯　三六〇
鳳仙花　三六一
紫苑　三六一
菊　三六二
敗荷　三六三

西瓜　三六三
糸瓜　三六四
甘藷　三六五
芋　三六五
自然薯　三六六
貝割菜　三六六
唐辛子　三六七
稲　三六七
玉蜀黍　三六八
蕎麦の花　三六九
新大豆　三六九
秋草　三七〇
草の花　三七一
草の穂　三七一
末枯　三七二
萩　三七二
芒　三七三
葛　三七三
撫子　三七四
野菊　三七四
牛膝　三七五
狗尾草　三七五
曼珠沙華　三七六
桔梗　三七六
女郎花　三七七
吾亦紅　三七七
竜胆　三七八
露草　三七九
蓼の花　三七九
水引の花　三八〇
烏瓜　三八〇
茸　三八一

冬

冬　三八四
初冬　三八五
神無月　三八五
立冬　三八六
冬ざれ　三八六
小春　三八七
冬麗　三八七
冬至　三八八
師走　三八八
年の暮　三八九
数へ日　三八九
行く年　三九〇
除夜　三九〇
寒　三九一

短日　三九二
冬の夜　三九二
寒し　三九三
冷たし　三九四
凍る　三九四
冴ゆ　三九五
三寒四温　三九五
日脚伸ぶ　三九六
春待つ　三九六
節分　三九七

天文

冬の日　三九八
冬晴　三九八
冬の空　三九九
冬の星　三九九
冬の月　四〇〇
凩　四〇〇
北風　四〇一
虎落笛　四〇一
時雨　四〇二
霰　四〇三
霜　四〇三
雪　四〇四
初雪　四〇五
雪催　四〇五
吹雪　四〇六
雪女郎　四〇六
風花　四〇七
冬の雷　四〇七
冬の霧　四〇八
冬の夕焼　四〇八

地理

冬の山　四一〇
山眠る　四一〇
枯野　四一一
冬田　四一一
水涸る　四一二
冬の水　四一三
冬の海　四一三
霜柱　四一三
氷　四一四
氷柱　四一五
冬の滝　四一五
狐火　四一六

生活

冬休　四一七
年用意　四一七
年の市　四一八
飾売　四一八
煤払　四一九
門松立つ　四一九

年忘　四二〇
年守る　四二〇
晦日蕎麦　四二一
寒稽古　四二一
寒紅　四二二
寒見舞　四二二
蒲団　四二三
ねんねこ　四二三
着ぶくれ　四二三
毛皮　四二四
毛布　四二四
セーター　四二五
外套　四二五
冬帽子　四二六
襟巻　四二六
手袋　四二七
マスク　四二七
毛糸編む　四二八
餅搗　四二八
鰭酒　四二九
玉子酒　四二九
湯豆腐　四三〇
寒卵　四三〇
雑炊　四三一
柚子湯　四三一
焼藷　四三一
根深汁　四三三
寄鍋　四三三
おでん　四三三
煮凝　四三四
風呂吹　四三四
塩鮭　四三五
沢庵　四三五
切干　四三六
北窓塞ぐ　四三六
隙間風　四三七
冬構　四三七
冬籠　四三八
冬館　四三八
雪吊　四三八
雪下し　四三九
冬の灯　四三九
冬座敷　四四〇
障子　四四〇
暖房　四四一
炬燵　四四一
炭　四四二
炉　四四三
懐炉　四四三
湯婆　四四四
日記買う　四四四

焚火　四四五
冬耕　四四五
火事　四四六
狩　四四六
紙漉　四四七
探梅　四四七
顔見世　四四八
竹馬　四四八
雪遊　四四九
雪達磨　四四九
スキー　四五〇
ラグビー　四五〇
風邪　四五一
湯ざめ　四五一
嚔　四五二
息白し　四五二
木の葉髪　四五三
悴む　四五三
懐手　四五三
日向ぼこ　四五四

行事

亥の子　四五五
七五三　四五五
羽子板市　四五六
追儺　四五六
豆撒　四五七
厄払　四五七
神の留守　四五八
酉の市　四五八
十夜　四五九
寒参り　四五九
寒垢離　四六〇
寒念仏　四六〇
クリスマス　四六一
除夜の鐘　四六一
芭蕉忌　四六二
一茶忌　四六二
一葉忌　四六三
蕪村忌　四六三
漱石忌　四六四

動物

冬眠　四六五
鷹　四六五
笹鳴　四六六
寒雀　四六六
寒鴉　四六七
鶴　四六七
梟　四六八
水鳥　四六九
鴨　四六九
鴛鴦　四七〇

千鳥　四七〇
鳰　四七一
都鳥　四七一
白鳥　四七二
冬の鳥　四七二
鰰　四七三
鱈　四七三
鰤　四七四
鮟鱇　四七四
河豚　四七五
寒鯉　四七五
海鼠　四七六
ずわい蟹　四七六
牡蠣　四七七
冬の蝶　四七七
冬の蜂　四七八
綿虫　四七八

植物

帰り花　四八〇
冬の梅　四八〇
蠟梅　四八一
寒桜　四八一
冬菫　四八二
冬薔薇　四八二
室咲　四八三
ポインセチア　四八三
柊の花　四八四
寒椿　四八四
山茶花　四八五
石蕗の花　四八五
八手の花　四八六
枇杷の花　四八六
茶の花　四八七
竜の玉　四八七
寒木瓜　四八八
蜜柑　四八八
枯葉　四八八
木の葉　四八九
落葉　四八九
冬木　四九〇
枯木　四九一
冬枯　四九一
寒菊　四九一
寒牡丹　四九二
水仙　四九二
葉牡丹　四九三
千両　四九三
白菜　四九四
葱　四九四
大根　四九五
蕪　四九五

冬草　四九六
枯草　四九七
枯菊　四九七
枯蓮　四九八

新年

時候

新年　五〇〇
正月　五〇〇
初春　五〇一
去年今年　五〇二
元日　五〇二
松の内　五〇三
人日　五〇四
松過　五〇四
小正月　五〇五

天文

初空　五〇六
初日　五〇六
初東雲　五〇七
初茜　五〇七
初風　五〇八
初凪　五〇八
初霞　五〇八
御降　五〇九
淑気　五〇九

地理

初景色　五一一
初富士　五一一

生活

門松　五一三
飾　五一三
鏡餅　五一四
若水　五一五
初手水　五一五
大服　五一五
福沸　五一六
屠蘇　五一六

雑煮　五一七
太箸　五一八
喰積　五一八
数の子　五一九
田作　五一九
結昆布　五二〇
草石蚕　五二〇
年賀　五二〇
年酒　五二一
切山椒　五二一
年玉　五二二
初電話　五二二
賀状　五二三
初便　五二三
初刷　五二三
初写真　五二四
初暦　五二四
初日記　五二五
初湯　五二五
初鏡　五二六
初髪　五二六
春着　五二六
着衣始　五二七
縫初　五二七
掃初　五二八
俎始　五二八
読初　五二九
書初　五二九
笑初　五三〇
泣初　五三〇
乗初　五三〇
仕事始　五三一
初句会　五三一
初旅　五三二
初商　五三二
初市　五三三
鏡開　五三三
十五日粥　五三四
買初　五三四
鍬始　五三五
山始　五三五
初漁　五三五
獅子舞　五三六
万歳　五三六
歌留多　五三七
双六　五三七
福笑　五三八
羽子つき　五三八
独楽　五三九
手毬　五三九
正月の凧　五四〇

行事

動物

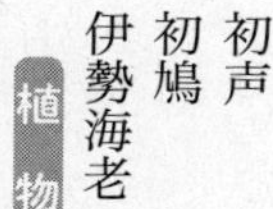
植物

春

時候

春(はる)

◎二月(にがつ)　三月(さんがつ)　四月(しがつ)

立春（二月四日頃）から立夏（五月六日頃）前日までをいう。新暦ではほぼ二、三、四月にあたるが、旧暦では一、二、三月。万物が発生する明るい季節である。現代生活では、夏の始まりは梅雨の始まる前、六月の初めという感じだが、立夏以後はもう夏なので注意。

春や昔十五万石の城下かな　正岡子規
春を病み松の根つ子も見あきたり　西東三鬼
バスを待ち大路の春をうたがはず　石田波郷
麗しき春の七曜またはじまる　山口誓子
少年や六十年後の春の如し　永田耕衣
春ひとり槍投げて槍に歩み寄る　能村登四郎
詩に痩せて二月渚をゆくはわたし　三橋鷹女
いきいきと三月生まる雲の奥　飯田龍太

大学にポスター多き四月かな　宇佐美敏夫

立春(りっしゅん)

◯春立つ(はるたつ)　春来る(はるきたる)　立春大吉(りっしゅんだいきち)

一年の最初の二十四節気の節にあたる。節分の翌日で、二月四日頃。暦の上ではこの日から春になる。この頃は実際は一年で一番寒いが、寒気の中に春のきざしが感じられる。

さゞ波は立春の譜をひろげたり　渡邊水巴

立春の竹一幹の目覚めかな　野澤節子

万燈のまたたき合ひて春立てり　沢木欣一

啓蟄(けいちつ)

◎蛇穴を出づ(へびあなをいづ)　地虫穴を出づ(じむしあなをいづ)

立春、雨水に続く二十四節気の節で、虫などが隠れている状態（蟄）がひらける（啓）こと。三月五日頃にあたる。暖かくなってきて、冬眠していた虫が穴を出る時期である。

啓蟄の雲にしたがふ一日かな　加藤楸邨

水あふれゐて啓蟄の最上川　森　澄雄

蛇穴を出づ古里に知己すこし　松村蒼石

東山はればれとあり地虫出づ　日野草城

春分（しゅんぶん）　二十四節気の一つで、春の彼岸の中日にあたる。本格的な春到来の時節。立春以降の春の節気は、雨水（二月十九日頃。雪氷とけて雨水にかわる）、啓蟄（三月五日頃）、春分（三月二十日頃。昼夜等しくなる）、清明（四月五日頃。万物発し清浄明潔となる）、穀雨（四月二十日頃。春雨が降って百穀を生化する）と続く。

春分のおどけ雀と目覚めけり　星野麥丘人

春分や手を吸ひにくる鯉の口　宇佐美魚目

春分の波光の攫ふ鷗かな　宇野恭子

彼岸（ひがん）　○お彼岸　入彼岸　彼岸過　彼岸会　彼岸参　◎お中日

春分の日・秋分の日を「中日」といい、その前後三日を合わせた七日間を「彼岸」と呼ぶ。俳句では単に彼岸といえば春の彼岸をいい、秋は「秋彼岸」とする。寺では「彼岸会」が修され、先祖の墓参りをする。「暑さ寒さも彼岸まで」というように、この頃から春暖の気が定まる。

竹の芽も茜さしたる彼岸かな　芥川龍之介

毎年よ彼岸の入に寒いのは　正岡子規

彼岸会の若草色の紙包　岡本眸

如月（きさらぎ）

旧暦二月の異称。「きさらぎ」の語源には諸説あるが、連歌・俳諧では寒さが戻り衣を更に重ねるからとされてきた。ほぼ新暦三月にあたり、春も深まりつつある頃だが、余寒が肌に厳しい感じをいう。

如月や身を切る風に身を切らせ　鈴木真砂女

如月の水にひとひら金閣寺　川崎展宏

如月の息かけて刃のうらおもて　長谷川久々子

弥生（やよい）

旧暦三月の異称。弥生（いやおい）の意で草木の一切が生い出るという意味。実感としては新暦四月以後の晩春の時候を指す。日本古謡に「さくら、さくら、弥生の空は見渡すかぎり」とあるように爛漫（らんまん）とした桜花の空を思い出すことであろう。

濃かに弥生の雲の流れけり　夏目漱石

降りつづく弥生半となりにけり　高浜虚子

手に軽き弥生のワイングラスかな　戸板康二

寒明（かんあけ）

○寒明く（かんあく）　寒の明（かんのあけ）

冬の二十四節気の最後は小寒（一月五日頃）、大寒（一月二十日頃）で、この候の明けるまでの約三十日間を「寒」といい、立春になり寒が終わることを「寒明」と呼ぶ。実際まだ寒さは変わらないものの、春の兆しが感じ取れる。

寒明や雨が濡らせる小松原　安住敦

六十の寒が明けたる許りなり　高浜虚子

川波の手がひら〳〵と寒明くる　飯田蛇笏

けものらの耳さんかくに寒明けぬ　三橋鷹女

春寒（はるさむ）

○春寒し（はるさむし）　春寒（しゅんかん）　余寒（よかん）　◎残る寒さ（のこるさむさ）

立春後の寒さをいうが、すでに春になった気分が強い。「余寒」は寒（かん）の残りという意味で、春という言葉が入っていない分、一層寒さが際立つ。

春寒や議事堂裏は下り坂　尾池和夫

春寒し水田の上の根なし雲　河東碧梧桐

鎌倉を驚かしたる余寒あり　高浜虚子
春寒や一人に長き駅の椅子　若井新一

春浅し（はるあさし）
◎早春（そうしゅん）　初春（しょしゅん）
春になってまだ間もない春色整わぬ時期で冬の余韻を感じている。「早春」は春の三月（みつき）を早春・仲春・晩春に分けた最初の時期で、喜びにあふれている。なお「初春」は〈しょしゅん〉と読めば早春と同義となるが、〈はつはる〉と読めば新年の季語。

剝製の鳥の埃や春浅し　柴田宵曲
猛獣にまだ春浅き園の樹々　本田あふひ
早春やすみれの色の砂糖菓子　草間時彦

春めく（はるめく）
◎春きざす（はるきざす）
寒さがゆるみ、春らしくなること。暦の上では立春から春は始まるが、「春めく」の場合は実感として春を意識することをいう。「春きざす」はそれより前の春の僅（わず）かな予兆をいう。

春めきてものの果なる空の色　飯田蛇笏

春めくや大きな月がぬつと出て　黛　執
のめといふ魚のぬめりも春めけり　茨木和生
美しき奈良の菓子より春兆す　殿村菟絲子

冴返る（さえかえる／さえかへる）　○凍返る（いてかえる）　寒戻る（かんもど）

立春を過ぎ、暖かくなりかけた頃に寒さが戻ること。「寒戻る」ともいう。「凍返る」は戻った寒さで台地や水が凍ること。「冴ゆ（さ）」は冬の季語で、大気が冷え、光・色・音が澄み切ること。

冴えかへるもののひとつに夜の鼻　加藤楸邨
冴え返るとは取り落すものの音　石田勝彦
寒戻る寒にとどめをさすごとく　鷹羽狩行

花冷（はなびえ）

桜の咲く頃不意に陽気が変わり、訪れる寒さをいう。冷えがつのるせいか、桜の色も濃く見える。北海道ではライラック（リラ）の花の咲く五月の終わり頃にやってくる寒さを「リラ冷え」という。

をとひの花冷えが身にこたへしか　長谷川　櫂
花冷や柱しづかな親の家　正木ゆう子

花冷えに忌を修したる寺のあり　稲畑廣太郎

暖か（あたたか）　○ぬくし

立春前後が最も寒気のつのる時期であり、それ以後気温が上昇する。温暖な春の陽気をいい、〈あたたかにかへしくれたる言葉かな　星野立子（たつこ）〉のような心理を含めていうこともある。ただし、物の温かさ（温度）は季語としない。

暖かや飴の中から桃太郎　川端茅舎
あたたかや道をへだてて神仏　富安風生
あたたかや布巾にふの字ふつくらと　片山由美子

麗か（うららか）　○うらら　麗日（れいじつ）

春の日差しの明るく穏やかで美しいさまをいう。「うららか」は「うらうら」ともいい、『万葉集』でも〈うらうらに照れる春日に雲雀（ひばり）上がり心悲しもひとりし思へば　大伴家持（おおとものやかもち）〉と詠まれている。

うららかや空より青き流れあり　阿部みどり女
うららかや川を挟みて次の駅　岩田由美

石三つ寄せてうららや野の竈　福永耕二

病む人へ麗日待ちて文を書く　古賀まり子

長閑（のどか）

○のどけし　駘蕩（たいとう）

春の一日の穏やかでのんびりとしたさま。『枕草子』にも春の日を「うららとのどかに照りたる」とある。「駘蕩」は漢語で春ののびやかで落ち着いたさまを指す。

のどかさに寝てしまひけり草の上　松根東洋城

何といふことはなけれど長閑かな　稲畑汀子

駘蕩として鹿の目の長まつげ　八染藍子

日永（ひなが）

○永（なが）き日（ひ）

春の日が長くなり暮れが遅くなること。冬至以降、夏至までは日は長くなるが、冬の短い日に対比して日の長くなった実感を季語としたもの。日中ゆとりもでき、気持ちものびやかになる。「短夜」は夜の短さを惜しむ夏の季語。

球根のおが屑払ふ日永かな　遠藤由樹子

犬の仔を見せあつてゐる日永かな　石田郷子
永き日や欠伸うつして別れ行く　夏目漱石

遅日（ちじつ）　○遅き日（おそきひ）

春が深まるにつれ日の暮れが遅くなること。「日永」が日がのびてくることをいうのに対し、同じことながら日暮れが遅くなることに重点を置く。漢詩でも「春日遅遅」（『詩経』）と詠まれた。

この庭の遅日の石のいつまでも　高浜虚子
いつまでも窓に島ある遅日かな　寺島ただし
松の上に人の働く遅日かな　藤本美和子

蛙の目借時（かわずのめかりどき・かはづのめかりどき）　○目借時（めかりどき）

晩春の蛙が鳴き出す頃の暖かさは眠気を誘い、うつらうつらとしがちである。これは蛙に目を借りられるせいだと古来伝えられており、この時分を「蛙の目借時」と呼ぶ。蛙の求愛行動の「妻狩」の意という説もある。

水飲みてすこしさびしき目借時　能村登四郎

煙草吸ふや夜のやはらかき目借時　森　澄雄
種あかす手品などみて目借時　高澤良一

春暁（しゅんぎょう）　○春の曙（はるのあけぼの）　春曙（はるあけぼの）　春の朝（はるのあさ）

春の明け方のこと。曙はほのぼのと明けるあさぼらけの頃をいい、暁はそれよりやや早く夜の明ける直前でまだうす暗い。『枕草子』冒頭の「春は曙」以来、伝統的な季節の趣の代表として定着した。

春暁や人こそ知らね木々の雨　日野草城
春暁や夢のつづきに子をあやし　上田日差子
春曙何すべくして目覚めけむ　野澤節子
春は曙そろそろ帰つてくれないか　櫂　未知子

春昼（しゅんちゅう）　○春の昼（はるのひる）

春の明るくのどかな昼をいう。うとうとと眠りを誘われるような心地よさだが、どことなくけだるさも感じる。大正以後に使われるようになった季語。

妻抱かな春昼の砂利踏みて帰る　中村草田男

春昼や時計の中へ戻る鳩　金子敦
鐘の音を追ふ鐘の音よ春の昼　木下夕爾

春の暮（はるのくれ）
○春の夕（はるのゆう）　春夕べ（はるゆうべ）
春の夕暮れ。残照が見られたり、その余韻のある時刻で、宵のようにすっかり暮れきってはいない。駘蕩（たいとう）とした気分が漂う。春季の終わりをいう季語は「暮の春」なので注意。

向うにも老人のゐる春の暮　石田勝彦
ゆくゆくはわが名も消えて春の暮　藤田湘子
春のゆふべは母の辺にあるごとし　黛　執

春の宵（はるのよい）
○春宵（しゅんしょう）
夕暮れのあと、夜がまだ更けない頃のこと。「春宵一刻値千金」（宋・蘇東坡（そとうば）「春夜詩」）というように、春の宵はどことなく華やぎが感じられる。

しつとりと閉まる茶筒や春の宵　田代青山
春の宵京の小路に迷ひけり　森田純一郎

春宵のこの美しさ惜しむべし　星野立子

春の夜（はるのよ）

○夜半の春（よわのはる）

夕べ―宵―夜中と、夜の時刻が経過する中で、「夜」は最も遅い時期で、春宵よりしっとり落ち着いた感じとなる。さらに「夜半の春」となると一層更け（ふ）た感じとなる。古歌・俳諧にならい、「春の夜（よる）」ではなく「春の夜（よ）」と使いたい。

時計屋の時計春の夜どれがほんと　久保田万太郎

春の夜のつめたき掌なりかさねおく　長谷川素逝

春の夜や長からねども物語　岩田由美

妻も覚めて二こと三こと夜半の春　日野草城

八十八夜（はちじゅうはちや／はちじふはちや）

立春から数えて八十八日目（五月二日頃）をいう。野菜の苗が伸び、養蚕では蚕が起き始め、茶摘みは最盛期に入る。「八十八夜の別れ霜」といい、これ以後は霜が降らず、八十八夜に摘んだ茶は不老長寿の妙薬ともいわれる。

音立てて八十八夜の山の水　桂　信子

逢ひにゆく八十八夜の雨の坂　藤田湘子
海に降る雨の八十八夜かな　大石悦子

春深し（はるふかし）
○春闌く（はるたく）　春更く（はるふく）
桜も散り、風物の様子にどことなく春も盛りを過ぎたと感じられる頃。闌（たけなわ）とは、最も盛んな時をいうとともに、やや盛りを過ぎて衰えかけた時をも指し、春の場合は晩春の風情をいう。

カステラと聖書の厚み春深し　岩淵喜代子
長き橋渡りて町の春深し　高橋睦郎
春更けて諸鳥啼くや雲の上　前田普羅

暮の春（くれのはる）
○暮春（ぼしゅん）　春暮る（はるくる）
春の終わろうとする頃の意味で、「春の暮」ではないので注意。「行く春」「春惜しむ」などという感慨につながる。

ペン先の金やはらかや暮の春　小川軽舟
落丁のごとし暮春の時計鳴る　八田木枯
春暮るる会津に白き山いくつ　岡田日郎

春暑し（はるあつし）　晩春に、汗ばむような陽気となること。初夏の季語である「薄暑（はくしょ）」と似ているが、「春暑し」は春のうちの暑さをいうことに注意したい。

春暑く花店朝の水うてり　西島麦南
遺作展春の暑さに耐へざりき　石田波郷
黒服の春暑き列上野出づ　飯田龍太

行く春（ゆくはる）　◎春惜しむ（はるおしむ）　惜春（せきしゅん）
春の終わろうとする頃をいう。「暮の春」と同じ意味だが、詠嘆のニュアンスが強い。「春惜しむ」はその詠嘆をより率直に述べたもの。

行く春や鳥啼き魚の目は泪　芭蕉
行く春や靴の中より海の砂　大島雄作
春惜むおんすがたこそとこしなへ　水原秋櫻子
惜春のわが道をわが歩幅にて　倉田紘文

弥生尽（やよいじん・やよひじん）　○三月尽（さんがつじん）
旧暦三月三十日（新暦では五月上旬頃）のこと。春が尽きるという感慨がこもり、春を惜しむ情が深い。

怠りし返事書く日や弥生尽　几董

弥生尽書架にもどらぬ中也の詩　矢地由紀子

桜日記三月尽と書き納む　正岡子規

天文

春の日（はるのひ）

○春日（はるひ）　春日影（はるひかげ）　春入日（はるいりひ）

「春の日」には時候と天文の二つの意味がある。時候では春の一日のことをいい、天文ではうららかな明るい春の太陽、またはその日差しを指す。「春日影」は陽光のことをいう。

春の日にすかして選ぶ手漉和紙　高橋悦男
春の日や手にして掃かぬ竹箒　岸本尚毅
大いなる春日の翼垂れてあり　鈴木花蓑

春の空（はるのそら）

○春空（はるぞら）　春天（しゅんてん）

春の空の特徴として、晴れているときでも明瞭な青空の色を表すわけでなく、空一面に薄い幕のような雲が広がっていることが多い。春の天気は変わりやすく、温度の急上昇や急下降、強風の吹くことなどがある。

山鳩の鳴きいづるなり春の空　松村蒼石
首長ききりんの上の春の空　後藤比奈夫

春空へ堤斜めに上りけり　山根真矢

春の雲（はるのくも）

春の雲は巻層雲（けんそううん）や高層雲が多く、明瞭な形を持たず、空を薄くおおうように広がっていることが多い。和歌では桜の咲いているさまを花の雲と称し、霞（かすみ）や雲に紛（まが）うものとして詠われた。

春の雲ながめてをればうごきけり　日野草城
滝音はひかりを含み春の雲　飯田龍太
山国をいちにち出でず春の雲　小島　健

春の虹（はるのにじ）

○初虹（はつにじ）

単に「虹」といえば夏の季語だが、春にも淡い虹がかかることがある。春に初めて見る虹を「初虹」という。

春の虹誰にも告げぬうちに消ゆ　朝倉和江
うすかりし春の虹なり消えにけり　五十嵐播水
抽斗につかはぬ音叉春の虹　菅原鬨也

春夕焼（はるゆうやけ　はるゆふやけ）

○春夕焼（はるゆやけ）　春の夕焼（はるのゆうやけ）

単に「夕焼」といえば夏の季語だが、気象現象としては一年中あり、当然春にもみられる。強い色彩を感じさせる夏や冬の夕焼に対し、春の夕焼は薄れてゆく入り日が残す、さりげない色の美しさであり、包みこむような柔らかさを感じさせる。

喪の家も春夕焼の一戸たり　蓬田紀枝子
竹山の声つつぬけや春夕焼　長谷川　櫂
一枚の硝子につづく春夕焼　高浦銘子

春の月(はるのつき)

○春月(しゅんげつ)　春満月(はるまんげつ)

春の月といえば朧月(おぼろづき)を連想するが、それに限らない。秋や冬や梅雨時の皓々(こうこう)とした白い月、夏の赤みを帯びた月とは違い、柔らかさや艶(なま)めかしさが感じられる。

外(と)にも出よ触るるばかりに春の月　中村汀女
水の地球すこしはなれて春の月　正木ゆう子
百年は生きよみどりご春の月　仙田洋子
紺絣春月重く出でしかな　飯田龍太

朧（おぼろ）

◎朧月（おぼろづき）　朧夜（おぼろよ）

春は大気中の水分が増加し、万物が霞（かす）んで見えることが多い。その現象を、昼は「霞（かすみ）」というのに対し、夜は「朧」という。「朧月」は春特有の高層雲などによって月が暈（かさ）をかぶったり、けぶってみえること。「朧夜」は朧月夜（おぼろづきよ）の略。

貝こきと噛めば朧の安房の国　飯田龍太
くもりたる古鏡の如し朧月　高浜虚子
おぼろ夜のかたまりとしてものおもふ　加藤楸邨

春の星（はるのほし）

○春星（しゅんせい）

春の星は冬や夏のように顕著に輝く星が少なく、柔らかい夜気に潤みつつ、しきりに瞬く。

春の星ひとつ潤めばみなうるむ　柴田白葉女
春の星またたきあひて近よらず　成瀬櫻桃子
乗鞍のかなた春星かぎりなし　前田普羅

春の闇（はるのやみ）　月の出ていない春の夜の闇をいう。何もなく一面の漆黒というよりは、闇の中に何ものかを蔵しているような神秘的な感じが強い。古典和歌では梅の香を詠むことが多く、現代の町中でも沈丁花（じんちょうげ）などの香りに強い印象を受ける。

春の闇渚も音をさめけり　田村木国
人ごゑに人蹤いてゆく春の闇　廣瀬直人
春の闇生者は死者に会ひにゆく　西山睦

陽炎（かげろう・かげろふ）　〇糸遊（いとゆう）
春の日差しによってできた濃度の違う空気の層を光線が通るとき不規則な屈折をし、背後の景物がゆらいでみえる現象。陽炎の立つことを「燃ゆ」という。熱せられた舗装道路や雨上がりの暖かい野などによく見られる。

ちら〳〵と陽炎立ちぬ猫の塚　夏目漱石
かげろふの中へ押しゆく乳母車　轡田進
絲遊の遊んでをりぬ草の上　後藤比奈夫

霞（かすみ）　○春霞（はるがすみ）　朝霞（あさがすみ）　夕霞（ゆうがすみ）　遠霞（とおがすみ）　棚霞（たながすみ）　霞む（かすむ）

霧・靄（もや）などの微細な水滴が空中に浮かぶことによって、遠くのものが霞んで見える現象。春の日中のものを霞、春の夜間のものを朧（おぼろ）、秋のものを霧と呼ぶ。

比叡より横川（よかわ）へ下る霞かな　加倉井秋を

夕がすみ燈台ともること早し　高浜年尾

帰るべき山霞みをり帰らむか　小澤　實

花曇（はなぐもり）　○養花天（ようかてん）

桜の花が咲く頃の曇り空。この頃の雲（高層雲や巻層雲）のせいで、薄い場合は日や月が暈（かさ）をかぶり、厚い場合は重苦しくどんよりと曇る。「養花天」も同じで、花が日々育っていく日という意味。

ゆで玉子むけばかがやく花曇　中村汀女

ふるさとの土に溶けゆく花曇　福田甲子雄

養花天陶土に掛けて濡れ布巾　宮坂静生

鳥曇（とりぐもり）　○鳥風（とりかぜ）

渡り鳥が春になって北へ帰る頃の曇り空。「花曇」（はなぐもり）（前項）と対比される。この頃に吹く風を「鳥風」という。鰊（にしん）が産卵のため大群でやって来る時期の曇り空を「鰊曇」（にしんぐもり）という。「鳥雲に入る」という季語（動物・93頁参照）もある。

わがえにし北に多くて鳥曇　八木澤高原

鳥ぐもり子が嫁してあと妻残る　安住　敦

鳥風や悲しみごとに帯しめて　大木あまり

東風（こち）　○朝東風（あさごち）　夕東風（ゆうごち）　強東風（つよごち）

早春に東から吹く、やや荒い風。強東風はその激しいさまのこと。春に吹く風の中で最も早い時期のものである。春風の駘蕩（たいとう）とした感じとは違う。古来、春を告げる風として古歌などに詠まれてきた。

東風が曲ぐ働らく人の帽の縁　田川飛旅子

夕東風のともしゆく燈のひとつづつ　木下夕爾

強東風に髪さんぐ〳〵のわが姿　星野立子

春一番（はるいちばん）　立春以降、初めて吹く強い南風。もとは壱岐（いき）地方などの漁師言葉だというが、気象用語として定着した。その次に吹く南風を「春二番」という。

春一番武蔵野の池波あげて　水原秋櫻子
春一番競馬新聞空を行く　水原春郎
午前零時春一番の吹きにける　中村十朗

春風（はるかぜ）　○春風（しゅんぷう）　春の風（はるのかぜ）
春の風は暖かくのどかに吹く。しかし、春の風には特別な風も多い。「貝寄風（かいよせ）」は旧暦二月二十日前後に難波浦（なにわのうら）に吹く強い西風、「涅槃西風（ねはんにし）」「彼岸西風（ひがんにし）」は旧暦二月十五日（涅槃会（ねはんえ）の日）または彼岸の日前後に吹く西風のこと。

春風や闘志いだきて丘に立つ　高浜虚子
古稀といふ春風にをる齢かな　富安風生
ドア開いてゐれば出て見る春の風　稲畑汀子

春疾風（はるはやて）　○春嵐（はるあらし）　春の強風・突風をいう。台風並みの暴風となることもある。台風と違って長時間強い風が吹き、雨を伴ったり、砂塵（さじん）を巻いたりする。

大阪の土を巻きあげ春疾風　宇多喜代子
鶏小屋に卵が五つ春疾風　高畑浩平
春嵐足ゆびをみなひらくマリヤ　飯島晴子

風光る（かぜひかる）　麗（うら）らかな春の日に、風がきらきらと輝いているように見えること。春の風一般を感覚的にとらえている。春の「風光る」に対して、夏は「風薫（かお）る」という。

地玉子の殻のたしかさ風光る　鈴木真砂女
風光りすなはちもののみな光る　鷹羽狩行
黒猫の伸び縮みして風光る　戸恒東人

霾（つちふる）　○黄砂（こうさ）　霾（ばい）　霾天（ばいてん）
中国北部では春の疾風により土砂が吹き上げられ黄塵万丈（こうじんばんじょう）となり太陽さえ隠す。これがさらに偏西風に乗って日本にも飛来する現象。気象用語では「黄砂」という。なお「霾(ばい)」はもともと砂塵(さじん)の意味。

黄沙降るはるかとなりし旅ひとつ　林　十九楼
日は月のごとくに薄れ霾れる　日原　傳
殷亡ぶ日の如く天霾れり　有馬朗人

春塵(しゅんじん)　◯春埃(はるぼこり)
春は雪霜が消え土が乾く一方、風の強い日が多く埃や塵が立ちやすくなる。こうした塵埃(じんあい)にも季節の情趣を感じ取ろうとした季語である。

春塵や観世音寺の観世音　高野素十
春塵にカリヨン光り歌ひだす　市村究一郎
春塵に押され大阪駅を出づ　辻田克巳

春雷(しゅんらい)　◯春の雷(はるのらい)　初雷(はつらい)　虫出しの雷(むしだしのらい)
春に鳴り出る雷。夏の雷と異なり、すぐに鳴り止むことが多い。「初雷」は春になってはじめて鳴る雷。啓蟄(けいちつ)の頃に多いので「虫出しの雷」ともいう。

春雷や胸の上なる夜の厚み　細見綾子

春雷は空にあそびて地に降りず　福田甲子雄
初雷やホと口あけて萩の壺　高岡すみ子

春雨（はるさめ）
○春の雨（はるのあめ）　春霖（しゅんりん）

春に降るしっとりとした雨。古来「春雨」は小止みなくいつまでも降りつづくように詠むものとされた。「春霖」は数日間降り続く春の雨のこと。

春雨のかくまで暗くなるものか　高浜虚子
春雨の雲より鹿や三笠山　皆吉爽雨
春雨のあがるともなき明るさに　星野立子

菜種梅雨（なたねづゆ）

菜の花（アブラナ）の咲く頃に降り続く長雨。アブラナは暖かい地方では二月頃から咲き始め、普通は三月から五月までが開花時期となる。長雨だが、菜の花の色から明るさも感じられる。

幻に建つ都府楼や菜種梅雨　野村喜舟
鯉痩せてしづかに浮ぶ菜種梅雨　福田甲子雄
炊き上る飯に光りや菜種梅雨　中嶋秀子

春の雪

○春雪　淡雪　牡丹雪　桜隠し

春になって降る雪。解けやすく積もってもすぐ消えるので「淡雪」、雪片が重なり合い固まりとなって降るので「牡丹雪」ともいう。「桜隠し」は桜の時期に降る雪のこと。

にわとりの卵あたたか春の雪　小西昭夫
こはだから握つてもらふ春の雪　長谷川櫂
春雪の暫く降るや海の上　前田普羅
淡雪のつもるつもりや砂の上　久保田万太郎

別れ霜

○霜の名残　晩霜

春の終わりに降りる霜。「八十八夜の別れ霜」といわれ、この頃が降霜の最後となることが多い。春の霜は農作物の発芽に被害を与え恐れられる。

古漬や大和国中別れ霜　石橋秀野
別れ霜仏飯ややに尖りたり　柿本多映
新しきネクタイきゆつと別れ霜　佐藤郁良

蜃気楼（しんきろう）　○海市（かいし）

砂漠や海上で、空気の濃度差により光線が異常な屈折や反射を引き起こし、船舶や風景、人物の浮かび上がって見える現象。古代中国では蜃（しん）（大蛤（おおはまぐり））が気を吐いて楼閣を出現させると考えられ、この名が生まれた。日本では富山県魚津海岸が有名。

蜃気楼はたして見せぬ魚津かな　百合山羽公

蜃気楼将棋倒しに消えにけり　三村純也

海市見せむとかどはかされし子もありき　小林貴子

逃水（にげみず）

春の晴れた日に、草原や道路で遠くからは水があるように見えているのに近づくと消える現象。蜃気楼現象の一種といわれ、昔から武蔵野の名物とされた。

逃げ水や人を恃みて旅つづく　角川源義

ひたすらに逃げ逃げ水の逃げきりし　児玉輝代

逃げ水を追うて捨てたる故里よ　市堀玉宗

地理

春の山（はるのやま）　○春嶺（しゅんれい）

山の木々が芽吹き、花も咲き始め、明るく生気に満ちた感じになる。冬の山には人を近づけない峻厳（しゅんげん）さを感じるが、春の山は暖かく、むしろ人里に近い山を想像させる。

絵巻物拡げゆく如春の山　星野立子

春の山たたいてここへ坐れよと　石田郷子

白濁の春嶺靄に押し並ぶ　岡田日郎

山笑ふ（やまわらう／やまわらふ）

春の山の明るい感じをいう。北宋（ほくそう）の画家・郭熙（かくき）の〈春山淡冶（たんや）にして笑ふが如く、夏山蒼翠（そうすい）として滴るが如く、秋山明浄にして粧（よそお）ふが如く、冬山惨淡として眠るが如し〉（『林泉高致』）の詩句により生まれた。淡冶とはあわくなまめかしいこと。

故郷やどちらを見ても山笑ふ　正岡子規

安曇野の真中に立てば山笑ふ　藤田湘子

山笑ふ大声の僧ひとり棲み　　茨木和生

春の野（はるの）

〇春野（はるの）

春の野原のこと。まだ肌寒い中に若菜を摘んだりする早春の野や、仲春以降に暖かさが増し花々が咲く野まで、変化に富んだ明るい心地のながめである。

吾も春の野に下り立てば紫に　　星野立子

春の野に動けば見ゆる母校かな　　落合水尾

くちばしの濡れて鳥翔つ春野より　　黛　執

春の水（はるのみず）

〇春水（しゅんすい）　水の春（みずのはる）

春の河川、湖沼、池など淡水系のあらゆる水をいうが、海水には使わない。春は降雨や雪解を経て豊かに勢いづき、まぶしさを感じさせる。「水の春」は水の美しい春をたたえていう季語。

加賀は美し百萬石の春の水　　渡辺恭子

春の水とは濡れてゐるみづのこと　　長谷川　櫂

昃（ひかげ）れば春水の心あともどり　　星野立子

水温む（みずぬる／みづぬる）
　春の水辺の水が解けだすように、水の温度が上がっているさま。この水は海以外の、池・川・沼・湖だけでなく井戸や泉の水まであらゆる淡水系をさし、特定されない。

　山国の星をうつして水ぬるむ　吉野義子
　水温むうしろに人のゐるごとし　原子公平
　水温むガリア戦記の大河かな　有馬朗人

春の川（はるのかわ／はるのかは）
　春の川は岸辺に新しい緑が生え、羽虫など生き物たちが登場する。山国では雪解けで水量も増え勢いよく流れ出る。野川や町中の川はどことなくのんびりした感じが漂う。

　春の川曲れば道のしたがへる　細谷鳩舎
　くらくらと竹山出づる春の川　岡井省二
　海に出てしばらく浮かぶ春の川　大屋達治

春の海（はるのうみ）
　◎春の波（はるのなみ）　春潮（しゅんちょう）　春の潮（はるのしお）
　春の海は麗らかでのどかな表情を見せる。〈春の海終日（ひねもす）のたり〳〵かな　与謝蕪村（よさぶそん）〉はその代表。

春の海岩はひ上がる遊び波　山口　青邨
春の海けぶるは未来あるごとし　長谷川浪々子
晩学や絶えず沖より春の波　鍵和田秞子

潮干潟（しおひがた／しほひがた）　○潮干（しおひ）　干潟（ひがた）

月の位置によって潮は干満するが、潮の引くことを「潮干」といい、潮干で生まれた入江を「干潟」と呼ぶ。彼岸の頃は干満の差が一年中で最も大きくなり、遠浅の砂浜は沖まで現れる。

潮干潟かすかに残る地の起伏　村上喜代子
あらはれし干潟に人のはや遊ぶ　清崎敏郎
まん中に立たせられたる干潟かな　千葉皓史

春田（はるた）

冬の間放置され、春を迎えた田。緑肥として植えられた紫雲英（げんげ）（蓮華草（れんげそう））が赤紫の花を咲かせる田となり、それが打ち返され、水を張られた春田と変わってゆく。苗を植える前の田をいう。

みちのくの伊達の郡の春田かな　富安風生
東大寺さまの湯屋あり春田あり　加藤三七子

遍照の夕日春田もその中に　廣瀬直人

春泥（しゅんでい）

○春の泥（はるのどろ）

春のぬかるみのこと。春先は、霜解けや雪解けの道が乾かず、行く人もぬかるみに煩うことが多い。泥そのものより、ぬかるみ道と見たほうがよい。

春泥のふかき轍（わだち）となり暮るる　金子麒麟草
春泥の道にも平らなるところ　星野高士
ゆく先に日輪うつり春の泥　西山泊雲

残雪（ざんせつ）

○残る雪（のこるゆき）　雪残る（ゆきのこる）

春になっても山陰や樹影などに消え残っている雪。春雪が降って残っているものではなく、冬に降って残った根雪が春まで残っているものをいう。山の残雪は物の形に見立てて農作業の目安とした。

残雪を伽藍の蔭にのみ許す　橋本美代子
残雪のそれも名残や命愛し　島田牙城
雪残る頂一つ国境　正岡子規

雪崩（なだれ）　山に降った雪が気候の変化によって緩み、一気に崩れ落ちること。特に春の雪崩は全層雪崩（底雪崩）となりやすく、大木や岩や土砂を巻き込んで山を轟（とどろ）かせ、被害の規模も格段に大きい。

夜半さめて雪崩をさそふ風聞けり　水原秋櫻子
青天に音を消したる雪崩かな　京極杞陽
山深く金色の日や雪崩あと　村田脩

雪解（ゆきどけ）　○雪解（ゆきげ）　雪解水（ゆきげみず）　雪解川（ゆきげがわ）　雪解風（ゆきげかぜ）
単に日のあたたかさで雪が解けることではなく、雪国や山岳地帯で積もった雪が解け始めること。川が増水し、音を響かせて流れることもある。

雪解の大きな月がみちのくに　矢島渚男
光堂より一筋の雪解水　有馬朗人
雪解川名山けづる響かな　前田普羅

薄氷（うすらい）（うすらひ）　○薄氷（うすごおり）　春氷（はるごおり）
春先になって張る、ごく薄い氷のこと。冬の「氷」と違い、消えやすく、はかない情感がある。

薄氷の吹かれて端の重なれる　深見けん二
風過ぎるときに輝き薄氷　今瀬剛一
遠景のごとくに揺る春氷　小宅容義

流氷（りゅうひょう）　海面の氷が割れて、海を漂流する現象。日本では二月頃、北海道のオホーツク海沿岸に接岸する氷塊群をさす。三月頃になると次第に溶けはじめ、四月中旬にはオホーツク沿岸から去り、五月下旬には沖に流れ去って消失する。

流氷や宗谷の門波荒れやまず　山口誓子
流氷に靡（なび）きて雪の大地あり　斎藤　玄
接岸の流氷なほも陸を押す　中村正幸

生活

卒業（そつぎよう）　◯卒業式（そつぎようしき）　卒業歌（そつぎようか）　◎落第（らくだい）

小学校から大学までの卒業式は通常三月に行われる。卒業生一人一人の胸には、さまざまな思い出が去来し、前途への希望と不安などが揺れる。

校塔に鳩多き日や卒業す　中村草田男

わが声もまじりて卒業歌は高し　寺山修司

卒業の涙を笑ひ合ひにけり　加藤かな文

入学（にゆうがく）　◯入学式（にゆうがくしき）　新入生（しんにゆうせい）　◎入学試験（にゆうがくしけん）

小学校から大学までの入学式は通常四月上旬に行われる。桜などの花々が咲き、木々も芽吹き始めるなか、希望に満ちた新入生の姿が印象的である。

入学の吾子人前に押し出だす　石川桂郎

入学の朝ありあまる時間あり　波多野爽波

入学の子に見えてゐて遠き母　福永耕二

遠足（えんそく／ゑんそく）

幼稚園、小中学校などで、新学期の親睦を深めるために行われる春季の学校行事。近郊の海辺や野山に歩いて出かけることが多い。

遠足の列大丸の中とおる　田川飛旅子

遠足の列大仏へ大仏へ　藤田湘子

海見えてきし遠足の乱れかな　黛　執

花衣（はなごろも）

花見の時に着る女性の衣装をさしていう。現代では和服に限らない。華やかに化粧し、少し派手な着物や洋服を着ての花見は優雅である。

花衣ぬぐや纏（まつわ）る紐いろ〱　杉田久女

旅鞄ほどけばあふれ花衣　稲畑汀子

てのひらをすべらせたたむ花衣　西宮　舞

春の服（はるのふく）

○春服（しゅんぷく）　春（はる）コート　◎春（はる）ショール

春らしい軽やかな衣装のこと。春になると、人々の装いは明るく華やかになる。「春コート」や「春ショール」は春の寒さを防ぐためのほかおしゃれとしても着用する。正月の晴着（春着）のことではないので注意。

リボンより古くなりゆく春の服　中嶋秀子
他所ゆきの体通して春の服　中原道夫
痩身を帆柱として春コート　すずき巴里
春ショール競馬場より出できたる　大串章

春日傘（はるひがさ）
春でも日差しの強い日などに、肌を日焼けから守るために用いられる日傘。カラフルなものが選ばれることが多い。

春日傘大きな船の着くを待つ　細川加賀
春日傘まはすてふこと妻になほ　加倉井秋を
はなびらのごときをたたみ春日傘　片山由美子

木の芽和（きのめあえ）　◎蕗味噌（ふきみそ）　田楽（でんがく）
この場合の木の芽は山椒の芽。摘みたての芽を白味噌にまぜて擂った山椒味噌（木の芽味噌）に、筍や烏賊などを和えた季節料理。「田楽」は豆腐に味噌をつけて焼いたもの。「蕗味噌」は蕗の薹を擂りつぶして味噌をまぜたもの。

塗椀の重くて母の木の芽和え　桂　信子
木の芽和山河は夜もかぐはしき　井沢正江
蕗味噌や音なくひらく月の暈　神尾久美子
田楽に酔うてさびしき男かな　三橋鷹女

草餅（くさもち）　○蓬餅（よもぎもち）　◎鶯餅（うぐいすもち）

春になって萌（も）えはじめた蓬の新葉を摘んで茹で、餅に搗（つ）きこんで作った餅菓子。甘い餡を柔らかに包んだものが多い。素朴な香りが好まれる。「鶯餅」は青黄粉（あおきなこ）をまぶした柔らかな餅菓子。

草餅の柔かければ母恋し　川端茅舎
草餅を焼く天平の色に焼く　有馬朗人
生国を知る人とゐて蓬餅　木内彰志

桜餅（さくらもち）

桜色の薄皮で餡を包み、それを桜の葉の塩漬でくるんだ餅菓子。東京隅田河畔の長命寺の桜餅は有名。糯米（もちごめ）で作り、つぶつぶをそのまま見せたものは道明寺と呼ばれる。

葉のぬれてゐるいとしさや桜餅　久保田万太郎

わが妻に永き青春桜餅　沢木欣一
墨堤に雨の明るし桜餅　下山宏子
雨かしら雪かしらなど桜餅　深見けん二

菜飯
大根の葉、芥子菜、水菜などの青菜を熱湯に通して細かく刻み、塩もみにしたものを、薄めの塩味で炊きあげた飯にまぜあわせたもの。青菜のさみどりが美しい。

母訪へば母が菜飯を炊きくれぬ　星野麥丘人
箸置いて菜飯の色を賞でにけり　江國滋酔郎
菜飯食ふ杜国はたぶん丸顔か　松村武雄

春灯　○春の灯　春ともし
春の灯は独特の華やぎがあり、どことなくなまめいた感じを伴う。

春燈や衣桁に明日の晴の帯　富安風生
仰山に猫ゐやはるわ春灯　久保田万太郎
春の灯や女は持たぬのどぼとけ　日野草城

春炬燵（はるごたつ）

冬の間には欠かせなかった炬燵が、春になってもまだしまわれないでいる。寒さがぶりかえしたりするためだが、冬のように一日中使うわけではない。それでもなかなか取り去れない。

小説に時流れゐる春炬燵　本岡歌子
かくれんぼ入れてふくらむ春炬燵　八染藍子
弔問の部屋より見ゆる春炬燵　内田美紗

廐出し（うまやだし）

○まやだし

冬の間廐舎（きゅうしゃ）で飼育していた牛や馬を、若草の萌（も）えはじめた戸外へ解放すること。十分な運動と日光浴をさせることで、ひづめを固めさせる目的がある。

湖に主峰の映り廐出し　太田土男
跳ねるほど遠くへ行かず廐出し　伊藤トキノ
廐出しのあと綿雲も流れつつ　友岡子郷

野焼く（のやく）

○野焼（のやき）　野火（のび）　山焼く（やまやく）　畑焼く（はたやく）　◎焼野（やけの）　末黒野（すえぐろの）

草の発芽を助けたり、害虫を駆除するために、野原や野山の枯草、畑の作物の枯れ残りを焼くこと。野焼きした後の野原を「焼野」といい、一面が黒く見えることから「末黒野」ともいう。

野を焼くやぽつん〳〵と雨到る　村上鬼城
古き世の火の色うごく野焼かな　飯田蛇笏
少年に獣の如く野火打たれ　野見山朱鳥
昼ながら月かゝりゐる焼野かな　原　石鼎

耕（たがやし）　○春耕（しゅんこう）

冬の間、手入れのできなかった田畑の土を鋤（す）き返して柔らかくすること。収穫後そのままにしておくと土が硬くなって水はけを悪くし、作物の根の伸長を阻むので、それを防ぐために行う。

天耕の峯に達して峯を越す　山口誓子
山国の小石捨て捨て耕せり　沢木欣一
春耕のときどき土を戻しをり　井上弘美

種蒔（たねまき）　○種（たね）おろし　籾（もみ）おろし　種案山子（たねかがし）　◎種物（たねもの）　物種（ものだね）　種選（たねえらび）　種浸し（たねひたし）

苗代に種籾（たねもみ）を蒔くこと。彼岸の前後から八十八夜頃にかけてが最もよい時期とされる。不良な種を取り除くのが「種選」、その後種籾（たねもみ）を俵や叺（かます）のまま池などに入れて発芽を促すのが「種浸し」。

種蒔ける者の足あと洽（あまね）しや　中村草田男
種蒔ける影も歩みて種を蒔く　林　徹
ものの種にぎればいのちひしめける　日野草城
うしろより風が耳吹く種撰み　飴山　實
種浸しひと桶にして澄みわたり　斎藤夏風

花種蒔く（はなだねまく）

夏、あるいは秋に咲く草花の種を蒔くこと。草花の種に限って用いる。春の彼岸前後に蒔くが、「鶏頭蒔く」「朝顔蒔く」のように区別して詠んでもよい。「苗札」は種を蒔いたあと添えておく小さな札で、品種や名称、日付などを記しておく。

◎苗札（なえふだ）

花種を蒔きてこころは沖にあり　鷲谷七菜子
花種を蒔き常の日を新たにす　岡本　眸
朝顔を蒔きて人待つ心あり　中村汀女

苗木植う（なえぎうう・なへぎう）◎苗木市（なえぎいち）

一般に苗木は春に植えられる。松や杉は二、三月頃、その他の庭木や果樹は四月頃が活着しやすく、よいとされている。「苗木市」は春に立つ苗木を売る市のこと。社寺の境内や縁日などで見られ、槇（まき）・松から鉢植え、果樹の苗木、盆栽まで扱われる。

つちくれに語りかけつつ苗木植う　福永みち子
杉植ゑて雲の中より戻りけり　宇都木水晶花
奥多摩の山見えてゐる苗木市　皆川盤水

剪定（せんてい）

風通しや日照をよくし、果実の開花・結実をよくするため、早春、芽ぶきの前に林檎・梨・蜜柑などの果樹の余分な枝を剪（き）ること。あるいは樹木の形を美しく整えるためのものにもいう。

剪定の遠きひとりに靄かかる　木村蕪城
剪定の一人の鋏音を立て　深見けん二
剪定の一枝がとんできて弾む　髙田正子

根分（ねわけ）

◯菊根分（きくねわけ）　萩根分（はぎねわけ）　◎接木（つぎき）　挿木（さしき）

菖蒲（しょうぶ）、菊、萩などは、春になると古株から盛んに芽が出てくる。それを掘り出し、根を分けて移植すること。「菊根分」「萩根分」と植物名を付けて用いる場合が多い。渋柿に甘柿の枝を接いだりするのを「接木」、薔薇などの枝を土に挿して根を生じさせるのを「挿木」という。

根分して施す水のかがやきぬ　安田蚊杖

菊根分うしろを誰か通りけり　三宅応人

菊根分振り向きざまの日がまぶし　蟇目良雨

挿木していちにち門を出ぬ日かな　鷹羽狩行

茶摘（ちゃつみ）

◯一番茶（いちばんちゃ）　二番茶（にばんちゃ）　茶摘唄（ちゃつみうた）　茶畑（ちゃばたけ）

茶の芽摘みは、晴天を選んで、早いところでは四月上旬から行う。八十八夜から二、三週間あたりが最も盛んで、摘みはじめて十五日間程のものが一番茶で最上とされる。二番茶は六月頃のものをいう。

むさしのもはてなる丘の茶摘かな　水原秋櫻子

向きあうて茶を摘む音をたつるのみ　皆吉爽雨

茶を摘むや胸のうちまでうすみどり　本宮鼎三

汐干狩（しおひがり/しほひがり）　潮がひいた干潟で蛤（はまぐり）や浅蜊（あさり）を掘って楽しむこと。一年のうちで四月初めは潮の干満の差がはげしく、大きな引き潮のある時間帯が昼になることから、春の行楽の一つとなっている。「磯遊」は春の陽光の下、磯に遊ぶことをいう。

○潮干狩（しおひがり）　◎磯遊（いそあそび）

置きし物遠くなりたる汐干狩　八木澤高原

汐干狩ふいにみんなが遠くなり　内田美紗

磯遊び一つの島のつゞきをり　高浜虚子

踏青（とうせい/たふせい）　○青き踏む（あおきふむ）

もともとは旧暦三月三日、青々とした野山で宴（うたげ）を催した中国の古い習俗に由来するが、現在はその日に限らず、春の野を散策することをいう。

踏青や古き石階あるばかり　高浜虚子

踏青やひとりを佳しと思ふまで　柴田佐知子

みづうみのふくらむひかり青き踏む　鍵和田秞子

野遊（のあそび）　◎摘草（つみくさ）　草摘（くさつ）む

春に野山に出かけ、光を浴びながら遊ぶこと。食用になる野草を摘むのも春の野遊びの楽しみである。

野遊びの妻に見つけし肘ゑくぼ　　森　澄雄
野遊びのひとりひとりに母のこゑ　　橋本榮治
摘草や橋なき土手を何処までも　　篠原温亭

凧（たこ）　○紙鳶（しえん）　いかのぼり　字凧（じだこ）　絵凧（えだこ）　奴凧（やっこだこ）　切凧（きれだこ）　はた

江戸時代以降、凧揚は春の行事としてさかんに行われるようになった。静岡・新潟・長崎などの凧合戦が有名。正月に遊んだり飾ったりする凧は「正月の凧」（新年の季語）として区別する。

旅人や泣く子に凧を揚げてやる　　石島雉子郎
凧手繰（たぐ）る父の思ひ出手繰るごと　　金箱戈止夫
津の国の水暮れのこるいかのぼり　　大石悦子

風船（ふうせん）　○紙風船（かみふうせん）

春に子どもたちがふくらませて遊ぶ。色や形もさまざまで春らしい。「紙風船」は五色の美しい紙を貼り合わせたもの。

置きどころなくて風船持ち歩く　中村苑子

風船が乗つて電車のドア閉まる　今井千鶴子

日曜といふさみしさの紙風船　岡本眸

風車（かざぐるま）　美しい色紙やセルロイドなどを材料にして、花型に作ったものを竹の先につけた玩具（がんぐ）。風を受けてくるくるまわるさまが美しい。走ってまわす子供の姿も見られる。花見時の賑わう場所や社寺の縁日などで売られているのを見かける。

風車まはり消えたる五色かな　鈴木花蓑

街角の風を売るなり風車　三好達治

風車持ちかへてよく廻りけり　今井杏太郎

石鹼玉（しゃぼんだま）　無患子（むくろじ）の実を煎（せん）じた液や石鹼を溶かした水をストローなどの端につけて吹く遊び。美しい七色の玉が次々と生まれ、春の中空に漂う。子供の夢を誘う遊びで、のどかな春らしい景物の一つである。

流れつつ色を変へけり石鹼玉　松本たかし

しやぼん玉独りが好きな子なりけり　成瀬櫻桃子

石鹼玉まだ吹けぬ子も中にゐて　山西雅子

鞦韆（しゅうせん/しうせん）　◯ぶらんこ　ふらここ　半仙戯（はんせんぎ）

古く中国では、春の一日（寒食の日）に鞦韆（ぶらんこ）に乗って春の神を呼んだといわれ、それが春の季語として広まった。春の暖かな公園や校庭などで子どもが楽しげに遊ぶ光景が見られる。「半仙戯」はぶらんこを漕ぐ感覚のこと。

鞦韆は漕ぐべし愛は奪ふべし　三橋鷹女

鞦韆に腰掛けて読む手紙かな　星野立子

ぶらんこの影を失ふ高さまで　藺草慶子

春眠（しゅんみん）　◎春の夢（はるのゆめ）

春の眠りは「春眠暁を覚えず」（孟浩然（もうこうねん））の詩句が示すように快いもの。その深い眠り、あるいは眠りの状態を表した季語。「春の夢」は快い眠りの中で見る夢をいい、どこか艶（えん）なる情趣が漂う。

春眠のつゞきの如き一日かな　高木晴子

春眠のきれぎれの夢つなぎけり　館岡沙緻
春眠のさめてさめざる手足かな　稲畑汀子
春の夢みてゐて瞼ぬれにけり　三橋鷹女

春愁(しゅんしゅう／しゅんしう)　○春愁(はるうれい)

光に満ちた周囲とは対照的に、春ゆえに感じる、そこはかとない哀愁。具体的な悲しみではなく、もの思いにふけるような、やりきれないような気分である。

春愁や孤りと孤独とは違ふ　田畑美穂女
春愁や平目の顔に眼がふたつ　草間時彦
人の世に灯のあることも春愁ひ　鷹羽狩行

花見(はなみ)　○桜狩(さくらがり)　花筵(はなむしろ)　花(はな)の宴(うたげ)　花見客(はなみきゃく)　花人(はなびと)

桜の花を愛(め)でて楽しむこと。平安時代ではもっぱら貴族の行楽で、秀吉の醍醐(だいご)の花見は有名。一般的な行楽となったのは、江戸時代以降である。「桜狩」は桜の名所を訪ねあるき鑑賞すること。

半ば来て雨に濡れゐる花見かな　太祇

花見にと馬に鞍置く心あり　高浜虚子
業平の墓もたづねて桜狩　高野素十
花筵端の暗さを重ねあふ　能村研三

花疲れ（はなづかれ）

花見のときに感じる疲れ。人出や陽気のなか、鑑賞の余韻とともに感じる心地よい疲労もまた花見の趣といえる。

坐りたるまゝ帯とくや花疲れ　鈴木真砂女
光にも揉まれしごとし花疲れ　香西照雄
川を見て坐れる母や花疲れ　北澤瑞史

春休（はるやすみ）

三学期の終業式の次の日から四月の新学年がはじまるまでの休み。夏休みや冬休みと違って宿題もなく、気候もうららかで独特の解放感がある。卒業旅行なども行われる。

春休ひそかにつくる日記かな　久保田万太郎
二階より雪の山見て春やすみ　星野麦丘人
電車から海を見てゐる春休　しなだしん

初午（はつうま）　○一の午（いちのうま）　二の午（にのうま）　午祭（うままつり）

二月最初の午の日の行事で、全国各地の稲荷（いなり）神社では祭礼が行われる。稲荷は本来農業の神だが、現在では開運の神としても信仰を集めている。二月第二の午の日が「二の午」、その月に第三の午の日のある時は「三の午」という。

初午の祠ともりぬ雨の中　　芥川龍之介

はつ午や煮しめてうまき焼豆腐　　久保田万太郎

田にすこし潤ひ出でて一の午　　能村登四郎

針供養（はりくやう）

春の針供養は二月八日。一年間使って折れた縫い針などを神前の豆腐や蒟蒻（こんにやく）などの柔らかなものに刺して供養し、裁縫の上達などを祈る行事。近年では和裁洋裁関係の学校や職場でも行う場合がある。関西や九州では十二月八日に行うところも多く、これも「針供養」として冬の季語になっている。

針といふ光ひしめき針供養　行方克巳
紅き糸通せしままに針供養　田口紅子
針供養すこし離れて男待つ　大牧広

雛祭（ひなまつり）

◯桃の節句（もものせっく）　雛（ひな）　ひひな　雛飾（ひなかざり）　雛人形（ひなにんぎょう）　雛段（ひなだん）　紙雛（かみびな）　立雛（たちびな）　五人囃子（ごにんばやし）　男雛（おびな）　女雛（めびな）　古雛（ふるびな）　雛飾る（ひなかざる）　雛あられ（ひなあられ）　菱餅（ひしもち）　白酒（しろざけ）

三月三日に、女の子のすこやかな成長を願って行われる行事。もとは桃の節句や雛遊びなどと呼ばれていた。雛に桃の花を飾り菱餅や雛あられ、白酒などを供える。江戸時代以降、紙雛に代わり内裏雛が多く作られるようになり、豪華な段飾りへと発展した。

天平のをとめぞ立てる雛かな　水原秋櫻子
きぬぎぬのうれひがほある雛かな　加藤三七子
雛飾りつゝふと命惜しきかな　星野立子
折りあげて一つは淋し紙雛　三橋鷹女
立雛のやや傾きて立ちにけり　塩川雄三
仕る手に笛もなし古雛　松本たかし

雛流し（ひなながし）

○**流し雛**（ながしびな）　**雛納め**（ひなおさめ）

雛祭に飾った紙雛（かみびな）などを海や川へ流す風習。鳥取市用瀬町（もちがせちょう）・和歌山市加太（かだ）の淡嶋（あわしま）神社のものなどが有名。「雛納め」は雛祭の後で雛をしまうことで、早くしまわないと婚期に遅れるなどという伝えもある。

雛流し手向けの花も濤の上　　岡本眸

明るくてまだ冷たくて流し雛　　森澄雄

何もかも畳の上に雛納　　岩田由美

四月馬鹿（しがつばか・しぐわつばか）

○エイプリルフール　万愚節（ばんぐせつ）

四月一日。西洋から入ってきた風習で、この日は罪のない嘘などをいって人をかついだりしてもよいとされている。軽いジョーク、いたずらでかついだり、かつがれたりして楽しい一日を過ごす。

掌につつむ心臓模型四月馬鹿　　山田みづえ

騙す人ぁある幸せや四月馬鹿　　市川榮次

万愚節妻の詐術のつたなしや　　日野草城

春祭（はるまつり）　春に行われる祭の総称。農業のはじまる季節、農の神を村に迎えて豊作を祈るために行う祭をいう。それに加えて疫病の流行をおさえ、悪霊などを祓う（はらう）という意味も含む。現在でも氏神を中心に行われている。単に「祭」といえば、俳句では夏祭のこと。

刃を入れしものに草の香春まつり　飯田龍太

山国の星の大粒春祭　石田勝彦

水口に鯉のあつまる春祭　淺井一志

涅槃会（ねはんえ）（ねはんゑ）　○涅槃（ねはん）　涅槃像（ねはんぞう）　寝釈迦（ねしやか）　涅槃図（ねはんず）

釈迦牟尼（むに）が入滅したといわれる旧暦二月十五日の法要。各寺院では涅槃像を掲げて遺徳を偲ぶ（しのぶ）。「涅槃像」「涅槃図」は、入滅した釈迦の周囲に弟子をはじめ、天竜や鬼畜などの慟哭（どうこく）するさまを描いたもの。現在では新暦三月十五日前後に行われることが多い。

土不踏（つちふまず）ゆたかに涅槃し給へり　川端茅舎

近海に鯛睦みゐる涅槃像　永田耕衣

葛城の山懐に寝釈迦かな　阿波野青畝

お水取（みずとり／みづとり）

○水取（みずとり）　若狭（わかさ）の井（い）　◎修二会（しゅにえ）

毎年三月一〜十四日に奈良東大寺で行われる修二会行法。十三日の未明に行われる「お水取」は特に一般に親しまれている。その縁起は、二月堂の創建者実忠（じっちゅう）上人が神勅によって若狭の国から閼伽水（あかみず）を得たことに基づく。前夜（三月十二日）には大松明（おおたいまつ）をふりかざして二月堂へ駆けのぼる法会が行われる。

飛ぶごとき走りの行もお水取　　粟津松彩子

お水取三月堂は闇の中　　落合水尾

水取の桶を覆へる樒（しきみ）かな　　中岡毅雄

つまづきて修二会の闇を手につかむ　　橋本多佳子

遍路（へんろ）

○遍路笠（へんろがさ）　遍路杖（へんろづえ）　遍路宿（へんろやど）

弘法大師（こうぼうだいし）の遺徳を慕い、巡錫（じゅんしゃく）した四国の霊場八十八ヶ所を巡り歩くこと。またその旅をしている人。四月を中心に三月から五月頃まで行われる。白装束に同行二人の菅笠（すげがさ）という装束で、金剛杖（こんごうづえ）・納札・数珠・鈴などを持ち、御詠歌を歌ったりしながら巡る。

先頭の遍路が海の入日見る　桂　信子
かなしみはしんじつ白し夕遍路　野見山朱鳥
手足より確かなものに遍路杖　鷹羽狩行

仏生会（ぶっしょうえ／ぶつしやうゑ）　◯灌仏会（かんぶつえ）　誕生会（たんじょうえ）　花祭（はなまつり）　浴仏（よくぶつ）　甘茶仏（あまちゃぶつ）　甘茶（あまちゃ）　花御堂（はなみどう）

釈迦の誕生したと伝えられる四月八日、諸寺で行われる誕生を祝う法会（仏生会）で、「花祭」ともいわれる。花で装飾した小さな花御堂に童形の釈迦像を据え、参詣人（さんけいにん）が甘茶（五香水）を注ぐところから「甘茶仏」ともいう。

ぬかづけばわれも善女や仏生会　杉田久女
仏母たりとも女人は悲し灌仏会　橋本多佳子
尼寺の畳の上の花御堂　松本たかし

バレンタインの日（ひ）　◯バレンタインデー

二月十四日。三世紀後半のキリスト教の聖人バレンチヌスの祝日とされるが、この日の成立に関しては諸説ある。ローマ神話と結びつき、恋人同士が贈り物などを取り交わす日になった。日本では女性が男性に愛を告白できる日として、チョコレートを贈るようになった。

呼び交す鳥のバレンタインの日　渡邉千枝子
金色の封蠟バレンタインの日　水田光雄
いつ渡そバレンタインのチョコレート　田畑美穂女

復活祭（ふっかつさい）　◯イースター　染卵（そめたまご）　◎受難節（じゅなんせつ）

キリストが死んでから三日目に復活したその日を記念する祭で、キリスト教徒にとってはクリスマスと並ぶ重要な行事。春分の日の後の最初の満月の次の日曜日にあたる（三月二十二日～四月二十五日）。祭壇に白百合（しらゆり）や着色した「染卵」を飾ったりする。「受難節」は復活祭の前日までの二週間のこと。

復活祭蜜蜂は蜜ささげ飛ぶ　石田あき子
鎧扉の海にひらかれ復活祭　朝倉和江
花売に声かけられぬイースター　星野麥丘人
オルガンの黒布ゆゆしや受難節　下村ひろし

有名。

西行忌（さいぎようき）さいぎやうき　〇円位忌（えんいき）　旧暦二月十六日。西行法師（一一一八—九〇）の忌日。鳥羽院（とば）に仕えた北面（ほくめん）の武士であったが、二十三歳で出家、諸国を行脚し多くの和歌を残した。〈心なき身にもあはれは知られけり鴫立つ沢の秋の夕暮れ〉などが有名。

栞して山家集あり西行忌　　高浜虚子

ほしいまま旅したまひき西行忌　　石田波郷

大磯に一庵のあり西行忌　　草間時彦

茂吉忌（もきちき）　二月二十五日。歌人斎藤茂吉（一八八二—一九五三）の忌日。山形県の生まれ。伊藤左千夫に師事し、歌誌「アララギ」に拠（よ）って目ざましい活躍をした。歌集『赤光（しやつこう）』『あらたま』などの万葉調の格調高い短歌は今も影響力を持つ。

茂吉忌の渚をゆけば波の舌　　石田勝彦

茂吉忌の雪代あふれゐたりけり　　石鍋みさ代

雪折れの生ま木の匂ひ茂吉の忌　　高木良多

三鬼忌（さんきき）

○西東忌（さいとうき）

四月一日。俳人の西東三鬼（一九〇〇―六二）の忌日。本名は斎藤敬直（けいちょく）。岡山県の生まれ。昭和九年頃から新興俳句運動に身を挺（てい）し、戦後は「天狼（てんろう）」同人として多くの秀句を残した。句集に『旗』『今日』『変身』など。

三鬼忌のハイボール胃に鳴りて落つ　楠本憲吉
三鬼忌や名刺ちぎって紙吹雪　本宮鼎三
釘買って出る百貨店西東忌　三橋敏雄

虚子忌（きょしき）

○椿寿忌（ちんじゅき）

四月八日。俳人の高浜虚子（一八七四―一九五九）の忌日。本名は清。伊予（いよ）の生まれ。伊予中学時代に正岡子規を知り句作をはじめ、明治三十一年「ホトトギス」を継承。「客観写生」「花鳥諷詠（かちょうふうえい）」を唱導し、俳壇に長く君臨した。

満開の花の中なる虚子忌かな　秋元不死男
花待てば花咲けば来る虚子忌かな　深見けん二
虚子編の季語の一つの虚子忌かな　鷹羽狩行

啄木忌（たくぼくき）　四月十三日。歌人の石川啄木（一八八六―一九一二）の忌日。本名は一（はじめ）。岩手県生まれ。「明星」派の詩人として出発したが、のちに小説・評論にも才能を発揮し短歌に転じた。歌集『一握（いちあく）の砂』『悲しき玩具（がんぐ）』などがある。

啄木忌いくたび職を替へてもや　安住　敦
あくびしていでし泪や啄木忌　木下夕爾
便所より青空見えて啄木忌　寺山修司

春駒（はるごま）

○春の駒（はるのこま）　春の馬（はるのうま）　若駒（わかごま）　子馬（こうま）　馬の子（うまのこ）　孕馬（はらみうま）

「駒」は馬の総称、または子馬の意。馬は、十一ヶ月の妊娠期間を経て三、四月頃に子を産む。産まれた子馬が、ほどなくよろめきながらも自力で立ち上がる姿は感動的である。冬の間厩（うまや）に飼われていた馬は、春の野を潑剌（はつらつ）と駆け回る。

春駒や通し土間より日本海　　赤塚五行
面あげて風の春駒磯いそぐ　　岸田稚魚
雲に触れむと首のばす春の馬　　友岡子郷

猫の恋（ねこのこい）

○恋猫（こいねこ）　猫（ねこ）さかる　猫の妻（ねこのつま）　うかれ猫（ねこ）　孕猫（はらみねこ）

猫の交尾期は年に数回あるが、早春の頃が最も多い。発情した雄は昼夜となく雌を追い求め、狂おしく鳴く。また雄同士で争い、深く傷ついたりもする。そうした発情期を迎えた猫の行動をいう。

色町や真昼ひそかに猫の恋　　永井荷風

恋猫の恋する猫で押し通す　永田耕衣
恋猫の皿舐めてすぐ鳴きにゆく　加藤楸邨

猫の子（ねこのこ）

○子猫（こねこ）　親猫（おやねこ）

他の季節にも猫は子を産むが、仲春から晩春にかけてが最も多い。もの憂げな「孕猫（はらみねこ）」の姿が消えたと思うと、二、三日して産まれたばかりの子をくわえて現れたりする。子猫の愛くるしい姿がさまざまに詠われる。

ねこの子の猫になるまでいそがしく　鈴木　明
スリッパを越えかねてゐる仔猫かな　高浜虚子
眠る間に貰はれてゆく仔猫かな　長谷川　櫂

亀鳴く（かめなく）

亀が鳴くことはないが、春になると亀も雄が雌を慕って鳴くとする情緒的な季語。〈河ごしのみちのながぢの夕闇に何ぞと聞けば亀ぞなくなる〉という『夫木（ふぼく）和歌抄』の藤原為家（ためいえ）の歌に由来するといわれ、古くから季語として定着している。

裏がへる亀思ふべし鳴けるなり　石川桂郎
亀鳴くを聞きたくて長生きをせり　桂　信子

亀鳴くや男は無口なるべしと　田中裕明

蝌蚪（かと／くわと）　○蛙の子（かえるのこ）　おたまじやくし　蝌蚪の紐（かとのひも）　数珠子（じゆずご）

中国語の「蝌蚪」（おたまじゃくしのこと）がそのまま季語になった。卵のときは寒天状のものに包まれており、「蝌蚪の紐」「数珠子」という。孵（かえ）ってもしばらくは紐のなかにとどまっている。

川底に蝌蚪の大国ありにけり　村上鬼城

尾を振つてはじまる蝌蚪の孤独かな　日原傳

蝌蚪の紐継目なきこの長きもの　右城暮石

蛙（かわず／かはづ）　○蛙（かえる）　殿様蛙（とのさまがえる）　赤蛙（あかがえる）　土蛙（つちがえる）　初蛙（はつかわず）　昼蛙（ひるかわず）　夕蛙（ゆうかわず）　蛙合戦（かわずがっせん）

土の中や水底で冬眠していた蛙は、春になると産卵のため姿を現す。交尾期にもっとも激しく鳴くので、春の季語となった。古くから詩歌に詠まれてきた。

ラレレラと水田の蛙鳴き交す　山口誓子

昼蛙どの畦のどこ曲らうか　石川桂郎

呼びに来し子と帰りけり夕蛙　小川軽舟

鶯（うぐいす）（うぐひす）　○春告鳥（はるつげどり）　初音（はつね）　鶯の谷渡り（うぐいすのたにわたり）

〈ほうほけきょ〉という明瞭な鳴き声で、春の到来を告げる鳥として親しまれてきた。その年はじめての鳴き声を「初音」といい、それを聞くと春の訪れを感じることから「春告鳥」とも呼ばれる。

鶯や前山いよよ雨の中　　水原秋櫻子
鶯のやゝはつきりと雨の中　　深見けん二
うぐひすのケキョに力をつかふなり　　辻　桃子

雉（きじ）　○雉子（きじ）　きぎす　きぎし　雉のほろろ（きじのほろろ）

比較的大型の鳥で、雌は黒い斑（ふ）があり黄褐色で地味だが、雄は黒みを帯びた緑色の羽に光沢があり、尾羽が長い。一夫多妻の雄が、繁殖期の晩春には〈ケーンケーン〉としきりに鳴く。

雉啼くや胸ふかきより息一筋　　橋本多佳子
雉啼くや日はしろがねのつめたさに　　上村占魚
雉子の尾が引きし直線土にあり　　田川飛旅子

雲雀（ひばり）　〇告天子（こくてんし）　初雲雀（はつひばり）　揚雲雀（あげひばり）　落雲雀（おちひばり）　雲雀野（ひばりの）

鶯（うぐいす）とともに、春を代表する鳥。『万葉集』以来、詩歌によく詠われてきた。姿は地味だが囀（さえず）りが美しい。「告天子」は漢名。鳴きながら空へまっすぐに上がってゆくのが「揚雲雀」。

天に穴ありて落ちくる雲雀かな　野村喜舟
オートバイ荒野の雲雀弾き出す　上田五千石
雨の日は雨の雲雀のあがるなり　安住敦

燕（つばめ）　燕（えん）　〇乙鳥（つばめ）　玄鳥（つばめ）　つばくら　つばくろ　つばくらめ　燕来る（つばめくる）　初燕（はつつばめ）　飛（ひ）

春に南方から渡来し、秋にまた帰ってゆく。その間、家の軒先などに巣を作って繁殖するが、害虫を食べる益鳥でもある。万葉の時代から詩歌に詠まれている。

つばめつばめ泥が好きなる燕かな　細見綾子
来ることの嬉しき燕きたりけり　石田郷子
入口が出口となるよつばくらめ　宇多喜代子

火山湖のみどりにあそぶ初燕　飯田蛇笏

鳥帰る（とりかえる／とりかへ）

○鳥引く（とりひく）　帰る鳥（かえるとり）　引鳥（ひきどり）　◎引鶴（ひきづる）　引鴨（ひきがも）　帰る雁（かえるかり）

雁・鴨・鶴・白鳥・鶸（ひわ）・鶫（つぐみ）など、秋に北方から渡ってきて越冬した鳥が春になり帰ってゆくこと。「引く」は「帰る」の意味。群をなして帰ってゆくものもあれば、ばらばらに立つものもある。

鳥帰るいづこの空もさびしからむに　安住　敦

鳥帰る近江に白き皿重ね　柿本多映

引鶴の声はるかなる朝日かな　闌　更

みちのくはわがふるさとよ帰る雁　山口青邨

鳥雲に入る（とりくもにいる）

○鳥雲に（とりくもに）

雁（かり）、白鳥、鶴など、越冬して春に北に帰る大型の鳥が、群をなして高々と飛び、やがて雲間に入ってゆくさまを表した季語。古くから詩歌に詠まれ、去り行く鳥たちを惜しむ寂しさが漂う。

鳥雲に入るおほかたは常の景　原　裕

少年の見遣るは少女鳥雲に　中村草田男

鳥雲に湖をはなるる湖西線　片山由美子

囀（さえずり・さへづり）

◎百千鳥（ももちどり）

春になると、繁殖期を迎えた雄の鳥は求愛やテリトリーを守るためにしきりに囀る（さえず）。その頃の声を「囀」という。鶯（うぐいす）や雲雀（ひばり）、目白、頰白などが代表的。さまざまな鳥が群れて囀ることを「百千鳥」という。

囀をこぼさじと抱く大樹かな　星野立子

切株がいつものわが座囀れり　福永耕二

囀に耳の大きな道祖神　山田弘子

入り乱れ入り乱れつつ百千鳥　正岡子規

鳥交る（とりさかる）

○鳥（とり）つるむ　鳥（とり）の恋（こい）　恋雀（こいすずめ）

鳥たちは春から初夏にかけて繁殖期を迎える。羽の色が変わったり、しきりに囀る（さえず）のは、雌を誘う雄特有のもの。交尾期になると、誇示行動をしたり求愛ダンスを踊ったり、鳥たちはにわかに活気づく。

風蝕の崖さんらんと鳥交る　鷲谷七菜子

身に余る翼をひろげ鳥交む　鷹羽狩行

鳥の恋梢をともに移りつつ　岩田由美

雀の子（すずめのこ）

○子雀（こすずめ）　親雀（おやすずめ）　黄雀（きすずめ）

雀は晩春に産卵し、十日ほどで孵化（ふか）する。その後二週間ほどで巣立ちをするが、しばらくは親鳥が保護し、餌のとり方を教えたりする。雛のうちはくちばしが黄色いところから「黄雀」という。

松風に吹かれて来たる雀の子　今井杏太郎

雀の子一尺とんでひとつとや　長谷川双魚

子雀のこぼれ落ちたる草の丈　佐藤鬼房

鳥の巣（とりのす）

○小鳥の巣（ことりのす）　巣組み（すぐみ）　巣籠（すごもり）　古巣（ふるす）

春の繁殖期に、鳥たちが産卵や抱卵、雛を育てるために作る場所。鳥の種類によっては雄が巣の出来をアピールして雌を誘う。巣の形状はさまざまだが、驚くほど巧緻（こうち）なものもある。前年の使わなくなった巣が「古巣」。

鳥の巣に鳥が入ってゆくところ　波多野爽波

てのひらに鳥の巣といふもろきもの　石　寒太

やや高く破船に似たる古巣あり　七田谷まりうす

巣立鳥（すだちどり）　◯巣立（すだち）

卵から孵（かえ）った雛たちが成長し、晩春になると育った巣から飛び立ってゆく。その若鳥のことをいう。柔らかな羽をのばして、恐る恐る巣から身を乗り出すさまはどことなく頼りないが、それを早く独り立ちさせようとする親鳥の姿も見られる。

みづうみは遠き曇りに巣立鳥　木村蕪城

巣立鳥その影幹を上下して　香西照雄

つまさきに力をこめて巣立ちけり　野中亮介

桜鯛（さくらだい・さくらだひ）　◯花見鯛（はなみだい）

春先の真鯛のこと。この頃、産卵のため内海に入りこんでくるが、ホルモンの作用で体色が赤みを帯び婚姻色となる。桜の咲く頃なので、美しい名とともに賞味される。とくに明石（あかし）の鯛が有名。

俎板に鱗ちりしく桜鯛　正岡子規

よこたへて金ほのめくや桜鯛　阿波野青畝

さざなみにつつまれてゐる桜鯛　松沢雅世

白魚（しらうお）　○しらを　白魚網（しらおあみ）　白魚舟（しらおぶね）　白魚火（しらおび）
体長十センチほどの小魚で、からだは細く半透明。春先、産卵のために河口を溯る（さかのぼる）ところを網で捕える。生きたまま食するおどり食いのほか、すまし汁、卵とじ、かき揚げなど、さまざまに料理される。

白魚の黒目の二粒づつあはれ　福永耕二
白魚の水より淡く掬（すく）はるゝ　田畑美穂女
白魚を食べて明るき声を出す　鍵和田秞子

若鮎（わかあゆ）　○小鮎（こあゆ）　鮎の子（あゆのこ）　上り鮎（のぼりあゆ）
鮎は秋に生まれ、冬の間海で育ち、春に五、六センチに成長したものが川を上ってくる。鮎漁解禁前に見られるその鮎のこと。急流を懸命に溯る（さかのぼる）姿は力強く、優美で美しい。単に「鮎」といえば夏の季語。

若鮎の二手になりて上りけり　正岡子規
若鮎の無数のひかり放流す　和田祥子
釣りあげし小鮎の光手につつむ　下村非文

蛍烏賊（ほたるいか）

体に発光器を持つ五、六センチの烏賊。晩春の産卵期になると、回遊する雌が夜に浮上してきて、海面に美しい光を明滅させる。

まつくらな海へ見にゆく蛍烏賊　深見けん二
ほたるいか潮汲むやうに汲まれけり　関口祥子
網引くや闇に瑠璃なす蛍烏賊　池田笑子

栄螺（さざえ）　◎壺焼（つぼやき）

硬い殻に管状の突起をもつ巻貝。外側は暗青色（あんせいしょく）で、フジツボや海藻が付着していたりするが、内側はなめらかで真珠のような光沢があり美しい。外海の波の荒いところに棲息（せいそく）するものは角状の突起が発達する。刺身や和え物などにするほか、「壺焼」にして野趣や香りを楽しむ。

はるばると海よりころげきし栄螺　秋元不死男
生きさざえ嚙めばしほさゐ胸に鳴る　上村占魚
壺焼の尻焦げ抜けてゐたりけり　茨木和生

蛤（はまぐり）　○蛤（はま）つゆ　焼蛤（やきはまぐり）　◎浅蜊（あさり）

蛤、浅蜊ともに、淡水が流入する砂泥の浅海に分布する二枚貝。潮干狩との関係で春の季語になっている。蛤は祝いの席の料理に用いられることが多く、珍重される。「蛤つゆ」のほか、焼いて醤油ダレで味をつけた「焼蛤」(「やきはま」とも)も風味豊かで美味。貝殻は平安時代から貝合わせに用いられてきた。

蛤のぶつかり合つて沈みけり　石田勝彦

蛤の両袖びらきすまし汁　鷹羽狩行

くつがへる焼はまぐりの迂闊かな　坂巻純子

暁闇の桶に浅蜊の騒ぎ立つ　尾池和夫

桜貝(さくらがい／さくらがひ)　○花貝(はながい)　紅貝(べにがい)

一・五センチほどの大きさの二枚貝。東京湾、伊勢湾、瀬戸内海などの浅瀬に多く、その貝殻が波に寄せられていたりする。桜の花弁のように薄紅で光沢があることから、貝殻細工に用いられる。「花貝」「紅貝」などとも呼ばれる。

ひく波の跡美しや桜貝　松本たかし

桜貝二枚の羽を合せけり　阿波野青畝

おなじ波ふたたびは来ず桜貝　木内怜子

蜆（しじみ）

○真蜆（ましじみ）　紫蜆（むらさきしじみ）　蜆舟（しじみぶね）　蜆売（しじみうり）

内海をはじめ、湖沼、川などの砂や泥の中に棲む二枚貝。かつては獲れたてのものを「蜆売」が売りに来た。味噌汁に入れた蜆汁は風味がよく、肝臓によいとされている。琵琶湖（びわこ）の瀬田（せた）蜆、宍道湖（しんじこ）の大和（やまと）蜆などが有名。

からからと鍋に蜆をうつしけり　松根東洋城

水替へてひと日蜆を飼ふごとし　大石悦子

蜆舟少しかたぶき戻りけり　安住敦

寄居虫（やどかり）

○がうな（ご）

甲殻類に属する節足動物。エビとカニの中間のような形をしていて、一対のハサミをもち、空の巻貝をさがして棲（す）む。成長にしたがって大きな貝に替えてゆくところからこの名がついた。春の海辺では子供たちの人気者。

やどかりは海を知らざる子に這へり　木村蕪城

やどかりの中をやどかり走り抜け　波多野爽波

波ひとつ過ぎて寄居虫見失ふ　佐藤砂地夫

蝶（ちょう／てふ）　○蝶々（ちょうちょう）　胡蝶（こちょう）　蝶生る（ちょううまる）　初蝶（はつちょう）　白蝶（しろちょう）　黄蝶（きちょう）　紋白蝶（もんしろちょう）　蝶の昼（ちょうのひる）　揚羽蝶（夏の季語）など大型のもの以外は春の季語となっている。「初蝶」はその年はじめて見る蝶のこと。「蝶の昼」は、蝶の飛び交うまぶしいような春の昼をいう。

山国の蝶を荒しと思はずや　高浜虚子

方丈の大庇より春の蝶　高野素十

初蝶を追ふまなざしに加はりぬ　稲畑汀子

蜂（はち）　○蜜蜂（みつばち）　女王蜂（じょおうばち）　働蜂（はたらきばち）　土蜂（つちばち）　熊蜂（くまばち）　蜂の子（はちのこ）　蜂の巣（はちのす）　二対の翅（はね）をもち、胸部と腹部の間がくびれた身近な昆虫だが、防衛本能が強く、人を襲うこともある。日本でよく見かけるのは蜜蜂・足長蜂・熊蜂など。

蜂の尻ふは〳〵と針をさめけり　川端茅舎

蜜蜂の山風吹けば金の縞　永方裕子

熊蜂のうなり飛び去る棒のごと　高浜虚子

虻(あぶ)

○花虻(はなあぶ)　牛虻(うしあぶ)

蠅(はえ)に似ているがもっと大きく、うなりながら飛ぶ。種類は多いが「花虻」と「牛虻」が代表的。花虻は花粉や蜜を食べるので、花の中へ勢いよく飛びこみ、花粉にまみれて出てきたりする。牛虻は牛や馬、ときに人間の血を吸う。

大空に唸れる虻を探しけり　松本たかし

虻とんで海のひかりにまぎれざる　高屋窓秋

己が宙占めたり虻の猛々し　古田紀一

春の蚊(はるのか)

○春蚊(はるか)　初蚊(はつか)

蚊は夏に発生するが、晩春のあたたかい夜など、一匹だけふわふわ飛んできたりする。成虫で越冬し、物陰にひそんでいたもので、飛ぶのがやっとで人を刺すことはまれである。力のない羽音といい、弱々しさに哀れを覚える。

春の蚊を叩きて力あまりけり　長谷川秋子

ともしびにうすみどりなる春蚊かな　山口青邨

春蚊鳴く耳のうしろの暗きより　小林康治

春蟬（はるぜみ）　○松蟬（まつぜみ）

蟬の一種である「春蟬（松蟬）」のことで、春に鳴く蟬ではない。蟬の多くは盛夏になってから鳴き始めるが、春蟬は四、五月から鳴きはじめる。ほとんどが「松蟬」で、赤松林などで一斉に鳴き出す。

春蟬とおもへり歩みたるままに　岸田稚魚

一山の春蟬に身を浮かせゆく　鍵和田秞子

松蟬のいのりの如く鳴きはじむ　いさ桜子

蚕（かいこ・かひこ）　○蚕（こ）　春蚕（はるご）　捨蚕（すてご）

カイコガの幼虫で、四月中～下旬に孵化（ふか）する。繭（まゆ）から絹糸を取るため古くから飼育されてきた。桑の葉を食べるので「桑子」といい、病にかかって捨てられたものを「捨蚕」という。「繭」は夏の季語。

宵からの雨に蚕の匂かな　成美

朝日煙る手中の蚕妻に示す　金子兜太

捨蚕みな水に沈めるさびしさよ　田村木国

植物

梅（うめ）

○梅（うめ）の花（はな）　紅梅（こうばい）　白梅（はくばい）　野梅（やばい）　枝垂梅（しだれうめ）　臥龍梅（がりょうばい）　梅林（ばいりん）　盆梅（ぼんばい）　梅園（ばいえん）　老梅（ろうばい）

中国原産のバラ科の落葉小高木。早春、百花にさきがけて咲き、芳香を放つ。古くから親しまれ、万葉の時代には花といえば梅であった。各地に観梅の名所がある。

山川のとどろく梅を手折るかな　飯田蛇笏
近づけば向きあちこちや梅の花　三橋敏雄
紅梅や病臥に果つる二十代　古賀まり子
白梅や父に未完の日暮あり　櫂未知子

椿（つばき）

○白椿（しろつばき）　紅椿（べにつばき）　山椿（やまつばき）　藪椿（やぶつばき）　八重椿（やえつばき）　玉椿（たまつばき）　乙女椿（おとめつばき）　落椿（おちつばき）　花椿（はなつばき）

ツバキ科の常緑樹。昔から日本に自生していた「藪椿」のほか、園芸品種が多数作られ、現在では千種を超える。真紅、ピンク、白を中心にさまざまな色や種類があり、艶（あで）やかさを詠われる。「椿」は国字で、春の事触れの花の意。

ゆらぎ見ゆ百の椿が三百に　高浜虚子

かほどまで咲くこともなき椿かな　飯島晴子

赤い椿白い椿と落ちにけり　河東碧梧桐

桜（さくら）

○初桜（はつざくら）　朝桜（あさざくら）　夕桜（ゆうざくら）　夜桜（よざくら）　枝垂桜（しだれざくら）　八重桜（やえざくら）　山桜（やまざくら）　遅桜（おそざくら）

バラ科の落葉樹。日本の国花、春を代表する花として日本人にもっとも親しまれている。種類はきわめて多く、自生種だけでも三十種以上、栽培種を加えれば数百種に及ぶ。俳句では単に「桜」といえば、花が咲いている状態を表す。「初桜」はその年に初めて咲いた桜のこと。

ゆさ〳〵と大枝ゆるゝ桜かな　村上鬼城

押入に使はぬ枕さくらの夜　桂　信子

さきみちてさくらあをざめゐたるかな　野澤節子

手をつけて海のつめたき桜かな　岸本尚毅

夜桜やうらわかき月本郷に　石田波郷

山又山山桜又山桜　阿波野青畝

花(はな)

○花明り(はなあかり)　花盛り(はなざかり)　花影(はなかげ)　花の雲(はなのくも)　花の宿(はなのやど)　花の雨(はなのあめ)　花の昼(はなのひる)　花便り(はなだより)

◎残花(ざんか)

季題を代表する雪月花の一つ。『古今集』の時代から、「花」といえば桜を表すようになった。「花の雨」は桜の頃に降る雨のこと。「花の雲」は桜が爛漫(らんまん)と咲き、雲がたなびくように見えるさまをいう。「残花」は春の終わりになっても咲いている桜のこと。

咲き満ちてこぼるゝ花もなかりけり　高浜虚子

水の上に花ひろびろと一枝かな　高野素十

目瞑(つむ)りて眠るにあらず花のもと　下村梅子

本丸に立てば二の丸花の中　上村占魚

青空や花は咲くことのみ思ひ　桂信子

人体冷えて東北白い花盛り　金子兜太

使ひよき針三ノ三花の雨　鈴木真砂女

落花(らっか)

○花吹雪(はなふぶき)　飛花(ひか)　桜散る(さくらちる)　花の塵(はなのちり)　花筏(はないかだ)

桜の花が舞い散るさま、または散り敷いた花びら。桜はその美しい散り際が古くから愛されてきた。「花筏」は水面を重なって流れる花びらを筏に見立てたもの。

中空にとまらんとする落花かな　中村汀女
まつすぐに落花一片幹つたふ　深見けん二
一本のすでにはげしき花吹雪　片山由美子
花筏水に遅れて曲りけり　ながさく清江

辛夷(こぶし)

○木筆(こぶし)　幣辛夷(しでこぶし)

モクレン科の落葉高木。三月頃、葉にさきがけて白い六弁の大型の花をつける。白雲のように咲く花は遠くからでも目につく。蕾(つぼみ)が赤子の拳(こぶし)の形に似ていることから、この名がついたといわれる。

一弁のはらりと解けし辛夷かな　富安風生
わが山河まだ見尽さず花辛夷　相馬遷子
風の日の記憶ばかりの花辛夷　千代田葛彦

沈丁花(じんちょうげ/ぢんちやうげ)

○丁子(ちょうじ)　沈丁(じんちょう)

中国原産の常緑低木。庭に一、二本、あるいは垣に植えたりする。

沈香（じんこう）と丁香の香りがすることからこの名がついたといわれ、遠くからもよく匂う。早春、まだ風の冷たいうちから咲きだし、夜はことに香りが強い。

門灯をつけ忘れをり沈丁花　江國滋

沈丁や障子閉せる中宮寺　大久保橙青

沈丁の香をのせて風素直なる　嶋田一歩

連翹（れんぎょう）（れんげう）　中国原産の落葉低木。当初は薬用として伝わった。高さ二メートルほどになると枝が垂れ、三月頃、葉の出る前に、鮮やかな黄色の小さな花をびっしりつける。雨や曇りの日でも、そのあたりだけ明りがともったように見える。アジアだけでなく、ヨーロッパでもよく見かける。

連翹や真間の里びと垣を結はず　水原秋櫻子

連翹の花なき枝も垂れにけり　大橋越央子

連翹のひかりに遠く喪服干す　鷲谷七菜子

ミモザ　○花（はな）ミモザ

レモンイエローの可愛らしい小さな花を多数つける、銀葉アカシアの花。ヨーロッパでは復活祭の頃に咲く花として親しまれている。

ミモザ咲きとりたる歳のかぶさり来　　飯島晴子
すすり泣くやうな雨降り花ミモザ　　後藤比奈夫
花ミモザ地上の船は錆こぼす　　岩淵喜代子

ライラック　○リラ　リラの花(はな)

ヨーロッパ原産のモクセイ科の落葉低木（または小高木）。街路樹としてよく植えられる。四～六月に紫色または白色の小花を円錐状につける。明治中期に北海道に渡来し、今でも多く植えられている。甘い香りをもち、香水の原料になる。リラはフランス語。

ライラック海より冷えて来りけり　　千葉仁
舞姫はリラの花よりも濃くにほふ　　山口青邨
さりげなくリラの花とり髪に挿し　　星野立子

馬酔木(あしび)の花(はな)　○あせびの花(はな)　花馬酔木(はなあしび)

山野に自生するツツジ科の常緑低木。早春、白色の花を房のように垂らす。植物学的には「あせび」が正しいが、古来「あしび」と詠われてきた。牛馬や鹿が食べるとしびれて酔ったようになるというのでこの名がある。

花ぶさの雨となりたる馬酔木かな　大谷碧雲居
仏にはほとけの微笑あしび咲く　飯野定子
馬酔木咲く頃より疎遠はじまれり　伊藤淳子

躑躅（つつじ）　◯山躑躅（やまつつじ）　岩躑躅（いわつつじ）　霧島躑躅（きりしまつつじ）　◎満天星の花（どうだんのはな）　満天星躑躅（どうだんつつじ）

ツツジ類の総称。公園や人家の庭に植えられ、四月頃赤紫や白・淡紅などの花を一斉につける。この花が咲く頃には日中は汗ばむほどの陽気になり、春闌（たけなわ）の感がある。

妙見岳雲はれ躑躅咲きのぼる　水原秋櫻子
花びらのうすしと思ふ白つつじ　高野素十
つつじ燃ゆ土から色を吹き上げて　上野章子

雪柳（ゆきやなぎ）　◯小米花（こごめばな）　小米桜（こごめざくら）

渓谷の岩上などに自生する落葉低木。三〜四月頃、雪のような白い小花をびっしりとつけ、遠目にも鮮烈。加藤楸邨（しゅうそん）の句のごとく、こまかな花びらをはらはらとこぼし、地上に散り敷くさまも風情がある。

朝(あした)より夕(ゆうべ)が白し雪柳　五十嵐播水
こぼれねば花とはなれず雪やなぎ　加藤楸邨
雪やなぎ雪のかろさに咲き充てり　上村占魚

木蓮(もくれん)

○紫木蓮(しもくれん)　白木蓮(はくもくれん)　はくれん

中国原産の落葉低木。高さは五メートルにもなる。葉の出る前にたくさんの花が開く。「紫木蓮」は花弁の外側が濃い紫で内側は白みを帯び、反り返ると濃淡をなす。「白木蓮」で「はくれん」とも読ませる。

木蓮のため無傷なる空となる　細見綾子
戒名は真砂女でよろし紫木蓮　鈴木真砂女
撃たれたるごと白木蓮の散りたるは　岩津厚子

藤(ふじ)(ふぢ)

○藤の花(ふじのはな)　白藤(しろふじ)　山藤(やまふじ)　藤房(ふじふさ)　藤棚(ふじだな)　藤浪(ふじなみ)　藤の昼(ふじのひる)

庭園や公園などに棚を設けて栽植し、垂れ下がる花房を楽しむ。山野にも自生している。藤の盛りの頃には気温も上り、けだるさを覚える陽気とあいまって濃艶(のうえん)な風情が漂う。白藤は甘い香りが強い。

藤ゆたか幹の蛇身を隠しゐて　鍵和田秞子

こころにもゆふべのありぬ藤の花　森　澄雄
白藤や揺りやみしかばうすみどり　芝　不器男
藤棚の中にも雨の降りはじむ　三村純也
藤の昼膝やはらかくひとに逢ふ　桂　信子

山吹（やまぶき）

○八重山吹（やえやまぶき）　白山吹（しろやまぶき）　濃山吹（こやまぶき）

日本原産のバラ科の落葉低木。『万葉集』以来ひろく詩歌に詠われてきた。鮮やかなオレンジイエローの花は、緑の山野で目を引く。一重と八重があり、それぞれに味わいがある。

一重こそよし山吹もまなぶたも　永島靖子
山吹や日はとろとろと雲の中　岡田日郎
やすらかに死ねさうな日や濃山吹　草間時彦

夏蜜柑（なつみかん）

○夏柑（なつかん）　甘夏（あまなつ）　◎八朔（はっさく）　伊予柑（いよかん）　三宝柑（さんぽうかん）　ネーブル

夏蜜柑という名ではあるが、出回るのは春。大型の柑橘類の代表的なもので、皮が厚いのが特徴。果肉は汁が多く酸味が強い。「八朔」「伊予柑」「三宝柑」「ネーブル」なども同じ頃店頭に並ぶ。

夏蜜柑いづこも遠く思はるゝ　永田耕衣
眉に力あつめて剝けり夏蜜柑　八木林之助
夏みかん酸つぱしいまさら純潔など　鈴木しづ子

桃の花（もものはな）

春を代表する花の一つ。中国原産。雛祭に欠かせない。桃色というように、艶（あで）やかなピンクの花を付ける。一重と八重がある。万葉の頃からその美しさがめでられてきた。なお、単に「桃」（秋の季語）だけでは果実のことになるので、花とわかるように詠む必要がある。

ふだん着でふだんの心桃の花　細見綾子
山国の一村一寺桃の花　木附沢麦青
桃の花空の重たき日なりけり　鈴木真砂女

梨の花（なしのはな）

○梨花（りか）　梨咲く（なしさく）

中国原産のバラ科の落葉高木。四月下旬から五月にかけて、葉が出るのと同時に真っ白な花を付ける。清楚な花の風情がめでられる。

青天や白き五弁の梨の花　原　石鼎
夕暮の声を平らに梨の花　神蔵　器

梨咲くと葛飾の野はとの曇り　水原秋櫻子

杏の花（あんずのはな）

○花杏（はなあんず）

中国原産の落葉小高木。はじめは漢方薬用に栽培されていたが、しだいに花もめでられるようになった。バラ科の梅に似た白、または淡紅色の、清楚で初々しい印象を与える花。長野県千曲（ちくま）市は、杏の里として知られ、花の時期は一色に染まる。

一村は杏の花に眠るなり　星野立子

花杏遠きまなこをもちつづけ　小林康治

北国の雲の厚さよ花あんず　大嶽青児

林檎の花（りんごのはな）

○花林檎（はなりんご）

林檎は北海道、青森、山形、福島、長野など寒冷地の果樹園で栽培されるものがほとんどで、四、五月頃に花盛りとなる。蕾（つぼみ）のときは紅色だが、花びらの内側が白いので、開くとまっ白に見える。清純な少女のような趣が漂う。

白雲や林檎の花に日のぬくみ　大野林火

娘よりきれいな母や花りんご　清水基吉
村ぢゆうが明るくなりぬ花林檎　橋本末子

木瓜の花
◯花木瓜　更紗木瓜
中国原産の落葉低木。庭に植えるほか、盆栽にもする。太い幹にはならず、根元から細い幹が多数伸び、それぞれに花をびっしりつける。実は薬用になる。朱、白、紅白まじりの更紗木瓜もある。

口ごたへすまじと思ふ木瓜の花　星野立子
だまされてをればたのしき木瓜の花　加藤楸邨
降りつつむ雨の明るし更紗木瓜　水原秋櫻子

木の芽
◯芽立ち　芽吹く　芽ぐむ　雑木の芽　◎木の芽時　木の芽山
木の芽風
春に芽吹く木々の芽の総称。冬の間は枯れてしまったかのようであった落葉樹が芽吹く景色は、いかにも春の到来を感じさせる。「木の芽」というと山椒の芽の意味になるので注意が必要。「木の芽時」はさまざまな木が芽吹く頃のことをいう。

美しく木の芽の如くつつましく　京極杞陽
金銀の木の芽の中の大和かな　大峯あきら
ひた急ぐ犬に会ひけり木の芽道　中村草田男

蘖（ひこばえ）　○ひこばゆ
樹木の切り株や根元から萌（も）え出てくる若芽のこと。太い株の脇から細い芽がまっすぐ伸びてゆくさまは、生命の再生を見るような感動がある。蘖は「孫生え（ひこばえ）」の意味。「ひこばゆ」と、動詞にも用いられる。

蘖や涙に古き涙はなし　中村草田男
ひこばえや絵図の小町をたづね得ず　角川源義
年輪の渦うつくしくひこばゆる　三宅一鳴

若緑（わかみどり）　○若松（わかまつ）　緑立つ（みどりたつ）　松の芯（まつのしん）
松の新芽のこと。松は常緑樹だが、晩春に細長い蠟燭（ろうそく）のような形の新芽を立てる。生長が早く、生命力旺盛（おうせい）な感じがする。松の若葉のこともいう。

静さやゆふ山まつの若みどり　闌更

緑立つ西にみづみづしき筑紫　神尾久美子
雨の香に立ちまさりけり松の芯　渡辺水巴

松の花（まつのはな）

○松花粉（まつかふん）
松は雌雄同株で、新芽の先に四月頃に紫色の雌花を二、三個つけ、その芽の下のほうに雄花をかたまってつける。

松の花波寄せ返すこゑもなし　水原秋櫻子
松の花一の鳥居の中に海　永井龍男
幾度か松の花粉の縁を拭く　高浜虚子

杉の花（すぎのはな）

○杉花粉（すぎかふん）　花粉症（かふんしょう）
松と同じく雌雄同株で、雄花が米粒状をなして枝先に群生し、二月の半ば頃から黄色い花粉を飛ばす。そのさまはまるで煙のようで、花粉が人の目や鼻腔（びこう）に入ると涙目になったり鼻水が出たり、風邪のような症状を起こす。近年では杉花粉に限らず多くの人が悩まされるようになった。

ただよへるものをふちどり杉の花　富安風生
馬の首垂れて瀬にあり杉の花　小澤　實

気の毒に君気の毒な花粉症　　佐藤鬼房

柳（やなぎ）

○枝垂柳（しだれやなぎ）　若柳（わかやなぎ）　青柳（あおやぎ）　◎柳絮（りゅうじょ）

古来、一般に親しまれてきたのは「枝垂柳」。柳は春夏秋冬それぞれに趣があり、「夏柳」（夏）「柳散る」（秋）「枯柳」（冬）などと詠われてきた。瑞々しい芽吹きに始まり、徐々に変化する緑の美しさが「若柳」「青柳」などの表現からも感じられる。雌雄異株で、雌花穂が結実して飛ばす白い綿毛のついた種子を「柳絮」という。

瓦斯燈にかたよつて吹く柳かな　　正岡子規

卒然と風湧き出でし柳かな　　松本たかし

柳よりやはらかきもの見当らず　　後藤比奈夫

吹くからに柳絮の天となりにけり　　軽部烏頭子

猫柳（ねこやなぎ）

川辺に自生する柳の一種。まだ寒風の吹きつけるなかで、銀色の花穂が皮を脱ぎはじめる。その艶（つや）のある毛が猫の尾を思わせるので、この名がついた。川波の反射を受けて輝くさまは春の到来を感じさせる。

猫柳日輪にふれ膨らめる　　山口青邨

ときをりの水のささやき猫柳　中村汀女
長崎の空はみづいろ猫柳　押野裕

桑（くわ）

○桑（くわ）の花（はな）　桑畑（くわばたけ）

日本と台湾に自生するクワ科の落葉高木。養蚕の発達とともに畑で栽培されるようになった。冬の間、枝を括（くく）っておいたものを解く頃になると青い芽を吹く。やがて新葉をひろげると、鮮やかな緑が美しい。

八王子駅出でて直ぐ桑がくれ　三橋敏雄
山畑のいよいよ荒れて桑の花　青柳志解樹
山鳥の羽音つつぬけ桑畑　皆川盤水

竹の秋（たけのあき）

○竹秋（ちくしゅう）

竹は他の植物とは逆に、春四月頃に葉が黄ばんでくる。それが秋の様子を思わせることから「竹の秋」という。美しく、味わいのある季語。「竹秋」は陰暦三月の異名。葉が青々とする秋が「竹の春」である。

竹の秋しづかなものに余呉の湖（うみ）　細見綾子
竹の秋男の若狭訛りかな　廣瀬直人

風避けて風の音聞く竹の秋　望月周

春落葉（はるおちば）

落葉は、冬になって落葉樹の葉が散ることだが、椎（しい）・樫（かし）などの常緑樹は晩春から夏にかけて古い葉を落とし、ひそやかに新旧交代をする。いつの間にか樹下に落ちた葉がたまっているのが目につく。静けさを連想させる季語である。

春落葉いづれは帰る天の奥　野見山朱鳥

一日のたそがれ誘ふ春落葉　皆川盤水

さびしさに慣るるほかなし春落葉　西嶋あさ子

黄水仙（きずいせん）　◎喇叭水仙（らっぱずいせん）

ヒガンバナ科の多年草の花。水仙は冬に咲く白い花だが、春の水仙は花が大きく色も濃いものが多い。ギリシャ神話のナルシスにまつわる伝説に登場するのも黄水仙。早春の花壇に咲き揃い、風に揺れているのを目にする。

黄水仙人の声にも揺れゐたる　村沢夏風

横浜の方に在る日や黄水仙　三橋敏雄

水平に母の声来る黄水仙　　鈴木節子

雛菊（ひなぎく）　◯デージー

ヨーロッパ原産のキク科の多年草。へら形の葉の間から小さな白い花をつける。改良により大輪・中輪・小輪、八重咲きなどの種類が増え、色も紅・白・桃色などさまざま。

雛菊や亡き子に母乳滴りて　　柴崎左田男
踏みて直ぐデージーの花起き上る　　高浜虚子
デージーは星の雫に息づける　　阿部みどり女

勿忘草（わすれなぐさ）

ヨーロッパ原産のムラサキ科の花。晩春に瑠璃（るり）色の可憐な花をつける。その名は、この花を恋人に贈ろうとした騎士が川に落ち、「私を忘れないで」と叫んで死んだというドイツの悲恋伝説に由来する。

勿忘草日本の恋は黙つて死ぬ　　中村草田男
花よりも勿忘草といふ名摘む　　粟津松彩子
勿忘草わかものゝ墓標ばかりなり　　石田波郷

チューリップ　小アジア原産のユリ科の球根植物の花。ヨーロッパでは中世から盛んに栽培されてきたが、日本へ入ってきたのは江戸時代末期。一茎に一花しか咲かないのが特徴。素朴な赤・白・黄色に加え、色も形も種類が増えてきている。春を代表する花のひとつ。

チューリップ影もつくらず開きけり　長谷川かな女
チューリップ喜びだけを持つてゐる　細見綾子
チューリップ花びら外れかけてをり　波多野爽波

シクラメン　○篝火花（かがりびばな）
サクラソウ科の球根植物。明治中期に西洋から渡来した。温室栽培のものが冬の間から出回り、他の花ものが少ない時期である上に長期間咲き継いで楽しませてくれることから、鉢植えに人気がある。「篝火花」とも呼ばれる。

シクラメン花のうれひを葉にわかち　久保田万太郎
恋文は短きがよしシクラメン　成瀬櫻桃子
美しきうなじ蕾のシクラメン　片山由美子

ヒヤシンス　地中海沿岸原産のユリ科の球根植物。剣状の葉が根元から数枚出て、その中心から花茎が直立し、春先に一重または八重の花が多数の鈴をつけたように咲く。赤・ピンク・白・紫・青・黄と色も豊富。水栽培もしやすく広く親しまれている。

みごもりてさびしき妻やヒヤシンス　瀧　春一
銀河系のとある酒場のヒヤシンス　橋　閒石
理科室に放課後の冷ヒヤシンス　大島雄作

菜の花（なのはな）　○花菜（はなな）　油菜の花（あぶらなのはな）
越年草の油菜の花。菜種油を採るために栽培されるが、与謝蕪村（よさぶそん）の〈菜の花や月は東に日は西に〉、童謡「おぼろ月夜」などによってイメージが定着している。一面の菜の花畑は金色に輝き、郷愁を誘う。

菜の花といふ平凡を愛しけり　富安風生
家々や菜の花いろの灯をともし　木下夕爾
菜の花や西の遥かにぽるとがる　有馬朗人

大根の花（だいこんのはな）

○花大根（はなだいこん）　花大根（はなだいこ）

暖かくなるとともに大根は茎を伸ばし、晩春に菜の花に似た十文字の白い花をつける。種を採るために花を咲かせるのである。野菜の花とはいえ、ひっそりとした味わいがある。

大根の花紫野大徳寺　高浜虚子
大根の花や青空色足らぬ　波多野爽波
夕月は母のぬくもり花大根　古賀まり子

豆の花（まめのはな）

○豌豆の花（えんどうのはな）　蚕豆の花（そらまめのはな）

春に咲く豆類の花のこと。多くは豌豆や蚕豆の花をさす。蝶のような独特の形をしており、色も美しく愛らしい花である。

まつすぐに海の風くる豆の花　大嶽青児
そら豆の花の黒き目数知れず　中村草田男
暁は花えんどうより見えはじむ　宇多喜代子

葱坊主（ねぎぼうず）

○葱の花（ねぎのはな）

葱は春になると中心部から茎が伸び、やがて球状に小花をつける。

これを「葱坊主」という。どこかユーモラスな感じのする季語で、心理的な内容に取り合わせたりする。単に「葱」というと冬の季語。

葱坊主子を憂ふればきりもなし　安住　敦
葱坊主どこをふり向きても故郷　寺山修司
葱坊主いつしか意地を折りゐたり　三好潤子

菠薐草（ほうれんそう・はうれんさう）　西アジアが原産とされるアカザ科の一・二年草。葉を食用にする。今や一年中手に入るので季節感が乏しくなったが、在来種は秋に蒔（ま）き冬から春にかけて収穫される。緑が濃く、ビタミンに富み、さまざまに料理される。

夫（つま）愛すはうれん草の紅愛す　岡本　眸
菠薐草スープよ煮えよ子よ癒えよ　西村和子
菠薐草父情の色と思ひけり　井上弘美

茎立（くくたち）　◯くくだち　くきだち
「くく」は「茎」の古形。大根・蕪（かぶ）・菜類が、気温の上昇とともに茎を急に伸ばし立たせることをいう。この茎を「薹（とう）」といい、葉が硬くなり、大根は鬆(す)ができるなど、味が落ちてしまう状態を「薹が立つ」という。

茎立やおもはぬ方に月ありて　岸田稚魚
茎立や当麻の塔に日が当り　斎藤夏風
茎立や富士ほそるほど風荒れて　鍵和田秞子

独活(うど)
ウコギ科の多年草。日本固有の植物で、山野に自生するほか、食用として畑などでも栽培される。春に地上に出る前の若い茎は柔らかく強い香りがあり、和え物や煮物にしたり汁に入れたりして、その風味を味わう。

洗ひたる独活寝かしたる目笊かな　石川桂郎
独活きざむ白指もまた香を放ち　木内彰志
山うどのにほひ身にしみ病去る　高村光太郎

山葵(わさび)
◯山葵田(わさびだ)　山葵沢(わさびざわ)
日本特産のアブラナ科の多年草。山の渓流に自生していた水生植物だが、きれいな水を引いた「山葵田」で栽培するようになった。薬味として日本料理には欠かせない香辛料。春に花茎を伸ばし開花する。葉の緑や白い花など、見た目にもすがすがしい。

水浅し影もとどめず山葵生ふ　松本たかし
山葵田を溢るゝ水の石走り　福田蓼汀
山葵田の隙といふ隙水流れ　清崎敏郎

青麦（あおむぎ）（あをむぎ）　○麦青む（むぎあおむ）

冬の間に芽を出した麦は、春になると急に伸びはじめ、穂の出る前の葉や茎は青々としている。その勢いは生命感に満ち、たちまち畑一面を緑に染める。近年は耕作量が減り、あまり見られなくなってきた。

青麦にいつ出てみても風があり　右城暮石
青麦も汽車の火煙も闇の過去　原子公平
青麦や湯の香りする子を抱いて　森澄雄

春の草（はるのくさ）　○春草（しゅんそう）　芳草（ほうそう）　草芳し（くさかぐわし）　草芳し（くさかんばし）

春になって萌え出た草のこと。「草萌（くさもえ）」に対し、やや生長した諸々の草をいう。緑も濃くなり、風になびいては若々しい匂いを漂わせる。

春の草測量棒を寝かせけり　井上弘美

法隆寺前の往来や草芳し　　野村喜舟
杖も身もなげうつて草芳しき　　皆吉爽雨

下萌

◯草萌　草青む　畦青む　土手青む

早春、地中から草の芽が萌え出ること。枯野のあちこち、路傍や岩の間、残雪の下などからのぞく鮮烈な緑には、春の到来の喜びを実感する。

下萌の大磐石をもたげたる　　高浜虚子
下萌や仏は思惟の手を解かず　　鷲谷七菜子
鳩は歩み雀は跳ねて草萌ゆる　　村上鞆彦

草の芽

◯名草の芽　◎菖蒲の芽　山葵の芽　菊の芽　百合の芽　紫苑の芽　芍薬の芽　紫陽花の芽　萱の芽

春になると萌え出る草の芽のこと。冬の間葉の枯れていた植物が、春には一気に芽を出す。それぞれの形や色の違いが興趣を誘う。

草の芽ははや八千種の情あり　　山口青邨
草の芽のこゑを聴かむと踞みけり　　黒澤宗三郎
草の芽のまだ雨知らぬ固さかな　　黒澤麻生子

若草（わかくさ）　◎古草（ふるくさ）

春に萌え出たばかりの草のこと。まだみずみずしく柔らかい。若草にまじって残っている越年した草を「古草」という。

若草や蹄のあとの水たまり　会津八一
若草に置かれてくもる管楽器　小島健
古草や跫（あし）音もなく人過ぐる　勝又一透

菫（すみれ）　○菫草（すみれぐさ）　花菫（はなすみれ）　相撲取草（すもうとりぐさ）　壺菫（つぼすみれ）　パンジー　三色菫（さんしきすみれ）

日当たりの良い山野にさまざまな種類が自生する。花は濃紫色で四〜五月に咲く。日本に古くからある植物で、濃淡はあるが、紫の小さな花と細い花茎がいかにも可憐な印象を与える。「相撲取草」は別名で、かぎ状の花を引っ掛け合い遊ぶことから。「パンジー（三色菫）」はヨーロッパ原産の園芸品種。

菫程な小さき人に生れたし　夏目漱石
かたまつて薄き光の菫かな　渡辺水巴
川青く東京遠きすみれかな　五所平之助

苜蓿（うまごやし）

〇苜蓿（もくしゅく）　クローバー　白詰草（しろつめくさ）

南ヨーロッパ原産のマメ科の多年草。春から夏にかけて、白色の小花が球状に咲く。江戸時代に日本へ渡来し、良好な飼馬料となることから「うまごやし」の名がついた。「苜蓿（もくしゅく）」は紫色の花で、「白詰草」は別種のオランダゲンゲのこと。

うまごやし基地のレーダー耳立てて　橋本美代子

苜蓿やいつも遠くを雲とほる　橋本鶏二

生も死もしろつめ草の首飾り　鳥居真里子

紫雲英（げんげ）

〇げんげん　蓮華草（れんげそう）

マメ科の越年草の蓮華草の花。四〜六月に多数の蝶形花（ちょうけいか）をつける。家畜の飼料になるとともに、根に共生する根粒バクテリアが肥料になるところから、田に植えられる。じゅうたんを敷きつめたように一面に花が咲くさまは、のどかで懐かしい情景。

余念なく紫雲英を摘むとひとは見む　大島民郎

花嫁にぞろぞろつきてげんげかな　細川加賀

どの道も家路とおもふげんげかな　田中裕明

薺の花（なずなのはな・なづなのはな）

○花薺（はななずな）　三味線草（しゃみせんぐさ）　ぺんぺん草（ぐさ）

アブラナ科の二年草。春の七草の一つでもあるが、春の田畑や道端などに咲いているのが見られる。果実が三味線のばちに似ていることから「三味線草」「ぺんぺん草」ともいわれる。

晩年の夫婦なづなの花白し　篠崎圭介

なづな咲きふり返りても風の音　岸田稚魚

黒髪に挿すはしやみせんぐさの花　横山白虹

蒲公英（たんぽぽ）

○鼓草（つづみぐさ）　蒲公英（たんぽぽ）の絮（わた）

菫（すみれ）とともに、春の野で最も親しみのある花。キク科の多年草で、三〜五月頃に黄や白色の花を咲かせる。茎を短く切って両端に放射状の切れ目を入れて水に浸けると鼓の形になるので「鼓草」といわれ、音の連想からタンポポの名がついた。黄花のほか、四国・九州では白花が多い。

たんぽぽや長江濁るとこしなへ　山口青邨

たんぽぽや日はいつまでも大空に　中村汀女

夕方の空の肌いろ鼓草　山西雅子

土筆（つくし）

○つくづくし　つくしんぼ　土筆野（つくしの）　土筆摘（つくしつ）む

杉菜の胞子茎。いたるところに自生し、春先に地面から顔を覗（のぞ）かせているので、子供が摘んで遊んだり、煮て食べたりする。形が筆に似ていることから土筆と書く。見つけると春到来の実感が湧く植物である。

土筆伸ぶ白毫（びやくごう）寺道は遠けれど　水原秋櫻子

せせらぎや駈けだしさうに土筆生ふ　秋元不死男

まゝ事の飯もおさいも土筆かな　星野立子

桜草（さくらそう）

○プリムラ

日本原産の多年草。春に可憐な淡紅色の五裂の花を五〜一〇個つける。花の形が桜の花に似ていることからこの名がついた。「プリムラ」は西洋種で、葉の形が少し異なる。

少女の日今はた遠しさくら草　富安風生

咲きみちて庭盛り上がる桜草　山口青邨

うれしさは直ぐ声に出てさくら草　志賀佳世子

虎杖（いたどり）　タデ科の多年草で、山野に自生する。高さは一メートル以上になり、大きな葉を互生させる。早春、筍のような紅色の茎が出てきて目を引き、食用にする。若い茎には酸味があり、生で食べたり、煮たり塩漬けにしたりする。

いづこにもいたどりの紅木曾に泊（は）つ　橋本多佳子
虎杖やふるさととい ふよりどころ　伊藤トキノ
いたどりや着きて信濃の日が暮るる　及川　貞

蕨（わらび）
○早蕨（さわらび）　初蕨（はつわらび）　◎ぜんまい

「蕨」も「ぜんまい」も春を告げる山菜の代表。蕨は先端が握りこぶしの形、ぜんまいは渦巻き状。地上に出たばかりのものを摘み採り、あく抜きをして食べる。『万葉集』に〈石（いわ）ばしる垂水（たるみ）の上のさ蕨の萌え出（い）づる春になりにけるかも〉と詠まれている。

良寛の天といふ字や蕨出づ　宇佐美魚目
早蕨や若狭を出でぬ仏たち　上田五千石
ぜんまいののの字ばかりの寂光土　川端茅舎

芹(せり)

○田芹(たぜり)　芹(せり)の水(みず)　芹摘(せりつ)む

主に湿地に群生し、食用に栽培もされる多年草。春の七草の一つにもなっている。強い香りがあり、お浸しなどにして食べる。濃い緑色の葉と、白くて長い根がコントラストをなす。

芹といふことばのすでにうすみどり　正木浩一

子に跳べて母には跳べぬ芹の水　森田　峠

芹摘むに風よりひくくかがまりて　細見綾子

犬(いぬ)ふぐり

オオバコ科に属する二年草。早春、道端や野原に這うように広がって群生し、瑠璃(るり)色の花を咲かせる。日本自生の淡紅色のものと、ヨーロッパ原産の青い大犬(おお)ふぐりがあるが、近年では後者が圧倒的に多い。

犬ふぐり星のまたたく如くなり　高浜虚子

犬ふぐり色なき畦と思ひしに　及川　貞

いぬふぐり揺らぐ大地に群れ咲ける　大屋達治

から連想が広がる。

花了へてひとしほ一人静かな　後藤比奈夫
一人静むらがりてなほ淋しけれ　加藤三七子
身の丈を揃へて二人静かな　倉田紘文

一人静（ひとりしずか）　◎二人静（ふたりしずか）　山野で見られる高さ二十センチほどの多年草。四枚の葉に守られるように花穂を伸ばし、春に白い小花をつける。「二人静」は二本の花穂が立つことから名づけられた。いずれも源義経が愛した静御前にちなみ、名前から連想が広がる。

蕗の薹（ふきのとう）　○蕗の芽（ふきのめ）　蕗の花（ふきのはな）

キク科の多年草。早春、まだ野山に雪が残っている頃、浅緑の花茎を土中からもたげる。最初は小さな蕾（つぼみ）が固くかたまっており、これを食する。独特の苦みと香りが好まれる。やがて花茎を伸ばしながら花を開く。

ほとばしる水のほとりの蕗の薹　野村泊月
襲ねたる紫解かず蕗の薹　後藤夜半
蕗の薹傾く南部富士もまた　山口青邨

蓬（よもぎ）　○餅草（もちぐさ）　蓬生（よもぎう）　さしも草（ぐさ）　艾草（もぐさ）　蓬摘（よもぎつ）む

キク科の多年草で、野原や土手などに自生する。葉は深い緑で、裏側は銀白色を帯びる。若葉は香りがよいので草餅として搗（つ）きこみ、三月三日の節句に供える。生長した葉は、乾燥させて灸（きゅう）に用いる「艾草」とする。

白昼を能見て過す蓬かな　宇佐美魚目

千手観音の一指に蓬の香　清水径子

巻き戻したる巻尺の蓬の香　大庭紫逢

茅花（つばな）　○白茅（ちがや）の花（はな）　茅花野（つばなの）

イネ科の多年草である白茅の花をいう。白茅は早春、葉が出る前に銀色の花穂をのばす。地下茎と開く前の穂は嚙むと甘い。どこかなつかしさを感じさせる植物である。

三日月のほのかに白し茅花の穂　正岡子規

地の果のごとき空港茅花照る　横山白虹

まなかひに青空落つる茅花かな　芝　不器男

片栗の花（かたくり　はな）

○かたかごの花（はな）

ユリ科の多年草で、日本の山野に古くから自生する。早春、二枚の楕円形の葉を出し、三、四月頃に紫の花を開く。うつむきがちに咲く姿は可憐で趣がある。『万葉集』では「かたかご」の古名で詠われている。

片栗の花ある限り登るなり　八木澤高原

かたくりの明日ひらく花麌しき　石田あき子

かたかごの花やうなじを細うして　山上樹実雄

水草生ふ（みずくさお　みづくさおふ）

○水草生ふ（みくさおう）

春に水が温み（ぬる）はじめると、冬の間は枯れたようになっている水草も緑をのぞかせるようになり、沼や池が明るくなる。水面にひろがる萍（うきくさ）や蓮（はす）、水上に伸びて葉をひろげる河骨（こうほね）、水底に根をおろすものなどさまざま。

ゆふぐれのしづかな雨や水草生ふ　日野草城

やはらかに岸踏みをれば水草生ふ　八木林之助

水草生ふ放浪の画架組むところ　上田五千石

蘆の角（あしのつの）

○蘆の芽（あしのめ）　蘆牙（あしかび）　角組む蘆（つのぐむあし）　◎蘆の若葉（あしのわかば）　若蘆（わかあし）

イネ科の多年草で、高さ約二メートルにもなり、沼沢や川辺に群落をなす。早春、泥中から筍に似た角状の新芽を出す。若芽は食用になる。「角組む」は芽組（めぐ）むの意。「蘆の若葉」「若蘆」は生長し二列の互生した葉を出したもの。

さざ波の来るたび消ゆる蘆の角　上村占魚

蘆の芽や雲の重さを支へかね　成瀬櫻桃子

若蘆や夕潮満つる舟溜り　村上鬼城

若布（わかめ）

○和布（わかめ）　新若布（しんわかめ）　若布刈（わかめがり）　若布刈舟（めかりぶね）

日本沿岸の海底に生息する海藻。小舟で海へ出て、箱眼鏡をのぞきながら三メートルもある長い竹竿の先に鎌をつけたもので刈り取る。干したものは保存が利く。なお「鹿尾菜（ひじき）」「海雲（もずく）」「海髪（うご）」など大方の海藻は春の季語。

みちのくの淋代の浜若布寄す　山口青邨

乾きつゝふかみどりなる和布かな　高浜年尾

激流に棹一本の若布刈舟　　山口誓子

鹿尾菜(ひじき)

○ひじき干(ほ)す

日本各地の海岸の岩礁に群生しており、春から初夏にかけて繁茂する。採取して釜で煮た後、天日干ししたものが食用として親しまれている。

怒濤去り鹿尾菜の巌の谷なせる　　水原秋櫻子

一日目二日目のもの鹿尾菜干す　　茨木和生

島々は伊勢の神領ひじき干す　　長谷川　櫂

海苔(のり)

○甘海苔(あまのり)　岩海苔(いわのり)　海苔篊(のりひび)　海苔粗朶(のりそだ)　海苔干(のりほ)す　浅草海苔(あさくさのり)

海苔は日本の食卓に欠かせないものの一つ。天然海苔の採取は古くから行われ、江戸時代から養殖が始まった。十二月頃から春にかけて収穫されるため、昔から春の季語とされている。乾燥させたものが干し海苔で、かつては天日干しであったが、近年では機械化が進んだ。

日をのせて浪たゆたへり海苔の海　　高浜虚子

岩海苔を採りをりはなればなれにて　　森田公司

海苔干すや町の中なる東海道　　百合山羽公

夏

夏（なつ）

○**三夏**（さんか）　**九夏**（きゅうか）　**朱夏**（しゅか）　◎**炎帝**（えんてい）　**五月**（ごがつ）　**六月**（ろくがつ）　**七月**（しちがつ）

立夏（五月六日頃）から立秋（八月八日頃）前日までをいう。「朱夏」は陰陽五行説で赤を夏に配するところから来た夏の異称。「炎帝」は夏をつかさどる神のこと。

算術の少年しのび泣けり夏　西東三鬼
この夏を妻得て家にピアノ鳴る　松本たかし
焼岳を映し大正池の夏　後藤比奈夫
樹々そよぐ颯々の夏いさぎよし　森　澄雄
わが朱夏の詩は水のごと光るべし　酒井弘司
炎帝の昏きからだの中にゐる　柿本多映

初夏（しょか）

○**初夏**（はつなつ）　**夏はじめ**（なつ）　**夏きざす**（なつ）　◎**若夏**（わかなつ）

夏を三期に分けた最初の一ヶ月。沖縄では「若夏」という。新緑のすがすがしい季節である。時候天文の季語は俳諧や和歌の時代に溯（さかのぼ）る季語が多いが、夏に関しては明治以後、伝統や歴史を踏まえて作られたものが多く、灼熱の夏を賛美する意識は近代的なものといえる。

初夏に開く郵便切手ほどの窓　有馬朗人
はつなつのおほきな雲の翼かな　高田正子
缶詰のパイン全き夏はじめ　小野あらた
夏きざす屋上に飼ふ兎にも　児玉輝代

卯月（うづき）

◎皐月（さつき）　五月（さつき）

「卯月」は陰暦四月の異称。十二支の四番目が卯に当たるからとも、卯の花の咲く頃だからともいう。「皐月」は陰暦五月の異称。早苗月（さなえづき）の省略とも、五月雨（さみだれ）月の略ともいう。皐月は「五月」とも書くが、新暦の五月（ごがつ）と紛らわしいので要注意。

卯月来ぬましろき紙に書くことば　三橋鷹女
酒置いて畳はなやぐ卯月かな　林　徹
生まれ家の柱のとよむ卯月かな　柿本多映
漕ぎ出でて富士真白なる皐月かな　長嶺千晶

入梅（にゅうばい／にふばい）　○梅雨入（ついり）　梅雨（つゆ）に入（い）る　梅雨（つゆ）きざす　◎梅雨寒（つゆざむ）　梅雨冷（つゆびえ）

梅雨に入る日。六月十一日頃にあたる。必ずしもこの日から梅雨が始まるわけではなく、あくまでも時候の季語である。実際には六月初旬から中旬にかけて梅雨に入ることが多い。「梅雨寒」「梅雨冷」は梅雨の頃の季節外れの寒さをいう。

大寺のうしろ明るき梅雨入かな　前田普羅
あはうみの汀かがやく梅雨入かな　名取里美
梅雨寒や背中合はせの駅の椅子　村上喜代子

夏至（げし）

二十四節気の一つ。六月二十一日頃にあたり、一年中で昼間がもっとも長い。

夏至ゆうべ地軸の軋む音少し　和田悟朗
夏至の日の手足明るく目覚めけり　岡本眸
夏至の夜の港に白き船数ふ　岡田日郎

立夏（りっか）　○夏立（なつた）つ　夏（なつ）に入（い）る　夏来（なつきた）る

二十四節気の一つで五月六日頃。夏の気の立つ日という。春から夏という季節の変わり目は区別が難しいが、江戸では立夏から三日目頃に牡丹（ぼたん）が開花し時鳥（ほととぎす）が啼（な）き始めたという（『四時観遊録』）。暦の上ではこの日から夏が始まる。

竹筒に山の花挿す立夏かな　神尾久美子
街角のいま静かなる立夏かな　千葉皓史
空海の筆勢夏に入りにけり　野中亮介

夏（なつ）めく　夏らしくなること。心理的にも軽快さや解放感が生まれる。日本の夏は初夏のあとすぐ梅雨に入り、その梅雨が明けると一気に猛暑となる。

夏めくや庭土昼の日をはじき　星野立子
夏めくや双眼鏡の中の海　山本一歩
夏めくや卓布にふるる膝がしら　田中裕明

薄暑（はくしょ）　○薄暑光（はくしょこう）
初夏の頃ほのかに感じる暑さ。暑くはあっても不快感はなく、軽快感がある。明治末期に季語として定着した。「薄暑光」はこの時期の明るさをいう。

後架にも竹の葉降りて薄暑かな　飯田蛇笏
街の上にマスト見えゐる薄暑かな　中村汀女
遮断機の今上りたり町薄暑　高浜虚子
山頂に童児走れば薄暑光　飯田龍太

麦の秋（むぎのあき）　○麦秋（むぎあき）　麦秋（ばくしゅう）

五月下旬に麦が黄金色に熟し、収穫を待つ頃のこと。秋を穀物の熟する時期ととらえ、夏であっても麦の熟するときなので「麦の秋」と呼んだ。中国でも古くから旧暦四月を「麦秋（ばくしゅう）」と呼ぶ。

新しき道のさびしき麦の秋　上田五千石
教師みな声を嗄（から）して麦の秋　岩田由美
麦秋のやさしき野川渡りけり　石塚友二

半夏生（はんげしよう／はんげしやう）　○半夏（はんげ）　半夏雨（はんげあめ）

七十二候の一つ。半夏（別名烏柄杓（からすびしやく））という草の若根の生える頃、夏至から十一日目（新暦七月二日頃）をいう。農事の占いや忌事が行われる重要な日で、この日までに田植えを終えるものとされた。「半夏雨」はこの日に降る雨のことで、降れば大雨が続くとされている。ちなみにドクダミ科の多年草「半夏生」も夏の季語（植物）。

半夏生ねむりのいろに糸車　　本宮哲郎

木の揺れが魚に移れり半夏生　　大木あまり

山坊に白湯沸いてゐる半夏かな　　木内彰志

晩夏（ばんか）

○晩夏光（ばんかこう）　夏深し（なつふか）

夏を三期に分けた最後の一ケ月。暑さの衰えかけた印象もあるが実際は酷暑の時期。徐々に影も濃くなり、空の色や雲の形などに秋の気配が感じられる。

遠くにて水の輝く晩夏かな　　高柳重信

人よりも山おとろへて晩夏かな　　片山由美子

木の瘤を鴉が摑む晩夏かな　　村上鞆彦

夏深しバット素振りの山の子に　　飯島晴子

水無月（みなづき）　○風待月（かぜまちづき）　常夏月（とこなつづき）　青水無月（あおみなづき）

旧暦六月の異称。由来は諸説あり、農事をし尽くしたためとも、暑熱が烈しく、水泉の滴りも尽きた水無し月の意からともいわれる。旧暦では晩夏となるが、新暦ではおおむね七月半ばから八月半ばまでで、梅雨明けの時期。青葉の茂る頃なので「青水無月」ともいう。

みなづきの笹刈る人に出あひけり　小林篤子
水無月の古墳に拾ふ白き貝　天野さら
はじめての道も青水無月の奈良　皆吉爽雨

炎昼（えんちゅう）

夏の盛りの灼熱の昼のこと。「日盛（ひざかり）」（天文）に近いが、時候の季語。山口誓子（せいし）が昭和十三年に自らの句集を『炎昼』と名付けたことにより使われ始めた新しい季語である。

みじろぎもせず炎昼の深ねむり　野見山朱鳥
口あけている炎昼のドラム缶　河合凱夫
炎昼の階段摑むところなし　辻内京子

短夜（みじかよ）

○明易し（あけやすし）　明易（あけやす）　◎夏の夜（なつのよ）

春分以降、すでに日は長く、夜は短くなっているのだが、伝統的に「日永」は春の季語、「短夜」は夏の季語となっている。一年で最も夜が短いのは夏至の付近の日。「明易し」は夜の明ける早さに注目した季語。明けやすい夜を惜しむ心は、後絹（きぬぎぬ）の歌として古来読まれてきた。

短夜のあけゆく水の匂かな　久保田万太郎

短夜の看とり給ふも縁（えにし）かな　石橋秀野

明け易き夢に通ひて濤の音　村沢夏風

夏の夜の椅子がかなしいこゑを出す　鴇田智哉

土用（どよう）

○土用入（どよういり）　土用太郎（どようたろう）　土用次郎（どようじろう）　土用三郎（どようさぶろう）　土用明（どようあけ）

五行説で春夏秋冬を木火金水に配し、各季の間に土を割り当てて「土用」と呼んだが、通常、土用といえば夏の土用を指す。特に立秋直前の十八日間が重要で、滋養を取るなどの風習がある。土用の一日目、二日目、三日目（厄日）をそれぞれ「土用太郎」「土用次郎」「土用三郎」という。

川底のものの靡ける土用かな　藤本美和子

水際のとほき一樹も土用入　斎藤梅子
土用太郎一日熱き茶でとほす　石川桂郎

暑し（あつし）

○暑さ（あつさ）　暑（しょ）　◎極暑（ごくしょ）　酷暑（こくしょ）　溽暑（じょくしょ）　炎暑（えんしょ）　熱帯夜（ねったいや）

梅雨が明けると一段と暑さは増し、いよいよ盛夏のときである。「極暑」「酷暑」は夏の苦熱の極、「溽暑」は蒸し暑さ、「炎暑」は真夏の暑さをいう。「熱帯夜」は最低気温二十五度以上の夜で、深夜になっても暑く寝苦しい。

暑き故ものをきちんと並べをる　細見綾子
蝶の舌ゼンマイに似る暑さかな　芥川龍之介
あれほどの暑さのこともすぐ忘れ　深見けん二
静脈の浮き上り来る酷暑かな　横光利一
くらやみに眼をひらきゐる溽暑かな　児玉南草
城跡といへど炎暑の石ひとつ　大木あまり
まつくらな中に階段熱帯夜　五島高資

大暑（たいしょ）

二十四節気の一つで、七月二十三日頃。厳しい暑さの続く盛夏の頃である。

念力のゆるめば死ぬる大暑かな　村上鬼城
兎も片耳垂るる大暑かな　芥川龍之介
鬱々と山隆起して大暑かな　井上康明

涼し（すずし）

○朝涼（あさすず）　夕涼（ゆうすず）　晩涼（ばんりょう）　夜涼（やりょう）　涼風（りょうふう）　涼風（すずかぜ）

暑さの最中に感じる涼しさ。朝や夕方、水辺などで、暑さの中のかすかな涼しさをとらえて夏を表現する。一方、秋に感ずる涼しさは「新涼（しんりょう）」といい、秋の季語。

どの子にも涼しく風の吹く日かな　飯田龍太
すずしさのいづこに坐りても一人　藺草慶子
朝涼や紺の井桁の伊予絣　清水基吉
みちのくのまつくらがりの夜涼かな　高野素十
吾子たのし涼風をけり母をけり　篠原鳳作

夏の果（なつのはて）

○夏果つ（なつはつ）　夏終る（なつおわる）　夏行く（なつゆく）　行く夏（ゆくなつ）　夏惜しむ（なつおしむ）

夏の終わり。海や山に出かけるなど開放的なシーズンである夏を惜しむ思いがこもる。

流れつつ靴裏返る夏の果　小川軽舟
夏果てのひかりうするる水の上　野見山朱鳥
夏終る人形の浮く船溜り　伊藤トキノ
一湾の弓なりに夏惜しみけり　片山由美子

秋近し（あきちかし）

○秋待つ（あきまつ）　秋隣（あきどなり）

秋がすぐそこまで来ていること。晩夏の厳しい暑さが残るなかに、秋を待ちわびる心持ちが込められている。

鏡見てゐる遊女の秋近き　正岡子規
水辺までつづく飛び石秋近し　鶴屋洋子
六甲に雲ひとひらや秋隣　谷迪子

夜の秋（よるのあき）

○夜の秋（よのあき）

晩夏、夜などにひんやりとした秋の空気が漂うこと。もとは秋の夜の意味であったが、近代以降、夏の季語となった。

西鶴の女みな死ぬ夜の秋　長谷川かな女

卓に組む十指もの言ふ夜の秋　岡本　眸

夜の秋のコップの中の氷鳴る　内藤吐天

夏の空（なつのそら）

◯夏空（なつぞら）

梅雨明け後の、まぶしいほどに晴れ渡った真夏の空。太陽が照りつけ、エネルギーを感じさせる。

薬師寺の新しき塔夏の空　星野椿

どこまでが父の戦記の夏の空　宇多喜代子

夏空へ雲のらくがき奔放に　富安風生

雲の峰（くものみね）

◯峯雲（みねぐも）　入道雲（にゅうどうぐも）　積乱雲（せきらんうん）　◎夏の雲（なつのくも）

夏の雲は高層にまで達する積乱雲（入道雲。雷や夕立を伴うので雷雲・夕立雲ともいう）が特徴的で、せりあがるさまを山にたとえたもの。「雲の峰」は、陶淵明（とうえんめい）の漢詩「四時」の〈夏雲奇峰多し〉から生まれた季語といわれる。

厚餡割ればシクと音して雲の峰　中村草田男

雲の峰一人の家を一人発ち　岡本眸

雲の峯まぶしきところから崩る　加藤かな文

犬抱けば犬の眼にある夏の雲　高柳重信

夏の月（なつのつき）

○月涼し（つきすずし）

暑い夜に青白く輝く夏の月は涼しげである。また、時には赤みを帯びてのぼり、火照るような感じを与えることもある。

夏の月昇りきつたる青さかな　阿部みどり女

なほ北に行く汽車とまり夏の月　中村汀女

献杯の杯は合はせず月涼し　片山由美子

南風（みなみ）

○南風（みなみかぜ）　南風（なんぷう）　南風（はえ）　南吹く（みなみふく）　大南風（おおみなみ）　海南風（かいなんぷう）　まぜ　◎黒南風（くろはえ）　白南風（しろはえ）

夏季には一般に南風が多く吹く。「はえ」は〈映え〉から来た南風の別称で、「まぜ」ともいう。「黒南風」は梅雨の最中に雨雲のかかった中で吹く風、「白南風」は梅雨明けの空の明るくなる時期に吹く風。

南風吹くカレーライスに海と陸　櫂　未知子

南国に死して御恩のみなみかぜ　攝津幸彦

南風に乗り沖からの浪頭　鈴木六林男

黒南風の辻いづくにも魚匂ひ　能村登四郎

白南風や砂丘へもどす靴の砂　中尾杏子

青嵐（あおあらし／あをあらし）　○風青し　夏嵐　麦嵐

新緑の中や夏の快晴の青空の下を吹き渡る、やや強い風のこと。いかにも夏らしい色彩を感じさせる。「せいらん」と音読すると「晴嵐」と紛らわしいため、「あおあらし」と読む。

濃き墨のかわきやすさよ青嵐　橋本多佳子

目の中に山が一ぱい青嵐　右城墓石

一斉に飯食ふ僧や青嵐　岸本尚毅

風薫る（かぜかおる／かぜかをる）　○薫風

和歌では花の匂いを運ぶ風、主に春風がこのように呼ばれていたが、俳諧では〈薫風南より来たり、殿閣微涼を生ず〉などの漢詩を受け、旧暦六月に南から吹く風の意味となった。青葉を吹き抜けるすがすがしい風である。

海からの風山からの風薫る　鷹羽狩行

押さへてもふくらむ封書風薫る　八染藍子

薫風に草のさざなみ草千里　山口速

梅雨（つゆ）

○梅雨（ばいう）　黴雨（ばいう）　梅霖（ばいりん）　青梅雨（あおづゆ）　荒梅雨（あらづゆ）　長梅雨（ながづゆ）　梅雨湿り（つゆじめり）　◎走り梅雨（はしりづゆ）　送り梅雨（おくりづゆ）　返り梅雨（かえりづゆ）　戻り梅雨（もどりづゆ）　空梅雨（からつゆ）　梅雨曇（つゆぐもり）　梅雨夕焼（つゆゆやけ）

暦の上では六月十一日頃、実際には六月初旬から中旬にかけて梅雨入りする。梅の実が熟す頃なので「梅雨」、黴（かび）の発生しやすい時期なので「黴雨」という。「空梅雨」は梅雨に入っても雨がほとんど降らない状態のこと。「送り梅雨」は梅雨の末期にまとまって降る雨で、「返り梅雨」「戻り梅雨」は梅雨明け後に梅雨のような雨が続くこと。

樹も草もしづかにて梅雨はじまりぬ　日野草城

ふところに乳房ある憂さ梅雨ながき　桂　信子

抱く吾子も梅雨の重みといふべしや　飯田龍太

うたた寝の覚め青梅雨のバスの中　井出野浩貴

空梅雨の塔のほとりの鳥の数　宇佐美魚目
鐘撞いて僧が傘さす送り梅雨　森　澄雄

五月雨（さみだれ）
○五月雨（さつきあめ）　さみだる　◎卯の花腐し（うのはなくたし）
「梅雨」と同義だが、時期ではなく雨そのものをいう。農事にとっては重要な雨で、古くから和歌にも詠まれてきた。六月二十八日は雨天率が最も高い。夏の雨の季語としては、卯月（うづき）（旧暦四月）に降る「卯の花腐し」もある。

さみだれのあまだればかり浮御堂　阿波野青畝
さみだれや船がおくるる電話など　中村汀女
さみだるる一燈長き坂を守り　大野林火
ひと日臥し卯の花腐し美しや　橋本多佳子

夕立（ゆうだち・ゆふだち）
○ゆだち　白雨（はくう）　驟雨（しゅうう）　夕立雲（ゆだちぐも）　夕立風（ゆだちかぜ）　スコール　喜雨（きう）
夏の夕方に降る、特徴的な雨。むし暑い午後、積乱雲が急速に発達し、局地的に大粒の雨からたちまちに強い俄か（にわか）雨となり、時に雷を伴う。雨後は涼しくなる。「喜雨」は旱（ひでり）が続き雨乞いなどをした後にようやく降る恵みの雨のこと。

夕立の修羅をはりたる柱かな　大木あまり
夕立の過ぎゆく燭を点しけり　山西雅子
さつきから夕立の端にゐるらしき　飯島晴子
つまだちて見るふるさとは喜雨の中　加藤楸邨

虹（にじ）

○朝虹（あさにじ）　夕虹（ゆうにじ）　二重虹（ふたえにじ）

夕立の後など、夏によく見られる現象。日光が空中の雨滴にあたって屈折反射し、太陽と反対側に七色の光の弧が現れる。通常は一重だが、二重のものが出現することもある。

誰もゐぬ港に虹の立ちにけり　涼野海音
夕虹を一人見てゐるベンチかな　三村純也
虹二重神も恋愛したまへり　津田清子

雷（かみなり）

○神鳴（かみなり）　雷（らい）　いかづち　はたた神（がみ）　鳴神（なるかみ）　日雷（ひがみなり）　雷鳴（らいめい）　落雷（らくらい）　雷雨（らいう）
遠雷（えんらい）

強い上昇気流により雲の中で正負の帯電が起こり、雲と雲、雲と地表で放電が起こる現象。通年あるが、夏に多くみられる。「日雷」は晴天に起こる雷で雨は降らない。「稲妻」は秋の季語なので注意。

雷や猫かへり来る草の宿　村上鬼城
昇降機しづかに雷の夜を昇る　西東三鬼
雷鳴の失せればふつとつまらなく　山田佳乃
遠雷やはづしてひかる耳かざり　木下夕爾
落雷の一部始終のながきこと　宇多喜代子

朝曇

夏の盛りの朝空は靄がかかることが多く、これを「朝曇」と呼ぶ。「旱の朝曇」といってその日は炎暑になることが多い。明治末頃から新しい季語として認められた。

朝曇港日あたるひとところ　中村汀女
ふるづけに刻む生姜や朝ぐもり　鈴木真砂女
鳩の脚芝にしづめり朝ぐもり　福永耕二

五月闇

○梅雨の闇　◎五月晴　梅雨晴　梅雨晴間

五月雨が降り続く頃の、夜の闇の暗さ。さらには昼の小暗さもいう。
「五月晴」「梅雨晴」「梅雨晴間」は梅雨の最中に空が晴れ上がること。

はら〳〵と椎の雫や五月闇　村上鬼城
纜の沈める水や五月闇　楠目橙黄子
五月闇秘仏の闇は別にあり　井沢正江
梅雨晴間やすらかに寝て終りけり　加藤郁乎

夕焼（ゆうやけ／ゆふやけ）　◯ゆやけ　夕焼雲　夕焼空　◎朝焼

日没前後、空気中の水蒸気や塵により太陽光線が散乱し、茜色に空が染まること。塵などが多いほど赤い。通年してあるが、単に「夕焼」といえば夏の季語。「朝焼」は明方に空が赤く染まる現象で、夏に多く見られる。

夕焼の中に危ふく人の立つ　波多野爽波
遠き帆に夕焼のある別れかな　永方裕子
暗くなるまで夕焼を見てゐたり　仁平　勝
朝焼によべのランプはよべのまま　福田蓼汀

日盛（ひざかり）　夏の日中の最も暑い盛り、時間にして正午から三時頃までをいう。太陽の光が直下に落ち、影を作ることも少ないが、不思議な静けさがある。また、空が曇って風がなく湿度も高くて脂汗が噴き出るような蒸し暑い日和を「油照」という。　○日の盛（ひのさかり）　◎油照（あぶらでり）

日盛りに蝶のふれ合ふ音すなり　松瀬青々
日ざかりをすぎたる雲のうまれけり　久保田万太郎
日盛や松脂匂ふ松林　芥川龍之介
大阪や埃の中の油照　青木月斗

西日（にしび）　西に傾いた太陽の光、またはその日差しをいう。晩夏の頃にはとりわけ強くなる。夏の西日は昼に比べて部屋の奥まで入り込んでくることから一層暑苦しく感じられる。

浅草にかくも西日の似合ふバー　大牧広
垂直の梯子西日に書を探す　栗田やすし
ダンスクール西日の窓に一字づつ　榮猿丸

炎天（えんてん）　真夏の太陽が照りつける、日盛りの空をいう。昔から夏を「炎夏」、夏をつかさどる神を「炎帝（えんてい）」というように江戸俳諧にもある季語。

炎天を槍のごとくに涼気すぐ　飯田蛇笏
炎天の梯子昏（くら）きにかつぎ入る　橋本多佳子
炎天の遠き帆やわがこころの帆　山口誓子

片蔭（かたかげ）　○片陰（かたかげ）　片（かた）かげり
真上から照りつけていた夏の日が、午後になって家並みや塀の片側に影を生むこと。炎天下の日差しを避けて涼しい片蔭を歩いたり、そこで休んだりする。

片蔭を行き遠き日のわれに逢ふ　木村燕城
片蔭を奪ひ合ふごとすれ違ふ　波多野爽波
片蔭や滅びし寺の名の町の　野中亮介

旱（ひでり）　○旱天（かんてん）　旱魃（かんばつ）　旱害（かんがい）　大旱（おおひでり）　旱畑（ひでりばた）　旱空（ひでりぞら）　旱星（ひでりぼし）
暑い日が続き、降雨量が少なくなり、水が涸（か）れること。農作物に被害が生じ、都市でも水不足で断水が行われたりする。万物が乾ききった景色は殺伐とした思いを抱かせる。

暗き家に暗く人ゐる旱かな　福田甲子雄

もの影がうつつに過ぎる旱かな　市堀玉宗

旱魃や子の傷を舐め口甘し　岸田稚魚

真白なる猫によぎられ大旱　加藤楸邨

地理

夏の山（なつのやま）　◯夏山（なつやま）　夏の嶺（なつのみね）　夏嶺（なつね）　青嶺（あおね）　◎山滴る（やましたたる）　雪渓（せっけい）　お花畑（はなばたけ）　夏野（なつの）

夏は山も緑にあふれ、生命力に満ち、瑞々（みずみず）しい。「山滴る」はその青々としたさまをたとえた季語。「雪渓」（高山などで夏になお雪が残っているところ）や「お花畑」は登山とともに生まれた季語。

喉に水まつすぐ落ちて夏の山　小島　健
夏山や雲湧いて石横たはる　正岡子規
青嶺もて青嶺を囲む甲斐の国　丁野　弘
登りゆく吾も雪渓の一穢（いちえ）なる　山崎ひさを
たてよこに富士伸びてゐる夏野かな　桂　信子

夏の川（なつのかわ／なつのかは）　◯夏川（なつかわ）　◎出水（でみず）　梅雨出水（つゆでみず）

夏の川にはさまざまな表情がある。梅雨には水嵩（みずかさ）がまし濁りやすい。大雨では溢水（いっすい）し「出水」となることもある。旱（ひでり）が続くと水は痩せて川底を晒（さら）す。山峡の川は涼し気である。また夏の川は、競渡や川開き、名越（なごし）の祓（はらえ）

などの多彩な行事の舞台にもなる。

夏の河赤き鉄鎖のはし浸る　山口誓子
廃線の鉄橋映す夏の川　小瀬里詩
夏河を電車はためき越ゆるなり　石田波郷
夢の淵どよもしゐたる梅雨出水　藤本安騎生

夏の海（なつのうみ）

◯夏の波（なつのなみ）　夏怒濤（なつどとう）　夏の浜（なつのはま）　夏の岬（なつのみさき）　青岬（あおみさき）　◎夏の潮（なつのしお）　夏潮（なつじお）　青葉潮（あおばじお）　赤潮（あかしお）

夏の海は、沖合は夏の雲と海の色がコントラストを成し、海岸から沿岸まで漁や海水浴などで賑わう。「青葉潮」は青葉の頃の黒潮をいう。「赤潮」は夏に海中プランクトンが異常発生し、潮の色が赤などに変わって見えること。

一つづつ扉が開いて夏の濤　石田勝彦
坂東太郎ここより夏の海となる　須佐薫子
乳母車夏の怒濤によこむきに　橋本多佳子
青岬遠くで別の汽笛鳴る　石崎素秋
夏潮に道ある如く出漁す　稲畑汀子

卯波（うなみ）

○卯月波（うづきなみ）　皐月波（さつきなみ）

中世、九州の港では特に初夏に波が立ち騒ぐ現象があり、旧暦四月に立つものを「卯波」、旧暦五月に立つものを「皐月波」と呼び、これが一般に用いられるようになったという。現代でもこの時期にはメイストームという嵐が吹き海難が生じやすい。

山門の真正面の卯浪かな　　斎藤梅子

あるときは船より高き卯浪かな　　鈴木真砂女

卯月波白磁のごとく砕けたり　　皆川盤水

土用波（どようなみ）

夏の土用の頃、太平洋沿岸で、穏やかで風もないのに非常に高いうねりを示す波が生じること。激しい海鳴りが起こることもある。南方洋上の台風によって生じた波が伝播（でんぱ）し、日本の海岸近くで波長波高を変えて出現するためであるといわれる。

青年の臑（ひかがみ）くらし土用波　　松村武雄

引くときの音を大きく土用波　　宇多喜代子

土用波一角崩れ総崩れ　　本井　英

植田（うえた／うゑた）

○早苗田（さなえだ）　代田（しろた）

田植えを終えた田。春の田打、畦塗（あぜぬり）のあと苗代の準備がされて、いよいよ夏となり田植えが始まる。農家では半夏生（はんげしょう）までに田植えを終え、早苗饗（さなぶり）を行って祝う。「代田」は代掻（しろか）きを終えて田植えの準備ができた田のこと。植田は一ヶ月もすると「青田」となる。

鵜色の夕雲放つ植田かな　小島　健

雨ながら空の映れる植田かな　中坪達哉

早苗田を静かに曲がる霊柩車　白濱一羊

青田（あおた／あをた）

○青田風（あおたかぜ）　青田波（あおたなみ）　青田道（あおたみち）

植え終えた苗が伸びて生い茂り、青々と見える田のこと。青田に吹き渡ってくる風を「青田風」、風に吹かれた青田が波立つように見えるさまを「青田波」という。稲が揺れ、見るからに清々（すがすが）しい。青田の中を貫くように続く道が「青田道」である。

これぞ加賀百万石の青田かな　渋沢渋亭

青田には青田の風の渡りくる　星野　椿

良寛の月見坂まで青田風　　本宮哲郎

泉

◎噴井　清水　山清水　岩清水

地下水が自然に湧き出て地表に湛えられた水の溜り。井戸として湧くものを「噴井」という。湧き出る時のかすかな音に清涼感が感じられる。「清水」は天然に流れだしている清冽な水。

泉への道後れゆく安けさよ　　石田波郷

生前も死後も泉へ水飲みに　　中村苑子

草濡れてはたして泉湧くところ　　井沢正江

清水のむかたは地図を拡げをり　　高野素十

滝

◯瀑布　飛瀑　滝壺　滝しぶき　滝風　男滝　女滝　滝見　滝殿

山の岩場や絶壁から流れ落ちる水のこと。〈激つ瀬〉から来たという。「滝壺」の近くに立てば、肌に迫る涼しさを覚える。古くは納涼のために平安時代に建てられた「滝殿」が夏の季語で、「滝」が季語となったのは意外に新しく明治以後だという。

神にませばまこと美はし那智の滝　　高浜虚子

滝落ちて群青世界とどろけり　水原秋櫻子
滝の上に水現れて落ちにけり　後藤夜半
おほらかに滝の真中の水落つる　山口草堂
滝落としたり落としたり落としたり　清崎敏郎

滴り（したたり）

地下水などが岩間を伝って落ちる水滴のこと。水道の水などには用いないので注意が必要。涼しさを誘うところから、近代以後に季語となった。

滴りのきらめき消ゆる虚空かな　富安風生
したたりの音の夕べとなりにけり　安住　敦
滴りの金剛力に狂ひなし　宮坂静生

夏休（なつやすみ）　○暑中休暇（しょちゅうきゅうか）　夏季休暇（かききゅうか）

学校ではおおむね七月二十日前後から始まり、八月いっぱい、あるいは九月上旬まで夏休みとするところが多い。会社などでも少し長めの休暇がとれるので、避暑地に行ったり、ふるさとへ帰ったりすることが多い。

黒板にわが文字のこす夏休み　福永耕二

大きな木大きな木蔭夏休み　宇多喜代子

夏休み親戚の子と遊びけり　仁平　勝

帰省（きせい）　○帰省子（きせいし）

夏の休暇を利用して、学生や会社員らがふるさとへ帰ることをいう。久しぶりに肉親に会い、先祖の墓参りなどをしてすごす。実際に帰省がピークを迎えるのは八月半ばのお盆前後で秋のことも多い。「帰省子」は「子」といっても子供に限るわけではない。

桑の葉の照るに堪へゆく帰省かな　水原秋櫻子

うみどりのみなましろなる帰省かな　高柳克弘
まづ川を見に行くといふ帰省の子　山本一歩

更衣（ころもがえ / ころもがへ）　◯衣更（ころもかう）ふ

かつて宮中で旧暦四月朔日（さくじつ）を「更衣」としていたものが、冬から春の間に着用していたものを夏用にかえることとして、一般に広まった。制服を着用する学校などでは五～六月に衣替えするところが多い。軽い服へと着替えると身も心も軽くなり夏を感じる。

深海の色を選びぬ更衣　柴田白葉女
更衣母に叱られたき日なり　藤木俱子
人にやゝおくれて衣更へにけり　高橋淡路女

夏衣（なつごろも）　◎単衣（ひとえ）　羅（うすもの）　夏服（なつふく）　白服（しろふく）

夏の和服の総称だが、近年では夏に着用する衣服全般にも使う。和服で裏地のついていないものが「単衣」、「羅」は紗（しゃ）・絽（ろ）・明石（あかし）・上布（じょうふ）などで仕立てた「単衣」の総称。「夏服」は主に洋服についていう。「白服」は夏に着ることの増える涼しげな白い色の服。

朝風に衣桁すべりぬ夏衣　青木月斗
難所とはいつも白浪夏衣　大峯あきら
いつまでを青年といふ夏衣　高橋悦男
夏服の前に硝子の扉あり　不破　博

浴衣（ゆかた）
○湯帷子（ゆかたびら）　藍浴衣（あいゆかた）
元来は風呂あがりに素肌のままに着用した「湯帷子」のことをいうが、江戸時代から木綿の白地に朝顔や桔梗（ききょう）などいろいろな柄が染められるようになった。清涼感があり、夏の略装としても用いられる。

浴衣着て少女の乳房高からず　高浜虚子
借りて着る浴衣のなまじ似合ひけり　久保田万太郎
張りとほす女の意地や藍ゆかた　杉田久女

白絣（しろがすり）
○白地（しろじ）　白重（しらがさね）
夏の着物は見た目に涼しげなものが選ばれる。白地に絣模様を織り出した「白絣」もその一つ。見た目の涼しさのみならず、木綿や麻を用いているので着ていても涼しい。男女を問わず着用する。

白地着てせつぱつまりし齢かな　長谷川双魚
白地着てこの郷愁の何処よりぞ　加藤楸邨
白地着て問ひに応ふるこころなし　ながさく清江

水着（みずぎ・みづぎ）
〇海水着（かいすいぎ）
太陽のぎらぎら照りつける下、泳いだり甲羅干しをしたり、海やプールは大賑わい。ワンピースあり、ビキニあり、カラフルな水着であふれる。

父母に叱られさうな水着買ふ　後藤比奈夫
恋人となりたる頃の水着かな　和田耕三郎
少女みな紺の水着を絞りけり　佐藤文香

サングラス
もともとは紫外線から目を守るために作られたものであるが、近年はファッションとして用いられるようになった。

沖雲の白きは白しサングラス　瀧　春一
サングラスかけて目つむりゐたりけり　今井杏太郎
心隠しおほせて淋しサングラス　西村和子

夏帽子（なつぼうし）　◯夏帽（なつぼう）　麦稈帽子（むぎわらぼうし）　パナマ帽（ぼう）　カンカン帽（ぼう）

夏の強い日差しのもと、日焼けや熱中症から身を守るためにかぶる帽子。「パナマ帽」は南米産のパナマ草の葉で作られたもの、「カンカン帽」は麦稈帽子の一種。

鎌倉へはや夏帽子かぶりそめ　吉屋信子

人生の輝いてゐる夏帽子　深見けん二

夏帽子海を見にゆくつもりなり　石田郷子

白靴（しろぐつ）　◎サンダル

夏用の白い靴をいう。白革で加工されたメッシュのものや白と黒、または白と茶といったコンビネーションのものもある。白っぽい夏服に白靴といういでたちは見た目にも涼やか。

白靴の汚れが見ゆる疲かな　青木月斗

九十九里浜に白靴提げて立つ　西東三鬼

白靴に明月院の泥すこし　大屋達治

粽（ちまき）　○粽結ふ（ちまきゆう）　◎柏餅（かしわもち）

米粉を水で練って、熊笹や竹の皮で包んで蒸したもの。現在では五月五日の端午の節句に食べる縁起物で、もともと茅（ち）の葉で巻いたことからこの名がついた。「柏餅」は、しんこ餅に小豆餡や味噌餡を入れて柏の葉で包んで蒸したもので、粽とともに供えられる。

くるくると粽を解くは結ふに似て　加藤三七子

雨やみて山よく見ゆる粽かな　対中いずみ

粽結う死後の長さを思いつつ　宇多喜代子

てのひらにのせてくださる柏餅　後藤夜半

夏料理（なつりょうり・なつれうり）　◎洗膾（あらい）　沖膾（おきなます）　水貝（みずがい）　冷奴（ひややつこ）　冷麦（ひやむぎ）　冷索麵（ひやそうめん）　鮓（すし）

暑さを忘れさせるように涼しげに作られた夏向きの料理。「洗膾」は鯉（こい）・鱸（すず）・鯛などを薄造りにして冷水にひたしたもの。「沖膾」は沖でとれたものをその場でたたきにして食べるもの。

美しき緑走れり夏料理　星野立子

夏料理火の立つものの運ばれし　小原啄葉

夏料理箸を正しく使ふ人　　後閑達雄
一卓に客は夕風冷奴　　村越化石

豆飯（まめめし）

○豆御飯（まめごはん）　◎筍飯（たけのこめし）

莢（さや）から出した蚕豆（そらまめ）や豌豆（えんどう）をうすい塩味にして飯に炊きこんだもの。豆の緑と白いご飯の色合いが見た目にも美しい。「筍飯」には孟宗竹（もうそうちく）の筍が最もよいとされ、細かく切った筍を炊きこむ方法と、別に煮たものを飯にまぜる方法と二通りある。ともに季節感にあふれる。

豆飯や軒うつくしく暮れてゆく　　山口青邨
豆飯の匂ひみなぎり来て炊くる　　稲畑汀子
長崎も丸山にゐて豆御飯　　有馬朗人
雨ごもり筍飯を夜は炊けよ　　水原秋櫻子

梅干す（うめほす）

○梅干（うめぼし）　梅漬（うめづけ）　夜干（よぼし）の梅（うめ）　干梅（ほしうめ）　梅筵（うめむしろ）

数日間、塩漬けにした青梅を笊（ざる）や筵（むしろ）などに並べて天日干しにすること。それをさらに紫蘇（しそ）を入れた梅酢につけて干し直す。これを何回か繰り返して「梅干」が作られる。

梅を干す真昼小さな母の音　飯田龍太
梅干してきらきらきらと千曲川　森　澄雄
動くたび干梅匂ふ夜の家　鈴木六林男

麦酒（びーる）　○ビール　生（なま）ビール　缶（かん）ビール　ビヤホール　ビヤガーデン
大麦、水、酵母、ホップで製した、アルコール含有量五％前後の酒。炭酸ガスを含んでいる。「生ビール」は濾過（ろか）したものをすぐに樽詰にしたもの。一年中飲まれるが、冷たいビールがとりわけ好まれる夏の季語となっている。

泡見つつ注いでもらひしビールかな　高田風人子
浅草の暮れかかりたるビールかな　石田郷子
ビヤホール背後に人の増えきたり　八木林之助

新茶（しんちゃ）　○走り茶（はしりちゃ）　古茶（こちゃ）
八十八夜の頃に新芽を摘み、それを製した茶。「走り茶」ともいう。香りといい、まろやかな味といい、格別である。最も早い芽で作られたものを「一番茶」という。「新茶」が出まわると、前年の茶はもう「古茶」

といわれる。

新茶汲むや終りの雫汲みわけて　杉田久女
便りより先きに厚意の新茶着く　貞弘　衛
走り茶の針のこぼれの二三本　石田勝彦

麦茶（むぎちゃ）　◯麦湯（むぎゆ）

殻のついたままの大麦を炒（い）って煮出した飲料。香ばしい香りと素朴な味が喜ばれ、冷やして飲むことが多い。砂糖を加えて飲む方法もある。炎天を歩いてきての一杯の麦茶は、まさに甘露。

どちらかと言へば麦茶の有難く　稲畑汀子
端正に冷えてをりたる麦茶かな　後藤立夫
相国寺さまの麦湯をいただきぬ　今井杏太郎

サイダー　◎ソーダ水（すい）　クリームソーダ　ラムネ　アイスティー　アイスコーヒー

暑い夏はとりわけ冷たい清涼飲料水が好まれる。「サイダー」「ラムネ」ともに、炭酸水に香りや甘味を足したもの。頸（くび）の窪（くぼ）みに玉のはいった独特の形をした水色のガラス瓶のラムネは郷愁を誘う。冷やしたコーヒー、紅茶もよく飲まれる。

サイダー売一日海に背をむけて　波止影夫

ストローを色駆けのぼるソーダ水　本井英

島去りぬラムネの玉を瓶に残し　中嶋鬼谷

氷水（こおりみず）（こほりみづ）

〇かき氷（ごおり）　夏氷（なつごおり）　氷店（こおりみせ）　氷小豆（こおりあずき）　氷苺（こおりいちご）　削氷（けずりひ）

器械を使ってこまかく削った氷の上にイチゴ、レモン、メロンなどの味のするシロップをかけたもの。ゆで小豆をのせたものや、抹茶をかけ、その上にゆで小豆、白玉をのせたものもある。かつては鉋（かんな）で削っていて、明治以降に流行した。

浅草や昔のいろの氷水　鷹羽狩行

匙なめて童たのしも夏氷　山口誓子

氷店一卓のみな喪服なる　岡本眸

氷菓（ひょうか）（ひようくわ）

〇氷菓子（こおりがし）　アイスクリーム　ソフトクリーム　シャーベット

氷菓子の総称。夏にはいろいろな氷菓子が出回る。果汁・糖蜜（とうみつ）・

クリームなどに香料を加えて凍らせて作る。

氷菓舐めては唇の紅補ふ　津田清子

木の橋のあいまいな影氷菓売り　山崎聰

シャーベット明石の雨を避けながら　須原和男

心太（ところてん）　○こころぶと

天草を原料とした食べもの。氷や冷水で十分冷やしたものを突き出し用の道具を使って突き、細く紐状になったものに醬油や酢、または黒蜜などをかけて食べる。つるりとした喉ごしやさっぱりした食感が好まれる。

ところてん煙のごとく沈みをり　日野草城

心太みじかき箸を使ひけり　古舘曹人

くみおきて水に木の香や心太　髙田正子

土用鰻（どよううなぎ）

夏の土用の丑（うし）の日に食べる鰻。夏負けしないためこの日に食べるという俗習によるが、栄養的に見ても食欲の衰える猛暑に食べる鰻はよいとされる。関東では背から開き白焼きにして蒸したものにタレをつけて焼くが、関西では腹開きにして蒸さずに焼く。

土用鰻店ぢゆう水を流しをり　阿波野青畝
土用鰻息子を呼んで食はせけり　草間時彦
家長われ土用鰻の折提げて　山崎ひさを

夏座敷（なつざしき）

暑い夏を少しでも涼しく快適に過ごすために、襖（ふすま）や障子を取りはずして風通しを良くした座敷。籐（とう）の敷物や茣蓙（ござ）などを敷き、麻の座布団など夏用のものにかえたりして、涼し気な触感を楽しむ。

思ひ思ひに外を見てゐる夏座敷　細見綾子
水牛の角つるしたる夏座敷　飯島晴子
夏座敷何か忘れてゐるやうな　水田むつみ

噴水（ふんすい）

公園や庭園などにしつらえられ、水を高くあげる装置。その様子はいかにも涼しげ。噴水のしぶきが、風の向きによって顔などにかかるのも趣がある。

噴水の影ある白き椅子ひとつ　木下夕爾
噴水の内側の水怠けをり　大牧広
噴水は遠き花壇を濡らしけり　日原傳

花莫蓙（はなござ）　◎簟（たかむしろ）　籐莚（とうむしろ）

藺（い）を用いて作った莫蓙で、涼しげな美しい模様を織ったもの。暑い夏、縁側や板の間などに敷いて使用するが、ひんやりとした感触が何ともいえずよい。「簟」は竹を細かく割って編んだ敷物、「籐莚」は籐で編んだもので、見た目にも涼し気である。

旅人として花莫蓙の端に座す　　福永耕二

花莫蓙や五十の膝を母の前　　細川加賀

棕梠の葉を打つ雨粗し簟　　日野草城

日除（ひよけ）　○日覆（ひおおい）　◎夏暖簾（なつのれん）　葭簀（よしず）

夏、直射日光が部屋に入ってくるのを避けるために、窓や出入口に葭を編んで作った覆い。布・木製の場合もある。夏ならではの風情がある。麻などで作るのが「夏暖簾」。

ばた〳〵と夕風強き日除巻く　　星野立子

仏具店日除の下に犬が寝て　　斎藤朗笛

客を待つ船の日覆はためける　　森田　峠

父を知る祇園の女将夏暖簾　大橋敦子

青簾（あおすだれ／あをすだれ）　○簾（すだれ）　竹簾（たけすだれ）　葭簾（よしすだれ）　古簾（ふるすだれ）

夏は風通しをよくするために、開け放った家が多いが、涼しい反面、家のなかがまる見えになってしまう。かといって閉めるわけにもいかず、そこで用いられるのが葭などで作った「簾」。直射日光を遮り、風通しを良くする。

東山すだれ越しなる楽屋かな　中村吉右衛門

上賀茂の風のきてゐる簾かな　山本洋子

戸口まで湖（うみ）を湛えて葭簾　赤尾冨美子

籐椅子（とういす）　○籐寝椅子（とうねいす）

夏の間に用いる椅子で、籐で作られている。見た目の涼しさのみならず、肌触りがひんやりとしていて気持ちがいい。廊下やベランダに出して使う。「籐寝椅子」は、そこで仰臥（ぎょうが）できるように作られた大形の椅子。

籐椅子の家族のごとく古びけり　加藤三七子

籐椅子にゐて満天の星の中　長谷川　櫂

頭から足の先まで籐寝椅子　　粟津松彩子

香水（こうすい・かうすい）　ジャスミン、バラ、スミレ、ユリなど芳香をもつ植物の花や葉、根、皮から採った天然香料や人工の合成香料をアルコールに溶かした化粧品。汗をかく夏は身だしなみとしてつける人が多い。

香水の一滴づつにかくも減る　　山口波津女

香水は「毒薬（ポアゾン）」誰に逢はむとて　　文挾夫佐恵

香水のなかなか減らぬ月日かな　　岩田由美

天瓜粉（てんかふん・てんくわふん）　○天花粉（てんかふん）　汗しらず（あせしらず）

風呂あがりの子供などにつけて汗疹（あせも）などになるのを防ぐ白色のこまかな粉末。黄烏瓜（きからすうり）の根を製した白色の澱粉（でんぷん）が原料だが、近年では滑石などを原料に作られることが多い。

鏡にも手のあと白し天瓜粉　　岡本松濱

天瓜粉額四角にたゝきやる　　久保より江

天瓜粉しんじつ吾子は無一物　　鷹羽狩行

花氷（はなごおり）

○氷中花（ひょうちゅうか） 氷柱（ひょうちゅう）

美しい草花などを氷の中に閉じこめたもので、室内を涼しくするという効果ももちろんあるが、それ以上に見た目の涼しさを狙って置かれることが多い。近年は、ホテルのパーティー会場や結婚披露宴の席で見かける。

くれなゐをみどりを籠めて花氷　日野草城

正面といふもののなく花氷　森田峠

八方へそつなくひらき氷中花　檜紀代

冷房（れいぼう）

○クーラー　冷房車（れいぼうしゃ）

室内を冷やすこと。また、その装置。かつては劇場、映画館、デパートなどに限られていたが、現代はルームエアコンが普及して多くの家庭で用いられるようになった。近年、適温設定などが問われている。

冷房にゐて水母（くらげ）めくわが影よ　草間時彦

職退いてからの冷房嫌ひなり　伊藤白潮

冷房に冷えし釣銭渡されぬ　小野あらた

扇（おうぎ）**あふぎ**　○**扇子**（せんす）　**白扇**（はくせん）　**絵扇**（えおうぎ）　**古扇**（ふるおうぎ）　◎**団扇**（うちわ）

「扇子」ともいい、暑い夏の必需品。平安時代に日本で創案された。白地のもののほか、キキョウ、アサガオなどを涼しげに描いた「絵扇」などがある。長年使っているものを「古扇」という。「団扇」は中国伝来で江戸時代に普及し、円形・楕円形・方形のものなどがある。

京扇どれも美し買ひまどふ　下村梅子
いつせいに年忌の扇使ひけり　石田勝彦
手に団扇ありて夕風呼びにけり　村越化石

扇風機（せんぷうき）

電力によって風を起こす器具。数枚の羽根がすばやくまわって風を作る。床置きのものが中心だが、天井、壁掛用のものも市販されている。近年はエアコンが普及したが、やさしく心地よい風や風情が好まれている。

扇風器大き翼をやすめたり　山口誓子
駄菓子屋の奥見えてゐる扇風機　斎藤夏風
扇風機ひとつの風に死者生者　今瀬剛一

風鈴（ふうりん）

○風鈴売（ふうりんうり）　◎釣忍（つりしのぶ）

鐘形をしたものや壺形をした鈴で、内部に舌（ぜつ）があり、短冊などを吊り下げる。軒下や窓辺で風に揺れ、涼し気な音色を響かせる。南部鉄を素材にした南部風鈴が有名。ガラス製、陶器製のものもある。シダ科の忍草を束ねて軒下に吊すのを「釣忍（吊忍）」という。

風鈴を吊る古釘をさがしけり　増田龍雨

風鈴の鳴らねば淋し鳴れば憂し　赤星水竹居

重さうに南部風鈴鳴りにけり　長沼紫紅

妻に聞く娘のはなし吊忍　小島健

走馬灯（そうまとう）　◎岐阜提灯（ぎふちょうちん）

二重にした円型の灯籠（とうろう）の内側に、人馬や蝶、鳥などの形に切り抜いたものを貼り、その中の蠟燭（ろうそく）に火をつけると、火勢によって生じた風で外側に影絵を映して回る仕組みになっている。「岐阜提灯」は秋草などを描いた美しい提灯。

走馬燈消えてしばらく廻りけり　村上鬼城

走馬灯しづかに待てばめぐりけり　大野林火
走馬燈えにし濃しとも淡しとも　佐野美智

日傘（ひがさ）

○絵日傘（えひがさ）　白日傘（しろひがさ）　パラソル

夏の直射日光を避けるために用いる傘。白地の「白日傘」や、美しい絵模様の「絵日傘」がある。日傘は骨も柄も竹で作られている日本在来のものをいい、パラソルは洋式のものをいう。

鈴の音のかすかにひゞく日傘かな　飯田蛇笏
母の忌や一つ日傘を姉とさし　渡辺恭子
砂丘ゆくパラソルの色海の色　藤崎久を

虫干（むしぼし）

○虫払（むしはらい）　風入（かぜいれ）　土用干（どようぼし）　曝書（ばくしょ）

雨の湿気によって生じる黴（かび）や虫害から衣類、書画などを守るために、梅雨が明けてからそれらに風を通して陰干しすることをいう。土用の晴天の日を選んで行うことが多いので「土用干」ともいう。「曝書」は書物に風を通すこと。

虫干や縞ばかりなる祖母のもの　草間時彦

虫干や太子ゆかりの寺々も　原田　暹
家ぢゆうが仏間の暗さ土用干　鷹羽狩行
漢籍を曝して父の在るごとし　上田五千石

打水（うちみず）　◯水打つ（みずうつ）　水撒（みずまき）

夏の灼けるような暑さのために地面はからからに乾き、そのために砂埃（すなぼこり）が立ちやすくなる。それをしずめるためと涼を呼ぶために門辺、庭、あるいは路地などに水を打つこと。木々や草はいっぺんに生気を取り戻し、涼しさを覚える。

打水の拾ひ歩きや神楽坂　今井つる女
立山のかぶさる町や水を打つ　前田普羅
水を打つ水のかたまりぶつつけて　大橋敦子

田植（たうえ）　◯田植歌（たうえうた）　田植笠（たうえがさ）　早乙女（さおとめ）　◎早苗（さなえ）　早苗取（さなえとり）　早苗束（さなえたば）　代掻く（しろかく）　代掻（しろかき）　早苗饗（さなえぶり）

水を張った田に「早苗」を植えつけること。田植えは雨の多い六月を中心に行われる。田植えの前に田を掻きならすことを「代掻」という。

苗取や田植をする女性を「早乙女」といったが、近年は田植神事以外では見られなくなった。「早苗饗」は田植が終わった祝いのこと。

田を植ゑて家持の国水びたし　林　徹
田を植ゑて空も近江の水ぐもり　森　澄雄
早乙女のひとかたまりに下りたちぬ　軽部烏頭子
代掻きの後澄む水に雲の影　篠田悌二郎

麦刈（むぎかり）

○麦車（むぎぐるま）　麦扱（むぎこき）　麦打（むぎうち）　麦埃（むぎぼこり）　麦稈（むぎわら）　麦藁（むぎわら）

初夏に麦を刈り取ること。麦は早春、霜により根の浮きあがりを防ぐため、また多くの株を出させるために麦踏（むぎふみ）が行われた後、青麦に生長する。夏に黄熟し、大麦は梅雨前の五月下旬頃に、小麦は梅雨の晴れ間に刈り取る。刈り取った麦の穂を扱（こ）き落とすのが「麦扱」。扱き落とした麦の穂から実を落とすのが「麦打」。その時に立つ埃が「麦埃」。実を取り去ったあとのものが「麦稈」である。

麦刈て近江の湖（うみ）の碧きかな　石井露月
麦刈りて風の筋道消されたり　廣瀬直人

麦藁の今日の日のいろ日の匂ひ　木下夕爾

袋掛（ふくろかけ）

初夏になると、枇杷をはじめ、多くの果樹が青い果実をつける。その果実に害虫がつくのを防ぐために紙の袋をかぶせること。桃は五月頃に、梨や林檎などは六月にはいると施す。日本独特の技術といわれる。

袋掛け一つの洩れもなかりけり　鮫島春潮子

生まじめな顔あらはるる袋掛　井上康明

まだ形なさざるものへ袋掛　片山由美子

繭（まゆ）　○新繭（しんまゆ）　繭掻（まゆかき）　繭干（まゆほ）す

四月中旬に孵化した蚕は桑の葉を食べながら四回の休眠を繰り返したあと、絹糸を吐き出して「繭」を作る。繭を干すのは、繭の中の蛹を殺すためで、生糸はそれを煮てとる。

悉く繭となりたる静けさよ　高野素十

白繭のいのち静かに透けてをり　相川やす志

繭干してうすきひかりの信濃かな　高浦銘子

鵜飼（うかひ）

○鵜匠　鵜舟　鵜篝　鵜縄　荒鵜

飼いならした鵜に荒縄をつけて川に放し、鮎を捕らせる漁法の一つ。岐阜県の長良川では五月の鮎漁の解禁日から鵜飼がはじまる。「鵜篝」に浮かび上がる光景は幻想的で美しい。「鵜匠」による数条の「鵜縄」さばきはまさに名人芸。

鵜飼見る紅惨のこの絵巻物　鷹羽狩行

鵜松明川面の闇を切りすすむ　鷲谷七菜子

逸る鵜の引き戻さるる綱の張り　辻　恵美子

避暑

○避暑地　避暑の宿

夏の厳しい暑さから逃れるために、涼しさを求めて海岸や高原などに滞在すること。数日の滞在を楽しむ人もいれば、別荘やホテルに長期滞在をする人もいる。軽井沢や箱根は古くから避暑地として知られている。

みめかたち確かに避暑の子供かな　今井千鶴子

避暑地とて好きな恰好して歩く　稲畑汀子

鞄積み重ねて避暑の宿らしく　高浜虚子

納涼（すずみ）

○納涼（のうりょう）　門涼み（かどすずみ）　橋涼み（はしすずみ）　夕涼み（ゆうすずみ）　夜涼み（よすずみ）　涼み台（すずみだい）　納涼船（のうりょうせん）

猛烈な暑さをしのぐために、水辺や木蔭、高台といった涼しい場所を求めること。場所によって「門涼み」「橋涼み」「舟涼み」、時間によって「夕涼み」「夜涼み」などという。

すぐそばに深き海ある夜の涼み　　山口波津女
別々にゐるくらがりの涼みかな　　赤尾恵以
納涼船海より陸の灯を眺む　　延江金児

船遊（ふなあそび）

○遊船（ゆうせん）　遊び船（あそびぶね）

海や川、湖沼などに船を浮かべて涼をとることをいう。波しぶきをまともにあびながら急流を舟で下り、奇岩などを見て楽しむ川下りなどもある。江戸時代には、隅田川（すみだがわ）の川開きの折など大いに賑わった。

満開の海の岩岩船遊び　　山口誓子
マロニエの実をポケットに船遊び　　棚山波朗
遊船のさんざめきつつすれ違ひ　　杉田久女

登山（とざん）

○山登り（やまのぼり）　登山小屋（とざんごや）　登山口（とざんぐち）　登山道（とざんどう）　登山靴（とざんぐつ）　登山帽（とざんぼう）　ケルン

日本では、もともと登山は信仰や修行のために行われ、富士山や御嶽山（おんたけさん）、立山などの霊峰が対象であった。明治時代にスポーツ登山が伝わり、夏には登山帽や登山靴姿の人々が多く見られる。「ケルン」は石を積み上げた道標。

水筒の水大揺れに初登山　津川絵理子

登山靴穿きて歩幅の決まりけり　後藤比奈夫

檸檬齧りゐたりケルンを積みゐたり　加藤三七子

泳ぎ（およぎ）

○泳ぐ（およぐ）　水泳（すいえい）　遊泳（ゆうえい）　遠泳（えんえい）　競泳（きょうえい）　クロール　平泳ぎ（ひらおよぎ）　背泳ぎ（せおよぎ）　バタフライ　飛び込み（とびこみ）　浮輪（うきわ）　◎プール

暑い盛りの海やプールでの泳ぎは何ものにもかえがたい。日本では武術の一種として発達し、日本泳法と呼ばれた。明治になって西洋式の泳法が伝わり、競泳及び娯楽としての水泳が盛んになった。

暗闇の眼玉濡らさず泳ぐなり　鈴木六林男

首飾われに托して泳ぎ出づ　橋本美代子

こんなにもさびしいと知る立泳ぎ　大牧　広

飛込の途中たましひ遅れけり　中原道夫

海水浴（かいすいよく）

○海開き（うみびらき）　波乗（なみのり）　サーフィン　海の家（うみのいえ）　◎砂日傘（すなひがさ）　ビーチパラソル

日本における海水浴は元来、療養や保養のためであったが、明治以降に各地で海辺の行楽として定着した。海浜には砂日傘が立ち、近年ではサーフィンを楽しむ人々も多い。

歩き行く地が砂になり海水浴　古屋秀雄

天丼のかくも雑なり海の家　大牧　広

影遠く逃げてゐるなり砂日傘　松本たかし

夜店（よみせ）

夏の夜、縁日などで開かれる露店のこと。裸電球の下で、金魚、玩具、草花、古書、縁起ものなどを並べる。寺社の縁日に立つ夜店は一年を通じてあるが、涼みがてらの客で賑わう夏は風情がある。

父の背が記憶のはじめ夜店の灯　黒崎かずこ

さみしさに夜店見てゆくひとつひとつ　篠崎圭介

夜店の灯古きパリーの地図を買ふ　有馬朗人

花火（はなび）

○揚花火（あげはなび）　線香花火（せんこうはなび）　手花火（てはなび）　ねずみ花火（はなび）　遠花火（とおはなび）　花火師（はなびし）

夏になると各地で花火大会が催される。大輪の菊のような花火の絢爛（けんらん）とひらくさまは見事。遠くに見る花火も趣深く、星のような火花を散らす「線香花火」も懐かしい味わいがある。もとは盆行事の一環として秋の季語とされていたが、納涼が中心となった現代では夏の季語に分類されている。

暗く暑く大群衆と花火待つ　西東三鬼

ねむりても旅の花火の胸にひらく　大野林火

はじまりは紐のようなり揚花火　月野ぽぽな

花火師も花火の筒も闇に立つ　山崎ひさを

水遊（みずあそび）

○水鉄砲（みずでっぽう）

河川や海辺、または庭先などで水を使って遊ぶこと。子供は水遊びが大好きで、川や湖のほとりで時間を忘れて遊ぶ。庭先などで、ビニール製のプールで水をかけあったりして遊ぶ風景も見られる。

水遊とはだんだんに濡れること　後藤比奈夫

子の世界母を遠ざけ水遊び　稲畑汀子

石塀へ水鉄砲のためし撃ち　岡本眸

水中花（すいちゅうか）（すいちゅうくわ）　水に入れると水を吸って開く造花。元来は鉋（かんな）くずのような木の薄片や水に強い紙を用いて作った。主として花（鳥なども）の形に作り、美しい彩色を施して圧搾したものが多い。水中に入れると、瞬時にひらく仕組みになっている。

泡ひとつ抱いてはなさぬ水中花　富安風生

水中花大きく咲かせ夫（つま）持たず　鷲谷七菜子

いきいきと死んでゐるなり水中花　櫂未知子

草笛（くさぶえ）　◎麦笛（むぎぶえ）　草矢（くさや）

草の葉を折り取って作る笛。唇にあてて吹くと、ものがなしい音で鳴る。島崎藤村（とうそん）が「小諸（こもろ）なる古城のほとり」で〈歌哀し佐久（さく）の草笛〉と詠った。「麦笛」は麦の茎を三センチほどに切って作った笛。草を矢のようにして打つのが「草矢」。

草笛を子に吹く息の短かさよ　馬場移公子

草笛を吹く四五人に加はりぬ　山西雅子

麦笛を吹くや拙き父として　福永耕二

捕虫網（ほちゅうあみ）　○捕虫網（ほちゅうもう）

飛んでいる蝶などの虫を捕獲する網。夏は揚羽蝶などの美しい蝶が飛びまわり、油蟬などが鳴きしきる季節。かつては、そうした昆虫を捕えようと白い捕虫網をもって駆けまわる子供の姿がよく見られた。

捕虫網踏みぬ夜更けの子の部屋に　石田波郷

捕虫網買ひ父がまづ捕へらる　能村登四郎

捕虫網まだ使はれぬ白さもて　鈴木貞雄

裸（はだか）　○素裸（すはだか）　丸裸（まるはだか）　裸子（はだかご）　◎肌脱（はだぬぎ）　跣足（はだし）　素足（すあし）

夏の暑さをしのぐために裸になって家の中で寛（くつろ）ぐことがある。和服の上半身を出して寛ぐのが「肌脱」。「跣足」は履物を履かずに地上を歩くこと、またはその足をいう。「素足」は靴下などを履いていないむき出しの足のこと。

海の闇はねかへしゐる裸かな　大木あまり

裸子や涙の顔をあげて這ふ　野見山朱鳥
裸の子裸の父をよぢのぼる　津田清子
はればれと佐渡の暮れゆく跣足かな　藤本美和子

端居（はしゐ）

○夕端居（ゆうはしい）

夏の夕方などに室内にこもる暑さを避けて、縁先や風通しの良い場所に出て涼をとること。「端居」は外に近い座を占めることをいう。

端居してたゞ居る父の恐ろしき　高野素十
端居して旅にさそはれゐたりけり　水原秋櫻子
端居して窓一杯の山を見る　星野　椿

髪洗ふ（かみあらう）

○洗ひ髪（あらいがみ）

夏は汗と埃などで髪が汚れやすいので、洗ったあとの爽快感はひとしおである。そのため夏の季語になっている。「洗ひ髪」は洗ったあと乾くまでの髪をいう。元来は女性の長い黒髪を洗う意味がこめられていた。

せつせつと眼まで濡らして髪洗ふ　野澤節子
髪洗うまでの優柔不断かな　宇多喜代子

夕ぐれの黒き山なみ髪洗ふ　森賀まり

汗（あせ）

◯汗（あせ）ばむ　玉（たま）の汗（あせ）

汗をかくのは体温の調節のためであるが、夏はじっとしていても汗はにじむ。運動や労働の後のしたたる大粒の汗を「玉の汗」という。「汗ばむ」はじっとしていても汗がにじむこと。

突く杖を汗が握つてをりにけり　粟津松彩子

今生の汗が消えゆくお母さん　古賀まり子

汗ばみて加賀強情の血ありけり　能村登四郎

日焼（ひやけ）

◯潮焼（しおやけ）　日焼止（ひやけど）め

夏は紫外線が強く、顔や手足など露出した部分が赤黒く焼ける。海水浴などでわざと焼くこともある。小麦色に焼けた姿は健康的で美しい。

虚を衝かれしは首すぢの日焼かな　飯島晴子

純白の服もて日焼子を飾る　林　翔

潮焼にねむれず炎（も）えて男の眼　能村登四郎

昼寝（ひるね）

○午睡（ごすい）　三尺寝（さんじやくね）　昼寝覚（ひるねざめ）

寝苦しい夏は、どうしても寝不足に陥りやすい。疲れを取り、英気を養うために昼寝をするとよい。大工や職人などが三尺にも足らぬ狭いところで短時間の昼餉（ひるげ）休みをすることを「三尺寝」という。

さみしさの昼寝の腕の置きどころ　上村占魚

昼寝より覚めてこの世の声を出す　鷹羽狩行

何はともあれと昼寝の枕出す　島谷征良

はるかまで旅してゐたり昼寝覚　森　澄雄

夏の風邪（なつのかぜ）

○夏風邪（なつかぜ）　◎寝冷（ねびえ）

冬にひく風邪は高熱が出たり呼吸器が障害をおこしたりするが、「夏の風邪」は鼻水程度の軽いものが多い。しかし治りが遅いので憂鬱（ゆううつ）を伴う。近年は冷房のききすぎなどで風邪をひく人が多い。「寝冷」は暑い夜、子供などが裸で寝たり布団をはいで寝たりして、体が冷えて体調を崩すこと。

眠たさの涙一滴夏の風邪　野澤節子

夏風邪をひき色町を通りけり　橋　閒石

夏風邪やすずめのこゑに耳藉(か)して　星野麦丘人

寝冷子のまはりが昏(くら)しやはらかし　長谷川双魚

夏痩(なつやせ)　○夏負け(なつまけ)

夏は暑さのために食欲が極端に低下し、水分ばかりを摂取することが多く、体重が減少してしまうことをいう。夏の土用に鰻(うなぎ)を食べると良いのは、「夏痩」「夏負け」を起こさないためのビタミンが豊富にあるからである。

夏痩も知らぬ女をにくみけり　日野草城

夏痩せて神宿る瞳(め)をおそれけり　佐野まもる

夏まけの歩(ほ)のふわふわと二学期へ　林　翔

こどもの日(ひ)

五月五日。子供の人格を尊重し、子供の幸福を図るために、昭和二十三年に制定された。国民の祝日の一つで、かつての端午の節句。

子供の日小さくなりし靴いくつ　林　翔
子供の日すべり台よくすべりけり　成瀬櫻桃子
子どもらの水に映りてこどもの日　藤本美和子

母(はは)の日(ひ)

五月の第二日曜日。母に感謝をする日。アメリカのアンナ・ジャーヴィスというキリスト教の信者の女性が、母を追憶するために白いカーネーションを教友に分けたのに始まる。日本では母に感謝をこめて赤のカーネーションを捧げる。大正時代に伝わり、戦後に定着した。

母の日や大きな星がやや下位に　中村草田男
母の日や何もせずとも母とゐて　大橋敦子
母の日のきれいに畳む包装紙　須賀一惠

父の日（ちちのひ）
六月の第三日曜日。父に感謝をする日。アメリカのJ・B・ドッド夫人の提唱によって設けられた。第二次大戦後に取り入れられ、「母の日」ほど一般化していないが、徐々に定着しつつある。

父の日の隠さうべしや古日記　秋元不死男
父の日の後姿を妻が言ふ　有働亨
父の日や日輪かつと海の上　本宮哲郎

端午（たんご）
○端午の節句（たんごのせっく）　五月の節句（ごがつのせっく）　菖蒲の日（あやめのひ）　武者人形（むしゃにんぎょう）　五月人形（ごがつにんぎょう）　武具飾る（ぶぐかざる）　菖蒲葺く（しょうぶふく）
旧暦五月五日の男子の節句。五節句のひとつで、現在は新暦で祝う。平安時代に宮中で行われていたものが鎌倉・室町時代の武家行事に取り入れられ、菖蒲を尚武にかけて男子の成長や武運長久を祈願した。男の子のいる家では「幟（のぼり）」を立てたり「武者人形」などを飾って祝う。「菖蒲葺く」は菖蒲を軒に挿す風習だが、今ではあまり行われない。

雨がちに端午ちかづく父子かな　石田波郷
竹割つて竹の匂ひの端午かな　木内彰志

武者人形兜の紐の花結び　高橋淡路女

幟(のぼり)

○初幟(はつのぼり)　鯉幟(こいのぼり)　吹流し(ふきながし)

端午の節句に男の子の出生を祝って立てる幟。江戸時代、武家は兜(かぶと)や長刀などと一緒に「幟」を立て、町人は滝をも登るとする鯉を出世の象徴として「鯉幟」を立てた。明治時代の末頃までは紙製だったが、現代は布製で五色の「吹流し」とともに立てる。初節句に立てるのが「初幟」。

遠州は風の国とぞ幟立つ　米谷静二

鯉のぼり目玉大きく降ろさるる　上村占魚

やはらかき草に降ろして鯉のぼり　小島健

雀らも海かけて飛べ吹流し　石田波郷

鬼灯市(ほおずきいち／ほほづきいち)

○四万六千日(しまんろくせんにち)

七月九日・十日の両日、東京・浅草寺(せんそうじ)の境内に立つ市。鉢植えの青鬼灯、丹波(たんば)鬼灯、千成(せんなり)鬼灯などが、女性や子供の夏負けの厄除(やくよけ)として売られる。「四万六千日」はこの日に参詣(さんけい)すると四万六千日の功徳を授かるとのいわれによる。

鬼灯市夕風のたつところかな　岸田稚魚
鬼灯市雨あをあをと通りけり　永方裕子
四万六千日人混みにまぎれねば　石田郷子

祭（まつり）

◯夏祭（なつまつり）　祭太鼓（まつりだいこ）　祭笛（まつりぶえ）　祭囃子（まつりばやし）　祭提灯（まつりちょうちん）　祭衣（まつりごろも）　宵宮（よいみや）　神輿（みこし）　山車（だし）　渡御（とぎょ）　御旅所（おたびしょ）

俳句で「祭」といえば夏に行われる諸神社の祭を総称していう。元来は「葵祭（あおいまつり）」（加茂祭（かもまつり））のことであった。「渡御」は神輿などが出かけていくこと。

神田川祭の中をながれけり　久保田万太郎
何となく祭近づく町の色　能村登四郎
祭笛吹くとき男佳かりける　橋本多佳子
男らの汚れるまへの祭足袋　飯島晴子

名越の祓（なごしのはらえ）

◯夏祓（なつはらえ）　御禊（みそぎ）　夏越（なごし）　形代（かたしろ）　茅の輪（ちのわ）

旧暦六月晦日に行う祓をいう。「形代」という白紙で作った人形にけがれを託して川に流したり、茅や藁（わら）で作った「茅の輪」をくぐったりして災厄を祓う。現在は新暦で行うところも多い。

叡山のあたりに雨気や夏祓　上野一孝
形代にかけたる息のあまりけり　綾部仁喜
まつすぐに汐風とほる茅の輪かな　名取里美

原爆忌（げんばくき）

○原爆の日（げんばくのひ）　広島忌（ひろしまき）　長崎忌（ながさきき）

広島には昭和二十年八月六日に、長崎には同年八月九日に原子爆弾が落とされ、数十万の人命が奪われた。この惨劇を二度と繰りかえさないため、広島・長崎をはじめ全国で平和祈願、原爆反対の行事が行われる。俳句では両日を「原爆忌」といい、八月六日を「広島忌」、九日を「長崎忌」という。

子を抱いて川に泳ぐや原爆忌　林　徹
原爆忌一つ吊輪に数多の手　山崎ひさを
広島忌雷雨となりて海叩く　林　徹
首上げて水光天に長崎忌　五島高資

祇園祭（ぎおんまつり・ぎをんまつり）

○祇園会（ぎおんえ）　山鉾（やまほこ）　鉾（ほこ）　鉾立（ほこたて）　祇園囃子（ぎおんばやし）　祇園太鼓（ぎおんだいこ）　鉾町（ほこまち）　屛風祭（びょうぶまつり）

京都東山（ひがしやま）の八坂（やさか）神社で七月に行われる祭礼。正しくは祇園御霊会（ごりょうえ）

という。日本三大祭の一つ。七月一日の吉符入りに始まり、三十一日の疫神社の夏越祭に終わる。ハイライトの山鉾巡行は前祭（十七日）と後祭（二十四日）に行われる。巡行前の三日間は宵山と呼ばれる。「祇園囃子」のコンチキチンコンチキチンという鉦の音が印象的である。

東山回して鉾を回しけり　後藤比奈夫
船鉾の日和神楽のぞろと来し　大石悦子
ゆくもまたかへるも祇園囃子の中　橋本多佳子

業平忌　○在五忌

旧暦五月二十八日。六歌仙の一人で和歌の才能に優れ、『伊勢物語』の主人公に擬せられる在原業平の忌日。元慶四年（八八〇）五十六歳で没。代表歌に〈月やあらぬ春や昔の春ならぬわが身ひとつはもとの身にして〉。

水音のどこから夢の業平忌　寺井谷子
老残のこと伝はらず業平忌　能村登四郎
在五忌の樗は花を撒きそめし　西村和子

桜桃忌（おうとうき／あうたうき）
○太宰忌（だざいき）

六月十九日。小説家太宰治（一九〇九—四八）の忌日。本名津島修治。青森県生まれ。「ダス・ゲマイネ」「道化の華」などで特異な才能が認められ、戦後「斜陽」「人間失格」で人気を博したが、昭和二十三年玉川上水で入水（じゅすい）自殺。

他郷にてのびし髭剃る桜桃忌　寺山修司
東京をびしよ濡れにして桜桃忌　蓬目良雨
太宰忌の身を越す草に雨の音　飯田龍太

河童忌（かっぱき）
○我鬼忌（がきき）　龍之介忌（りゅうのすけき）

七月二十四日。小説家芥川龍之介（一八九二—一九二七）の忌日。東京生まれ。短篇「鼻」が漱石（そうせき）に激賞され文壇に認められた。その後「羅生門」などを書いたが、昭和二年自殺。「我鬼」は俳号。

河童忌の庭石暗き雨夜かな　内田百閒
蚊を打つて我鬼忌の厠ひゞきけり　飴山實
青年の黒髪永遠に我鬼忌かな　石塚友二

動物

蟇（ひきがえる・ひきがへる）　◯蟾蜍（ひきがえる）　蟾（ひき）　蝦蟇（がま）　◎青蛙（あおがえる）　雨蛙（あまがえる）　河鹿（かじか）

日本の蛙の中では最も大きい。脚が短く太いので鈍重にのっそりと歩く。暗褐色の背中に疣（いぼ）が多数ある。昼は穴の中や草むらにひそみ、夕方になると現れて蚊やミミズを捕えて食べる。「蝦蟇」は蟇の異名。「河鹿」は山間のきれいな谷川に生息する蛙。声をめでて、山の鹿にたいして河の鹿といったのが由来。美しい声を称えて「河鹿笛（かじかぶえ）」という。

蟇誰かものいへ声かぎり　加藤楸邨
跳ぶ時の内股しろき蟇　能村登四郎
蟾蜍長子家去る由もなし　中村草田男
青蛙おのれもペンキぬりたてか　芥川龍之介
水際まで山落ちてゐる河鹿笛　矢島渚男

蜥蜴（とかげ）　◯青蜥蜴（あおとかげ）　◎守宮（やもり）

全長二十センチほどの爬虫類（はちゅうるい）で、尾が長く、短い足が四本あり、恐竜を小さくしたような姿をしている。あたりのけはいをうかがいながらすばやく動き、光沢のある体が特徴。敵に襲われると尾を切り捨てて逃げるが、尾は再生する。「守宮」は夜行性の爬虫類で、指の裏に吸盤があり、壁や天井、雨戸などに手を広げてぴったりと吸い付く。

はしり過ぎとまり過ぎたる蜥蜴かな　京極杞陽
いつまでも尾の見えてゐる蜥蜴かな　蘭草慶子
青蜥蜴オランダ坂に隠れ終ふ　殿村菟絲子
硝子戸の夜ごとの守宮とほき恋　鍵和田秞子

蛇（へび）

○くちなは（わ）　青大将（あおだいしょう）　赤楝蛇（やまかがし）　蝮（まむし）

胴が長く四肢のない爬虫類（はちゅう）。とぐろを巻いたり、くねりながら進む。大きく口を開き自身より大きな動物を呑み込むことが出来る。日本に棲息するものは「蝮」や飯匙倩（はぶ）などを除けば無毒で、害を加えることはない。

全長のさだまりて蛇すすむなり　山口誓子
蛇のあとしづかに草の立ち直る　邊見京子
青大将女の声にたぢろぎぬ　上野みのり

蛇衣を脱ぐ

○蛇の衣　蛇の殻

蛇が成長のために表皮をそっくり脱ぐこと。夏は蛇が活動的になり、脱皮が増え、「蛇の衣」とも呼ばれる抜け殻が草の中や垣根などに残っているのを見かけることもある。この脱け殻を持っているとお金や着物がふえるという。

髪乾かず遠くに蛇の衣懸る　橋本多佳子
蛇の衣一枚岩に尾が余り　廣瀬直人
眼の玉のところ破れて蛇の衣　大木あまり

羽抜鶏

○羽抜鳥

多くの鳥類はふつう年に二回羽が抜けかわるが、鶏は大きいだけに目につきやすい。みすぼらしく見えて滑稽であり、侘しい感じもする。

人間と暮してゐたる羽抜鶏　今井杏太郎
羽抜鶏影を大きくして歩く　森下草城子
寵愛のおかめいんこも羽抜鳥　富安風生

時鳥(ほととぎす)

○子規(ほととぎす)　不如帰(ほととぎす)　杜鵑(ほととぎす)　杜宇(ほととぎす)

カッコウ科の小型の鳥。五月頃南方から渡ってくる。古くから鋭い鳴き声が賞賛され、広く詩歌に詠まれてきた。「テッペンカケタカ」「トッキョキョカキョク」などと聞こえる。鳴くときに口中の鮮紅が見えるので「鳴いて血を吐くほととぎす」という。雪月花に並ぶ夏の主要な季語であり、春の「鶯(うぐいす)」とともに、初音を待ちわびるものであった。

谺して山ほととぎすほしいまゝ　杉田久女

ほとゝぎすなべて木に咲く花白し　篠田悌二郎

ほととぎす鳴くやあの世のあかるくて　中山純子

郭公(かつこう／くわくこう)

○閑古鳥(かんこどり)

五月頃に南方から渡来して、秋には去る。低山帯の樹林や高原に棲む。「カッコウ」という鳴き声がそのまま名前となったもの。「閑古鳥」はカッコウドリの変化というが、漢字を当てることで面白味を得た。

郭公や何処までゆかば人に逢はむ　臼田亜浪

郭公の己がこだまを呼びにけり　山口草堂

湖（うみ）といふ大きな耳に閑古鳥　鷹羽狩行

仏法僧（ぶつぽうそう/ぶつぽふそう）　〇木葉木菟（このはずく）　三宝鳥（さんぽうちょう）

「ブッポーソー」と鳴くといわれ、「慈悲心鳥（じひしんちょう）」（夏）とともに仏教にちなむ名が親しまれてきたが、昭和十年、その鳴き声は木葉木菟のものであることが確認された。以後、仏法僧を「姿の仏法僧」、木葉木菟を「声の仏法僧」と呼ぶようになった。

杉くらし仏法僧を目のあたり　杉田久女

仏法僧鳴くべき月の明るさよ　中川宋淵

仏法僧寺の水桶蕗浸す　小川原嘘帥

青葉木菟（あおばずく/あをばづく）　フクロウの仲間で、青葉の頃に渡来するところからその名がついた。夜行性で「ホー、ホー」と特徴的なさびしい暗い声で鳴く。

夫（つま）恋へば吾に死ねよと青葉木菟　橋本多佳子

青葉木菟おのれ恃めと夜の高処　文挾夫佐恵

枕辺に父の来てゐる青葉木菟　ふけとしこ

老鶯（ろうおう）

○老鶯（おいうぐいす）　夏鶯（なつうぐいす）　乱鶯（らんおう）　残鶯（ざんおう）

夏の鶯のこと。春、人里近くで美しい声を聞かせていた鶯は、気温が上昇してくるとしだいに山中へ姿を隠す。夏は、高原や山地で過ごし、鳴き声も涼しげに聞こえる。これを「老鶯」という。

老鶯や珠のごとくに一湖あり　富安風生
老鶯やしんしん暗き高野杉　石塚友二
待つ明るさ夏うぐひすの次の声　加倉井秋を

浮巣（うきす）

○鳰の浮巣（におのうきす）　鳰の巣（におのす）

鳰（かいつぶり）の作る巣のこと。鳰は、水辺の植物の茎や葉を集めて水上に巣を作るが、水面に浮いている状態なので「浮巣」という。梅雨の頃に卵を産み、雌雄が交代で抱卵する。水嵩（みずかさ）がふえても自然に上下して、水中に沈む心配はない。

つゝがなく浮巣に卵ならびをり　阿波野青畝
舷（ふなばた）の高さに浮巣上がりけり　佐久間慧子
朱き嘴（はし）しきりに動く浮巣かな　蘭草慶子

通し鴨（とおしがも/とほしがも）　◯夏の鴨（なつのかも）　軽鴨（かるがも）　鴨涼し（かもすずし）

鴨は、秋に北方から飛来し、春になると帰ってゆく。しかし、春になっても引かずにいるものを「残る鴨」と呼び、夏になってもなお、寒冷地の湖などに残って繁殖するものを「通し鴨」という。真鴨（まがも）が多い。水に浮くさまを「鴨涼し」などと詠む。

水暗きところにをりぬ通し鴨　　星野麥丘人
通し鴨塵焚く煙あびてあり　　皆川盤水
夏鴨へくらき敷居を跨ぎけり　　摂津よしこ

鮎（あゆ）　◯香魚（こうぎょ）　年魚（ねんぎょ）　◎鮎釣（あゆつり）　囮鮎（おとりあゆ）

古来、食用に供されていた川魚で、姿が美しく独特の風味がある。秋に川下で孵化（ふか）をし、幼魚は海中で育つ。その「若鮎（わかあゆ）」（春）は生まれた川を溯る（さかのぼる）習性をもち、地域によって異なるが六月前後の解禁後は釣ることが許される。一年の命であることから「年魚」、また、その独特な香りから「香魚」という。

せせらぎやきらりきらりと鮎の数　　齊藤美規

鮎食べて父母の山河をまだ訪はず　関戸靖子
焼串に鮎躍らせてありにけり　長谷川櫂
鮎釣の賑はつてゐて静かなり　吉田千嘉子

金魚（きんぎょ）

○和金（わきん）　琉金（りゅうきん）　蘭鋳（らんちゅう）　出目金（でめきん）　金魚田（きんぎょだ）　◎金魚鉢（きんぎょばち）　金魚売（きんぎょうり）

金魚は鮒（ふな）を改良したもので、日本へは一五〇〇年頃、中国から入ってきた。さまざまな種類があり、鉢や水槽に飼い、涼しそうな姿を楽しむ。「和金」は原型に近い品種で、「琉金」は江戸時代に中国から琉球を経て輸入された。

水更へて金魚目さむるばかりなり　五百木飄亭
金魚大鱗夕焼の空の如きあり　松本たかし
引越のたびに大きくなる金魚　星野恒彦

熱帯魚（ねったいぎょ）

○天使魚（てんしぎょ）

熱帯地方の魚の総称。水温調節など管理の難しさはあるが、色彩豊かな美しいものが多く、鑑賞魚として人気が高い。「天使魚」はエンゼル・フィッシュのこと。

しづかにもひれふる恋や熱帯魚　富安風生
熱帯魚見るや心を閃かし　後藤夜半
天使魚も眠りそびれてをりにけり　永方裕子

鰹（かつお／かつを）

○松魚（かつお）　鰹船（かつおぶね）　◎初鰹（はつがつお）

鰹は冬は南海にいるが、三月に四国沖、四月には紀州沖、五月になると関東近海へと黒潮にのって東上する。青葉の頃に獲（と）れる走りの鰹を「初鰹」といい、江戸時代から珍重されていた。

鰹来る大土佐晴れの濤高し　福田甲子雄
本潮に乗りて釣り来し鰹とぞ　茨木和生
鰹船出でゆく沖はなほ荒れつ　山口草堂
初鰹躍（せり）の氷片とばしけり　皆川盤水

鱧（はも）

○水鱧（みずはも）　鱧（はも）の皮（かわ）　祭鱧（まつりはも）

穴子（あなご）に似ていて、長さ一メートルあまりの高級魚。口が大きく、鋭い歯を持つ。関西で珍重されるが、堅い小骨がたくさんあるので骨切りが必要。出初めの小さいものを「水鱧」といい、皮も賞味される。旬である六月下旬

〜七月は祭りの時期であることから「祭鱧」とも呼ばれる。

まつくらな山見て鱧の洗ひかな　住田榮次郎

大粒の雨が来さうよ鱧の皮　草間時彦

夕風にとどのふ鉦や祭鱧　桂信子

蟹（かに）

○山蟹（やまがに）　沢蟹（さわがに）　川蟹（かわがに）　ざりがに

夏の水辺で目にする小蟹の総称。川の蟹や海の蟹は、食用では旬（しゅん）が異なるものもあるが、夏の蟹は種類も多く趣もさまざま。沢や磯、海水浴の砂浜などで、螯（はさみ）を掲げて横走する姿は目を楽しませる。

代る代る蟹来て何か言ひては去る　富安風生

男の掌ひらけば山の蟹紅し　山田弘子

水を見てゐて沢蟹を見失ふ　対中いずみ

舟虫（ふなむし）

○船虫（ふなむし）

わらじのような形をした三センチほどの黄褐色の虫。海岸や岩壁、港の石垣などに群がる。長い触角をもっているのと、すばやい動きが特徴で、人が近づくと一斉に散る。

舟虫の微塵の足に朝日さす　百合山羽公

舟虫の失せて薄日を残しけり　角川照子

船虫の顔がうごいてゐてあはれ　今井杏太郎

海月（くらげ）

○水母（くらげ）

骨のない、透明な寒天質の傘型の体をした原始的な生き物。最もよく見られるのは真正クラゲ。電気クラゲ（カツオノエボシ）は毒針を持っている。干して食用にするのは備前クラゲである。

裏返るさびしさ海月くり返す　能村登四郎

海へ還るくらげはくらげ色をして　雨宮きぬよ

海に還す水母の傷は海が医（いや）す　津田清子

夏の蝶（なつのちょう）

○夏蝶（なつちょう）　揚羽蝶（あげはちょう）　青筋揚羽（あおすじあげは）　梅雨の蝶（つゆのちょう）

「蝶」とだけいえば春の季語。夏になると、大型のものが多くなり、黄（き）揚羽・黒揚羽・青筋（あおすじ）揚羽・烏（からす）揚羽などが優雅に飛び回る。梅雨どきに木の下をひっそり飛ぶ蝶を俳句では「梅雨の蝶」という。

教会の木の扉から夏の蝶　熊谷愛子

夏の蝶空に大波あるやうに　森賀まり
つまみたる夏蝶トランプの厚さ　髙柳克弘

火取虫（ひとりむし）
◯灯取虫（ひとりむし）　灯虫（ひむし）　火蛾（ひが）　◎蛾（が）

夏の夜、灯を目がけて飛んでくる虫の総称。おもに蛾を指す場合が多い。火（灯）を取らんとする貪欲（どんよく）さ、身を焦（こ）がすことも怖れぬ一途な姿などが詠まれる。

火取虫翅（は）音（おと）重きは落ちやすし　加藤楸邨
灯虫さへすでに夜更のひそけさに　中村汀女
喪の家の窓すさまじき火蛾の群れ　中村苑子
うらがへし又うらがへし大蛾掃く　前田普羅

蛍（ほたる）
◯初蛍（はつほたる）　蛍火（ほたるび）　源氏蛍（げんじぼたる）　平家蛍（へいけぼたる）　◎蛍狩（ほたるがり）　蛍籠（ほたるかご）

腹部に発光器をもち、光を点滅させて飛ぶ幻想的な蛍の姿は、古来、詩歌の素材として好まれてきた。日本には蛍の名所も多く、宇治の蛍合戦など、蛍にまつわる伝説も多い。谷崎潤一郎の『細雪（ささめゆき）』、宮本輝（てる）の『螢川』には蛍の神秘的な場面が描かれている。

蛍獲て少年の指みどりなり　山口誓子

蛍一つ飛ぶは飛ばざるより淋し　後藤綾子

一の橋二の橋ほたるふぶきけり　黒田杏子

ゆるやかに着てひとと逢ふ蛍の夜　桂　信子

蛍の夜老い放題に老いんとす　飯島晴子

蛍火の明滅滅の深かりき　細見綾子

やはらかく肩つかまれし蛍狩　朝倉和江

毛虫

○毛虫焼く

蝶や蛾の幼虫。全身が針のような毛におおわれている。松や果樹に発生すると害を受けるので焼きころして駆除する。鮮やかな色のもの、無気味な形のものなどさまざま。同じ幼虫でも、尺取虫や夜盗虫には毛が生えていない。

山刀伐峠の栗の毛虫の大きさよ　細川加賀

もくもくと忙しくゆく毛虫の毛　矢島渚男

毛虫焼く火のめらめらと美しき　木下夕爾

兜虫(かぶとむし)

◯甲虫(かぶとむし)　さいかち虫(むし)　源氏虫(げんじむし)　◎鍬形虫(くわがたむし)　天牛(かみきり)　髪切虫(かみきりむし)

夏は甲虫(こうちゅう)類をよく見るが、中でも大きいのが「兜虫」。雄は立派な角を持ち、その形が兜の前立てに似ているのでこの名が付いた。櫟(くぬぎ)や楢(なら)などのほか、皂莢(さいかち)にも集まることから「さいかち虫」とも呼ばれる。関西では「源氏虫」という。「鍬形虫」は角の形状が異なり、やや小型で体が扁平(へんぺい)。「天牛」は長い角が牛の形を連想させ、空を飛ぶ。口器(こうき)が髪の毛を嚙み切るほど鋭いので「髪切虫」ともいう。

兜虫摑(つか)みて磁気を感じをり　能村研三
兜虫一滴の雨命中す　奥坂まや
ひつぱれる糸まつすぐや甲虫　高野素十
天牛の金剛力を手にしたる　大石悦子

金亀子(こがねむし)

◯金亀虫(こがねむし)　黄金虫(こがねむし)　かなぶん　ぶんぶん

甲虫の一種。翅(はね)をたたむと釦(ぼたん)のようで、背には光沢がある。夜、灯火をめがけて家の中へ飛び込んでくる。そのときブンブンと唸りをあげるところから、「かなぶん」とも「ぶんぶん」とも呼ばれる。電灯にぶつかってぽたりと落ち、死んだふりをしたりする。

金亀子擲(なげう)つ闇の深さかな　高浜虚子

金亀子父へ放れば母へ飛ぶ　有馬朗人

モナリザに仮死いつまでもこがね虫　西東三鬼

天道虫(てんとうむし/てんたうむし)　○てんとむし

小さな半球のような形で、斑点(はんてん)の模様があるのが特徴。色も黒、赤、黄といろいろ。星の数は種類によって異なるが、七ツ星（七星天道）が最も親しまれており益虫でもある。たくさんの星のある天道虫だまし（二十八星天道）は害虫。

天道虫その星数のゆふまぐれ　福永耕二

のぼりゆく草ほそりゆくてんと虫　中村草田男

少年の少女へわたすてんと虫　きくちつねこ

斑猫(はんみょう/はんめう)　○道(みち)をしへ(え)

二センチほどの甲虫で、黒地に赤・黄・紫・黒・緑などの斑点(はんてん)がある。地上にいて、人が近づくと少し飛んで地に下り、また近づくとさらにひと飛びするさまが道案内をしているかのようなので「道をしへ」ともいう。

斑猫のいふなりに墳巡りけり　辻田克巳

道をしへ一筋道の迷ひなく　杉田久女

道をしへ帰郷の吾と知りて飛ぶ　大串章

水馬（あめんぼ）

夏の水辺で、長い六本足を張って水面に浮いている灰褐色の昆虫の総称。飴に似たにおいがするのでこの名があるといわれている。別名「みづすまし」ともいうが、鼓虫（まいまい）のことも「水澄し（みずすまし）」というので要注意。

◯水馬（あめんぼう）　みづ（ず）すまし

あめんぼと雨とあめんぼと雨と　藤田湘子

水面の硬さの上の水馬　山上樹実雄

水すまし平らに飽きて跳びにけり　岡本眸

蟬（せみ）

◯朝蟬（あさぜみ）　夕蟬（ゆうぜみ）　油蟬（あぶらぜみ）　みんみん　蟬時雨（せみしぐれ）　◎空蟬（うつせみ）　蟬（せみ）の殼（から）

蟬は地中で数年間過ごしたあと、地上に出て羽化し、一週間くらいで死んでしまう。その地上の短い生命を燃焼し尽くすかのように激しく鳴きつづける。蟬の声が降るようなさまを「蟬時雨」という。「空蟬」は蟬の透明な脱け殻のこと。

蟬鳴けり泉湧くより静かにて　水原秋櫻子
大地いましづかに揺れよ油蟬　富沢赤黄男
蟬時雨もはや戦前かもしれぬ　攝津幸彦
空蟬のいづれも力抜かずゐる　阿部みどり女
握りつぶすならその蟬殻を下さい　大木あまり

蠅（はえ・はへ）

○家蠅（いえばえ）　金蠅（きんばえ）　銀蠅（ぎんばえ）　蛆（うじ）　◎蠅除（はえよけ）　蠅帳（はいちょう）

近年は少なくなっているが、食べ物にとまったりするので厭（いと）われている。夏に多く見られる。幼虫の「蛆」は腐敗物や排泄物にたかって蠢（うごめ）く。

戦争にたかる無数の蠅しづか　三橋敏雄
一つ追ひをれば二つに夜の蠅　久保田万太郎
蠅とんでくるや簞笥の角よけて　京極杞陽
蠅帳に古漬その他母の昼　草間時彦

蚊（か）

○藪蚊（やぶか）　蚊柱（かばしら）　◎孑孑（ぼうふら）　蚊帳（かや）

夏になると蠅と共にうるさがられるが、雌は血を吸うのでいっそうわずらわしい。伝染病を媒介するものもいる。雌雄が群舞するのが「蚊柱」で、夕暮れに多い。

叩かれて昼の蚊を吐く木魚かな　夏目漱石
蚊が一つまつすぐ耳へ来つつあり　篠原梵
なつかしき法然院の藪蚊かな　中山世一
蚊帳の中いつしか応えなくなりぬ　宇多喜代子

蠛蠓（まくなぎ）　○めまとい　糠蛾（ぬかか）

小型の蚊の総称。人の顔あたりにまつわり飛んでうっとうしがられる。ごく小さな虫で、それがひとかたまりになって忙（せわ）しく飛び回る。

蠛蠓といふ厄介なものに逢ふ　藤崎久を
まくなぎの阿鼻叫喚をふりかぶる　西東三鬼
まくなぎに目鼻まかして牛の貌　清崎敏郎

ががんぼ　○蚊姥（かのうば）　蚊（か）とんぼ

糸のような長い触角と折れそうな長い足をもつ昆虫の総称。蚊に似ていてそれより大きいので「蚊姥」などともいわれる。夜の部屋の壁や障子にぶつかってかすかな音を立てているのを見かける。

ががんぼの脚あまた持ち地をふまず　長谷川双魚
ががんぼの溺るるごとくとびにけり　棚山波朗
ががんぼを追ふに疲れて夢のなか　大屋達治

蟻地獄（ありじごく／ありぢごく）　○あとずさり　擂鉢虫（すりばちむし）

ウスバカゲロウの幼虫で、体長は一センチくらい。砂地の乾いた所にすりばち状の穴を掘ってひそみ、蟻などの小さい虫を捕えて食べる。地上で動くときは後退するので「あとずさり」ともいう。

蟻地獄松風を聞くばかりなり　高野素十
蟻地獄すれすれに蟻はたらけり　加藤かけい
じつと待ち死ぬまで待てる蟻地獄　齊藤美規

紙魚（しみ）　○衣魚（しみ）　雲母虫（きららむし）

銀白色の一センチ足らずの、最も原始的な昆虫。海老に似た形で、羽はなく鱗片（りんぺん）におおわれている。紙や衣類など、でんぷんのついているものを食べる。暗い所を好み、動きが早い。

紙魚ならば棲みてもみたき一書あり　能村登四郎
鷗外も茂吉も紙魚に食はれけり　藤田湘子
紙魚としてなほ万巻の書をあゆむ　橋本善夫

蟻（あり）

◯山蟻（やまあり）　蟻の道（ありのみち）　蟻の塔（ありのとう）　蟻の列（ありのれつ）　蟻の巣（ありのす）　蟻塚（ありづか）　◎羽蟻（はあり）

蟻は大小、多くの種類がある。秩序のある集団生活をしており、地中に巣を掘るときに外に積み上げた土の山を「蟻の塔」「蟻塚」という。長い列で進むのが「蟻の道」。夏に交尾した「羽蟻」は、雄は死に、羽の落ちた雌は地中に入り女王蟻となる。

蟻這はすいつか死ぬ手の裏おもて　秋元不死男
蟻を見るこころ疲れてゐる日かな　新明紫明
蟻の列曲る見えざるものを避け　河合照子
老斑の遂にわが手に羽蟻の夜　篠田悌二郎

蜘蛛（くも）

◯蜘蛛の囲（くものい）　蜘蛛の巣（くものす）　蜘蛛の糸（くものいと）　蜘蛛の子（くものこ）

蜘蛛は日本に棲息するものだけでも千種以上にのぼり、多くは空中に円形に網状の巣を張って獲物がかかるのを待つ。その巣を「蜘蛛の囲」

という。

脚ひらきつくして蜘蛛のさがりくる　京極杞陽
蜘蛛の囲や朝日射しきて大輪に　中村汀女
蜘蛛の子のみな足もちて散りにけり　富安風生

蛞蝓（なめくじ）　○なめくぢり　なめくぢら
貝のない蝸牛（かたつむり）のようなもので、湿ったところを好んで這い回る。通った跡は銀色の粘液の道となって残る。野菜や果実のほか、花の新芽や蕾を食べてしまう害虫である。塩をかけると小さくなるのは浸透圧によるもので、消えるわけではない。

蛞蝓といふ字どこやら動き出す　後藤比奈夫
なめくぢがなめくぢに触れ凹みをり　栗原利代子
来しかたを断（か）くもてらくなめくぢら　阿波野青畝

蝸牛（かたつむり）　○蝸牛（かぎゅう）　ででむし　でんでんむし
陸に棲む巻貝。全身を伸ばしきると決して小さくはないが、刺戟（しげき）や危険を感じると身を縮めて殻に入ってしまう。地方によってさまざまな呼び名がある。食用になる種もある。

思ひ出すまで眼を瞑り蝸牛　六本和子
このままの晩年でよし蝸牛　石田あき子
かたつむり甲斐も信濃も雨の中　飯田龍太
でで虫や老いて順ふ子のなくて　大島雄作

夜光虫（やこうちゅう／やくわうちゆう）　原生動物の一種。直径一ミリほどの球形をしており、鞭（むち）のような糸によって水中を動き回る。体内に発光物質があるため、闇の中で光る。たくさん発生して海面をおおうと神秘的で美しいが、赤潮となり害をおよぼすことがある。

夜光虫燃ゆるうしろに波が消ゆ　山口草堂
夜光虫見えざるものをみつめをり　加藤知世子
一本の櫂に集まり夜光虫　中村和弘

植物

葉桜（はざくら）　○花（はな）は葉（は）に　◎余花（よか）

花が散り、青々と葉をつけ始めた桜の樹。桜の葉のことではないので注意。「余花」は山国や北国などで、初夏になってもまだ咲く桜の風情をあらわす季語。

葉桜の影ひろがり来深まり来　星野立子
葉桜の中の無数の空さわぐ　篠原　梵
花は葉に父に背きしこと数多　小河洋二
余花に逢ふ再び逢ひし人のごと　高浜虚子

新緑（しんりょく）　○緑（みどり）さす　緑夜（りょくや）　◎新樹（しんじゅ）

初夏の木々の新鮮な緑のこと。「新緑」は緑の葉がひろがるさまに焦点をあてているのに対して、「新樹」は若葉におおわれた樹木をさす。「緑さす」は、まぶしい日差しとともに緑がふりそそぐような色彩感をとらえた季語。

摩天楼より新緑がパセリほど　鷹羽狩行
新緑やまなこつむれば紫に　片山由美子
新緑の闇よりヨーヨー引き戻す　浦川聡子
新樹の夜猫の集会あるらしき　清水基吉

万緑（ばんりょく）　○茂（しげり）

中国の詩人・王安石（おうあんせき）「詠石榴詩」の一節「万緑叢中紅一点」に基づく季語。中村草田男（くさたお）が俳句に用いたことから季語に定着した。生い茂った緑の深さは生命力にあふれている。

万緑の中や吾子（あこ）の歯生え初むる　中村草田男
万緑を顧みるべし山毛欅（ぶな）峠　石田波郷
万緑に抱かれしより光る沼　稲畑汀子
灯ともせば雨音わたる茂りかな　角川源義

緑蔭（りょくいん）　◎木下闇（こしたやみ）　下闇（したやみ）　青葉闇（あおばやみ）

緑が茂った木立の蔭（かげ）のこと。夏も深まり、強い日差しが照りつけるなか、大きな木の下は涼しい蔭をなす。「木下闇」は昼なお暗く、暑さから逃れられる別天地のようなところをいう。

緑蔭に三人の老婆わらへりき　西東三鬼
緑蔭に顔さし入れて話しをり　橋本鶏二
緑蔭や声よき鳥は籠の鳥　山根真矢
水音の落ち込んでゆく木下闇　今井つる女

夏木立（なつこだち）

◯夏木（なつき）

緑の鮮やかな、夏のすがすがしい木々。並木道や林など、木洩（こも）れ日がまぶしく光る夏の光景が浮かぶ。一本の場合は「夏木」という。

門ありて唯夏木立ありにけり　高浜虚子
新宮の丹（に）の美しき夏木立　遠藤梧逸
ひろしまや樹齢等しく夏木立　川崎慶子

若葉（わかば）

◯谷若葉（たにわかば）　若葉風（わかばかぜ）　若葉雨（わかばあめ）　若葉寒（わかばさむ）　◎樟若葉（くすわかば）　柿若葉（かきわかば）　若楓（わかかえで）

春に芽吹いた木々が五月頃に広げる美しい新葉のこと。「青葉」とほとんど同義だが、落葉樹の新しい葉が生え揃い、緑を深めてゆく頃の木々の生命力を感じさせる。「樟若葉」「柿若葉」など樹の名を冠しても用いる。「若楓」は若葉の楓のことで、古来歌に詠まれてきた。

若葉して手のひらほどの山の寺　夏目漱石
樟多き熊本城の若葉かな　京極杞陽
夕若葉まだ文字読めて灯さず　岡本眸
弟子達の弓の稽古や若楓　中村吉右衛門

常盤木落葉（ときわぎおちば）**ときはぎおちば**　○松落葉（まつおちば）　杉落葉（すぎおちば）　夏落葉（なつおちば）　◎病葉（わくらば）

松・杉・樟（くす）・椎（しい）・樫（かし）など常緑樹の落葉の総称。新葉がととのうにつれて古い葉を少しずつ落とす。五～六月に特に目立つので「夏落葉」という。病害虫などによって赤や黄に変色して朽ちるのが「病葉」。

掃き集め常磐木落葉ばかりなる　高浜年尾
夏落葉水に流せば沈みけり　池田澄子
舞殿の屋根を滑りて夏落葉　田中裕明
病葉の渦にのりゆく迅（はや）さかな　石橋秀野

夏草（なつくさ）　◎草茂る（くさしげる）　草いきれ（くさいきれ）

夏に繁茂する草の総称。「茂」（しげり）（夏の季語）といえば木々のことになるので、夏草の茂ったさまは「草茂る」という。強い日差しをあびて、むせ返るような匂いと熱気を発するのが「草いきれ」。旺盛(おうせい)な生命力を感じさせる季語である。

わが丈を越す夏草を怖れけり　三橋鷹女
夏草に汽罐車(きかんしゃ)の車輪来て止る　山口誓子
山羊の仔のおどろきやすく草茂る　西本一都
残りゐる海の暮色と草いきれ　木下夕爾

卯(う)の花(はな)

○空木(うつぎ)の花(はな)　花卯木(はなうつぎ)　山(やま)うつぎ　姫(ひめ)うつぎ

空木の花のこと。山野に自生し、高さは二メートル足らずだが、分岐したたくさんの枝に、白い花を房のようにつける。旧暦四月の「卯月(うづき)」はこの花の名に由来するともいわれる。雨にけぶるさま、散り出したところも風情がある。

卯の花に母の写真の古りにけり　石田郷子
深爪のうづく卯の花月夜かな　佐野美智
夕刊の届く時間よ花卯木　星野　椿

朴の花（ほおのはな）ほほのはな

朴はモクレン科の落葉高木。二十メートルもの大木になり、五月になるとやや黄味を帯びた白い花をつける。枝の先に上向きに開くので、離れないと見えにくい。九枚ほどの花弁に守られるように、雌しべ雄しべがかたまっている。強い芳香を放つ。

鞍馬より貴船へ下る朴の花　大橋越央子

火を投げし如くに雲や朴の花　野見山朱鳥

三つ咲いて空を占めたる朴の花　岸田稚魚

桐の花（きりのはな）

○花桐（はなぎり）

桐はゴマノハグサ科の落葉高木。高い木の枝先に、五月上旬になると紫の花を円錐状につける。咲いていることに気づかず、落ちはじめた花に驚くことがある。遠くからのほうがかえって目につきやすい。

あを空を時の過ぎゆく桐の花　林　徹

夕方の水に埃や桐の花　宮田正和

山々に麓ありけり桐の花　小島　健

泰山木の花（たいさんぼくのはな）　タイサンボクはモクレン科の常緑高木。二十メートル近くもの高さになり、五、六月頃、互生（ごせい）した葉に守られるかのように、大きな盃（さかずき）のような白い花を空に向けて開く。香りも高く、雄々しい花である。宝珠形の蕾（つぼみ）は茶花として用いられる。

ロダンの首泰山木は花得たり　　角川源義
泰山木樹頭の花を日に捧ぐ　　福田蓼汀
あけぼのや泰山木は臘（ろう）の花　　上田五千石

蜜柑の花（みかんのはな）　○花蜜柑（はなみかん）

こまかな枝に、五〜六月頃に白い五弁花をつける。強い芳香があり、盛りの頃にはあたり一帯に香りが充満する。蜜柑のほか、柚子（ゆず）、橙（だいだい）、朱欒（ざぼん）、レモンなどの柑橘（かんきつ）類はほとんど同じ時期に白い花をつける。

駅降りてすぐに蜜柑の花の中　　加倉井秋を
手に持ちて木よりも匂ふ花蜜柑　　山口波津女
旅びとの日かげにやすむ花みかん　　長谷川　櫂

を放つ。

栗の花（くりのはな）

〇花栗（はなぐり）

栗はブナ科の落葉高木。十メートル以上にもなる高い幹から岐（わか）れた枝に、五月から六月頃、紐（ひも）のような花をつける。これが雄花で、雌花はその花穂（かほ）の下に三個ずつかたまってつく。甘いような青臭いような独特の匂いを放つ。

栗の花咲きいづるより古びけり　大野林火

栗咲く香死ぬまで通すひとり身か　菖蒲あや

花栗のちからかぎりに夜もにほふ　飯田龍太

牡丹（ぼたん）

〇ぼうたん　白牡丹（はくぼたん）　緋牡丹（ひぼたん）　牡丹園（ぼたんえん）

ボタン科の落葉低木。晩春から初夏にかけて十～二十センチの花をつける。中国では「花の王」と称して牡丹を賞（め）でた。平安時代初期に薬用植物として渡来。「ぼうたん」というのは俳句独特の言い方。〈牡丹散て打かさなりぬ二三片　蕪村〉は古典の代表句。

牡丹百二百三百門一つ　阿波野青畝

ぼうたんの百のゆるるは湯のやうに　森澄雄

夕風の出て牡丹の立ち上る　棚山波朗

芍薬

ボタン科の多年生草本の花。牡丹に似ているが、牡丹のような木部はなく、冬の間地上部分は枯れて、翌年の春に新芽が出る。それが伸びて、五月頃に珠のような花をつける。花の姿が美しいことから、顔佳草ともいう。牡丹よりも柔らかな感じを与え、中国では牡丹の「花の王」に対して「花の宰相」と呼ばれた。

芍薬のはなびらおつるもろさかな　久保田万太郎

芍薬や剪りたての葉のぎしぎしと　佐野青陽人

芍薬のうつらうつらと増えてゆく　阿部完市

薔薇

○薔薇　紅薔薇　白薔薇　薔薇園

薔薇は五月頃に最盛期を迎える。日本には古くから野生種（野茨）があり、『万葉集』にも登場するが、現在では大輪の園芸種の西洋薔薇をいう。激しい愛情を象徴する紅薔薇、清楚な白薔薇のほか色さまざまで、それぞれに優雅な名をもつ。

咲き切つて薔薇の容を超えけるも　中村草田男

薔薇剪るや深きところに鋏入れ　島谷征良
薔薇の香か今ゆき過ぎし人の香か　星野立子
薔薇園の薔薇整然と雑然と　須佐薫子

鈴蘭（すずらん）
○君影草（きみかげそう）
キジカクシ科の多年草。五〜六月頃、楕円形の大きな葉の陰に、鈴のような白い小さな花がつらなって咲く。涼しいところを好む。香りがよいので香水の原料にもなる。

すずらんのりりりりりと風に在り　日野草城
鈴蘭とわかる蕾に育ちたる　稲畑汀子
鈴蘭に米粒ほどの青蕾（つぼみ）　蘭草慶子

燕子花（かきつばた）
○杜若（かきつばた）　◎渓蓀（あやめ）　花（はな）あやめ
水生のアヤメ科の多年草の花。五〜六月頃に剣状の葉の中央から茎を伸ばし、濃い紫の花を咲かせる。「渓蓀」は直立した花茎の先に紫の花をつける。似ているが陸生である。

燕子花高きところを風が吹き　児玉輝代

降出して明るくなりぬ杜若　　山口青邨
一人立ち一人かゞめるあやめかな　　野村泊月

花菖蒲（はなしょうぶ）
◯白菖蒲（しろしょうぶ）　菖蒲園（しょうぶえん）　菖蒲田（しょうぶだ）　◎菖蒲（しょうぶ）　白菖（しょうぶ）　あやめ　あやめぐさ

水生のアヤメ科の多年草。六月頃に、剣状の葉の中央から茎を伸ばし、さまざまな色の花を咲かせる。観賞用の花菖蒲は野花菖蒲（のはなしょうぶ）を改良したもので、江戸時代にさまざまな品種ができた。原種は山野の湿地に自生する。「白菖（菖蒲）」はサトイモ科の多年草で、初夏に淡黄色の花を咲かせる。端午の節句にはその葉を菖蒲湯にしたりする。

はなびらの垂れて静かや花菖蒲　　高浜虚子
花菖蒲夕べの川のにごりけり　　桂　信子
白菖蒲剪つてしぶきの如き闇　　鈴木鷹夫
鎌の刃も菖蒲も雫してをりぬ　　ふけとしこ

紫陽花（あじさい）
◯四葩（よひら）　七変化（しちへんげ）　◎額の花（がくのはな）　額紫陽花（がくあじさい）

梅雨の頃を代表する花。小花が密集して毬（まり）状をなすが、小花の花弁に見えるのは萼（がく）で、中央の粒状のものが花である。「四葩」はこの萼片の形からついた名。色が次第に変化するので「七変化」ともいう。深い藍色の「額紫陽花（額の花）」は毬状にはならず、小花のついた花序の周囲を萼である装飾花が取り巻く。

紫陽花や白よりいでし浅みどり　渡辺水巴
あぢさゐやきのふの手紙はや古ぶ　橋本多佳子
あぢさゐの毬は一つも地につかず　上野章子
数々のものに離れて額の花　赤尾兜子

梔子の花

アカネ科の常緑低木。初夏を告げるように、甘い香りを発する白い花をつける。花が美しいので観賞用として庭に植えられることが多い。単に「梔子」というと俳句では実（秋）のことを意味するので、注意が必要。

くちなしの花びら汚れ夕間暮　後藤夜半
梔子の花見えて香に遠き距離　八木澤高原
錆びてより山梔子の花長らへる　棚山波朗

十薬（じふやく）　○どくだみ　どくだみの花（はな）

ドクダミ科の多年草。湿地にはびこり、強く根を張る。梅雨どきに白い十字形の花が群れているのを見かける。花びらのように見えるのは苞（ほう）で、穂のように突き出ているのが実際の花。さまざまな薬効があるところから「十薬」という。

十薬のまぬがれ難き十字咲く　加倉井秋を
十薬の匂ひに慣れて島の道　稲畑汀子
どくだみの花の白さに夜風あり　高橋淡路女

著莪の花（しゃがのはな）

アヤメ科の多年草。木の下や陰地などの湿地に群をなす。四〜五月頃、鋭い剣のような葉が密生する中から長い茎を伸ばし、うすむらさきの花を咲かせる。花びらの中心は黄色で、全体が蝶の形を思わせるところから「胡蝶花（しゃが）」とも呼ばれる。

昼まではつづかぬ自負や著莪の花　能村登四郎
かたまつて雨が降るなり著莪の花　清崎敏郎
くらがりに来てこまやかに著莪の雨　山上樹実雄

筍（たけのこ）　○笋（たけのこ）　竹の子（たけのこ）　たかんな　たかうな

食用のものには何種類かあるが、最も一般的なのは孟宗竹（もうそうちく）の筍。炊き込み飯、炊き合せのほかいろいろな食べ方があり、初夏らしい味わいがある。早いものは三月上旬から収穫する。

筍の光放つてむかれけり　渡辺水巴

筍を茹でてやさしき時間かな　後藤立夫

竹の子の小さければ吾子かがみこむ　大串章

たかんなの出ること思ひ立ちにけり　鷹羽狩行

若竹（わかたけ）　○今年竹（ことしだけ）　◎竹の皮脱ぐ（たけのかわぬぐ）

筍（たけのこ）は生長するにつれ下方から皮を脱ぎはじめ、すべてを落とすと、ぐんぐん丈を伸ばしてゆく。前年までのものは幹の色がくすんでいる竹林において、濡れたような青緑の「今年竹（若竹）」はまぶしいほどの美しさである。

若竹や鞭の如くに五六本　川端茅舎

若竹や空の深きへ眼を誘ひ　山口速

ぬきんでて虚空さみしき今年竹　小林康治

竹皮を脱ぎ月光をまとひをり　田村正義

苺（いちご）

○苺狩（いちごがり）　野苺（のいちご）　草苺（くさいちご）

温室栽培のものが増えて、季節を問わず食べられるが、露地栽培のものが熟すのは五月頃。生食はもちろん、目に鮮やかな色を活かしジュースやケーキなどにも用いられる。

青春のすぎにしこゝろ苺喰ふ　水原秋櫻子

水の中指やはらかく苺洗ふ　大橋敦子

ねむる手に苺の匂ふ子供かな　森賀まり

麦（むぎ）

○大麦（おおむぎ）　小麦（こむぎ）　麦の穂（むぎのほ）　麦の黒穂（むぎのくろほ）　麦畑（むぎばたけ）　黒穂（くろほ）

秋に種を播（ま）いた麦は、五〜六月頃に収穫する。穂の出る前の青麦、まっすぐ立った穂、そして金色に染まる熟れ麦と変化する。黒穂病にかかりやすく、「黒穂」となったものは収穫できない。

麦の穂のしんしんと家つつむなり　川本臥風

麦熟れてあたたかき闇充満す　西東三鬼

黒穂抜くさびしきことに力込め　　西山禎一

青梅（あおうめ／あをうめ）　◯梅の実（うめのみ）　実梅（みうめ）

熟す前の硬くて青い梅の実のこと。五月から六月にかけて梅の実は急に育ち、葉の間で翡翠（ひすい）のように輝いている。梅雨時に産毛が雨粒をはじき光るさまは瑞々（みずみず）しい。

青梅の臀（しり）うつくしくそろひけり　　室生犀星

青梅の一つが見えてあまた見ゆ　　岡本圭岳

青梅や母とふたりの箸洗ふ　　対中いずみ

さくらんぼ　◯桜桃の実（おうとうのみ）　桜桃（おうとう）

バラ科の落葉高木、西洋みざくらの実のこと。艶（つや）があり、愛らしい形と甘酸っぱい味が喜ばれる。山形県が主産地。栽培には冷涼な気候が適している。

茎右往左往菓子器のさくらんぼ　　高浜虚子

一つづつ灯を受け止めてさくらんぼ　　右城暮石

幸せのぎゆうぎゆう詰めやさくらんぼ　　嶋田麻紀

枇杷（びわ）　バラ科の常緑高木で、高さは十メートルにもなり、たくさんの実が生る。病害虫を防ぎ、傷から守るために早くから袋をかけておき、五～六月頃収穫する。オレンジ色の実が美しく、薄い皮を剥いて食べる。豊富な果汁と大きな種が特徴。房州枇杷や長崎県の茂木枇杷が有名。

枇杷買ひて夜の深さに枇杷匂ふ　中村汀女

種ありてこそなる枇杷のすすり甲斐　後藤比奈夫

選り抜きの枇杷うす紙につつまれて　亀田虎童子

蕗（ふき）　○蕗の葉　伽羅蕗（きゃらぶき）

キク科の多年草。山野に自生するが、畑に栽培もする。アクが強く独特の苦味があるが、その風味もまた賞味される。「伽羅蕗」は、三～四センチに切った葉柄（ようへい）を醬油で煮つめたもの。

母の年越えて蕗煮るうすみどり　細見綾子

蕗むいて一日むいてゐるやうな　山尾玉藻

蕗を煮る柱時計の音の中　武藤紀子

伽羅蕗の滅法辛き御寺かな　川端茅舎

蚕豆（そらまめ）　◯空豆（そらまめ）　はじき豆（まめ）

莢（さや）が空に向くので「そらまめ」という。また、見た目が蚕の繭に似ていることから「蚕豆」の字があてられたという。莢の外側は青緑色で固いが、内側は真綿状で実を保護している。五〜六月頃に収穫し、実を塩茹でにしたり、ご飯に炊き込んだり（「豆飯（まめめし）」）して食べる。

そら豆はまことに青き味したり　細見綾子

父と子のはしり蚕豆とばしたり　石川桂郎

夕刊を読むそら豆の茹だるまで　木内怜子

瓜（うり）　◯甜瓜（まくわうり）　真桑瓜（まくわうり）　越瓜（しろうり）　瓜畑（うりばたけ）　◎胡瓜（きゅうり）　メロン

ウリ科の野菜の総称。かつては、暑い時期に涼しさを誘う食べ物であり、瓜といえば「甜瓜」を指した。香気があって味がよく、甘瓜（あまうり）ともいう。「胡瓜」はサラダや胡瓜もみ、漬物などさまざまに食される。茄子（なす）とともに夏を代表する野菜。「メロン」はウリ科の果実で、明治初期に日本に導入。マスクメロンや夕張メロンなどさまざまな種類がある。

瓜貰ふ太陽の熱さめざるを　山口誓子

まんなかに種ぎつしりと真桑瓜　吉田汀史
瓜畑に灯をこぼしゆく夜汽車かな　奥坂まや
どうしても曲る胡瓜の寂しさは　原田暹

茄子（なす）

◯なすび　初茄子（はつなすび）　加茂茄子（かもなす）　◎茄子の花（なすのはな）

ナス科の一年草の野菜。初夏に植えた苗が育ち、紫の星型の花がひっそり咲くと、間もなくつややかな紫紺の実がふくらんでくる。鴫焼（しぎやき）・糠漬（ぬかづけ）・炒め物・煮物・グラタンと、さまざまな食べ方がある。

採る茄子の手籠にきゆァとなきにけり　飯田蛇笏
右の手に鋏左に茄子三つ　今井つる女
初なすび水の中より跳ね上がる　長谷川櫂
妻呼ぶに今も愛称茄子の花　辻田克巳

紫蘇（しそ）

◯紫蘇の葉（しそのは）　赤紫蘇（あかじそ）　青紫蘇（あおじそ）　大葉（おおば）　穂紫蘇（ほじそ）

シソ科の一年草。高さは六十センチほどになり、たくさんの葉をつける。その強い風味が薬味などに喜ばれる。「赤紫蘇」は梅干の色づけに欠かせず、花のついた「穂紫蘇」は刺身のつまにしたりする。なお「紫蘇の実」は秋の季語なので注意。

雑草に交らじと紫蘇匂ひたつ　篠田悌二郎
島へゆく船の畳に紫蘇の束　吉田汀史
大原の日暮れをはやむ紫蘇畑　きくちつねこ
ひとうねの青紫蘇雨をたのしめり　木下夕爾

玫瑰（はまなす）

○浜茄子（はまなす）

バラ科の落葉低木で海岸に自生し、北の地方に特に多い。六月頃、赤い五弁の美しい花をつけ、香りもよい。「浜梨」が訛（なま）ったという説もある。

はまなすや親潮と知る海のいろ　及川貞
玫瑰や今も沖には未来あり　中村草田男
玫瑰にまぬがれがたき雨となる　大峯あきら
玫瑰に触れゆきて旅はじまりぬ　今井杏太郎

百合（ゆり）

○山百合（やまゆり）　笹百合（ささゆり）　鉄砲百合（てっぽうゆり）　鬼百合（おにゆり）　姫百合（ひめゆり）　鹿の子百合（かのこゆり）　白百合（しらゆり）　カサブランカ

ユリ科の多年草の花。筒状の独特の形をもつが、花びらの反り具合、色などさまざまで種類が多い。濃厚な香りをもつものも多い。

すぐひらく百合のつぼみをうとみけり　安住　敦

百合ひらき甲斐駒ヶ岳目をさます　福田甲子雄

献花いま百合の季節や原爆碑　後藤比奈夫

鉄砲百合一花は海の日をまとも　友岡子郷

蛍袋（ほたるぶくろ）　キキョウ科の多年草で山野に自生。高さは五十センチほどになり、六月頃、岐（わか）れた茎に釣鐘状の花が下向きにひらく。白に近いものと淡い赤紫のものがあり、内側に紫の斑点（はんてん）がある。捕えた蛍をこの花に入れるというところから名がついた。

蛍袋に指入れて人悼みけり　能村登四郎

をさなくて蛍袋のなかに栖む　野澤節子

逢ひたくて蛍袋に灯をともす　岩淵喜代子

鷺草（さぎそう）　ラン科の多年草。湿原で日当たりのよいところを好む。七月頃に花期を迎え、純白の小さな花の一つ一つが白鷺（しらさぎ）が飛んでいるような美しさがある。観賞用に鉢や水盤でも栽培する。

鷺草の花の窺ふ方位かな　後藤夜半
鷺草のそよげば翔つとおもひけり　河野南畦
めざめれば鷺草ひとつ咲いて待つ　澁谷道

萱草の花(かんぞうのはな)(くわんざうのはな)　ユリ科の多年草。六月頃、鬼百合(おにゆり)に似た黄赤色の花をつける。八重のものが藪(やぶ)萱草、一重のものが野萱草。憂いを忘れさせてくれる花という中国の言い伝えから「忘草」とも呼ばれる。「夕菅」「黄菅」も同種の花で、高原に自生し、七～九月にかけて黄色の花が咲く。
○忘草(わすれぐさ)　◎夕菅(ゆうすげ)　黄菅(きすげ)

萱草の花にすつくと波がしら　村上しゆら
野に咲いて忘れ草とはかなしき名　下村梅子
夕菅の一本足の物思ひ　石田勝彦

浜木綿の花(はまゆうのはな)(はまゆふのはな)　ヒガンバナ科の多年草。主に暖地の海岸に自生する。大きな長い葉が万年青(おもと)を思わせるところから「浜万年青」ともいう。七月頃、彼岸花の形を思わせる白い花が茎の上にかたまって咲く。反った花びらと長い蘂(しべ)
○浜木綿(はまゆう)　浜万年青(はまおもと)

が美しい。

浜木綿に流人の墓の小ささよ　篠原鳳作
大雨のあと浜木綿に次の花　飴山實
人麿の歌はともあれ浜おもと　右城暮石

罌粟の花（けしのはな）

○芥子の花（けしのはな）　白芥子（しろけし）　◎雛罌粟（ひなげし）　虞美人草（ぐびじんそう）　ポピー

ケシ科の花の総称。ヨーロッパ原産で、観賞用や薬用に栽培される。四〜六月頃に一重または八重の花が咲く。小さなものは可憐だが、大輪はあでやかである。阿片のとれる種類は栽培が禁止されている。「雛罌粟」は楚（そ）の武将・項羽の妃（きさき）である虞美人が死後にこの花に化したという伝説から「虞美人草」とも呼ばれる。

罌粟ひらく髪の先まで寂しきとき　橋本多佳子
ある時は罌粟の赤きを憎みけり　野見山ひふみ
芥子咲けばまぬがれがたく病みにけり　松本たかし
虞美人草只いちにんを愛し抜く　伊丹三樹彦

昼顔（ひるがお） ○浜昼顔（はまひるがお）

ヒルガオ科の多年生の花。細いつる状の茎が他の草や木、あるいは金網のフェンスなどにからみつき、初夏から初秋にかけて朝顔に似たピンク色の花を咲かせる。日中に開花することからこの名がついた。夕方にはしぼみ、曇天や雨天の日には閉じたままである。海岸の砂地に生えるのが「浜昼顔」。

ひるがほに電流かよひゐはせぬか　三橋鷹女
昼顔や捨てらるるまで櫂瘦せて　福永耕二
浜昼顔風に囁きやすく咲く　野見山朱鳥

月見草（つきみそう） ○月見草（つきみぐさ）　待宵草（まつよいぐさ）

アカバナ科の二年草で、北米およびメキシコ原産。夏の夕方に白い四弁花を開き、翌朝にはしぼんで紅色になる。黄色の花の「待宵草」や大待宵草と混同されやすい。

開くとき蕋（しべ）の淋しき月見草　高浜虚子
月見草夢二生家と知られけり　文挾夫佐恵

月見草つぼむ力のありにけり　　大木あまり

葵（あおい）あふひ

○立葵（たちあおい）　花葵（はなあおい）

葵の種類は、野路葵（のじ）、とろろ葵（黄蜀葵（おうしょつき））、もみじあおい（紅蜀葵（こうしょつき））、銭葵（ぜに）、立葵のほか非常に多いが、一般に「葵」として詠まれるのは中央アジア原産の「立葵」の花。垂直の茎を上るように、下から順に咲いてゆく。白、赤、ピンクなどがある。

蝶低し葵の花の低ければ　　富安風生

七尾線どこの駅にも立葵　　佐藤和夫

夕刊のあとにゆふぐれ立葵　　友岡子郷

向日葵（ひまわり）ひまはり

キク科の一年草で、北米原産。鮮やかな黄色の大きな花を、二メートル以上にもなる茎の上部に掲げる。暑さに立ち向かう力強さを感じさせる、盛夏を代表する花。蕾（つぼみ）が開く時だけ太陽のほうを向く。

向日葵の一茎一花咲きとほす　　津田清子

向日葵の群れ立つは乱ある如し　　大串　章

一面に咲き向日葵は個々の花　　片山由美子

合歓の花（ねむのはな）　○ねぶの花（はな）　花合歓（はなねむ）

マメ科の落葉高木である合歓の木の花。花のような形をした葉は多くの小葉（しょうよう）が集まっており、これが夜は眠るかのように閉じるところから「ねむ」の名がついた。七月頃に淡紅色の花がたくさん咲くさまは、紅色の刷毛（はけ）のようで美しい。

真すぐに合歓の花落つ水の上　星野立子

宇陀に入るはじめの橋のねぶの花　山本洋子

花合歓に夕日旅人はとどまらず　大野林火

百日紅（さるすべり）　○百日紅（ひゃくじつこう）　白（しろ）さるすべり　百日白（ひゃくじつはく）

ミソハギ科の落葉中高木で、中国原産。三メートルから七メートルにもなる幹から伸びた枝々に、盛夏の頃びっしり花をつける。一つ一つが縮緬（ちりめん）状の愛らしい形をなす。七月から九月末まで咲きつづけることから「百日紅」という。

百日紅雀かくるゝ鬼瓦　石橋秀野

道化師に晩年長し百日紅　仁平勝

さるすべりしろばなちらす夢違ひ　飯島晴子

夾竹桃（きょうちくとう／けふちくたう）　六〜九月、枝先に四〜五センチの花をたくさんつける。原産はインド。暑さに強く、公園や道路沿いで埃を浴びながらもたくましく咲きつづける。紅と白があり、花期が長く、「百日紅」とともに夏の貴重な花木である。

夾竹桃しんかんたるに人をにくむ　加藤楸邨
夾竹桃日暮は街のよごれどき　福永耕二
夾竹桃白きは夕べ待つごとし　米谷静二

凌霄の花（のうぜんのはな）　○凌霄花　凌霄　のうぜんかづら

蔓性落葉樹で、付着根が他の木の幹や塀、垣根などに絡みついて伸び、盛夏に朱色の漏斗状の花を下向きに多数つける。樹液は毒性をもつ。中国原産で観賞用に植えられ、通常は実を結ばない。

のうぜんの花は遠くに見ゆるなり　今井杏太郎
凌霄やギリシャに母を殺めたる　矢島渚男
すこしづつ時計のくるふ凌霄花　三田きえ子

○月下美人(げっかびじん)　女王花(じょおうか)

サボテン科の多年草。盛夏の頃に強い芳香のある白い花を夜ひらく。豪華な大輪であるところから「女王花」とも呼ばれる。開花後、数時間でしぼんでしまう。

仙人掌の花や倒るる浪の前　桂　樟蹊子

仙人掌の針の中なる蕾かな　吉田巨蕪

今一度月下美人に寄りて辞す　森田純一郎

水芭蕉(みずばしょう／みづばせう)

サトイモ科の多年草。寒冷地の沼沢や湿地に自生する。尾瀬沼の群生がよく知られている。船の帆のような大きい苞(ほう)（仏焰苞(ぶつえん)という）に守られるように小さな花穂(かほ)を立てる。葉が芭蕉の葉に似ていることから「水芭蕉」の名がついた。

水芭蕉水さかのぼるごとくなり　小林康治

水はまだ声を持たざる水芭蕉　黛　執

影つねに水に流され水芭蕉　木内怜子

仙人掌の花(さぼてんのはな)

萍（うきくさ）

○浮草（うきくさ）　根無草（ねなしぐさ）　萍の花（うきくさのはな）　◎沢瀉（おもだか）　蓴菜（じゅんさい）　蓴（ぬなわ）　蛭蓆（ひるむしろ）　水葵（みずあおい）

ウキクサ属の一年生水草の総称。根はあるが、水底につくことなく水面をただようことから「浮草」「根無草」といわれる。根の付け根に幼体をつけて増え広がる。六月頃に白い小花をつけることもある。「沢瀉」「蓴菜」「蛭蓆」「水葵」などの水草は、みな夏の間に花をつける。

雨ならず萍をさざめかすもの　富安風生
萍のひしめいてゐて押し合はず　池内けい吾
うきくさの余白の水の暮色かな　桑原立生
仰向いて沼はさびしき蓴かな　秋元不死男

河骨（こうほね）（かうほね）

スイレン科の多年草。沼や小川に自生する。七月頃に太い花梗（かこう）を伸ばし、黄色い玉のような花をつける。地下茎で広がり、里芋の葉に似た葉は、深い水のところでは沈み、浅いところでは水面に出る。

河骨の金鈴ふるふ流れかな　川端茅舎
河骨や雨の切尖見えそめて　小林康治
河骨のところどころに射す日あり　桂　信子

蓮の浮葉

○蓮の葉　浮葉　蓮の巻葉　◎蓮の花　蓮華　白蓮　紅蓮　はちす　蓮池

古く中国から渡来したといわれ、仏教とのかかわりが深い植物。観賞用、食用として池や沼、水田で栽培。水面をおおってゆく葉、大きな美しい花と、涼しげな水辺の景をなす。七月頃には早朝、水上に紅・白・赤紫などの香りのよい花を咲かせる。

水よりも平らに蓮の浮葉かな　　鷹羽狩行
くつがへる蓮の葉水を打ちすくひ　　松本たかし
蓮の葉の隙間も見せず揺れにけり　　柴田佐知子
白蓮の闇を脱ぎつつ膨らめり　　小枝秀穂女

睡蓮

○未草

未の刻（現在の午後二時）頃に花が開きはじめるので「未草」といい、夕方になると花を閉じて眠るかのようなので「睡蓮」という。池や沼の泥中に根を張り、地下茎から出たたくさんの葉が水に浮く。花も水面ぎりぎりに開く。

睡蓮の水に二時の日三時の日　後藤比奈夫
睡蓮の花の布石のゆるがざる　木内彰志
漣の吸ひ込まれゆく未草　西村和子

黴（かび）

○青黴（あおかび）　黴の花（かびのはな）　黴の宿（かびのやど）　黴の香（かびのか）

黴は糸状菌（しじょうきん）という下等菌類だが、強い繁殖力をもち、しつこくはびこる。湿度と気温が上昇する梅雨どきは、もっとも黴が発生しやすく、食べ物、室内の壁、皮革・紙製品などに生え、放置しておくとどんどん広がる。梅雨時の鬱陶（うっとう）しさを象徴するもの。

かほに塗るものにも黴の来りけり　森川暁水
見ゆる黴見えぬかび拭きひと日果つ　花谷和子
黴の世や言葉もつとも黴びやすく　片山由美子
黴の宿寝すごすくせのつきにけり　久保田万太郎

秋

秋（あき）

○金秋（きんしゅう）　三秋（さんしゅう）　九秋（きゅうしゅう）　白秋（はくしゅう）　素秋（そしゅう）　白帝（はくてい）　◎八月（はちがつ）　九月（くがつ）　十月（じゅうがつ）

立秋（八月七日頃）から立冬（十一月七日頃）前日までをいう。秋の初めは実感ではまだ夏である。「金秋」「白秋」「素秋」は秋の異称。「白帝」は秋を司る神のこと。

誰彼もあらず一天自尊の秋　飯田蛇笏

此石に秋の光陰矢のごとし　川端茅舎

秋の航一大紺円盤の中　中村草田男

うしろより夕風が来るそれも秋　今井杏太郎

白秋と思ひぬ思ひ余りては　後藤比奈夫

白帝は真白き船を沖に置き　友岡子郷

八月のダム垂直に水落とす　佐藤和枝

初秋（しょしゅう）

○初秋（はつあき）　秋初め（あきはじめ）　新秋（しんしゅう）　秋口（あきぐち）

秋を三期に分けた最初の一ヶ月。立秋後の八月になるが、まだ暑さは続いている。空の色や雲の様子、日差しや風などに秋の気配が少しずつ濃くなる。

鎌倉をぬけて海ある初秋かな　飯田龍太
初秋のまひるまぶしき皿割りぬ　桂　信子
初秋の口笛吹いて女の子　石田郷子
新秋や清き魚飼ふ奥出湯　三浦亜紀子

文月（ふみづき）

○文月（ふづき）　七夕月（たなばたづき）　◎葉月（はづき）　長月（ながつき）

旧暦七月の異称。文月の名の由来は諸説あるが、「文披月（ふみひらきづき）」の略という。なお、旧暦八月の「葉月」は木々が葉を落とし始めるため、旧暦九月の「長月」は夜が次第に長くなる夜長月の意味といわれる。

文月の梶の実あかき御山かな　富安風生
葉を洗ふ雨の音して文月かな　鷲谷七菜子
文月の夜空親しき欅かな　西嶋あさ子
ひるよりも夜の汐にほふ葉月かな　鈴木真砂女

立秋（りっしゅう）　○秋立つ（あきたつ）　秋来る（あききたる）　秋に入る（あきにいる）　今朝の秋（けさのあき）

二十四節気の一つ（八月七日頃）。暦の上ではこの日から秋に入る。この時期は一年で一番暑い。『古今集』の〈秋来ぬと目にはさやかに見えねども風の音にぞおどろかれぬる　藤原敏行〉という和歌にもあるように、まだ暑さは厳しい頃だが秋の気配を感じるというのがこの時期で、それを感じさせる代表的なものが風である。

立秋の白波に逢ひ松に逢ひ　阿部みどり女
立秋や一つは白き加賀手鞠　大井雅人
秋立つと酒田の雨を聴くばかり　黒田杏子
髪を梳く鏡の中の今朝の秋　野木桃花

残暑（ざんしょ）　○残る暑さ（のこるあつさ）　秋暑し（あきあつし）　秋暑（しゅうしょ）

立秋となってもまだ暑さは厳しく、これを「残暑」という。二十四節気の処暑（しょしょ）（八月二十三日頃）はこの時期にあたり、暑さが処（や）む意味。しかし、実際は夏の暑さが残り、やりきれなさを感じる。

朝夕がどかとよろしき残暑かな　阿波野青畝

秋暑し鹿の匂ひの石畳　木村蕪城
紙切つて鋏おとろふ秋暑かな　片山由美子

秋(あき)めく

目に見えるもの、肌で感じるものが、秋らしくなること。秋の訪れが身をもって感じられる。

書肆の灯にそぞろ読む書も秋めけり　杉田久女
秋めくと言ひ夕風を諾へる　稲畑汀子
秋めくや一つ出てゐる貸ボート　高橋悦男

新(しん)涼(りやう)(りよう)

○秋涼(あきすず)し　涼新(りようあら)た

立秋後に感じる涼しさ。新しい季節を迎えたという、ほっとした心地がただよう。夏の季語「涼し」が暑さを前提とし、その中で捉える一抹の心地よさを喜ぶものであるのに対し、「新涼」は暑さが去りゆくことをにわかに実感する。

湖(うみ)見えてより新涼の湖西線　高浜礼子
新涼や起きてすぐ書く文一つ　星野立子
新涼や尾にも塩ふる焼肴　鈴木真砂女

二百十日（にひやくとおか／にひやくとをか）　○厄日（やくび）　二百二十日（にひやくはつか）

雑節（ざっせつ）の一つで、立春から数えて二百十日目（九月一日頃）の日。暴風雨が多いとされ、稲の花の咲く時期でもあり農家では「厄日」とする。二百二十日も同じ。

田を責める二百十日の雨の束　福田甲子雄

窯攻めの火の鳴る二百十日かな　廣瀬町子

遠嶺みな雲にかしづく厄日かな　上田五千石

秋彼岸（あきひがん）　○後（のち）の彼岸（ひがん）

秋分（九月二十三日頃）の日とその前後三日の七日間をいう。この頃から秋爽（しゅうそう）の気が定まる。春と同じく寺で祖先を供養し墓に参る。俳句では単に「彼岸」といえば春の季語となる。

秋彼岸河の浅瀬に鳥とゐる　栗林千津

木の影は木よりも長く秋彼岸　友岡子郷

人は灯をかこみて後の彼岸かな　三田きえ子

秋分(しゅうぶん)　二十四節気の一つで新暦九月二十三日頃。昼夜の時間がほぼ等しくなる日。本格的な秋到来となる。ちなみに、秋の節気は、立秋（八月七日頃）、処暑（八月二十三日頃。暑が処(や)むの意）、白露(はくろ)（九月八日頃）、秋分、寒露(かんろ)（十月八日頃）、霜降(そうこう)（十月二十三日頃）と続き、夜の時間が徐々に長くなっていく。

嶺聳(そばだ)ちて秋分の闇に入る　飯田龍太
秋分の灯すと暗くなっていし　池田澄子
秋分や午後に約束ふたつほど　櫂　未知子

秋の暮(あきのくれ)
○秋(あき)の夕(ゆう)　秋(あき)の夕(ゆう)べ　秋(あき)の夕暮(ゆうぐれ)
秋の夕べ、夕暮れどきをいう。芭蕉の時代は暮秋(ぼしゅう)の意味で使われていた。秋の夕暮の意味のみであると定めたのは高浜虚子。古来、多くの詩歌に詠まれ、『新古今集』の三夕(さんせき)の歌はことに名高い。以来、もののあわれの極みを感じさせるものとして、日本人の美意識の代表となっている。

まつすぐの道に出でけり秋の暮　高野素十
秋の暮大魚の骨を海が引く　西東三鬼

秋の暮業火となりて秬(きび)は燃ゆ　石田波郷
足もとはもうまつくらや秋の暮　草間時彦
あやまちはくりかへします秋の暮　三橋敏雄

夜長(よなが)　○長き夜(ながきよ)　◎秋の夜(あきのよ)　秋の宵(あきのよい)
秋の夜が長くなること。夏至以後、夜は長くなり、もっとも夜が長くなるのは冬至前後である。夜なべなどがはかどり、灯火のもとで読書をするにもふさわしい。

よそに鳴る夜長の時計数へけり　杉田久女
妻がゐて夜長を言へりさう思ふ　森澄雄
長き夜の楽器かたまりゐて鳴らず　伊丹三樹彦
秋の夜の雨すふ街を見てひとり　横山白虹

爽やか(さわやか/さはやか)　○爽涼(そうりょう)　さやけし　さやか
秋の清々しさのこと。さっぱりとして気分の良い様子、すがすがしい様子という語意から古来、秋の季語として用いられてきた。大気が澄んで、遠くまで景色がくっきりと見える様子や、爽快感も含む。「爽やか」の動詞は「爽やぐ」。

爽やかや風のことばを波が継ぎ　鷹羽狩行
爽やかや流るるものを水といふ　村松ひろし
爽涼の山気寄りくるうなじかな　藤木倶子

秋麗（あきうらら）　○秋麗（しゅうれい）

秋晴れの、まぶしいほどの太陽に万物が輝くさま。春の「麗か」を思わせる日和で、これから迎える厳しい冬をふと忘れさせるような美しさや透明感が感じられる。

秋うらら急須の蓋に穴一つ　河野邦子
江ノ電のタタンタタタン秋うらら　大野鵠士
秋麗の柩に凭（たお）れ眠りけり　藤田直子

冷やか（ひややか）　○冷ゆ（ひゆ）　秋冷（しゅうれい）　◎身に入む（みにしむ）

秋になって冷気を覚えること。「冷ゆ」は感覚的な季語で、近代になってから用いられるようになった。「冷たし」は冬の季語。「身に入む」は、秋のもののあわれや「秋冷」がしみじみと感じられること。

ひややかに人住める地の起伏あり　飯田蛇笏
ひやゝかに卓の眼鏡は空をうつす　渋沢渋亭
紫陽花に秋冷いたる信濃かな　杉田久女
身に入むや星に老若ある話　蓬田紀枝子

秋寒（あきさむ）

◯秋寒し（あきさむし）　そぞろ寒（さむ）　やや寒（さむ）　うそ寒（さむ）　◎肌寒（はださむ）　朝寒（あさざむ）　夜寒（よさむ）

秋のうちからすでに感じる寒さ。朝夜に感じる仄（ほの）かな寒さなどをいう。仲秋から晩秋にかけての季語である。「そぞろ寒」の「そぞろ」は「漫（すず）ろ」と同じで、それとなく、わけもなくの意。「やや寒」の「やや」は、いくらか、ようやくの意。「肌寒」は羽織が欲しくなるような、肌に感じる晩秋の寒さをいう。

秋寒の濤が追ひ打つ龍飛崎（たっぴざき）　上村占魚
そぞろ寒兄妹の床敷きならべ　安住敦
やや寒の人形焼きを老夫婦　深見けん二
肌寒やうすれ日のさす窓障子　星野麦人
くちびるを出て朝寒のこゑとなる　能村登四郎

冷まじ（すさまじ）　元々季節と関係なく、不興で寒々しいことを示した（「すさまじきもの」『枕草子』）言葉だが、中世から秋冬の荒涼凄絶の感じをいうようになり、連歌以後、晩秋の季語として採用された。皮膚感覚よりも心理的要素が強い。

松島や日暮れて松の冷まじき　岸田稚魚
冷まじや地中へ続く磨崖仏　川崎慶子
日かげれば音冷まじき水の木曾　鷲谷七菜子

秋深し（あきふかし）　○深秋（しんしゅう）　◎晩秋（ばんしゅう）　暮の秋（くれのあき）
秋もいよいよ深まった感じをいう。秋の感じの最も深まるのは秋の最後である。「晩秋」は新暦十月にあたり、冬に近づく寂しさがある。秋がまさに果てようとする季語は「暮の秋」という。

秋深き大和に雨を聴く夜かな　日野草城
秋深し石に還りし石仏　福田蓼汀
ただ長くあり晩秋のくらまみち　田中裕明
能すみし面の衰へ暮の秋　高浜虚子

行く秋（ゆくあき）　◯逝く秋（ゆくあき）　秋行く（あきいく）　◎秋惜しむ（あきおしむ）

秋の終わろうとする頃をいう。去りゆく秋を見送る思いがより強くこもる。日本の詩歌の伝統では「行く」や「惜しむ」という感情は春・秋のみに使い、夏・冬にはいわなかった。

ゆく秋やふくみて水のやはらかき　石橋秀野
行く秋の白樺は傷ふやしけり　赤塚五行
秋逝くや継目ごとんと小海線　土屋未知
秋惜しむ宿に荷物を置いてより　小野あらた

冬近し（ふゆちかし）　◯冬隣（ふゆどなり）　◎九月尽（くがつじん）

秋も終わりに近づき、日差しが弱まり、寒さの厳しい冬の到来を実感しはじめること。「九月尽」は旧暦九月の晦日。秋を惜しむ情が深く感じられ、古くから「三月尽」（春の季語）と対のように用いられてきた。

冬近し黒く重なる鯉の水　桂信子
押入の奥にさす日や冬隣　草間時彦
白波が白波追へり九月尽　千田一路

天文

秋の日（あきのひ）

◯秋日（あきび）　秋日影（あきひかげ）　秋入日（あきいりひ）　◎釣瓶落し（つるべおとし）

まぶしく美しい秋の太陽、あるいはその日差しをいう。秋の日は「釣瓶落し」にたとえられるが、昭和五十年代以降、「釣瓶落し」そのものも季語として使われるようになった。

戸を開けてまづ秋の日を招き入れ　岩田由美

白壁のかくも淋しき秋日かな　前田普羅

好きな鳥好きな樹に来て秋日濃し　町　春草

山の端のまぶしき釣瓶落しかな　鷹羽狩行

秋晴（あきばれ）

◯秋日和（あきびより）　菊日和（きくびより）

秋の空がよく澄んで晴れ渡っていること。「秋日和」も同様であるが、穏やかな語感がある。「菊日和」は菊の花が盛りの頃の日和をいう。

秋晴の何処かに杖を忘れけり　松本たかし

秋晴や宙にゑがきて字を教ふ　島谷征良

山の日は強くて淋し秋日和　池内たけし

秋の声（あきのこゑ）

○秋声（しゅうせい）

風、葉のさやぎ、虫の音など、しみじみと秋の気配を感じさせる響きを声にたとえる。具体的な物音でなく、心耳（しんじ）で捉えた秋の気配にもいう。唐の詩人欧陽脩の「秋声賦」による季語であるが、同様の季語に「霜の声」（冬）がある。

水べりを歩いてゆけば秋の声　黛　執

秋の声振り向けば道暮れてをり　豊長みのる

白壁の向う側から秋の声　渡辺鮎太

秋の雲（あきのくも）

○秋雲（あきぐもり）　◎鰯雲（いわしぐも）　鱗雲（うろこぐも）　鯖雲（さばぐも）

高々と晴れ上がった空にくっきり浮かぶ白い雲は、いかにも秋らしい爽やかさを感じさせる。秋の雲には「鰯雲」「鱗雲」「鯖雲」などがある。

山荘の鏡に移る秋の雲　松本澄江

秋の雲立志伝みな家を捨つ　上田五千石

ライバルの校歌も憶え秋の雲　井出野浩貴

妻がゐて子がゐて孤独いわし雲　安住　敦

秋高し

○天高し　空高し　◎秋の空　秋空　秋天

秋の空が澄んで高く見えること。「秋高く馬肥ゆ」の故事によるが、もともとは中国辺境の匈奴が、秋が深まって空が高くなると豊富な食料で軍馬が肥え、万里の長城を越えて侵略してくるという勇壮な意味があった。

秋高し草の貼りつく乗馬靴　三森鉄治
天高し分れては合ふ絹の道　有馬朗人
去るものは去りまた充ちて秋の空　飯田龍太
秋空や展覧会のやうに雲　本井　英

月

○初月　二日月　三日月　新月　夕月　夕月夜　月白　月夜　月の出　月光　月明　月影　◎盆の月

月の趣は四季さまざまだが秋はことに清らかで美しいことから、俳句では単に「月」といえば秋の月をさす。いわゆる「雪月花」の一つで、古来多くの詩歌に詠まれてきた。「夕月」は、新月から七、八日頃までの上弦の月で、夕方出て夜に沈む。その月の出ている夜が「夕月夜」。「月白」は月が出ようとする頃に空が白むこと。「盆の月」は旧暦七月十五日（盆送り）の夜の名月。

ふるさとの月の港を過るのみ　高浜虚子
父がつけしわが名立子や月を仰ぐ　星野立子
月出でてしばらく沼のくらさかな　谷野予志
月の人のひとりとならむ車椅子　角川源義
月光にいのち死にゆくひと、寝る　橋本多佳子
やはらかき身を月光の中に容れ　桂　信子
月明やものみな影にかしづかれ　西宮　舞

名月

旧暦八月十五日の中秋の名月。満月であり、「望月」ともいう。
◯望月　満月　今日の月　十五夜　◎良夜　無月　雨月　中秋
一年中でこの月が最も澄んで美しいとされる。「良夜」はこの夜のこと。農耕儀礼の遺風として、穂芒を挿し、月見団子や新芋などその年の初物を供えて月を祀る。「無月」「雨月」は十五夜であるが、雲や雨で月が出ないこと。

名月や笛になるべき竹伐らん　正岡子規

名月や門の欅も武蔵ぶり　石田波郷
満月や耳ふたつある菓子袋　辻田克巳
満月の闇分ちあふ椎と樫　永方裕子
滲みよき紙を机に今日の月　浅井陽子
渚なる白浪見えて良夜かな　高浜虚子
ひとそれぐ＼書を読んでゐる良夜かな　山口青邨
舟底を無月の波のたたく音　木村蕪城

十六夜（いざよい）　いざよひ

◎待宵（まつよい）　小望月（こもちづき）　立待月（たちまちづき）　居待月（いまちづき）　寝待月（ねまちづき）　更待月（ふけまちづき）　二十三夜（にじゆうさんや）　宵闇（よいやみ）

旧暦八月十六日の夜、およびその夜の月のこと。「いざよふ」はためらうの意味。「待宵」は名月の前日の十四日で、望月に満たないので「小望月」という。旧暦十七日は「立待月」、十八日は「居待月」、十九日が「寝待月」、二十日が「更待月」となり、二十三日の夜の月が「二十三夜」。二十日過ぎは夜更けにならないと月があがらず、月の出をまつあいだを「宵闇」という。

十六夜や囁く人のうしろより　千代女

十六夜の雨の日記をつけにけり　五所平之助
食後また何煮る妻か寝待月　本多静江
宵闇に神の灯ほのとあるばかり　岡安仁義

後の月（のちのつき）
○十三夜（じゅうさんや）　名残の月（なごりのつき）　栗名月（くりめいげつ）　豆名月（まめめいげつ）
旧暦九月十三日の夜の月。名月に対して「後の月」という。華やかな名月とは違い、もの寂びた趣がある。枝豆や栗などを供えて祀る。中秋の名月か、後の月のどちらかしか見ないことを片見月（片月見）という。

補陀落の海まつくらや後の月　鷲谷七菜子
深川に生れて死んで後の月　石丸和雄
後の月宗祇の越えし山一つ　有馬朗人

星月夜（ほしづきよ）
○星月夜（ほしづくよ）　◎秋の星（あきのほし）
秋の澄んだ夜空の星は美しく、ことに新月の頃の星空の輝かしさを称えて、「星月夜」と呼ぶ。なお中国ではさそり座の大火（アンタレス）が西に傾くのを秋の代表的な天象とし〈大火西に流る〉という詩が李白ら多くの詩人に詠まれた。

われの星燃えてをるなり星月夜　高浜虚子
星月夜神父にならふ英会話　野中亮介
天窓に見ゆる夜空も星月夜　岩田由美
秋の星踵をかへすおもひにて　瀧澤和治

天の川（あまのがわ）
○銀河　銀漢　星河
銀河系星雲の厚く帯状に見えるところを星の川と見立てて名付けた。北半球では一年中見られるが、秋が最も明るく美しい。琴座ベガと鷲座アルタイル、つまり織姫と彦星（中国では織女と牽牛）がこの川で年に一度、七夕の夜に出逢うという伝説は有名で、万葉の時代から詩歌に数多く詠まれてきた。

天の川柱のごとく見て眠る　沢木欣一
いくたびも手紙は読まれ天の川　中西夕紀
国境の銀河を仰ぎつつ眠る　白井眞貫

流星（りゅうせい）
○流れ星　夜這星　星流る　星飛ぶ
夜空に突然現れ、尾を引いてたちまち消える光体。八月半ばにもっとも多いといわれる。宇宙塵が地球の大気中に入り込んで、摩擦によって発光する。

流星の尾の長かりし湖(うみ)の空　富安風生
死がちかし星をくぐりて星流る　山口誓子
星飛べり空に淵瀬のあるごとく　佐藤鬼房

秋風(あきかぜ)　○秋風(しゅうふう)　秋の風(あきのかぜ)　金風(きんぷう)　素風(そふう)　色なき風(いろなきかぜ)　爽籟(そうらい)

秋の訪れを告げる「秋の初風」から、晩秋の蕭条(しょうじょう)とした風まで、秋の風にはしみじみとした趣がある。五行説で四季に色を配すると秋は白のため、秋風を「素風」と呼ぶ。「色なき風」は、華やかな色が無い風のこと。「爽籟」は爽やかな風音のこと。

秋風や模様のちがふ皿二つ　原石鼎
秋風や殺すにたらぬ人ひとり　西島麦南
吹きおこる秋風鶴をあゆましむ　石田波郷
秋風や柱拭くとき柱見て　岡本眸
もういちど吹いてたしかに秋の風　仁平勝

肘あげて能面つけぬ秋の風　小川軽舟
機を織る色なき風の中に坐し　日原傳
山荘のけさ爽籟に窓ひらく　山口草堂

野分（のわき）

○野わけ　野分だつ　野分後　夕野分　野分雲　野分晴

秋の暴風のことで、野の草を吹き分けるほどの風の意味。今日の台風と見て良い。野分が吹くことを「野分だつ」という。野分のあとは、草がなぎ倒されたり庭にものが飛び散ったりと荒々しい景を呈するが、古来それもまた風情あるものとして受けとめられてきた。

大いなるものが過ぎ行く野分かな　高浜虚子
家中の水鮮しき野分あと　正木ゆう子
夕野分祈るかたちの木を残す　小池文子

台風（たいふう）

○颱風　台風圏　台風　台風の眼

台風は気象用語で中心付近の最大風速が十七・二メートル以上の熱帯性低気圧をいう。「台風の眼」は台風の中心にある静かで風のない部分。外来語「タイフーン」が「台風」と訳されたのは明治四十年頃で、季語とされたのは大正の初め頃といわれる。

颱風の去って玄界灘の月　中村吉右衛門
颱風の力不足のままに去る　伊藤白潮
台風圏叩いて枕とどのふる　大島雄作

雁渡し(かりわたし)

○青北風(あおぎた)

旧暦八月に吹く北風。雁の渡ってくる頃に吹くので「雁渡し」という。この風が吹き出すと、潮も空も秋らしく青く澄むようになるので「青北風」ともいわれる。他に、盂蘭盆(うらぼん)の頃吹く盆東風(ぼんごち)、稲刈りの時分に吹く高西風(たかにし)、鮭が産卵に溯(さかのぼ)ってくる頃吹く鮭颪(きけおろし)などがある。

草木より人飜(ひるがえ)る雁渡し　岸田稚魚
あをあをと山ばかりなり雁渡し　廣瀬直人
青北風が吹いて艶増す五島牛　下村ひろし

黍嵐(きびあらし)

○葛嵐(くずあらし)　芋嵐(いもあらし)

茎に対して穂が重い黍を倒さんばかりに吹く秋の暴風のこと。「芋嵐」は、里芋の葉を大きく揺らす風のこと。

童顔の教師なりけり黍嵐　星野麥丘人
彼も亦無名期ながし黍嵐　能村登四郎
青空のままの一日芋嵐　加藤燕雨

秋の雨（あきのあめ）

○秋雨（あきさめ）　秋霖（しゅうりん）　秋黴雨（あきついり）　◎秋時雨（あきしぐれ）

秋は梅雨の時季と反対に前線が南下し、九月中旬から十月上旬まで雨の多い日が続く。これを「秋霖」とか「秋雨」と呼ぶ。古来、「秋の雨」はもの寂しいものとして詠まれてきた。「秋黴雨」は梅雨時のように降り続く秋の長雨。「秋時雨」は晩秋に降る時雨のこと。

秋の雨しづかに午前をはりけり　日野草城
振り消してマッチの匂ふ秋の雨　村上鞆彦
秋霖に濡れて文字なき手紙かな　折笠美秋
秋しぐれ塀をぬらしてやみにけり　久保田万太郎

稲妻（いなずま）

○稲光（いなびかり）　稲つるび（いなつるび）

雷鳴を伴わない雷光のこと。雷光を稲の妻、稲の殿、稲交（いなつるび）などとも呼ぶ。「稲妻」は稲の夫の意で、稲が雷光と交わって稔（みの）るとの言い伝えから生まれた名。夏の季語である雷は「神鳴り」、つまり音が中心であるのに対し、稲妻は光に注目した季語である。

いなびかり北よりすれば北を見る　橋本多佳子
梳く髪の絡みからみて稲びかり　鷲谷七菜子
国引の出雲の空のいなつるび　深谷雄大

霧（きり）

○朝霧（あさぎり）　夕霧（ゆうぎり）　夜霧（よぎり）　狭霧（さぎり）　霧襖（きりぶすま）　濃霧（のうむ）　霧時雨（きりしぐれ）　霧笛（むてき）

水蒸気が地表や水面の近くで凝結し、大気中に煙のように浮遊しているものをいう。秋の移動性高気圧が過ぎるとよく晴れ、放射冷却で温度が下がって霧が生まれやすい。古くは霞（かすみ）と霧に春秋の区別はなかったが、平安時代以降、春は霞、秋は霧、と呼び分けるようになった。

ランプ売るひとつランプを霧にともし　安住　敦
噴火口近くて霧が霧雨が　藤後左右
鐘ついて十万億土霧うごく　福永法弘
還らざるものを霧笛の呼ぶ如し　伊藤柏翠

露（つゆ）

○白露（しらつゆ）　朝露（あさつゆ）　夜露（よつゆ）　露の玉（つゆのたま）　露けし（つゆけし）　露時雨（つゆしぐれ）　芋の露（いものつゆ）

草木の葉や地面の表面に空気中の水蒸気が凝結して水滴となったもの。晴れた秋の夜に発生しやすいので、俳句では「露」といえば秋の季語。日差しとともに消えるため、古来「露の世」「露の命」などといい、はかないものにたとえられた。「露時雨」は草木の葉などにたまった露が滴る様子と時雨にたとえたもの。

露の夜の一つのことば待たれけり　柴田白葉女
金剛の露ひとつぶや石の上　川端茅舎
われもまた露けきもののひとつにて　森　澄雄
提灯のぬれてあかるし露時雨　吉田冬葉
芋の露連山影を正しうす　飯田蛇笏

秋の山（あきのやま）

○秋山（あきやま）　秋山（しゅうざん）　秋嶺（しゅうれい）　秋の峰（あきのみね）　◎山粧ふ（やまよそおう）

秋は大気が澄むので、遠い山もくっきりと見える。秋が深まるにつれ紅葉に彩られた山は、華やかさの中にも寂しさを感じさせる。

信濃路やどこ迄つゞく秋の山　　正岡子規

鳥獣のごとくたのしや秋の山　　山口青邨

肩ならべあひ秋嶺を讃へあふ　　和田耕三郎

寂寞と滝かけて山粧へり　　永作火童

花野（はなの）

◎秋の野（あきのの）　花畑（はなばたけ）

秋の草花の咲き乱れる野原のこと。「花」は春の季語だが、梅・桜などの木の花は春に、萩（はぎ）・薄（すすき）などの草の花はむしろ秋に盛りとなる。「花野」は冬には「枯野」となる寂しさもあわせ持つ。中世には草の花を前栽（せんざい）に植えて楽しんだことから「花畑」も秋の季語。

岐れてもまた岐れても花野みち　　富安風生

日陰ればたちまち遠き花野かな　相馬遷子
夕花野はてしなければ引き返す　池田澄子
彳めば昴が高し花畑　松本たかし

秋の田（あきのた）

○稔り田（みのりだ）　稲田（いなだ）

稲が成熟して色づいた田のこと。「稔り田」ともいう。黄金色の稲穂を付けた田は豊かさを感じさせる。稲刈も間近となるが、田を刈る前に畦（あぜ）の一部を切って落とすことを「落し水」と呼ぶ。

秋の田の父呼ぶ声の徹るなり　田中鬼骨
落日の燃えつきさうな稲田かな　本宮哲郎
稔田（みのりだ）や窓に湯治の裸見え　辻　桃子

刈田（かりた）

○刈田道（かりたみち）　◎穭田（ひつじだ）

刈り上げたあとの田のこと。幾何学模様の整然とした畦（あぜ）が明らかになり、物寂しさとともに開放感がある。刈り上げた後の残っている刈株からまた伸びてくる茎を「穭」といい、その穭の出た田を「穭田」という。

うつくしき松に遇ひけり刈田来て　京極杜藻

いちまいの刈田となりてただ日なた　長谷川素逝
みちのくの星の近づく刈田かな　神蔵　器

水澄む（みずすむ）

◎秋の水（あきのみず）　秋水（しゅうすい）　水の秋（みずのあき）

秋はものみな澄みわたる季節であり、水もまた美しく澄む。俳句では湖沼や川の美しさをいい、水溜まりや汲み置きの水などには使わない。「水の秋」は水の美しい秋を称えた季語。

水澄むや人はつれなくうつくしく　柴田白葉女
水澄むや死にゆくものに開く扉　藤田直子
魚の眼のするどくなりぬ秋の水　佐藤紅緑
水の秋遠くの橋のよく見えて　本庄登志彦

秋の川（あきのかわ）

○秋川（あきかわ）　秋江（しゅうこう）　◎秋出水（あきでみず）

「水澄む」という秋の感じは秋の川や流れによく現れる。川の氾濫は春の「雪解」や夏の「梅雨」によるものもあるが、秋の長雨、台風などで増水した川があふれることを俳句では「秋出水」という。

秋の川真白な石を拾ひけり　夏目漱石

仰むけに流れて秋の大河かな　平井照敏
覗き込む顔の流るる秋の川　白濱一羊
秋出水引きて水路の現はるる　今瀬一博

秋の海（あきのうみ）

○秋の波（あきのなみ）　秋の浜（あきのはま）　秋の渚（あきのなぎさ）　秋の岬（あきのみさき）　◎秋の潮（あきのしお）　初潮（はつしお）　秋潮（あきしお）　葉月潮（はづきしお）　盆波（ぼんなみ）

秋の海や川は澄み切って穏やか。一夏の賑（にぎわ）いのあとだけに、高い秋空の下に広がる海は寂しさを誘う。「秋の潮」は干満の差が大きい。旧暦八月十五夜の大潮を「初潮」と呼ぶ。「盆波」は盂蘭盆（うらぼん）の頃に太平洋沿岸に押し寄せる、うねりのある高波のこと。

かはらけのこころに与謝は秋の海　鈴木太郎
幼子のひとりは背負ひ秋の浜　飯田龍太
流木を撫でて人去る秋の浜　茂木連葉子
釣竿の先の暗さも秋の潮　後藤比奈夫
盆波やいのちをきざむ崕づたひ　飯田蛇笏

運動会（うんどうかい／うんどうくわい）　○体育祭（たいいくさい）

俗にスポーツの秋といわれるように、学校をはじめ会社などでも運動会が行われる。徒競走、綱引き、玉ころがし、借物競走、障害物競走などさまざまな競技がある。グラウンドではダンスや組体操などが行われる。

運動会子の手握れば走りたし　加藤憲曠

運動会午後へ白線引き直す　西村和子

楡の木の風の湧きたつ体育祭　井上弘美

夜学（やがく）　○夜学校（やがっこう）　夜学生（やがくせい）

夜間に開かれる学校のこと。また、進学やさまざまな事情のため夜間に学ぶ者のこと。灯火親しむ秋は能率があがり、勉強に打ちこめるので、秋の季語になっている。

くらがりへ教師消え去る夜学かな　木村蕪城

夜学の灯消して俄にひとりなる　松倉久悟

灯に遠き席から埋まり夜学生　　今瀬剛一

新酒（しんしゅ）　◯今年酒（ことしざけ）　新走（あらばしり）　利酒（ききざけ）　◎古酒（こしゅ）　濁り酒（にごりざけ）　どぶろく

新米で醸造した酒。その年に収穫した米で造った酒が「今年酒」「新走」。それ以前のものは「古酒」と呼ばれる。「濁り酒」は発酵した醪（もろみ）を漉（こ）さず、麹（こうじ）の滓（かす）が白く濁っている酒で「どぶろく」という。

杉玉の新酒のころを山の雨　　文挾夫佐恵

三輪山の月をあげたる新酒かな　　石嶌岳

とつくんのあととくとくと今年酒　　鷹羽狩行

くる浪の起つとき暗し濁酒　　遠山陽子

新米（しんまい）　◯今年米（ことしまい）

その年はじめて収穫した米。稲は出穂（しゅっすい）後三十五日から四十日ぐらいをめどに刈られるが、それを稲架（はざ）で干したあと脱穀し、白米にする。古米にくらべると水分がやや多く、それがうまさの理由といわれている。新米が出回ると、前年の米は「古米」となる。

新米の其一粒の光かな　　高浜虚子

新米といふよろこびのかすかなり　飯田龍太
新米の袋の口をのぞきけり　綾部仁喜
山よりの日は金色に今年米　成田千空

枝豆（えだまめ）

○畦豆（あぜまめ）　月見豆（つきみまめ）

まだ十分に熟していない青い大豆。枝ごと採るので、この名がついた。塩を加え莢（さや）のまま茹でて中の青い種を食べる。嚙（か）むとやわらかくわずかに甘みがある。田の畦（あぜ）に植えることも多いので「畦豆」、十五夜に供えることから「月見豆」とも呼ばれる。

枝豆やふれてつめたき青絵皿　猿橋統流子
青茹での枝豆かへらざる齢　榎本冬一郎
枝豆の莢をとび出す喜色かな　落合水尾

夜食（やしょく）

もとは、農業を営む人や職人などが夜更けまで作業をしていて、ふと感じる空腹感を満たすためにとる軽い食事をいったが、現在は残業をしている会社員や夜遅くまで勉強している受験生などがとる軽食のこともいう。

所望して小さきむすび夜食とる　星野立子
人の顔見つつたべゐる夜食かな　上村占魚
夜食とる机上のものを片寄せて　佐藤博美

栗飯（くりめし）

〇栗（くり）ごはん

栗の渋皮までを取り去って、米といっしょに炊きあげたご飯。塩を加えて味をつけ、ふっくら炊きあがった栗飯は食欲をそそられる。

栗飯のほくりほくりと食まれけり　太田鴻村
栗飯を子が食ひ散らす散らさせよ　石川桂郎
栗ごはん外を舞妓の通りけり　大石悦子

松茸飯（まったけめし）

〇茸飯（きのこめし）

松茸を薄切りにし、醬油（しょうゆ）・酒・味醂（みりん）などで炊き込んだご飯。香り高く、歯触り・風味が良い。秋ならではの料理といえる。しめじや初茸などとともに炊き上げたものが「茸飯」。

松茸飯炊いてほとけをよろこばす　渡辺恭子
松茸飯炊くにぎやかに火を育て　茨木和生

ほんたうは松茸御飯炊いてをり　筑紫磐井

衣被（きぬかつぎ）　里芋の直径三センチほどの小ぶりのものを皮のまま茹（ゆ）でて、皮をつるりとむきながら塩をつけて食べるもの。白い中身は珠（たま）のようである。もとは「きぬかづき」で衣を被（かず）く意から。中秋の名月のお供えには欠かせない。

今生のいまが倖せ衣被　鈴木真砂女

衣被しばらく湯気をあげにけり　八木林之助

夜ふかしの口さみしさに衣被　片山鶏頭子

新蕎麦（しんそば）　○走り蕎麦（はしりそば）

九月頃に収穫した蕎麦粉で打った蕎麦。腰があり、歯応えもよくて香りが高い。「走り蕎麦」ともいう。

山国や新蕎麦を切る音迅し　井上雪

新蕎麦をすすりて旅も終りけり　森田かずや

昼酒の長くなりたり走り蕎麦　小島健

秋扇（あきおうぎ）**秋扇**（あきあふぎ）　○秋扇（しゅうせん）　秋団扇（あきうちわ）　扇置く（おうぎおく）　捨扇（すておうぎ）　捨団扇（すてうちわ）　忘れ扇（わすれおうぎ）

蒸し暑い夏の日、ひんぱんに使って重宝していた扇だが、秋になるともう用をなさず、忘れられたり捨てられたりしてしまう。その扇のこと。秋になってもまだ用いている扇についてもいう。「捨扇」「捨団扇」「忘れ扇」は、しまわずに置かれたままになっている扇のこと。

秋扇しばらく使ひたたみけり　小林康治
秋扇要に力なかりけり　沢ふみ江
秋団扇たまたまあれば使ひけり　成瀬櫻桃子
扇おくこゝろに百事新たなり　飯田蛇笏

秋の灯（あきのひ）　○秋灯（しゅうとう）　秋ともし（あきともし）　◎灯火親しむ（とうかしたしむ）　灯火親し（とうかしたし）

秋の夜の灯火のこと。明るく、どことなく華やいだ感じのする「春の灯」と違って、「秋の灯」は、人をどことなく懐かしく、しみじみとした思いに誘う。なお秋の灯火の下で読書などをすることを「灯火親しむ」という。

秋の燈のいつものひとつともりたる　木下夕爾

秋の灯の琅玕は色深めたり　藤木倶子
一つ濃く一つはあはれ秋灯　山口青邨
燈火親し声かけて子の部屋に入る　細川加賀

灯籠（とうろう）　○盆灯籠（ぼんどうろう）　盆提灯（ぼんぢやうちん）　切子灯籠（きりこどうろう）　切子（きりこ）

盆に還（かえ）ってくる精霊を迎えるために灯す灯籠のことをいう。室内に吊すものや庭に高く掲げるものがある。枠を切り子の形に組み、下に白紙などを飾り垂らしたのが「切子灯籠」で、秋草などの絵が描かれたものがある。

かりそめに燈籠おくや草の中　飯田蛇笏
灯籠にしばらくのこる匂ひかな　大野林火
盆燈籠ともす一事に生き残る　角川照子

障子洗ふ（しようじあらう・しやうじあらふ）　○障子貼る（しようじはる）

一年間に黄ばんでしまった障子を水道や川などでひたして洗い、乾いたところで新しい障子紙に貼り替えること。新年を迎えるにあたっての冬支度の一つ。

湖へ倒して障子洗ひをり　大橋櫻坡子
洗ひをる障子のしたも藻のなびき　大野林火
使ふ部屋使はざる部屋障子貼る　大橋敦子

松手入（まつていれ）

松の木の手入れをすること。松は十月頃になると新葉が伸び、その中に古葉がまじる。そこで古葉を取り去り、さらに余分の枝を切りつめて樹形をととのえる。庭師が梯子（はしご）の上で鋏（はさみ）を使っている風景は、まさに秋の風物詩。庭木の中で、松は手入れが難しいといわれる。

大空に微塵かがやき松手入　中村汀女
家康の城を遠目に松手入　角川春樹
ばさと落ちはらはらと降り松手入　片山由美子

火恋し（ひこいし）（ひこひし）

秋も終わり近くなると、どこか寒々として自然に火が恋しくなる心境をあらわした季語。こうした秋冷の日がつづくと、炬燵（こたつ）やストーブを出す家が多くなる。微妙な季節感をいいとめた季語で、冬が近いことを思わせる。

旅十日家の恋しく火恋し　勝又一透

歩みとどめればたちまち火の恋し　檜紀代
火の恋しみちのく訛聞けばなほ　佐藤郁良

冬支度(ふゆじたく)　○冬用意(ふゆようい)

長くきびしい冬に備えて、セーター・綿入れ・オーバーなどの冬物の準備をしたり、蒲団(ふとん)の綿を打ち直したり、しまい込んであったストーブなどの暖房器具を出し、点検したりする準備をいう。

裏畑に穴掘ることも冬支度　小原啄葉
冬支度鷗もとほる村の空　大峯あきら
木の葉かと思へば鳥や冬仕度　下坂速穂

添水(そうず)　○僧都(そうず)　ばつたんこ　鹿威し(ししおどし)

鳥や獣が田畑を荒すのを防ぐための装置。太い竹の幹の中心に支点を置き、一方に水を溜めると、水の重みで下に傾き、水がこぼれるとまた上にもどる。そのはずみでもう一方の竹の端がはげしく石を打ち、音を出す仕掛けになっている。もともとは鹿を脅かして追い払うものであったのが、庭園に用いて風流を楽しむものになった。

竹の音石の音とも添水鳴る　　粟津松彩子

落柿舎の添水去来は墓で聞く　　里川水章

ばつたんこ水余さずに吐きにけり　　茨木和生

案山子(かがし)

○かかし　捨案山子(すてかがし)　◎鳴子(なるこ)　鳥威し(とりおどし)　威銃(おどしづつ)

雀や獣に実った稲を食い荒らされるのを防ぐために、竹などを芯棒にし古布を着せて人間に似せた人形。用済みで捨てられたものは「捨案山子」という。「鳴子」は板に並べかけた細い竹筒を鳴らして鳥を追い払う装置。「鳥威し」は金銀や赤などのテープを張りめぐらすなどして作る。

あたたかな案山子を抱いて捨てにゆく　　内藤吐天

案山子翁風に吹かるるものまとふ　　大橋敦子

案山子よりからからと抜く竹の棒　　今瀬剛一

鳥立ちしあとも鳴子の鳴りやまず　　中村汀女

稲刈(いねかり)

○稲刈る(いねかる)　田刈る(たかる)　刈稲(かりいね)　稲束(いなづか)　稲車(いなぐるま)　稲舟(いなぶね)　◎早稲(わせ)　晩稲(おくて)　稲架(はざ)　はさ　稲扱(いねこき)　脱穀(だっこく)　籾(もみ)　豊年(ほうねん)　豊の秋(とよのあき)　凶作(きょうさく)

実った稲を刈り取る作業をいう。地方によって異なるが、「早稲」は八月下旬に、「晩稲」は十月以降に刈り取られるが、通常は九月半ばに刈り取る。農家の収穫の喜びが感じられる季語である。「稲舟」は刈り取った稲を積んで運ぶためのもの。刈った稲は「稲架」に掛けて自然乾燥させて、そのあと穂から籾(もみ)を扱(こ)き取る(「稲扱」)。

稲刈のたけなはにして野はしづか　軽部烏頭子
稲刈の女のむかし尻高々　宇多喜代子
稲刈って鳥入れかはる甲斐の空　福田甲子雄
早稲の香や大地はほてりさめやらず　藺草慶子
稲架を組むうしろ真青に日本海　森田かずを
豊年や切手をのせて舌甘し　秋元不死男

新藁(しんわら)

○今年藁(ことしわら)　◎藁塚(わらづか)　藁塚(にお)

その年に刈った稲の藁。ほのかに青いような匂いは懐かしさを誘う。縄や俵などに用いたり、正月用の注連(しめ)飾りに使う。現在では稲を刈る際に藁を細かく切ってしまうようになった。新藁を円形や四角形に積んだものを「藁塚」という。

新藁の香のこのもしく猫育つ　飯田蛇笏
新藁や永劫太き納屋の梁　芝　不器男
よろこびて馬のころがる今年藁　滝沢伊代次
藁塚の同じ姿に傾ける　軽部烏頭子

夜なべ

○夜仕事　夜業

秋の夜長に、昼間できなかった仕事の続きをすること。主婦が繕いものをしたり、釦つけをしたり、農家では藁を編んだりする。「夜業」は夜におよぶ残業の色合いが強い。

夜なべしにとんとんあがる二階かな　森川暁水
同じ櫛ばかりを作る夜なべかな　森田　峠
さびしくて夜なべはかどりをりにけり　山田弘子

竹伐る

「竹の春」という季語があるように、竹は秋になると新葉を広げ、最も美しい。その竹を伐って竹細工などに用いるのだが、伐りどきは俗に「竹八月に木六月」（ともに旧暦）といわれ、九月から十月が一番よいとされている。

竹を伐る無数の竹にとりまかれ　鈴木六林男
一本の竹さわがせて伐りにけり　加藤三七子
竹を伐るこだまの中に竹を伐る　福神規子

秋蒔(あきまき)

○菜種蒔く(なたねまく)　大根蒔く(だいこんまく)　芥菜蒔く(からしなまく)　蚕豆蒔く(そらまめまく)　豌豆蒔く(えんどうまく)　罌粟蒔く(けしまく)　紫雲英蒔く(げんげまく)　◎種採(たねとり)

秋に植物の種を蒔くことをいう。たとえば、大根は八月下旬から九月上旬、菜種は九月から十月に蒔く。具体的に「芥菜蒔く」、「罌粟蒔く」、「紫雲英蒔く」と詠まれることが多い。「種採」は秋に植物の種を取り、翌年に備えること。

秋蒔の土をこまかくしてやまず　吉本伊智朗
大根蒔く短き影をそばに置き　加倉井秋を
風の吹くままに紫雲英を蒔きにけり　小松水花
種採るや洗ひざらしのものを着て　波多野爽波

蘆刈(あしかり)

○蘆刈る(あしかる)　刈蘆(かりあし)　蘆舟(あしぶね)　蘆火(あしび)

秋、湖や川に生えている蘆を刈りとること。刈り取られた蘆は、かつては屋根を葺くために使われたが、現在は主に葭簀（よしず）の材料として用いられる。「蘆火」は干した蘆を燃料として焚く火のことをいう。秋の夕暮れに漂う煙は、趣がある。

蘆刈の置きのこしたる遠嶺かな　橋本鶏二

蘆刈の音より先を刈りてをり　大石悦子

また一人遠くの芦を刈りはじむ　高野素十

下り簗（くだりやな）

〇崩れ簗（くずれやな）

川を溯上（そじょう）する鮎を捕えるのが「上り簗」（春）で、仲秋、川を下っていく鮎を捕える仕掛が「下り簗」である。落鮎がその中心だが、地域によって魚の種類は異なる。落鮎の時期も過ぎた晩秋、破損したままになっているのが「崩れ簗」で、どことなくあわれを誘う。

ほどほどの濁りたのもし下り簗　上村占魚

流れ藻にまじる花葛下り簗　沢木欣一

紀の国の水にしたがひ崩れ簗　竹中碧水史

踊（おどり／をどり）

○盆踊（ぼんおどり）　踊子（おどりこ）　踊笠（おどりがさ）　踊太鼓（おどりだいこ）　踊唄（おどりうた）　踊櫓（おどりやぐら）

俳句では、単に「踊」といえば盆踊りのことをいう。本来、盆の祖霊供養のために踊るものであったが、いつしか人々の楽しみの行事になった。練り歩くものもあるが、広場の中心に組まれた櫓（やぐら）のまわりを、音頭（おんど）にあわせて手拍子をとったりしながら踊る輪踊が多い。

一ところくらきをくゞる踊の輪　橋本多佳子

いくたびも月にのけぞる踊かな　加藤三七子

盆踊ほとけに留守を頼みけり　西嶋あさ子

踊子にやはらかに足踏まれけり　西本一都

ほろほろと風に消えゆく踊唄　和田華凜

相撲（すもう／すまふ）

○角力（すもう）　宮相撲（みやずもう）　草相撲（くさずもう）　秋場所（あきばしょ）　九月場所（くがつばしょ）

日本の国技。本来は神事と縁が深く、宮中で旧暦七月に相撲の節会が行われたことから秋の季語となっている。七夕には神前で相撲をとり豊凶を祈った。神社の境内などで行われるものを「宮相撲」「草相撲」という。

合弟子の骨あづかりし相撲かな　久保田万太郎

相撲見てをれば辺りの暮れて来ぬ　　高澤良一
少年の尻輝けり草相撲　　金澤諒和

地芝居(じしばゐ)

○村芝居(むらしばい)

秋の収穫が終わったあと、慰労をかねて村々で行われる素人の芝居。地方廻りの一座を呼ぶこともあるが、たいていは土地の人々によって演じられる。かつて歌舞伎役者が地方巡業した名残から、各地にさまざまな演目が残っている。

地芝居のお軽に用や楽屋口　　富安風生
地芝居の松にはいつも月懸り　　茂惠一郎
出番待つ馬話し合ふ村芝居　　桂信子

月見(つきみ)

○観月(かんげつ)　月まつる(つき)　月見酒(つきみざけ)　月見団子(つきみだんご)　月見舟(つきみぶね)

旧暦八月十五日の中秋の名月を眺めて賞すること。薄(すすき)を活け、「月見団子」や芋など、季節の食物を供えて愛でる。九月十三夜の月見は「後(のち)の月見」という。

此の秋は膝に子のない月見かな　　鬼貫

この山の神も一座に月見かな　永方裕子
月祀る家の冷たき畳かな　渡辺純枝
やはらかく重ねて月見団子かな　山崎ひさを

菊人形（きくにんぎやう）
○菊師　菊人形展
菊の花や葉を衣裳に擬して作られた人形。忠臣蔵など芝居の名場面や、ドラマの主人公、たとえば義経・信長・秀吉といった人物を仕立てて、絢爛豪華な世界を展開する。
菊人形たましひのなき匂かな　渡辺水巴
菊人形武士の匂ふはあはれなり　鈴木鷹夫
菊人形恥ぢらふ袖のまだ蕾　沢田早苗

紅葉狩（もみぢがり）
○紅葉見　観楓　紅葉酒
紅葉の名所を訪ね、その美しさを鑑賞すること。「狩」という言葉が使われているが、この場合は狩猟のそれではなく美しいものを訪ね歩くことを意味する。京都には紅葉の名所が多い。
仁和寺を道の序や紅葉狩　松根東洋城

この先はいかなる処紅葉狩　星野立子

水音と即かず離れず紅葉狩　後藤比奈夫

芋煮会（いもにかい）　川原に石で炉をつくり、持参した大鍋で里芋、肉、茸（きのこ）、葱（ねぎ）などを煮込んだものを食べて楽しむことをいう。子供のみならず、大人にとっても楽しい秋の行楽の一つ。山形県、宮城県、福島県の会津地方で盛んに行われる。

芋煮会寺の大鍋借りて来ぬ　細谷鳩舎

初めより傾く鍋や芋煮会　森田峠

第三の鍋煮えくるぞ芋煮会　辻桃子

秋思（しゅうし）　もの思いの末、事に寄せ、物に寄せて秋のはかなさを感じることをいう。中国唐代の杜甫（とほ）の「秋思雲鬢（うんぴん）を抛（なげう）ち、腰肢（ようし）宝衣に勝る」に発する漢語。春愁と違い、思索にふけるような趣がある。

この秋思五合庵よりつききたる　上田五千石

二上山（ふたかみ）を見しが秋思のはじめかな　大石悦子

新書判ほどの秋思といふべしや　片山由美子

七夕（たなばた）

○七夕祭（たなばたまつり）　乞巧奠（きこうでん）　星祭（ほしまつり）　星祭る（ほしまつる）　星合（ほしあい）　星の恋（ほしのこい）　星の契（ほしのちぎり）　星迎（ほしむかえ）　星今宵（ほしこよい）　二星（にせい）　牽牛（けんぎゅう）　織女（しょくじょ）　彦星（ひこぼし）　織姫（おりひめ）　七夕竹（たなばたたけ）　七夕流し（たなばたながし）　願の糸（ねがいのいと）　五色の糸（ごしきのいと）　鵲の橋（かささぎのはし）

七月七日、またはその日の行事をいう。五節句の一つ。中国にはじまった行事で、年に一度牽牛星と織女星とが相合うという伝説に由来する。笹竹（ささだけ）に詩や歌を書いた短冊形の色紙を吊し、軒先や窓辺に立ててお願い事をする。かつては機織が上手になることを祈って願いの糸（「五色の糸」）を竿にかけた。七夕の終わったあと、川や海へ流すのが「七夕流し」。

七夕の一粒の雨ふりにけり　山口青邨
七夕の子の前髪を切りそろふ　大野林火
ぬばたまのくろ髪洗ふ星祭　高橋淡路女
便箋を折る星合の夜なりけり　藤田直子
彦星のしづまりかへる夕かな　松瀬青々

七夕竹惜命の文字隠れなし　石田波郷
汝が為の願の糸と誰か知る　高浜虚子

重陽（ちょうよう）　○重九（ちょうきゅう）　菊の節供（せっく）　菊の日（きくのひ）　今朝の菊（けさのきく）　菊酒（きくざけ）

旧暦九月九日の節句。五節句の一つ。九は陽数（奇数）で九を重ねるから「重陽」または「重九」という。古くは菊の節句と呼ばれ、菊の花を浮かべた酒を飲んで邪気を払うなど盛んであった。

重陽の山里にして不二立てり　水原秋櫻子
重陽の膳なる豆腐づくしかな　藤本美和子
菊の日や水すいと引く砂の中　宇佐美魚目

高きに登る（たかきにのぼる）　○登高（とうこう）

中国では「重陽」の節句の日に、災いを避けるため、茱萸（ぐみ）（中国では山椒のこと）を入れた袋をもち、高い丘などに登り厄払いをする風習があり、この季語はそれにちなむ。現在では単に高所に登ることを詠むようになってしまった。

行く道のままに高きに登りけり　富安風生

登高や浪ゆたかなる瀬戸晴れて　村山古郷
登高の即ち風の佐久平　斎藤夏風

温め酒（あたためざけ）

旧暦九月九日の重陽の日に温めて飲む酒をいう。この日に酒を温めて飲むと病気を寄せつけないといわれている。

嗜（たしな）まねど温め酒はよき名なり　高浜虚子
夜は波のうしろより来る温め酒　永方裕子
かくて吾も離郷のひとり温め酒　中村与謝男

終戦記念日（しゅうせんきねんび）

○終戦日（しゅうせんび）　敗戦日（はいせんび）　敗戦忌（はいせんき）　八月十五日（はちがつじゅうごにち）

日本がポツダム宣言を無条件に受諾し、昭和二十年八月十五日に第二次世界大戦が終結した。この日を終戦記念日とし、戦争の根絶と平和を誓い、戦没者を追悼する日となっている。

終戦日妻子入れむと風呂洗ふ　秋元不死男
終戦日沖へ崩るる雲ばかり　渡邊千枝子
濡縁のとことん乾く敗戦日　宇多喜代子
いつまでもいつも八月十五日　綾部仁喜

震災記念日（しんさいきねんび）

〇震災忌（しんさいき）

九月一日。大正十二年に関東地方に大地震がおこり、数多くの死者を出した。その死者を慰霊するための記念日である。現在は防災の日として、全国各地で避難訓練が行われる。

十二時に十二時打ちぬ震災忌　遠藤梧逸
万巻の書のひそかなり震災忌　中村草田男
聞き伝へ語りつたへて震災忌　星野立子

敬老の日（けいろうのひ）（けいらうのひ）

〇老人の日（ろうじんのひ）　年寄りの日（としよりのひ）

九月の第三月曜日。国民の祝日の一つ。俳句では、年寄り扱いされることを拒んだりする句も見られる。

敬老の日のわが周囲みな老ゆる　山口青邨
敬老の日の公園の椅子に雨　星野高士
年寄の日と関はらずわが昼寝　石塚友二

赤い羽根（あかいはね）

〇愛の羽根（あいのはね）

十月一日から、社会福祉運動の一環として行われる共同募金で、募金に応じた人の胸に「赤い羽根」がつけられる。街頭などで大人にまじって小中高の生徒が声を張りあげて募金を呼びかけていたりする。

赤い羽根つけらるる待つ息とめて　阿波野青畝
赤い羽根つけて電車のなか歩く　加藤静夫
半日にして失ひぬ愛の羽根　片山由美子

体育の日（たいいくのひ）

十月の第二月曜日。現「スポーツの日」。国民の健康を願って定められた祝日。昭和三十九年の東京五輪開会式の日を記念して設定された。老若男女を問わず、さまざまなスポーツを楽しみ、学校や会社などでは運動会を行うところも多い。

体育の日なり青竹踏むとせむ　草間時彦
体育の日の雀らも遠出して　樋笠文
体育の日や父の背を攀ぢ登る　甲斐遊糸

文化の日（ぶんかのひ／ぶんくわのひ）

○明治節（めいじせつ）

十一月三日。国民の祝日の一つ。明治時代は「天長節」、昭和時代以後から戦前までは「明治節」といったが、戦後、自由と平和、文化の向上を願い、「文化の日」と定められた。この日、文化勲章が授与される。

叙勲の名一眺めして文化の日　深見けん二

文化の日幹は画鋲をあまた刺す　福永耕二

深鋳に吸はるるペンキ文化の日　奈良文夫

鹿の角切（しかのつのきり）　○角切（つのきり）　鹿寄せ（しかよせ）

奈良県の春日大社で行われる行事。十月中旬の土日と祭日に行われる。秋になると発情期を迎えた雄鹿が荒々しくなるので、雄鹿を境内の一角に設けた柵の中に追いこんでその角を切る。見物人も多く、角を切られた鹿の姿はあわれな感じがする。

起きあがる牡鹿もう角伐られゐて　右城暮石

老鹿の痩せたる角も伐られけり　名和紅弓

鹿寄せの喇叭（らっぱ）夕べは長く吹く　後藤比奈夫

秋祭（あきまつり）　○里祭（さとまつり）　村祭（むらまつり）　浦祭（うらまつり）　在祭（ざいまつり）

秋に行われる祭りの総称。「春祭」は豊作祈願であるのに対し、「秋祭」は収穫を感謝する祭である。鎮守を中心にした祭で、守護してくれた神が田から山に帰るのを送る。

浦浪に土蔵かゞやく秋まつり　佐野まもる
ばらばらに賑つてをり秋祭　深見けん二
山霧は晴をいざなふ秋祭　茨木和生

時代祭（じだいまつり）

○平安祭（へいあんまつり）

十月二十二日に行われる、京都市左京区の平安神宮の祭典で、平安時代から明治維新までの各時代の風俗を再現し、京都御所から平安神宮まで行列が華やかにつづく。京都の秋を代表する美しい祭りである。

茶道具の一荷も時代祭かな　岸風三樓
替への牛牽かるゝ時代祭かな　森田峠
時代祭雨を懼れず和宮　森宮保子

草市（くさいち）

○草の市（くさのいち）　盆市（ぼんいち）　盆の市（ぼんのいち）　◎盆用意（ぼんようい）　盆支度（ぼんじたく）

盆の行事に用いる品々を売る市のこと。かつては七月十二日の夕方から夜通し町中に立った。また、墓や仏壇を掃除したり、仏具を清めたりして盂蘭盆会（うらぼんえ）の準備をすることを「盆用意」「盆支度」という。

草市のひとつ売れては整へて　きちせあや
身を濡らすほどには降らず草の市　牧　辰夫
山住みの風入れてゐる盆用意　廣瀬町子

盂蘭盆会（うらぼんゑ）

◯盂蘭盆（うらぼん）　盆（ぼん）　新盆（にいぼん）　旧盆（きゆうぼん）　魂祭（たままつり）　精霊祭（しようりようさい）　魂棚（たまだな）　棚経（たなぎよう）　盆僧（ぼんそう）　茄子（なす）の馬（うま）　瓜（うり）の牛（うし）　瓜（うり）の馬（うま）　◎生身魂（いきみたま）　蓮（はす）の飯（めし）

旧暦七月十三日から十六日までの祖先の魂祭。灯籠を吊り、「魂棚」をしつらえて野菜などを供え、祖先の霊を弔う。また、精霊の乗り物として、瓜や茄子で馬や牛などを作る。ひと月遅れで行う地方も多い。盂蘭盆会には故人だけでなく年長者の「生身魂」も敬い、蓮の葉にもち米を包んで蒸した「蓮の飯」などでもてなす。

はらからの順には逝かず盂蘭盆会　佐藤喜仙
盆の客みんな帰つてしまひけり　藤本安騎生
魂祭生者は熱きもの食べて　宮田正和
盆僧の風をはらみて過ぎにけり　舘岡沙緻
根の国にたてがみあづけ茄子の馬　鈴木蚊都夫

奥の間に声おとろへず生身魂　鷲谷七菜子

門火（かどび）

○門火焚く　迎火　送火　魂迎　魂送　苧殻焚く

盆の十三日の夕方、精霊を迎えるために苧殻を焚くのが「迎火」で、十五日または十六日の夕方、精霊を送るために行うのが「送火」。いずれも家の門口で焚くため、これらを併せて「門火」という。墓・河岸・浜辺などで焚く地域もある。

門火焚き終へたる闇にまだ立てる　星野立子

長生きの父と門火を焚きにけり　高田正子

迎火の苧殻をほきと折りにけり　大石悦子

墓参（はかまいり）

○墓詣　展墓　掃苔　墓洗ふ

盂蘭盆に行う祖先の墓参りのこと。墓の苔を水で洗ったあと、香をたき花や菓子、故人の好物などを供える。墓参は季節を問わないが、盆の行事であることから、秋の季語となっている。

わが影に母入れてゆく墓参り　遠藤若狭男

きやうだいの縁うすかりし墓参かな　久保田万太郎

持てるもの皆地におきて墓拝む　山口波津女

地蔵盆（じぞうぼん・ぢざうぼん）　○地蔵会（じぞうえ）　地蔵詣（じぞうもうで）

八月二十四日は地蔵菩薩（ぼさつ）の縁日で、この日を中心にした祭を地蔵盆という。京都・大阪などでは特に盛んで、地蔵堂や路地の地蔵に菓子・野菜を供えて祭る。地蔵を前に子供たちは福引きをしたり菓子を貰（もら）ったりして一日を過ごす。

柳川は水辺水辺の地蔵盆　江口竹亭

眠る子の足裏見えて地蔵盆　井上弘美

茄子南瓜煮えてとろとろ地蔵盆　岸本尚毅

施餓鬼（せがき）　○施餓鬼会（せがきえ）　施餓鬼寺（せがきでら）　施餓鬼幡（せがきばた）　川施餓鬼（かわせがき）　船施餓鬼（ふなせがき）

盂蘭盆（うらぼん）とほぼ同じ時期に、寺々で行われる無縁仏の供養をいう。水辺で無縁の水死者の霊をとむらうのが「川施餓鬼」、船の上で行うのが「船施餓鬼」。各宗それぞれ異なった様式の儀式を行うが、浄土真宗では行わない。

竹林の深きところに施餓鬼かな　松瀬青々

鳥けものまはりに遊び川施餓鬼　桂　信子
施餓鬼の灯一つ消ゆれば一つ点く　野澤節子

灯籠流し（とうろうながし）　○流灯（りゅうとう）　流灯会（りゅうとうえ）　精霊流し（しょうりょうながし）　精霊舟（しょうりょうぶね）

盆の十六日の夜、仏への供養のために灯籠を作り、川や海へ流すこと。近年では本来の意味が薄れ、観光化しているところもある。波にただよう美しい灯籠の光景は寂寥（せきりょう）感がある。

流燈や一つにはかにさかのぼる　飯田蛇笏
流すべき流灯われの胸照らす　寺山修司
なほ揺れて精霊舟の燃え尽きず　奥村和廣

西鶴忌（さいかくき）

旧暦八月十日。井原西鶴（一六四二—九三）の忌日。十五歳で俳諧の門を敲（たた）き、のち『好色一代男』『日本永代蔵』『世間胸算用』などの浮世草子で人気を博した。〈浮世の月見過しにけり末二年〉の辞世句を残し、元禄六年、五十二歳で没した。

西鶴忌うき世の月のひかりかな　久保田万太郎
新宿に会ふは別るる西鶴忌　石川桂郎

西鶴忌きつねうどんに揚げ一まい　土生重次

子規忌（しきき）

○糸瓜忌（へちまき）　獺祭忌（だっさいき）

九月十九日。正岡子規（一八六七―一九〇二）の忌日。本名常規（つねのり）。伊予松山に生まれ、脊椎カリエスを患いながら、俳句・短歌を革新するなど多くの業績を残した。『病牀（びょうしょう）六尺』『仰臥漫録（ぎょうがまんろく）』などの作品がある。獺祭書屋（だっさいしょおく）主人とも号した。明治三十五年、三十六歳で没。

叱られし思ひ出もある子規忌かな　高浜虚子

健啖のせつなき子規の忌なりけり　岸本尚毅

糸瓜忌や俳諧帰するところあり　村上鬼城

鹿（しか）

○牡鹿（おじか）　牝鹿（めじか）　小牡鹿（さおじか）　鹿の声（しかのこえ）

晩秋を迎えると、交尾期の雄鹿は雌を求めてしきりに鳴く。哀れをもよおすその声は、古来、紅葉との組み合わせで和歌によく詠まれた。

鹿の眼のわれより遠きものを見る　高木石子

雄鹿の前吾もあらあらしき息す　橋本多佳子

鹿の声ほつれてやまぬ能衣装　野澤節子

猪（いのしし・ゐのしし）

○猪（しし）　瓜坊（うりぼう）

晩秋になると、夜、山から里へ下りて田畑を荒す。団栗が好物だが、稲穂や芋などを食い荒したり、土を掘り返して野鼠や蚯蚓（みみず）なども食べる。

内臓（わた）ぬかれたる猪のなほ重し　津田清子

猪の荒肝を抜く風の音　宇多喜代子

どろんこの猪逃げてゆきにけり　茨木和生

蛇穴に入る　○秋の蛇　穴惑

夏の間動き回っていた蛇は、晩秋になるとまた穴に入り冬眠する。穴に入るのが秋の彼岸の頃だといわれるが、実際にはもっと遅い。彼岸を過ぎても徘徊している蛇を「穴惑」という。

秋の蛇美しければしばし蹤く　井沢正江
金色の尾を見られつつ穴惑　竹下しづの女
穴まどひ丹波は低き山ばかり　日美清史

渡り鳥　○鳥渡る

秋になって北方から、日本で越冬するために渡ってくる鳥。白鳥・鶴・雁・鴨などは、群れをなして渡ってくる。

木曾川の今こそ光れ渡り鳥　高浜虚子
鳥わたるこきこきこきと罐切れば　秋元不死男
新宿ははるかなる墓碑鳥渡る　福永耕二

小鳥（ことり）

◯小鳥渡る　小鳥来る　◎鶇　鵯　鶲　鶲　尉鶲　黄鶲　瑠璃鶲　椋鳥　椋鳥

俳句で「小鳥」といえば、秋に日本に飛来する小鳥や、山地から平地に下りてくる小鳥のことをいう。尉鶲や連雀、花鶏、鶸、鶇などの小鳥は十月上旬から下旬にかけて、日本に渡ってくる。

小鳥来て午後の紅茶のほしきころ　富安風生

白髪の乾く早さよ小鳥来る　飯島晴子

いい手紙ふつうの手紙小鳥来る　加藤かな文

鶇や墓ありて行く深大寺　藤田湘子

ひるがへり去りし鶲の紋の白　坊城としあつ

色鳥（いろどり）

秋の多くの小鳥のうち、特に羽の色があざやかで美しい鳥を総称して「色鳥」という。花鶏、真鶸、尉鶲などで、姿の美しさが詠まれる。

色鳥の残してゆきし羽根一つ　今井つる女

色鳥や森は神話の泉抱く　宮下翠舟

色鳥やきらきらと降る山の雨　草間時彦

燕帰る（つばめかえる）

○帰燕（きえん）　秋燕（あきつばめ）　秋燕（しゅうえん）

春、南方から渡ってきた燕が、夏の間に子を育て、九月頃に南方に帰ってゆくこと。身近に飛びかっていた姿が見られなくなり、空（から）になった巣が軒下に残されているのを見るのはさびしい。

燕はやかへりて山河音もなし　加藤楸邨

雨過ぎて帰燕の空の濡れにけり　波多野爽波

篁（たかむら）に一水まぎる秋燕　角川源義

稲雀（いなすずめ）

秋になると、雀は稔田（みのりだ）に群をなしてやって来て稲を啄（ついば）む。案山子や鳥威（とりおど）しくらいではまったくひるむ様子がなく、追われてもすぐに舞い戻って来てしまう。そんな雀に農家の人々は、ほとほと手を焼くのである。

稲雀散ってかたまる海の上　森　澄雄

稲雀飛鳥の風にひろがれり　中　拓夫

玄海の端にこぼれて稲雀　柴田佐知子

鶺鴒（せきれい）

○石叩（いしたたき）　庭叩（にわたたき）　黄鶺鴒（きせきれい）　白鶺鴒（はくせきれい）　背黒鶺鴒（せぐろせきれい）

セキレイ科の鳥の総称。石の上や庭に下りて、叩くように尾を上下させるところから「石叩」「庭叩」とも呼ばれる。すくい上げるように波状に飛び、チチン、チチンとよくとおる声で鳴く。

鶺鴒のとゞまり難く走りけり　高浜虚子

鶺鴒や水の流転はとこしなへ　三橋敏雄

すべすべの石をよろこび石叩　大石悦子

啄木鳥（きつつき）

○けら　けらつつき

キツツキ科の鳥の総称。長くとがった嘴（くちばし）をもち、幹に穴をあけてひそんでいる虫を捕食する小啄木鳥（こげら）、赤啄木鳥（あかげら）、青啄木鳥（あおげら）などをいう。嘴で幹を叩いてタラララララと鋭い音をたてるのをドラミングという。

啄木鳥や落葉をいそぐ牧の木々　水原秋櫻子

啄木鳥や日の円光の梢より　川端茅舎

啄木鳥よ汝も垂直登攀者　福田蓼汀

雁（かり）

○雁（がん）　かりがね　真雁（まがん）　初雁（はつかり）　雁渡る（かりわたる）　雁来る（かりくる）　雁の列（かりのつら）　雁の棹（かりのさお）　雁行（がんこう）　雁の声（かりのこえ）　落雁（らくがん）　菱喰（ひしくい）

カモ科の鳥。真雁をはじめ、菱喰、白雁、黒雁などの種類がある。北方で繁殖し、十月頃、日本へ渡ってきて越冬する。古来、詩歌に詠われ、秋を代表する季語の一つであった。「かりがね」は鳴き声のことだが、転じて雁そのものもいう。飛び方に特徴があり、鉤（かぎ）状になったり竿状になったりして、十羽くらいが共に行動する。夜空に響く声は哀れが深い。近年、真雁は数が減りつつある。

古九谷の深むらさきも雁の頃　細見綾子
雁ゆきてまた夕空をしたたらす　藤田湘子
雁やのこるものみな美しき　石田波郷
かりがねの空ひろびろと使ひけり　野中亮介
さびしさを日々のいのちぞ雁わたる　橋本多佳子
旅に買ふ切手一枚雁渡る　八染藍子

鵙（もず）

○百舌鳥（もず）　鵙の声（もずのこえ）　鵙の贄（もずのにえ）　鵙日和（もずびより）

大きさは雀の二倍ほどだが性質が荒く、肉食。小鳥や蛙、トカゲなどを捕えて、木の枝や有刺鉄線に刺しておく習性があり、この獲物を「鵙の贄」という。キーッ、キーッという鋭い鳴き声は澄んだ大気によく響き、秋らしさを実感させる。

かなしめば鵙金色の日を負ひ来　　加藤楸邨

ある朝の鵙き丶しより日々の鵙　　安住敦

百舌に顔切られて今日が始まるか　　西東三鬼

パレットに乾く絵具も鵙日和　　大石香代子

落鮎（おちあゆ）

○鮎落つ（あゆおつ）　錆鮎（さびあゆ）　下り鮎（くだりあゆ）　子持鮎（こもちあゆ）　秋の鮎（あきのあゆ）

川の上流で育った鮎は、初秋、産卵に向けて川を下る。これを「落鮎」という。その頃には痩せて勢いがなくなり、体に斑紋が現れることから「錆鮎」ともいう。これを「下り簗（くだりやな）」という仕掛けで捕える。

落鮎の鰭美しく焼かれけり　　桜木俊晃

落鮎の落ちゆく先に都あり　　鈴木鷹夫

鮎落ちて美しき世は終りけり　殿村菟絲子

鯊（はぜ）

◯沙魚（はぜ）　鯊の秋（はぜのあき）　鯊の潮（はぜのしお）　鯊日和（はぜびより）　◎鯊釣（はぜつり）

ハゼ科の魚の総称。河口近くの、淡水と海水が混じるあたりに棲息する。子供でも簡単に釣ることができ、味もよいので天ぷらや甘露煮にする。

松島の鯊の貌見て旅了る　山口青邨

船端に両足垂らす沙魚日和　西山　睦

ひらひらと釣られて淋し今年鯊　高浜虚子

鯊釣の並びてひとりひとりかな　今井千鶴子

鰯（いわし）

◯鰮（いわし）　真鰯（まいわし）　◎鰯引く（いわしひく）　鰯干す（いわしほす）　鰯網（いわしあみ）　鰯船（いわしぶね）

真鰯・片口鰯などの総称。大衆魚の代表で、大量にとれる。季節に応じて北上したり南下したりするが、特に秋は味も良く大漁となる。「鰯引く」は、浜辺で「鰯網」を引き上げることで、秋から冬が漁期。

うつくしや鰯の肌の濃さ淡さ　小島政二郎

鰯食ふ大いに皿をよごしては　八木林之助

大漁旗鰯の山のてつぺんに　森田　峠

この先は大景ばかり鰯引　阿波野青畝

秋刀魚(さんま)　○さいら　初(はつ)さんま

秋を代表する海産魚の一つ。九月頃に北方から南下する群れは、十月頃には九十九里沖まで来る。焼きたてを、たっぷりの大根おろしと醤油で食べるのがうまい。

荒海の秋刀魚を焼けば火も荒ぶ　相生垣瓜人

火だるまの秋刀魚を妻が食はせけり　秋元不死男

全長に回りたる火の秋刀魚かな　鷹羽狩行

鮭(さけ)　○初鮭(はつさけ)　秋味(あきあじ)　はららご　鮭漁(さけりょう)　鮭打(さけう)ち　鮭小屋(さけごや)

鮭は、生まれた川に戻ってきて産卵する習性がある。その溯(さかのぼ)ってくるあたりへ簗(やな)を仕掛けておき、磧(かわら)に跳ね上がったところを竿で打って捕えるのを「鮭打ち」という。とりだした卵が「はららご」(筋子)であり、イクラをとる。「秋味」はアイヌ語に由来するともいわれる。

鮭のぼる川しろじろと明けにけり　皆川盤水

荒縄の鮭寂光を放ちをり　沢木欣一

よく晴れて川も海いろ鮭のぼる　成田千空
鮞(はららご)をぬかれし鮭が口を開け　清崎敏郎

秋の蝶(あきのちょう／あきのてふ)　○秋蝶(あきちょう)

蝶は、種類によって出現の期間に違いがあるが、その間何度か発生を繰り返す。「秋の蝶」は特定の種類ではなく、秋になってもまだ発生をつづけているもの。夏の終わりに羽化したものが傷ついて、晩秋になると、弱々しく飛んでいる姿を見ることがある。

金堂の柱はなるゝ秋の蝶　前田普羅
我が影の伸びゆく先の秋の蝶　星野椿
秋蝶にすぐ風荒ぶ信濃かな　藤田湘子

秋の蚊(あきのか)　○残(のこ)る蚊(か)　別(わか)れ蚊(が)　後(おく)れ蚊(が)　溢(あぶ)れ蚊(か)　蚊(か)の名残(なごり)

蚊は、秋になってもすぐに姿を消すことはない。夜更けにどこからか弱々しい羽音を立てて現れた一匹に、しつこくまといつかれたりする。しかし、それもどこか哀れを感じさせる。

秋の蚊のよろ〳〵と来て人を刺す　正岡子規

秋の蚊を払ふかすかに指に触れ　山口誓子
音もなく来て残り蚊の強く刺す　沢木欣一

秋の蟬（あきのせみ）　○秋蟬（しゅうせん）　残る蟬（のこるせみ）　◎法師蟬（ほうしぜみ）　つくつく法師（ぼうし）　つくつくし

単に「蟬」といえば夏の季語だが、「蜩（ひぐらし）」や「法師蟬」は秋の蟬である。「油蟬」や「みんみん蟬」の暑苦しい声に対し、蜩のカナカナ、法師蟬のツクツクホウシという鳴き声など、はかなげで、どこか哀調を帯びる。

秋の蟬たかきに鳴きて愁ひあり　柴田白葉女
川越えてしまへば別れ秋の蟬　五所平之助
秋蟬の声の戻りし水の上　千葉皓史
鳴き移り次第に遠し法師蟬　寒川鼠骨
どの木よりつくつくぼうし始まるか　杉浦圭祐

蜩（ひぐらし）　○日暮（ひぐらし）　かなかな　寒蟬（かんぜみ）

緑と黒の斑紋がある褐色の体に、透明な翅（はね）をもつ中型の蟬。晩夏から鳴き出し、明け方や夕刻にカナカナと哀調のある美しい声が遠くまで響く。

たちまちに蜩の声揃ふなり　中村汀女

蜩のこゑが空ゆく淡海かな　田島和生
かなくと鳴きまた人を悲しみます　倉田紘文

蜻蛉（とんぼ）

◯とんばう　あきつ　やんま　赤蜻蛉（あかとんぼ）　秋茜（あきあかね）　塩辛とんぼ　麦藁（むぎわら）とんぼ　鬼（おに）やんま　精霊蜻蛉（しょうりょうとんぼ）

トンボ目に属する昆虫の総称。夏のうちから現れるものもあるが、「とんぼ」といえば秋空を背に飛び回る姿を思う。いろいろな種類が見られ、大きな複眼が特徴。

とどまればあたりにふゆる蜻蛉かな　中村汀女
翅となり目玉となりて蜻蛉とぶ　林　徹
赤とんぼ夕暮はまだ先のこと　星野高士

虫（むし）

◯虫の音（むしのね）　虫の声（むしのこえ）　虫時雨（むししぐれ）　虫集く（むしすだく）　虫の闇（むしのやみ）　虫の秋（むしのあき）　昼の虫（ひるのむし）　残る虫（のこるむし）　すがれ虫（むし）　◎虫売（むしうり）　虫籠（むしかご）

秋に鳴く虫の総称。鳴くのは主に雄で、種類により独特の音色がある。虫の声を聞くと秋の寂しさが身に迫って感じられる。「虫時雨」は虫の鳴き競う声を時雨にたとえた語。「残る虫」「すがれ虫」は盛りの時期を過ぎて衰えた声で鳴く虫をいう。かつては縁日などに、秋の夜に鳴く虫を籠に入れて売る「虫売」がよく見られた。

鳴く虫のたゞしく置ける間なりけり　久保田万太郎
自転車の灯のはづみくる虫の原　波多野爽波
月光を溯りゆく虫のこゑ　鈴木貞雄
閂（かんぬき）をかけて見返る虫の闇　桂　信子
虫売りのふいに大きな影法師　中村和弘

竈馬（いとど）　◯竈馬（かまどうま）

カマドウマ科の昆虫の総称。台所などの暗がりや床下に棲みついていて、暗くなると大きな後肢で跳ねながら姿を現す。翅がなく体はえびのように曲がっている。かつては竈（かまど）のあたりによくいたところから「竈馬」などという。「いとど」は古称。

一ト跳びにいとゞは闇へ皈（かえ）りけり　中村草田男
大山（だいせん）に脚をかけたる竈馬かな　大屋達治
かまどうま午前零時は真の闇　片山由美子

蟋蟀（こおろぎ/こほろぎ）　◯ちちろ　ちちろ虫（むし）　つづれさせ　えんま蟋蟀（こおろぎ）

コオロギ科の昆虫の総称。種類が多い。古くは秋鳴く虫の総称だったというが、螽蟖（きりぎりす）や竈馬（いとど）と混同されていた時代もある。リーリーリーと鳴くのは「つづれさせ蟋蟀（こおろぎ）」、コロコロコロコロと鳴くのは「えんま蟋蟀」。昼夜の別なくしきりに鳴く。

こほろぎのこの一徹の貌（かお）を見よ　山口青邨
こほろぎや厨（くりや）に老いてゆくばかり　有馬籌子
ひとり臥てちちろと闇をおなじうす　桂　信子
髪を梳きうつむくときのちゝろ虫　橋本多佳子

鈴虫（すずむし）　◯月鈴子（げつれいし）　◎松虫（まつむし）　ちんちろりん　青松虫（あおまつむし）　邯鄲（かんたん）　草雲雀（くさひばり）　朝鈴（あさすず）

スズムシ科の昆虫。リーンリーンと鈴を振るように澄んだ美しい声で鳴き、童謡にも歌われる。「松虫」はコオロギ科の昆虫で、かつては鈴虫といっていたが、チンチロリンという鳴き声で体長もやや大きい。「青松虫」は樹上でリーリーリーと甲高く鳴く。「邯鄲」は中国故事からその名が取られ、草むらでルルルと鳴く。「草雲雀」は小さい体に長い触角が特徴で、リリリリと鈴を震わすような鳴き声から「朝鈴」とも呼ばれる。

鈴虫のひげをふりつつ買はれける　日野草城
鈴虫を塞(ふさ)ぎの虫と共に飼ふ　草間時彦
鈴虫とひとりの闇を頒ち合ふ　野見山ひふみ
松虫や暮るる波濤に空つづく　千代田葛彦
玲瓏として邯鄲のむくろかな　富安風生
声の糸繰り出し流す草雲雀　右城暮石

鉦叩(かねたたき)　小さな灰褐色の昆虫。チンチンチンという鳴き方が、まるで鉦を叩いているようだというのでこの名がついた。姿はめったに見られないが、昼でもどこからか聞こえてくる音色は、人の心をとらえる。

ふるさとの土の底から鉦たたき　種田山頭火
暁は宵より淋し鉦叩　星野立子
まつくらな那須野ヶ原の鉦叩　黒田杏子

螽蟖(きりぎりす)　○ぎす　機織(はたおり)
体長四〜五センチの昆虫で、蝗(いなご)に似て細長く、おもに昼間鳴く。

その声はチョンギースとか、ギイーッチョンなどと聞こえ、かつては「機織」の音を連想させた。

しばらくは風を疑ふきりぎりす　橋　閒石
纜（ともづな）のうづたかく朽ちきりぎりす　能村登四郎
能登見える風の中よりきりぎりす　齊藤美規

馬追（うまおい／うまおひ）

○すいつちよ　すいと　馬追虫（うまおいむし）

「きりぎりす」の仲間の昆虫で、緑色または淡褐色をしており、体より二倍近い長い触角をもつ。かつて、馬子がスイスイチョといいながら馬を追ったというところから「馬追」の名があるといわれる。

馬追の髭ひえびえとしたがへり　木下夕爾
馬追のうしろ馬追来てゐたり　波多野爽波
放ちたるすいとが庭で鳴きにけり　邊見京子

轡虫（くつわむし）

○がちやがちや

「馬追」よりも体が大きく、脚が長いのでよく跳ぶ。触角が細く長く、体色は緑色型と褐色型がある。鳴き声はガチャガチャとやかましく、馬の轡を鳴らすようだというので、この名がついた。

森を出て会ふ灯はまぶしくつわ虫　石田波郷

この葎ことに暗しや轡虫　上﨑暮潮

がちやくの奥の一つを聞きすます　渡辺桂子

蝗虫（ばった）

○飛蝗（ばった）　螇蚸（はたはた）　きちきち　きちきちばつた　殿様（とのさま）ばつた

バッタ科に属する昆虫の総称。おおむね細長い体で、淡緑色をしている。俗にきちきち蝗虫と呼ばれる精霊（しょうりょう）蝗虫は、跳びながらキチキチと翅（はね）を鳴らす。「殿様ばつた」は、イネ科の植物を食し、農作物に被害を与えることもある。

しづかなる力満ちゆき蝗虫とぶ　加藤楸邨

はたはたの脚美しく止りたり　後藤比奈夫

きちきちといはねばとべぬあはれなり　富安風生

蝗（いなご）

○螽（いなご）　稲子（いなご）

イナゴ科イナゴ属の昆虫の総称。体長三、四センチ。水田に大群で押し寄せ、稲を食べてしまう害虫。炒ったり、佃煮にしたりして食べることもできるが、近年は農薬の影響で激減した。

ふみ外づす蝗の顔の見ゆるかな　高浜虚子
ざわざわと蝗の袋盛上がる　矢島渚男
電柱に手を触れてゆくいなご捕り　桂信子

蟷螂（かまきり）

○蟷螂（とうろう）　鎌切（かまきり）　斧虫（おのむし）　いぼむしり

カマキリ科の昆虫の総称。三角形の頭に大きな眼、長い胸部と鎌のような前肢は、他の昆虫類には見られない独特のもの。益虫であるが、怒って前肢を振り上げるさまには凄（すご）みがある。

かりかりと蟷螂蜂の皃（かお）を食（は）む　山口誓子
蟷螂に怒号のなきを惜しむなり　中原道夫
すがりたる草に沈みていぼむしり　稲畑汀子

蚯蚓鳴く（みみずなく）

○地虫鳴（じむしな）く　◎螻蛄鳴（けらな）く　おけら鳴（な）く

蚯蚓に発音器官はないが、昔の人は夕方どこからともなくジーッと音がするのを蚯蚓の鳴き声だとした。実はこれは「螻蛄」が鳴いているのを取り違えたのである。蚯蚓が鳴くと感じることは、秋らしいしみじみとした趣がある。

蚯蚓鳴く六波羅蜜寺しんのやみ　川端茅舎
みみず鳴く引きこむやうな地の暗さ　井本農一
みみず鳴く日記はいつか懺悔録　上田五千石
螻蛄鳴いてをるや静に力無く　京極杞陽

蓑虫（みのむし）

○鬼の子（おにのこ）　蓑虫鳴く（みのむしなく）

ミノガ科の蓑蛾（みのが）の幼虫。細枝や枯葉で作った蓑の中に棲み、雄はやがて蛾（が）となるが、雌は一生蓑を出ず、交尾・産卵をして死ぬ。蓑虫が「鬼の子」だという話は『枕草子』にあり、「ちちよ、ちちよ」とはかなげに鳴くと書かれているが、実際に鳴くことはない。

蓑虫や滅びのひかり草に木に　西島麦南
蓑虫の蓑あまりにもありあはせ　飯島晴子
蓑虫の父よと鳴きて母もなし　高浜虚子

植物

木犀（もくせい）

○金木犀（きんもくせい）　銀木犀（ぎんもくせい）

中国原産の常緑小高木。秋の彼岸の頃、甘い香りの花を無数につける。橙色（だいだいいろ）のものを金木犀、白い花をつけるものを銀木犀という。

木犀の匂の中ですれ違ふ　後藤比奈夫

金木犀風の行手に石の塀　沢木欣一

金木犀匂ひまだあるうちに散る　貞弘　衛

木槿（むくげ）

○花木槿（はなむくげ）　白木槿（しろむくげ）　底紅（そこべに）

アオイ科の落葉低木。庭木や垣根として植えられる。初秋に五弁の花をつける。白のほか薄紅、薄紫、しぼり、花の底部だけが赤い「底紅」などいろいろな種類がある。朝開いた花は夕方にはしぼむ一日花。

掃きながら木槿に人のかくれけり　波多野爽波

母の間に風すこし入れ白木槿　日下部宵三

底紅の咲く隣にもまなむすめ　後藤夜半

芙蓉

○花芙蓉　白芙蓉　紅芙蓉　酔芙蓉

アオイ科の落葉低木。観賞用に庭園などに植えられる。うすぎぬをまとった美女を連想させるような、華やかで、しかもはかなげな一日花を開く。「酔芙蓉」ははじめは白いが、午後になるとしだいに紅を帯びてくる妖艶な花。

おもかげのうするゝ芙蓉ひらきけり　安住　敦

芙蓉咲く風の行方の観世音　桂　樟蹊子

はなびらを風にたゝまれ酔芙蓉　川崎展宏

桃

○桃の実　白桃　水蜜桃

俳句では単に桃といえば、花ではなく「桃の実」のことをいう。こまかい毛の生えた薄皮を剝く感触、ほんのりとした香り、滴る蜜、こくのある甘さなど、他の果物とは一線を画す味わいがある。夏から秋にかけて出回る。

中年や遠くみのれる夜の桃　西東三鬼

まだ誰のものでもあらぬ箱の桃　大木あまり

白桃に入れし刃先の種を割る　橋本多佳子

白桃の荷を解くまでもなく匂ふ　福永鳴風

梨

○有の実　長十郎　二十世紀　洋梨　ラ・フランス　梨園　梨狩　梨売

梨はバラ科の落葉高木。果実は果汁に富む。近年では洋梨も消費が伸びている。「有の実」はナシが「無し」に通じることを嫌った忌み言葉。

梨むくや甘き雫の刃を垂るゝ　正岡子規
勉強部屋覗くつもりの梨を剝く　山田弘子
梨食うてすつぱき芯にいたりけり　辻　桃子
洋梨が版画のやうに置いてある　長谷川　櫂

柿

○甘柿　渋柿　富有柿　熟柿　木守柿　柿日和

大きな木に鈴なりの柿が実る光景は、いかにも日本の秋という印象。「木守柿」は梢に一、二個捥がずに残しておくもので、次年の豊作を祈る。

柿くへば鐘が鳴るなり法隆寺　正岡子規
柿食ひぬ少年の日もかく食ひし　木下子龍
かじりたる渋柿舌を棒にせり　小川軽舟

いちまいの皮の包める熟柿かな　　野見山朱鳥
旅人に奈良茶粥あり柿日和　　清水杏芽

林檎（りんご）

バラ科の落葉高木の実で、柿とともに日本の秋を代表する果実。さまざまな種類がある。青森・長野を中心に、北海道・岩手・山形・福島などが主産地。生食のほか、ジュース、ジャム、料理の素材としても用いられる。

空は太初の青さ妻より林檎うく　　中村草田男
刃を入るる隙なく林檎紅潮す　　野澤節子
もぐときの林檎の重さ指先に　　稲畑汀子

葡萄（ぶどう・ぶだう）

葡萄棚（ぶどうだな）　◯デラウェア　マスカット　巨峰（きよほう）　ピオーネ　葡萄狩（ぶどうがり）　葡萄園（ぶどうえん）

ブドウ科の落葉植物の実。西アジアやヨーロッパでは古代から栽培され、中国経由で日本へ伝わった。多くは棚を作り、房が垂れ下がるように作る。

葡萄食ふ一語一語の如くにて　　中村草田男
マスカット剪るや光りの房減らし　　大野林火

黒葡萄鋏を入るる隙のなし　嶋田麻紀

栗

○毬栗　笑栗　落栗　虚栗　栗山　栗拾　茹栗　焼栗　山栗　柴栗
丹波栗

ブナ科の落葉高木の実。古代から食用にされて、栽培が盛ん。針状の毬が特徴で、熟すと自然に割れを生ずる。少し開いて実がのぞいている状態を「笑栗」という。「虚栗」は皮ばかりで中に実のない栗。

三つほどの栗の重さを袂にす　篠田悌二郎
家よりも古き栗の木栗実る　岩田由美
間道はいづれも京へ丹波栗　渕上千津
抛られて音もたてずに虚栗　松田美子

石榴

○柘榴　実柘榴

ザクロ科の落葉小高木の実。拳よりやや大きめの球形で、先端に花のあとを残す。斑点のある黄色い外皮が秋になると赤みを帯び、完全に熟すと口を開く。中にはルビーのような小さな実が多数つまっており、種の周りの甘酸っぱい部分を食べる。

ひややと日のさしてゐる石榴かな　安住　敦

柘榴紅し都へつづく空を見て　柿本多映

実ざくろや妻とは別の昔あり　池内友次郎

無花果（いちじく）

原産地はアラビアといわれるクワ科の落葉小高木の果実。江戸時代に渡来した。花らしい花が咲かないことから「無花果」の字を当てたものだが、実は果肉のように見える部分が花である。独特の甘さがあり、生食のほか、煮て食べたり、乾燥して保存食にもなる。

無花果のゆたかに実る水の上　山口誓子

少年が跳ねては減らす無花果よ　高柳重信

無花果の皮あやふやに剝きをはる　大串　章

胡桃（くるみ）

◯胡桃（くるみ）の実（み）　姫胡桃（ひめくるみ）　鬼胡桃（おにくるみ）　沢胡桃（さわくるみ）　胡桃割（くるみわり）

クルミ科の落葉高木の実。日本に自生するのは「鬼胡桃」で、山野の川沿いに生える。固い殻を「胡桃割」で割り、「仁（じん）」と呼ぶ食用部分を食べる。

胡桃二つころがりふたつ音違ふ　藤田湘子

胡桃割る聖書の万の字をとざし　平畑静塔
胡桃割る胡桃の中に使はぬ部屋　鷹羽狩行

銀杏（ぎんなん）

○銀杏（いちょう）の実（み）

銀杏は中国原産の雌雄異株の木で、雌木（めぎ）には晩秋たくさんの実がなる。さくらんぼを大きくしたような形で、黄熟した果肉は柔らかくなり、落ちてつぶれると悪臭を放つ。固い種の中の胚乳（はいにゅう）を食べる。

銀杏を焼きてもてなすまだぬくし　星野立子
ふる雨に銀杏拾ひけふもゐし　田畑比古
茶碗蒸しより銀杏の二粒目　宮田　勝

青蜜柑（あおみかん／あをみかん）

蜜柑が色づき甘くなるのは冬になってからだが、まだ青いうちに出荷するものをいう。酸味は強いが香りが高い。早生（わせ）種は、青々としていても甘みがあり、秋のうちから店頭に並ぶ。季節の先取りを楽しむ。

子の声の風にまじりて青みかん　服部嵐翠
朝市の朝の香りの青蜜柑　中村和子
伊吹より風吹いてくる青蜜柑　飯田龍太

柚子（ゆず）

○柚子の実（ゆずのみ）　木守柚子（きもりゆず）　◎酸橘（すだち）　橙（だいだい）　かぼす

ミカン科の常緑小高木の実。柚子は、日本料理に欠かすことができない香りのものである。椀の吸口や和えもの、煮物の盛りつけにそえたり、くりぬいて柚釜（ゆがま）にもする。同様の果実に「酸橘」「橙」「かぼす」などがあり、魚料理や松茸料理を引き立てる。

柚子摘むと山気に鋏入るるかな　大橋敦子

柚子を摘む人の数だけ梯子立つ　里川水章

柚子酸橘かぼすを使ひ分けて母　名村早智子

橙をうけとめてをる虚空かな　上野　泰

金柑（きんかん）

ミカン科の常緑低木の木の実。小型の球形、または長球形で、秋に熟すと鮮やかな橙色になる。種が多く強い酸味があるが、皮は甘いので生で食べるほか、種を取り出したものを甘く煮て料理にそえたりする。咳（せき）止めの効果があるともいう。

金柑の実のほとりまで暮れてきぬ　加藤楸邨

宝石のごと金柑を掌の上に　宇田零雨

どの枝の先にもきんかんなつてゐる　高木晴子

檸檬（れもん）

ミカン科の常緑低木の木の実。輸入ものを中心に一年中出回って
はいるが、本来は秋に黄熟する。紅茶や料理の香りづけ、洋菓子
作りなどに利用される。ビタミンCが豊富で、強い酸味の果汁が檸檬の持ち
味。

ずぶ濡れの街に日が射し檸檬買ふ　朔多　恭

檸檬ぬくし癒えゆく胸にあそばせて　鷲谷七菜子

絵葉書の巴里の青空レモン切る　下山芳子

榠樝の実（かりんのみ・くわりんのみ）　○花梨の実（かりんのみ）

中国原産のバラ科の落葉高木の実。高さ六メートルほどになる。
生食には適さないが、薄切りにして砂糖漬けや榠樝酒にする。咳止めの効果
がある。

くらがりに傷つき匂ふくわりんの実　橋本多佳子

くわりんの実傷ある方を貰ひたり　細見綾子

榠樝の実いづれ遜色なくいびつ　黒崎かずこ

草紅葉(くさもみじ) **くさもみぢ**

◎水草紅葉(みずくさもみじ)

樹木の紅葉(こうよう)に対し、野の草が赤や黄に色づくことをいう。道ばたの小さな草の紅葉に立ち止まることもある。「水草紅葉」は水草が紅葉したもの。

帰る家あるが淋しき草紅葉　永井龍男

湖(うみ)の波寄せて音なし草紅葉　深見けん二

みちのくへ野はとびとびに草紅葉　山田みづえ

紅葉(もみじ) **もみぢ**

◎紅葉(こうよう)　もみづ　夕紅葉(ゆうもみじ)　谷紅葉(たにもみじ)　紅葉山(もみじやま)　紅葉川(もみじがわ)　◎初紅葉(はつもみじ)　薄紅葉(うすもみじ)　黄葉(こうよう)　黄葉(もみじ)　照葉(てりは)　柿紅葉(かきもみじ)　雑木紅葉(ぞうきもみじ)　櫨紅葉(はぜもみじ)　銀杏紅葉(いちようもみじ)　桜紅葉(さくらもみじ)　錦木(にしきぎ)　紅葉且つ散る(もみじかつちる)

秋の半ばより木の葉が赤く色づくこと。古来、春の花に対して秋の美を代表するものとされた。「もみじ」の名は、赤く染めた絹地を意味する紅絹(もみ)に由来する。楓(かえで)が代表的で、柿・櫨・桜など。「雑木紅葉」は楢(なら)や櫟(くぬぎ)などさまざまな木が色づくこと。銀杏などの「黄葉」も、紅葉とは違う趣がある。「照葉」は晴天の日差しに映える紅葉のこと。「紅葉且つ散る」は、紅葉の時期に遅速があり、その同時進行のさまを楽しむことを捉えた季語。

青空の押し移りゐる紅葉かな　松藤夏山
障子しめて四方の紅葉を感じをり　星野立子
恋ともちがふ紅葉の岸をともにして　飯島晴子
手に拾ふまでの紅葉の美しき　和田順子
この樹登らば鬼女となるべし夕紅葉　三橋鷹女
大津絵の鬼が手を拍つ紅葉山　桂　信子
伊予晴れて海の匂ひの紅葉寺　井本農一
ひもすがら外に作務ある照葉かな　飴山　實

黄落（こうらく／くわうらく）　○黄落期（こうらくき）

銀杏やプラタナスなど、黄色に染まった葉がとめどなく落ちること。晩秋の美しい景色である。地面に散り敷いた葉も美しい。

黄落や或る悲しみの受話器置く　平畑静塔
病室の窓黄落の百号よ　辻田克巳
唐寺の鐘よくひびく黄落期　植村通草

新松子（しんちぢり）　〇青松毬（あおまつかさ）
　その年に新しくできた松の毬果（きゅうか）。青い松ぼっくりのことをいう。卵型で固く、鱗片（りんぺん）はまだ開いていない。木質化して開ききった古い松毬に対して、まだ青くて固いものをいう。

霧いつか雨音となる新松子　古賀まり子
書院開け放ちてありぬ新松子　小澤　實
夜は夜の波のとよもす新松子　三田きえ子

桐一葉（きりひとは）　〇一葉（ひとは）　一葉（ひとは）落（お）つ
　秋の初め、桐の葉がふわりと落ちて、秋の到来を告げる。『淮南（えなん）子（じ）』に〈一葉落ちて、天下の秋を知る〉という詩句があり、人生その他凋（ちょう）落（らく）の前兆をいうといわれる。

桐一葉日当りながら落ちにけり　高浜虚子
静かなる午前を了へぬ桐一葉　加藤楸邨
夜の湖（うみ）の暗きを流れ桐一葉　波多野爽波

木の実

○木の実落つ　木の実降る　木の実雨　木の実時雨　木の実独楽
◎団栗

樫・椎・橡など、固い皮をもつ団栗類の総称。椎の実というように、個々の名を冠してもよい。こぼれるように降ってくるさまを「木の実雨」「木の実時雨」などと形容する。「団栗」は狭義には櫟の実のことをいう。

香取より鹿島はさびし木の実落つ　山口青邨
よろこべばしきりに落つる木の実かな　富安風生
木の実独楽影を正して回りけり　安住敦
山を出るときどんぐりは皆捨てる　北登猛

通草

○木通　通草の実

山野に自生するアケビ科の落葉蔓性高木で、秋に楕円形の実をつける。厚い紫色の皮が熟すると裂け、黒い種がたくさん入った白い果肉がのぞく。種を吐き出しつつ甘い果肉を食べるところに野趣がある。似ているものに郁子があるが、こちらは皮が裂けない。

通草熟れ消えんばかりに蔓細し　橋本鶏二

あけび垂れ風の自在を楽しめり　藤木倶子

山国の空引き寄せて通草捥ぐ　三森鉄治

蔦

○蔦かづら　蔦紅葉

ブドウ科の落葉蔓性木本。山に自生し、巻蔓の吸盤のようなもので他の木を這いのぼる。秋の紅葉が美しい。「蔦」は春の「蔦の芽」、夏の「青蔦」、冬の「枯蔦」と、四季それぞれの姿が印象的。

落葉松を駈けのぼる火の蔦一縷　福永耕二

蔦すがる古城の石の野面積み　千田一路

教会や蔦紅葉して日曜日　五十嵐播水

竹の春

○竹春

他の植物の多くが紅葉、あるいは黄葉していく秋に、竹は緑の葉をひろげてゆく。そのさまを春と見立てたもの。竹の花が咲き、実を結ぶのもこの季節だが、それは五十〜百年に一回のことという。「竹の秋」は春の季語。

一むらの竹の春ある山家かな　高浜虚子

天上に風あるごとし竹の春　佐藤和夫

竹春の日につつまれてゐたりけり　岡井省二

芭蕉（ばせう）　○芭蕉葉（ばしょうは）　芭蕉林（ばしょうりん）　◎破芭蕉（やればしょう）

バショウ科の大型多年草。バナナの木に似て、二メートルほどの大きな葉をひろげる。芭蕉は庭に植えて鑑賞する。風を受けやすいので、平行した葉脈にそって裂け始め、痛ましい姿となったものを「破芭蕉」という。

舷（ふなばた）のごとくに濡れし芭蕉かな　川端茅舎

太陽を煽（あお）りて芭蕉破れけり　殿村菟絲子

芭蕉葉の雨音の又かはりけり　松本たかし

起き出でてすぐのたそがれ破芭蕉　角川源義

朝顔（あさがほ）　○牽牛花（けんぎゅうか）

アジア原産のヒルガオ科の一年生蔓草の花。盛夏から咲きはじめるが、立秋以降も九月半ばまで絶え間なく咲きつづける。蔓をからませて垣に仕立てたり、鉢植えにしたりして楽しむ。白、紅紫、水色、藍など色の種類も豊富。「牽牛花」は漢名。

朝顔や濁り初めたる市の空　杉田久女
身を裂いて咲く朝顔のありにけり　能村登四郎
朝顔の紺のかなたの月日かな　石田波郷

カンナ

カンナ科の多年草の花。江戸期に渡来した。花期は七〜十一月と長く、夏の終わりから筒型で唇形状の花を咲かせる。高さ一〜二メートルで色は紅・黄・オレンジなど。

鶏たちにカンナは見えぬかもしれぬ　渡辺白泉
あかくあかくカンナが微熱誘ひけり　高柳重信
カンナ咲き畳古(ふ)りたる天主堂　大島民郎

鶏(けい)頭(とう)

○鶏頭花(けいとうか)

アジア原産のヒユ科の一年草の花。花が鶏の鶏冠(とさか)を思わせるので「鶏頭」という。葉は互生し、一メートルほどにまで伸びた太い茎の頂上にこまかい花が密生する。真紅が一般的だが、淡紅色、黄色もあり、ビロードのような感触のものもある。黒い種がびっしりつく。

鶏頭の十四五本もありぬべし　正岡子規

鶏頭を三尺離れもの思ふ　細見綾子
鶏頭の影地に倒れ壁に立つ　林　徹

葉鶏頭（はげいとう）　◯雁来紅（がんらいこう）　かまつか

鶏頭よりやや丈が高く、花よりも、鮮やかな色彩の葉が目立つ。雁が渡ってくる頃に色づくところから「雁来紅」、鎌の柄（え）に形が似ているというので「かまつか」（鎌柄）などの別名がある。

かくれ住む門に目立つや葉鶏頭　永井荷風
湖国より雨の近づく葉鶏頭　吉田鴻司
かまつかやふいに抜けたる眼のちから　檜山哲彦

コスモス　◯秋桜（あきざくら）

メキシコ原産のキク科の一年草の花。白、ピンク、深紅色など、濃淡さまざまの花があり、かすかな風にも揺れて美しい。花壇や道路沿いにまとまって植えられることが多く、秋に最も親しまれている花の一つ。

コスモスのまだ触れ合はぬ花の数　石田勝彦
コスモスの押しよせてゐる厨口（くりやぐち）　清崎敏郎

風つよしそれより勁し秋桜　中嶋秀子

白粉花（おしろいばな）

○おしろいの花（はな）　花白粉（はなおしろい）　おしろい　夕化粧（ゆうげしょう）

南米原産のオシロイバナ科の多年草の花。日本へは江戸期に渡来した。高さ一メートルほどになり、横へ茎をひろげる。花の色は白、紅、黄などで、一本で咲きわけることもある。花は夕方ひらき、翌朝しぼむ。あとに小さな球果ができ、中に白粉質の胚乳（はいにゅう）があるのでこの名がついた。

本郷に残る下宿屋白粉花　瀧春一

白粉花妻が好みて子も好む　宮津昭彦

おしろいが咲いて子供が育つ路地　菖蒲あや

鬼灯（ほおずき／ほほづき）

○酸漿（ほおずき）

アジア原産のナス科の多年草の実。袋状の萼（がく）が球形の漿果（しょうか）を包む珍しい形で、共に赤く色づいてくる。観賞用に植えるが、実を袋ごと盆の飾りにしたりする。漿果を揉んで種を出したものを、口に含んで吹き鳴らして遊ぶ。

少年に鬼灯くるる少女かな　高野素十

酸漿の秘術尽してほぐさるる　鈴木榮子
ほほづきのぽつんと赤くなりにけり　今井杏太郎

鳳仙花（ほうせんか／ほうせんくわ）
○つまくれない　つまべに
アジア南部原産のツリフネソウ科の一年草の花。白粉花（おしろいばな）と共に古くから庭に植えて親しまれてきた。別名は、紅や紫の花を絞って子供たちが爪を染めて遊んだことに由来。花のあと蒴果（さくか）を結び、熟すと弾けて種を飛ばす。

湯の街は端より暮るる鳳仙花　川崎展宏
鳳仙花がくれに鶏の脚あゆむ　福永耕二
つまべにの詮なきちから種とばす　長谷川久々子

紫苑（しおん／しをん）
○しをに（お）
キク科の多年草の花。観賞用に庭に植えられる。まっすぐに伸びた茎は二メートルにも達するが、風に強く、直立する姿はすがすがしい。茎は伸びるにしたがって細かく分岐し、仲秋の頃から淡い紫の花を多数つける。

紫苑にはいつも風あり遠く見て　山口青邨

ゆるとも撓むことなき紫苑かな　　下村梅子

蓼科は紫苑傾く上に晴れ　　木村蕪城

菊（きく）

○菊の花（きくのはな）　白菊（しらぎく）　黄菊（きぎく）　大菊（おおぎく）　小菊（こぎく）　懸崖菊（けんがいぎく）　厚物咲（あつものざき）　菊畑（きくばたけ）　◎菊花展（きっかてん）　菊膾（きくなます）　残菊（ざんぎく）　十日の菊（とおかのきく）

春の「桜」と並び称される日本の代表的な花。園芸用の多彩な品種が栽培されている。独特な香りで「菊膾」など食用にも用いられる。各地で催される「菊花展」は秋の風物詩。旧暦九月九日の重陽の日は「菊の節句」で、その日を過ぎた菊を「残菊」「十日の菊」という。

有る程の菊なげ入れよ棺の中　　夏目漱石

菊咲けり陶淵明の菊咲けり　　山口青邨

どの部屋もみな菊活けて海が見え　　吉屋信子

白菊の花のほつれも玲瓏と　　藺草慶子

こころもち懸崖菊の鉢廻す　　橋本美代子

地にふれてより残菊とよばれけり　　岩岡中正

敗荷（やれはす）　◯破蓮（やれはちす）　破蓮（やれはす）　◎蓮の実（はすのみ）　蓮の実飛ぶ（はすのみと）

葉の破れた蓮のこと。水中から伸びた長い葉柄の先の大きな葉は、秋になるとしだいに破れ、枯色を見せるようになる。そうした疲れた様子の蓮を「敗荷」という。惨めな姿ではあるが、そこに俳句的風情が漂う。花期が終わると、蜂の巣状に穴のあいた花托（かたく）から「蓮の実」が飛び出して水中に落ちる。中の白い子葉の部分は甘く食用となる。

敗荷の中の全き一葉かな　　清崎敏郎
ふれ合はずして敗荷の音を立て　　深見けん二
敗荷や夕日が黒き水を刺す　　鷲谷七菜子
極楽へ蓮の実飛んでしまひけり　　星野麥丘人

西瓜（すいか）（すいくわ）　◯西瓜畑（すいかばたけ）　西瓜番（すいかばん）　◎冬瓜（とうがん）　南瓜（かぼちや）

ウリ科の蔓性一年草である西瓜の実。栽培法の進歩で初夏の頃から出回るが、もとは初秋のものであった。品種改良によって糖度が高くなり果肉の旨みも増している。科学的な処理により種なし西瓜も作られる。「冬瓜」「南瓜」も同じくウリ科の実。冬瓜は長期保存が可能で冬にも食されることからこの名がついた。

風呂敷のうすくて西瓜まんまるし　右城暮石
畑中の西瓜漂着せし如し　大串章
刃に触れて罅走りたる西瓜かな　長谷川櫂
冬瓜の途方に暮るる重さにて　駒木根淳子
南瓜煮てこれも仏に供へけり　高浜虚子

糸瓜（へちま）　◯いとうり　糸瓜棚（へちまだな）　◎瓢（ふくべ）　ひさご　瓢箪（ひょうたん）　青瓢（あおふくべ）　種瓢（たねふくべ）

かつては、日除（ひよけ）を兼ねた糸瓜を庭先に作る家をよく見かけた。実は繊維部分をたわしや垢すりに用い、茎の切口から化粧水にするへちま水を採った。「瓢」は成熟した中身を腐らせて空にし、干して酒などを入れる容器にした。

長短を定めず垂れて糸瓜かな　宇多喜代子
暮れてゆく糸瓜に長さありにけり　雨宮きぬよ
糸瓜棚この世のことのよく見ゆる　田中裕明
くぐらねばならぬところに瓢かな　石田勝彦

瓢簞の尻に集まる雨雫　　棚山波朗

甘藷（かんしょ）

○薩摩藷（さつまいも）　甘藷（かんしょ）　甘藷（いも）　藷（いも）

江戸時代に、琉球から薩摩藩に伝わり栽培が始まったところから、「薩摩藷」と呼ばれる。享保年間に青木昆陽が普及に力を注ぎ、一般化した。その後の品種改良はめざましく、味のよいものがふえている。

甘藷掘りしその夜の雨を聞きにけり　　山口波津女

ほの赤く掘起しけり薩摩芋　　村上鬼城

ほつこりとはぜてめでたしふかし藷　　富安風生

芋（いも）

○里芋（さといも）　八頭（やつがしら）　芋の葉（いものは）　親芋（おやいも）　子芋（こいも）　芋掘る（いもほる）　◎芋茎（ずいき）

俳句では単に「芋」といえば里芋のことをいう。東南アジア原産のサトイモ科の多年草球茎で、十月上旬頃に地上より掘り上げて食用とする。大きなハート型の葉が風に揺れているのが目を引く。食べるのは根茎部分で、種類により味わいが異なる。月見の供え物として欠かせない。

芋と芋ぶつかりあつて洗はるる　　日比野里江

八頭いづこより刃を入るるとも　　飯島晴子

スコップを突き刺してある芋畑　寺島ただし

自然薯（じねんじょ）

○山芋（やまいも）　薯蕷（ながいも）　長薯（ながいも）　◎零余子（むかご）　ぬかご　零余子飯（むかごめし）

山に自生するところからついた名。地下に深く伸びすすむので長芋とも。これを掘り上げるには技術を要するが、山芋掘りを趣味とする人もいる。とろろ汁などにして食す。「零余子」は自然薯や薯蕷の葉腋に生じる玉芽で、熟したものを食す。風味豊かで野趣に富み、塩ゆでや炊込飯にする。

自然薯の全身つひに掘り出さる　岸　風三樓

山の芋供へてありぬ閻魔堂　滝沢伊代次

長薯に長寿の鬚の如きもの　辻田克巳

零余子一つ摘まんとすればほろと落つ　小沢碧童

貝割菜（かいわりな／かひわりな）

○貝割（かいわれ）　◎間引菜（まびきな）　摘み菜（つまな）

大根や蕪（かぶ）などの蔬菜（そさい）類は、種をまくと間もなく芽を出し、小さな二枚貝のような子葉を開きながら伸びてくる。その状態が「貝割菜」という。少し育つと、生育状態をよくするため多すぎるものを引き抜く。これを「間引菜」という。

籠の目にからまり残る貝割菜　富安風生
ひらくと月光降りぬ貝割菜　川端茅舎
人いつも何かを祈り貝割菜　倉田紘文
まばらなる間引菜をなほ間引きをる　三村純也

唐辛子（とうがらし）
○蕃椒（とうがらし）　鷹の爪（たかのつめ）
ナス科の一年草の実。中国料理や東南アジア料理には欠かすことができない辛味料。筆の穂のような形の実が熟すと緑から赤に変わる。吊して干して料理に使う。本来は細長い卵形だが、栽培変種が多く、さまざまな形がある。

今日も干す昨日の色の唐辛子　林　翔
吊されてより赤さ増す唐辛子　森田　峠
天よりも地のよく晴れて唐辛子　綾部仁喜

稲（いね）
○稲の秋（いねのあき）　稲穂（いなほ）　陸稲（おかぼ）　初穂（はつほ）　稲穂波（いなほなみ）　稲の香（いねのか）　◎稲の花（いねのはな）　早稲（わせ）　中稲（なかて）　晩稲（おくて）
熱帯アジア原産のイネ科の一年草。俳句では、実った穂が垂れ黄金色に輝く秋の稲をいう。稲作の歴史ははるか太古にさかのぼるが、いまもなお日本人は米を主食とし、稲作が文化の根底を支えている。夏の間青々としていた稲田が金色に変わり収穫を待つ風景は、日本人の郷愁を誘う。「稲の花」は短命で、炎暑の日の午前中の数時間で咲き終える。「早稲」「中稲」「晩稲」と、品種ごとに収穫の晩早が異なる。

稲稔りゆつくり曇る山の国　廣瀬直人
とんと丈揃へて稲を束ねけり　阿部静雄
ちちははの墓のうらまで稲穂波　本宮哲郎
ひねもすの山垣曇り稲の花　芝　不器男
早稲の香のしむばかりなる旅の袖　橋本多佳子

玉蜀黍（とうもろこし／たうもろこし）　◯もろこし　唐黍（とうきび）

イネ科の大型一年生作物。二メートル以上にも伸びた太い茎から、幅が広く長い葉が出て、その葉腋（ようえき）上に雌穂がつき実を結ぶ。薄い皮と糸状の長い雌蘂（めしべ）に包まれて、棍棒状の軸の周囲にびっしり種子が並ぶ。焼いても茹（ゆ）でても美味。

もろこしを焼くひたすらとなりてゐし　中村汀女
唐黍の葉も横雲も吹き流れ　富安風生
唐黍を折り取る音のよく響く　岩田由美

蕎麦(そば)の花(はな)

○花蕎麦(はなそば)

蕎麦の原産地は東アジア北部といわれ、蕎麦や蕎麦がきのような食べ方をしている民族は案外多い。荒地でもよく育つことから、日本では高地の畑などに栽培され、初秋、白い花が一斉に咲いて畑をおおう。稀に淡紅色もある。人里を離れてひっそりと咲く美しさが目を引く。

月光のおよぶかぎりの蕎麦の花　柴田白葉女
遠山の奥の山見ゆ蕎麦の花　水原秋櫻子
花蕎麦や谷におくれて峠の灯　長田　等

新大豆(しんだいず)

◎新小豆(しんあずき)　豆引く(まめひ)　大豆引く(だいずひ)　小豆引く(あずきひ)　豆干す(まめほ)　豆莚(まめむしろ)

マメ科の一年草。大豆は重要な蛋白源であり、煮て食べるほか、豆腐や味噌、醬油の原料となる。その年収穫された直後のものを「新大豆」という。「小豆」をはじめとする他の豆も秋に収穫され、莢(さや)や葉をつけたまま株ごと引き抜くので「豆引く」という。それを束ねて乾燥させ、乾いた莢を棒で打って実を取り出す。

奥能登や打てばとびちる新大豆　飴山實
山越えの日に輝ける新大豆　若井新一
いつまでも父母遠し新小豆　石田波郷
小豆引く言葉少き一日かな　細見綾子

秋草

○秋の草　色草　千草　八千草　◎秋の七草

植物を限定せず、秋に花をつける草、穂の出る草、葉の色を変える草など、野原や庭をいろどる植物をいう。吾亦紅・刈萱・竜胆など姿が美しいばかりでなく、ゆかしい名前を持つものも多い。「秋の七草」は萩・尾花・葛の花・撫子・女郎花・藤袴・桔梗。

あきくさをごつたにつかね供へけり　久保田万太郎
秋草の乱るる中に荘閑す　高浜年尾
妻ふつと見えずなりたる千草かな　石田勝彦
秋の七草揺るるものより数へたる　鍵和田秞子

草の花（くさのはな）

秋の高原や野原には、名を知られたものに限らず、さまざまな植物の花が咲く。道端の、雑草としか思っていなかったものが可憐な花をつけているのを目にすることもある。秋草との違いは、名もない草や雑草の花を思わせるところである。

牛の子の大きな顔や草の花　高浜虚子

やすらかやどの花となく草の花　森　澄雄

死ぬときは箸置くやうに草の花　小川軽舟

草の穂（くさのほ）

○穂草（ほぐさ）　草の絮（くさのわた）　◎草の実（くさのみ）

イネ科やカヤツリグサ科の雑草は、秋に穂を出し、小さな実をつけるものが多い。蓬（ほう）けた実を「草の絮」といい、風で遠くへ運ばれていく。野山や道端などで、美しく色づいたものや変わった形の穂草が風に揺れているさまは秋らしく、興趣が尽きない。

還らざる旅は人にも草の絮　福永耕二

草の絮飛ぶどこからも遠い町　坂本宮尾

払ひきれぬ草の実つけて歩きけり　長谷川かな女

草の実や海は真横にまぶしくて　友岡子郷

末枯　○末枯る

晩秋、草木が葉の末（先端）から枯れはじめること。まだ全体は枯れきっていないだけに、わびしさがつのる。動詞形の「末枯る」と用いることもある。

末枯や墓に石置く石の音　岡本　眸
名を知らぬまま末枯のうつくしき　有澤榠樝
鳴き細るものを宿して末枯るる　須藤常央

萩　**和**

○萩の花　白萩　乱れ萩　こぼれ萩　紅萩　小萩　山萩　野萩　萩日

秋の七草の一つで、マメ科ハギ属の落葉低木または多年草。元来は山野に自生。密集した枝にこまかな花がたくさん咲き、風にしなうさまは、和歌にもよく詠まれてきた。代表的な種は宮城野萩。

萩の風何か急かるる何ならむ　水原秋櫻子
萩散つて地は暮れ急ぐものばかり　岡本　眸

白萩の雨をこぼして束ねけり　杉田久女
夜の風にこの白萩の乱れやう　桂　信子

芒（すすき）

○薄（すすき）　尾花（おばな）　花芒（はなすすき）　糸芒（いとすすき）　芒原（すすきはら）　◎萱（かや）　萱の穂（ほ）　萱原（かやはら）　萱野（かやの）

イネ科の大型多年草で、日当たりの良い山野のいたるところに自生する。秋に細い穂を伸ばし、黄か紫の花が開く。「花芒」は芒の穂のことで、先がふくらんで動物の尾のように見えるところから「尾花」という。秋の七草の一つ。風に一斉になびくさまは美しい。中秋の名月には、供え物にそえて芒を活けたりする。

をりとりてはらりとおもきすすきかな　飯田蛇笏
まん中を刈りてさみしき芒かな　永田耕衣
花薄風のもつれは風が解く　福田蓼汀
萱活けて夕日をあかく壁に受く　村上冬燕

葛（くず）

○真葛（まくず）　葛の葉（くずのは）　真葛原（まくずはら）　葛の葉裏（くずのはうら）　◎葛の花（くずのはな）

マメ科の大型蔓性多年草。繁殖力が強く、長い蔓を伸ばして谷などをたちまち埋め尽くす。「真葛原」は野を一面におおっている様子。風に吹かれると白い葉裏が目立つところから、和歌では「恨み」に掛けて「恨み葛の葉」と詠まれた。赤紫の花が美しい「葛の花」は秋の七草のひとつ。

あなたなる夜雨の葛のあなたかな　芝不器男
白河の夜雨の葛を見て過ぎぬ　細川加賀
真葛原ことりと人を通しけり　柿本多映
葛の花むかしの恋は山河越え　鷹羽狩行

撫子(なでしこ)

○川原撫子(かわらなでしこ)　大和撫子(やまとなでしこ)

高さ五十センチほどになり、晩夏から秋にかけて鮮やかなピンクの花をひらく。花びらは先端が細く分裂している。後に中国から入ってきた唐撫子(からなでしこ)(石竹)に対して「大和撫子(やまとなでしこ)」という。

撫子やただ滾々と川流る　山口青邨
茎ながき撫子折りて露に待つ　篠田悌二郎
撫子や波出直してやや強く　香西照雄

野菊(のぎく)

○野紺菊(のこんぎく)　嫁菜(よめな)

野菊という名の植物はなく、種類を特定せずに野生菊を総称してそう呼ぶ。その中にはキク属・シオン属などの植物が含まれている。紫色の「嫁菜」や「野紺菊」を目にすることが多いが、白い花もある。

頂上や殊に野菊の吹かれ居り　原　石鼎
行人にかゝはり薄き野菊かな　星野立子
いつまでも野菊が見えてゐて暮れず　黛　執

牛膝（いのこずち／ゐのこづち）　○ゐのこづち　◎藪虱（やぶじらみ）　草虱（くさじらみ）
ヒユ科の多年草。野山のどこにでも育ち、茎は太く角ばっていて、九十センチほどの丈になる。夏、緑色の目立たない花が咲き、秋になって実を結ぶと、刺状（とげ）の苞（ほう）が人の衣服や動物の毛につく。「藪虱（草虱）」も同様にして種子が運ばれる。

ゐのこづち誰も通らぬ日なりけり　野路斉子
ゐのこづち淋しきときは歩くなり　西嶋あさ子
草虱つけて払はぬこと愉し　後藤夜半

狗尾草（えのころぐさ／ゑのころぐさ）　○ゑのこ草（ぐさ）　猫（ねこ）じやらし
イネ科の一年草。「狗」は犬、あるいは小犬の意。その尾のようだといふ名。ふさふさした尾の感触の花穂で猫を遊ばせるといふので、「猫じやらし」ともいふ。空地や道端などどこでも見かけ、子供が折り取って遊ぶ。

風にゆるるゐのころ草を見て憩ふ　岡安迷子
活けられてゐのころ草の恥づかしさう　三村純也
父の背に睡りて垂らすねこじやらし　加藤楸邨

曼珠沙華

○彼岸花　幽霊花　死人花　天蓋花　捨子花　狐花

ヒガンバナ科の多年草。秋の彼岸の頃、地面から突然蕾が伸びて真紅の花を開く。畦道や土手など、人里近くに咲く。墓地にも多いことから、暗いイメージのさまざまな別名をもつ。

つきぬけて天上の紺曼珠沙華　山口誓子
西国の畦曼珠沙華曼珠沙華　森　澄雄
むらがりていよいよ寂しひがんばな　日野草城

桔梗

○きちかう　沢桔梗

秋の七草の一つ。山野に自生するキキョウ科の多年草だが、形も色もきわめて美しいので、観賞用に栽培されてきた。古くは桔梗のことを朝顔といったという。俳句では、「きちこう」という独特の呼び方もする。

かたまりて咲きて桔梗の淋しさよ　久保田万太郎
ふつくりと桔梗のつぼみ角五つ　川崎展宏
桔梗（きちこう）や水のごとくに雲流れ　岸　風三樓

女郎花（おみなえし／をみなへし）
○をみなめし　◎男郎花（おとこえし）　をとこめし
秋の七草の一つ。日当りのよい草地に自生するオミナエシ科の多年草で、一メートルほどの茎の上部がこまかく分岐して、黄色の小さな花を多数つける。「えし（めし）」とは、粟（あわ）の飯（めし）の意。「男郎花」もよく似ているが、丈がやや高く花は白い。

旅にをるおもひに折るや女郎花　森　澄雄
古稀すぎて着飾る日あり女郎花　津田清子
小笹吹く風のほとりや男郎花　北原白秋

吾亦紅（われもこう／われもかう）
高原や山地に多いバラ科の多年草の花。高さ一メートルほどで、茎の上部に小さな卵型の暗紅色の花序がつく。そこに極小の花が固まって咲くが、遠目には花序の一つ一つが花のように見える。派手さはないが、単純の美がかえって愛されている。高原の風に吹かれているさまなどは少しさびしげである。

吾亦紅ぽつんぽつんと気ままなる　細見綾子
山の日のしみじみさせば吾亦紅　鷲谷七菜子
吾亦紅逢うてさびしさつのらせて　西嶋あさ子

竜胆（りんどう・りんだう）　○笹竜胆（ささりんどう）　深山竜胆（みやまりんどう）

リンドウ科の多年草の花の総称。主に山中に自生。根を嚙（か）むと、きわめて苦く、竜の胆（きも）のようだというので「竜胆」の字を当てた。根は乾燥して健胃剤とする。青紫の筒状の花が美しく、種類も多い。蔓竜胆は地を這って小さな花をつけ、実が真っ赤になる。

竜胆を畳に人のごとく置く　長谷川かな女
竜胆や風のあつまる峠口　木内彰志
壺の口いっぱいに挿し濃竜胆　川崎展宏

露草(つゆくさ)　○月草(つきくさ)　蛍草(ほたるぐさ)

ツユクサ科の一年草。繁殖力旺盛で、道端や小流れのほとりなどに群生する。茎が地を這うようにしてひろがり、茎が分かれて上部は斜めに立ち、多数の葉と花をつける。早朝、露をふくんで咲く瑠璃色の花は可憐な美しさがある。花の汁を衣に付けて染めたことから古名を「つきくさ」といい、月影に咲くので「月草」とも呼ばれた。

露草の露千万の瞳かな　富安風生

人影にさへ露草は露こぼし　古賀まり子

子を打てる掌てのさびしさや蛍草　文挟夫佐恵

蓼の花(たでのはな)　○蓼の穂(たでのほ)　桜蓼(さくらだて)　◎赤のまんま(あかのまんま)　赤のまま(あかのまま)　赤まんま(あかまんま)　犬蓼の花(いぬたでのはな)

秋に咲くタデ科の一年草の花の総称。身近でよく目にするのは、「赤のまんま」「赤のまま」などと呼ばれる「犬蓼」。「桜蓼」は小さな愛らしい花が連なり咲く。

食べてゐる牛の口より蓼の花　高野素十

末の子とひるは二人や蓼の花　石田いづみ

可憐なる色やままこのしりぬぐひ　吉田千嘉子
いとこ皆ばらばらに生き赤のまま　櫂　未知子

水引の花（みずひきのはな／みづひきのはな）　○水引草（みずひきそう）

山裾や林などに自生するタデ科の多年草の花。高さは七、八十センチになり、長く伸びた鞭（むち）のような花軸に、小さな赤い花を点々とつける。俳句では「水引草」ともいうが、植物名はミズヒキが正しい。

水引の花の人目を避くる紅　後藤比奈夫
水引の花は動かず入日さし　山西雅子
水引のまとふべき風いでにけり　木下夕爾

烏瓜（からすうり）

ウリ科の蔓性多年草の実。巻きひげで他の木にからみつき、かなりの高さにまで達する。夏の夕暮れ、白いレースのような神秘的な花がひらき、秋になると卵形の実が垂れ下がる。しだいに朱色に色づき、あたりが枯れ始めた山林などでは目につく。

烏瓜枯れなむとして朱を深む　松本澄江
掌（て）の温み移れば捨てて烏瓜　岡本　眸

柳川や水漬きて灯る烏瓜　寺井谷子

茸(きのこ)

○菌(きのこ)　茸(たけ)　椎茸(しいたけ)　初茸(はつたけ)　毒茸(どくたけ)　毒茸(どくきのこ)　茸汁(きのこじる)　◎松茸(まつたけ)　舞茸(まいたけ)　占地(しめじ)

大型の菌類の俗称。山中の木の根や朽木に生じ、傘をさしたような形をしている。有毒のものと食用になるものがあり「椎茸」「舞茸」「しめじ」などは味もよく市場への出荷量も多い。

爛々と昼の星見え菌生え　高浜虚子

椎茸のぐいと曲がれる太き茎　林　徹

月光に毒を貯へ毒きのこ　遠藤若狭男

ややありて松茸もつていけといふ　早川志津子

冬

冬（ふゆ） 立冬（十一月七日頃）から立春（二月四日頃）前日までをいう。ただし明治以後の歳時記では新年の部（一月一日以降）は冬から除く歳時記もある。

〇三冬（さんとう） 九冬（きゅうとう） 玄冬（げんとう） 冬帝（とうてい） 冬将軍（ふゆしょうぐん） ◎十一月（じゅういちがつ） 十二月（じゅうにがつ）

立冬（十一月七日頃）から立春（二月四日頃）前日までをいう。ただし明治以後の歳時記では新年の部（一月一日以降）は冬から独立して分類している。しかし、正月行事と関連の深いものだけを冬から除く歳時記もある。「玄冬」は陰陽五行説から来る冬の異称で「玄」は黒の意。「冬帝」「冬将軍」は寒さの厳しい冬を擬人化した語。

中年や独語おどろく冬の坂　西東三鬼
冬すでに路標にまがふ墓一基　中村草田男
温めるも冷ますも息や日々の冬　岡本眸
北岳（きただけ）のかがやき増せば一挙に冬　福田甲子雄
冬帝を迎へて雲はしろがねに　鍵和田秞子
桃の木に十一月の日ざしかな　篠崎圭介
とかくして凪に聴き入る十二月　堀葦男

初冬（はつふゆ）

○初冬（しょとう）

冬を三期に分けた最初の一ヶ月。立冬を過ぎた新暦の十一月に当たる。「初春」や「初秋」は暦の上の季節感と実生活に乖離（かいり）があるが、「初冬」は比較的そうした矛盾は大きくない。この季節は秋の名残と冬の初めが交錯している。

初冬の木をのぼりゆく水のかげ　長谷川双魚
初冬の音ともならず嵯峨の雨　石塚友二
惜別や初冬のひかり地に人に　赤城さかえ

神無月（かんなづき）

○かみなづき　神去月（かみさりづき）　神在月（かみありづき）　時雨月（しぐれづき）　初霜月（はつしもづき）　◎霜月（しもつき）

旧暦十月の異称。この月は諸国の神が出雲に集うため、出雲以外では神がいなくなることからこの名がある。（出雲の国では逆に「神在月」という。行事「神の留守」参照）。なお「霜月」は旧暦十一月の異称で、霜が降るためにいう。

空狭き都に住むや神無月　夏目漱石
桑山を風吹き抜ける神無月　有泉七種

藻の色の残れる塩や神無月　中山世一
霜月や雲もかゝらぬ昼の富士　正岡子規

立冬（りっとう）
○冬立つ（ふゆたつ）　冬に入る（ふゆにいる）　冬来る（ふゆきたる）　今朝の冬（けさのふゆ）
二十四節気の一つで十一月七日頃。冬の気の立つ日という。以下、小雪（しょうせつ）（十一月二十二日頃）、大雪（たいせつ）（十二月七日頃）、冬至（とうじ）（十二月二十二日頃）、小寒（しょうかん）（一月五日頃）、大寒（だいかん）（一月二十日頃）と続く。
立冬のことに草木のかがやける　沢木欣一
堂塔の影を正して冬に入る　中川宋淵
分校の低き鉄棒冬に入る　田邉富子
跳箱の突き手一瞬冬が来る　友岡子郷

冬ざれ（ふゆざれ）
○冬ざるる（ふゆざるる）
荒涼とした冬の景色をいう。古語の「冬されば」（冬が来たので の意）の明らかな誤用であるが、すでに江戸時代から使われていた。
冬ざれの厨に赤き蕪かな　正岡子規
冬ざれやつくぐ松の肌の老　松根東洋城

水底の石しんしんと冬ざるる　山本一歩

小春（こはる）

○小春日（こはるび）　小春日和（こはるびより）　小六月（ころくがつ）

旧暦十月の異称。新暦の十一月頃にあたる。移動性高気圧におおわれて風も穏やかで気温も上がり春を思わせる日和をいう。「小春」は中国の『荊楚歳時記』（けいそさいじき）の「天気和暖にして、春に似る。故に、小春（しょうしゅん）と曰ふ」に由来する語。

峡の馬首擦り合へる小春かな　押野　裕

小春日や鳴門の松の深みどり　高浜年尾

小春日や色鉛筆に金と銀　岩田由美

冬麗（とうれい）

○冬（ふゆ）うらら

春の「麗か」（うららか）を思わせるような、おだやかに晴れ渡るさま。寒さが続く中にあって、冬の日差しのまばゆさが恵みのように感じられる。

冬麗のたれにも逢はぬところまで　黒田杏子

冬うらら海賊船は壜の中　中村苑子

身ふたつのなんの淋しさ冬麗　辻　美奈子

冬至（とうじ）

○一陽来復（いちようらいふく）

二十四節気の一つで十二月二十二日頃。太陽が最も南に寄り、北半球では昼間の時間が最も短い。古代中国では陰が極まり陽が復するとして「一陽来復」と呼ぶ。この日「柚子湯」に入ったり、粥（かゆ）や南瓜（かぼちゃ）を食べる習慣がある。

酒になる水やはらかき冬至かな　大屋達治

玲瓏とわが町わたる冬至の日　深見けん二

一陽来復雑木林に射す薄日　棚山波朗

師走（しわす・しはす）

○極月（ごくげつ）　臘月（ろうげつ）

旧暦十二月の異称。「師走」は「し果つ」の意味の転じたもの、「極月」も一年の極まった月の意味でいずれも旧暦十二月をいう。臘月の「臘」は年の暮、年末、また十二月そのものも指す。一年の終わりの月であるため、新暦十二月の名称としても用いられている。

一食を車中に済ます師走かな　いのうえかつこ

うすうすと紺のぼりたる師走空　飯田龍太

極月の水を讃へて山にをり　茨木和生

年の暮（としのくれ）

○歳暮（さいぼ）　歳暮（せいぼ）　歳末（さいまつ）　歳晩（さいばん）　年末（ねんまつ）　年の瀬（としのせ）　年の果（としのはて）　年暮る（としくる）　年詰まる（としつまる）　◎年の内（としのうち）　年内（ねんない）

一年の終わり、十二月の末をいう。いつという定義はないが、かつてなら煤（すす）払いや納めの水天宮、現代なら年末賞与が出て商戦が活発になる頃からひときわ感じるものである。「年の内」も一年の終わりをいうが、「年の暮」に比べると、まだ日が残っている意識がある。

山が山押して夜の来る年の暮　和田耕三郎
思はざる道に出でけり年の暮　田中裕明
歳晩のよけつつ人にあたりつつ　檜山哲彦
年の内無用の用のなくなりぬ　星野麥丘人

数へ日（かぞえび）

年内の日数が指折り数えるほどになること。江戸時代からあった言葉だが、季語として定着するのは近代以降。新年を迎えるため、慌ただしく毎日が過ぎてゆくことが背景にある。

数へ日の数へるほどもなくなりぬ　鷹羽狩行

数へ日や一人で帰る人の群　加藤かな文

数へ日やまだ手つかずの遺言書　神崎　忠

行く年（ゆくとし）　◎年惜しむ（としおし）　年送る（としおく）　年流る（としなが）　年歩む（としあゆ）　○年逝く（としゆ）

暮れてゆく年、また、年末をいう。去りゆく年を愛惜詠嘆し、見送る思いがこもる。「年惜しむ」は過ぎゆく年を惜しむことで、一年を振返る感慨が表れた語。

行く年やわれにもひとり女弟子　富田木歩

行年の浅草にあり川を見て　田川飛旅子

行く年や草の中より水の音　小島　健

年惜しむ大きな山に真向ひて　藤本安騎生

除夜（じょや・ぢよや）　年越（としこし）　大年（おおどし）　大三十日（おおみそか）　◎大晦日（おおみそか）　○年の夜（としのよ）

大晦日の夜のこと。旧暦では一ヶ月は大概三十日あり一年の最後を「大晦日」と呼び、中国ではこの最後の日を除日（じょじつ）、最後の夜を「除夜」と呼んだ（除とは旧（ふる）きを除き新しきを布（し）くの意）。古い年は去り、新しい年がやって来る。

京泊り除夜の火桶をうちかこみ　大橋越央子
除夜の妻白鳥のごと湯浴みをり　森　澄雄
立てかけてある年の夜の箒かな　岸田稚魚
漱石が来て虚子が来て大三十日　正岡子規
大年の夕陽当れる東山　五十嵐播水
がつたんと年越す寝台車の中で　依田明倫

寒（かん）

◎寒の入（かんのいり）　寒に入る（かんにいる）　小寒（しょうかん）　○寒中（かんちゅう）　寒の内（かんのうち）　寒四郎（かんしろう）　寒九（かんく）　寒土用（かんどよう）　大寒（だいかん）

「寒の入」（一月五日頃）から立春（二月四日頃）の前日までの、およそ三十日間をいう。寒に入って四日目（一月九日頃）を「寒四郎」、九日目（十三日頃）を「寒九」という。寒九の雨は豊年の前兆といわれる。「寒土用」は冬の最後の十八日間のこと。「小寒」（一月五日頃）、「大寒」（一月二十日頃）はともに二十四節気のひとつ。

約束の寒の土筆を煮て下さい　川端茅舎
老の眼のものよく見えて寒四郎　小松崎爽青

水舐めるやうに舟ゆく寒九かな　奥名春江

水光に順ふ水や寒の入　綾部仁喜

大寒の埃の如く人死ぬる　高浜虚子

短日（たんじつ）

〇日短か（ひみじか）　暮早し（くれはや）

冬の日の暮れが早いこと。夏至から短くなってゆく昼間の時間は冬至で最も短くなる。年末と重なってせかされるような気分がこもる時期である。なお、冬至以後は昼間の時間が長くなる。

短日や仏の母に留守たのみ　古賀まり子

少しづゝ用事が残り日短　下田実花

大阪にすこしなじみて日短　深見けん二

冬の夜（ふゆのよ）

〇夜半の冬（よわのふゆ）　寒夜（かんや）　◎霜夜（しもよ）

冬の夜は長く、それも緯度が高くなるほど長いので、北の国ほど夜は長いという実感が強い。寒気が厳しく物寂しい思いがする。「霜夜」は霜が降りる夜で、気温が低く晴れていることが条件。

冬の夜や小鍋立して湖（うみ）の魚　草間時彦

わが生きる心音トトと夜半の冬　富安風生
寒夜覚め何を待つとて灯したる　野澤節子
ひとつづつ霜夜の星のみがかれて　相馬遷子

寒し（さむし）

○寒さ（さむさ）　寒気（さむけ）　寒冷（かんれい）　◎寒波（かんぱ）　厳寒（げんかん）　極寒（ごくかん）

冬に感じるさまざまな寒さをいう。秋の季語「肌寒」「朝寒」「夜寒」などとは異なる本格的な寒さである。「厳寒」「極寒」は骨を刺すような厳しい寒さ。「寒波」は大陸からの寒気団が南下して、波のように押し寄せる厳しい寒さのこと。

水枕ガバリと寒い海がある　西東三鬼
齢来て娶（めと）るや寒き夜の崖　佐藤鬼房
しん〳〵と寒さがたのし歩みゆく　星野立子
直火欲し山の寒さを戻り来て　茨木和生
新しき墓にもの言ふ寒さかな　橋本榮治
寒波きぬ信濃へつゞく山河澄み　飯田蛇笏
厳寒の駅かんたんな時刻表　仲　寒蟬

冷たし（つめたし）

○底冷（そこびえ）　皮膚に直接感じる寒さ。「底冷」は、体の芯まで冷える感じをいう。なお、似ているが「冷やか」（ひやか）「冷ゆ」（ひゆ）は秋の季語。

鯖の道冷たき手足もていそぐ　柿本多映
未婚にてふつとつめたき畳かな　正木ゆう子
底冷の底といふ日の京にあり　粟津松彩子

凍る（こおる・こほる）

○氷る（こおる）　凍つ（いつ）　冱つ（いつ）　凍む（しむ）
寒気で物が凍ること。漢字もさまざまだが「こほる」「いつ」「しむ」のどれで詠んでも構わない。また俳句では、物が実際凍るだけでなく、心象風景的に「鐘凍る」などと使う場合もある。

鎌倉や氷つてゐたる金目鯛　岸本尚毅
流れたき形に水の凍りけり　髙田正子
揺れながら照りながら池凍りけり　藺草慶子
駒ケ岳凍てて巌を落しけり　前田普羅

冴ゆ（さゆ）　○冴え（さえ）　月冴ゆ（つきさゆ）　星冴ゆ（ほしさゆ）　鏡冴ゆ（かがみさゆ）
　寒さが極った空気のなかで感じる透徹した寒さ。「月冴ゆ」「星冴ゆ」「鐘冴ゆ」のように光や音がくっきりと寒々しく感じられることにもいい、温度の低さにもいうようになった。

山辺より灯（ひとも）しそめて冴ゆるかな　前田普羅
冴ゆる夜のレモンをひとつふところに　木下夕爾
冴ゆる夜の涙壺とはぬくきもの　田部谷紫

三寒四温（さんかんしおん／さんかんしをん）　○三寒（さんかん）　四温（しおん）
　一月頃から二月にかけて、三日寒い日が続き、その後四日暖かい日が続く現象をいう。もとは中国東北部や朝鮮半島で使われた言葉で、日本でも寒暖の変化を表すのに用いられる。

土笛の穴も三寒四温かな　野中亮介
三寒の四温を待てる机かな　石川桂郎
三寒と四温の間に雨一日　林　十九楼

日脚伸ぶ（ひあしのぶ）　冬至を過ぎて昼の時間が少しずつ伸びてゆくこと。「日脚」とは日の東から西への移動のこと、ひいてはその移動している時間をさす。それを実感するのは、一月も半ばになってからである。

日脚伸ぶ夕空紺（こん）をとりもどし　　皆吉爽雨

日脚伸ぶ何かせねばと何もせず　　亀田虎童子

日脚伸ぶ亡夫の椅子に甥が居て　　岡本眸

春待つ（はるまつ）　◯待春（たいしゅん）　◎春近し（はるちか）　春隣（はるどなり）　冬終る（ふゆおわ）　冬尽く（ふゆつ）　冬果つ（ふゆは）

近づく春を心待ちにすること。かつては春と正月がおおむね一致していたため、「春待つ」とは新年を待つことであったが、明治以後は新年と春が分離したことで純粋に季節の春を待つ感覚となった。四季の中でも特に春は待望する気持ちが強い。「春近し」「春隣」は春がすぐそこまで来ている喜び、「冬終る」は厳しい寒さからの解放感がこめられている。

九十の端（はした）を忘れ春を待つ　　阿部みどり女

春を待つおなじこころに鳥けもの　　桂信子

玄関に縄跳びの縄春近し　　皆川盤水

春隣古地図は川を太く描き　友岡子郷
ひそかなる亀の死をもち冬終る　有馬朗人

節分（せつぶん）

立春の前日で、二月三日頃にあたる。もともと立春・立夏・立秋・立冬の前日をさす雑節（ざっせつ）であったが、室町時代頃から特に冬から春への境をさすようになった。この日寺社では邪鬼を追い払い、春を迎える「追儺（ついな）」の儀式が行われ、家々では「豆撒き」などが行われる。

節分の高張立ちぬ大鳥居　原　石鼎
壬生を見て吉田へ詣る節分会　松崎鉄之介
節分や梢のうるむ楢林　綾部仁喜

冬の日（ふゆのひ）

○冬日（ふゆひ）　冬日向（ふゆひなた）

冬の太陽、あるいはその日差しのこと。時候として冬の一日をさす場合も「冬の日」（時候）という。冬至までは日が短くなり、それ以後はわずかずつ日が伸びてゆく。

冬の日のあたる篁（たかむら）風に割れ　　山口青邨

冬の日の海に没（い）る音をきかんとす　　森澄雄

大仏の冬日は山に移りけり　　星野立子

冬晴（ふゆばれ）

○寒晴（かんばれ）　冬日和（ふゆびより）　寒日和（かんびより）

冬に見られる晴れ間。日本の冬は北西の季節風が吹き、日本海側は曇天で大量の雪が降るが、太平洋側は快晴が続く。寒さは厳しいものの、空の水蒸気が吹き払われ、空は澄みきる。

冬晴の雲井はるかに田鶴まへり　　杉田久女

冬晴に応（こた）ふるはみな白きもの　　後藤比奈夫

寒晴やあはれ舞妓の背の高き　飯島晴子

冬の空（ふゆのそら）

○冬空（ふゆぞら）　冬天（とうてん）　寒天（かんてん）　寒空（さむぞら）　凍空（いてぞら）　◎冬の雲（ふゆのくも）　冬雲（ふゆぐも）　凍雲（いてぐも）　寒雲（かんうん）

冬は重い曇り空と晴れ渡った空と対照的な空があり、まったく違ったイメージとなる。「冬の雲」は冬晴の日に浮かぶ雲や、空を一面に覆う雲、固まって氷のように動かない「凍雲」などがある。

夕方がいちばんきれいな冬の空　上野章子

冬空や猫塀づたひどこへもゆける　波多野爽波

倒立の足を揃へぬ冬青空　井上弘美

冬の雲生後三日の仔牛立つ　飯田龍太

凍雲を夕日貫き沈みけり　福田蓼汀

冬の星（ふゆのほし）　冴ゆ（さゆ）

○寒星（かんせい）　凍星（いてぼし）　寒昴（かんすばる）　寒オリオン（かんオリオン）　冬銀河（ふゆぎんが）　寒北斗（かんほくと）　冬北斗（ふゆほくと）　星（ほし）

冬は夏と並んで一等星の数も多く、さらに空も澄み切って美しい星空が広がる。初冬の昴やオリオン座、シリウスなどは冬の代表的な星々である。

ことごとく未踏なりけり冬の星　高柳克弘

寒昴幼き星を従へて　角川照子
凍星を組みたる神の遊びかな　須佐薫子
冬銀河かくもしづかに子の宿る　仙田洋子
星冴ゆるインクに美しき名前　片山由美子

冬の月（ふゆのつき）　○寒月（かんげつ）　冬満月（ふゆまんげつ）　冬三日月（ふゆみかづき）　月冴ゆ（つきさゆ）

水蒸気の少ない冬の夜の月は、輪郭も明瞭に見え、悽愴（せいそう）としている。「月冴ゆ」という言い方がふさわしい。「寒月」は寒中の月ではなく、寒々しい感じの月をいう。

冬の月あまり高きをかなしめり　山本洋子
寒月やひとり渡れば長き橋　高柳重信
寒月下あにいもうとのやうに寝て　大木あまり
冬満月われの匂ひの中にねむる　寺田京子
これやこの冬三日月の鋭（と）きひかり　久保田万太郎

凩（こがらし）　○木枯（こがらし）

晩秋から初冬にかけて吹く北寄りの冷たく強い風。木の葉を落とし枯木にしてしまうほど吹きすさぶことから、こう呼ばれる。北国では雨や雪を伴うこともある。

凩の夜の鏡中に沈みゆく　柴田白葉女
木がらしや目刺にのこる海の色　芥川龍之介
一番と言はず一号木枯吹く　右城暮石
海に出て木枯帰るところなし　山口誓子

北風（きたかぜ）

○北風（きた）　北吹く（きたふ）

冬期に日本付近で吹く北または北西の冷たい季節風。明治になって季語となった。なお東日本太平洋岸では乾燥した「空風（からかぜ）」、特に山から吹き下ろす風を地名をつけて「颪（おろし）」（赤城颪など）と呼ぶ。

北風にあらがふことを敢てせじ　富安風生
北風の身を切るといふ言葉かな　中村苑子
北吹くと種になりたるもの光る　山西雅子

虎落笛（もがりぶえ）

冬の風が柵や竹垣などに当たって発する笛のような音をいう。「もがり」は、竹を結って作る垣や柵のことで、それに、中国で虎を防ぐために組む柵をいう「虎落」の字をあてた。

樹には樹の哀しみのありもがり笛　木下夕爾

虎落笛いつの世よりの太き梁　廣瀬町子

もがり笛風の又三郎やあーい　上田五千石

時雨（しぐれ）

○時雨（しぐ）る　朝時雨（あさしぐれ）　夕時雨（ゆうしぐれ）　小夜時雨（さよしぐれ）　片時雨（かたしぐれ）　横時雨（よこしぐれ）　村時雨（むらしぐれ）

◎初時雨（はつしぐれ）

晴れていると見る間にさっと降り、降ると見る間に数分で止んでしまう、初冬の局地的な通り雨のこと。本来は北陸、京都など限られた地域の現象だが、しだいに冬の通り雨についても使われるようになった。〈神無月ふりみふらずみ定めなき時雨ぞ冬のはじめなりける〉（『後撰和歌集』）とあるように、定めなさ、はかなさがこもる。

天地（あめつち）の間にほろと時雨かな　高浜虚子

翠黛の時雨いよいよはなやかに　高野素十

敦賀より北に用ある時雨かな　山本洋子

しぐるるや駅に西口東口　安住敦

白味噌の椀の洛中しぐれけり　大屋達治
俎板に刻む脂や夕しぐれ　山西雅子

霰（あられ）

◯初霰（はつあられ）　玉霰（たまあられ）　夕霰（ゆうあられ）　◎霙（みぞれ）

雪の結晶に水滴が付いて凍り、白い不透明の氷の塊になって地上に降るもの。「玉霰」は霰の美称。気象用語では雲から降ってくる氷の粒で五ミリ以下のものを「霰」、それ以上のものを「雹（ひょう）」というが、俳句では「霰」は冬、「雹」は夏の季語とされる。「霙（みぞれ）」は雨交じりの雪で、勢いが良く、時に華やぎも感じさせる「霰」に対し、陰鬱な印象が強い。

城崎に必ず逢ひし霰かな　岡井省二
はらからのみるみる遠し夜の霰　正木浩一
神の田の祭のごとし初霰　永方裕子
踏切の開くときしづか霙降る　加藤かな文

霜（しも）

◯初霜（はつしも）　霜の花（しものはな）　霜の声（しものこえ）　青女（せいじょ）　大霜（おおしも）　深霜（ふかしも）　強霜（つよしも）　朝霜（あさしも）　夜霜（よしも）　霜晴（しもばれ）　霜雫（しもしずく）　霜解（しもどけ）

冬のよく晴れた風の穏やかな夜、放射冷却によって地上の温度が下がり、空気中の水蒸気がそのまま凍り、氷の結晶となる現象。夜が明けると一面に白く輝き、日が高くなるにつれ、溶けて雫となる。「霜の花」は降りた霜の美しさを花にたとえたもの。「霜の声」は心耳(しんじ)でとらえた霜夜の気配。「青女」は、霜・雪を降らすという女神で、転じて霜の異称となった。

初霜や物干竿の節の上　永井荷風

霜掃きし箒しばらくして倒る　能村登四郎

ふるさとの声のひとつに霜の声　鷹羽狩行

霜強し蓮華と開く八ヶ岳　前田普羅

霜晴の山々空を拡げけり　茨木和生

雪(ゆき)

○六(むつ)の花(はな)　六花(りっか)　小雪(こゆき)　大雪(おおゆき)　深雪(みゆき)　粉雪(こなゆき)　細雪(ささめゆき)　新雪(しんせつ)　根雪(ねゆき)　雪明(ゆきあか)り　暮雪(ぼせつ)　雪晴(ゆきばれ)　深雪晴(みゆきばれ)　◎雪景色(ゆきげしき)

雪は氷の結晶として生成されるが、多くは六角形の結晶となるため「六花」ともいう。大気中の水蒸気が冷えて結晶となり、地上に降ってくるもの。また、それが降り積もったもの。古来「雪月花」の一つとして愛でられてきた。

いくたびも雪の深さをたづねけり　正岡子規

奥白根彼の世の雪をかがやかす　前田普羅
雪はげし抱かれて息のつまりしこと　橋本多佳子
限りなく降る雪何をもたらすや　西東三鬼
降る雪や明治は遠くなりにけり　中村草田男
まだもののかたちに雪の積もりをり　片山由美子
雪晴の父に抱かるる子どもかな　陽　美保子

初雪（はつゆき）

その年の冬になってから初めて降る雪。降っている雪でも積もった雪でもよい。

うしろより初雪降れり夜の町　前田普羅
初雪に日のゆきわたる雑木山　行方寅次郎
初雪にして一尺となることも　三村純也

雪催（ゆきもよい／ゆきもよひ）

雲が重く垂れ込め、雪の降り出しそうな空の様子をいう。「雪催ふ」と動詞化して使うことは避けたい。

悪相の魚は美味し雪催　鈴木真砂女
綾取の橋が崩れる雪催　佐藤鬼房

斧噛んで暮る一幹雪もよひ　野中亮介

吹雪（ふぶき）

○吹雪く（ふぶく）　地吹雪（じふぶき）　雪煙（ゆきけむり）　◎雪しまき（ゆきしまき）

激しい風と共に降る雪。降る雪と積もった雪が風で舞い上がり、見通しの悪い状態となる。「地吹雪」は、もっぱら積もった雪が吹き上げられて起きる状態。「雪しまき」は雪まじりの強風のこと。「しまく」の「し」は風の意味。

妻いつもわれに幼し吹雪く夜も　京極杞陽

たましひの繭となるまで吹雪きけり　斎藤玄

地吹雪に村落ひとつ眠りけり　小畑柚流

雪しまき列車は一人のみ吐きぬ　櫂未知子

雪女郎（ゆきじょろう）（ゆきぢよらう）

○雪女（ゆきおんな）

雪国の伝説や昔話に現れる雪の精。美しい女であることもあれば、老婆や座頭（ざとう）のこともある。旅人や樵人（きこり）に害をなすという多くの伝説が残る。幻想的な季語として好まれている。

みちのくの雪深ければ雪女郎　山口青邨

ひとの世の遊びをせんと雪女郎　長谷川双魚

雪女郎おそろし父の恋恐ろし　中村草田男

風花（かざはな）

冬晴の日に、青空から舞い降りる雪片のこと。もとは方言で、風にのって降り出す雪や霙（みぞれ）、霰（あられ）をいったが、俳句では遠方から吹き飛ばされてきた雪をさす。降りはじめの雪のことではない。

風花の大きく白く一つ来る　阿波野青畝

風花を美しと見て憂しと見て　星野立子

眼の高さにて風花を見失ふ　今瀬剛一

冬の雷（ふゆのらい）

◯寒雷（かんらい）　◎雪起し（ゆきおこし）　鰤起し（ぶりおこし）

冬の厳寒時に鳴る雷のこと。寒冷前線の発達によって積乱雲が発達し、冬でも雷が鳴ることがある。「雪起し」は雪国で雪の降り出しそうなときに鳴る雷のこと。鰤漁の盛んな十二月から一月に鳴る雷を「鰤起し」という。

雲とざす響灘（ひびきなだ）より冬の雷　上村占魚

寒雷やびりりびりりと真夜（まよ）の玻璃　加藤楸邨

寒雷のふたたびを待つ背を正し　山田みづえ

雪起し海のおもてをたゝくなり　阿部慧月

一湾の気色立ちをり鰤起し　宮下翠舟

冬の霧（ふゆのきり）　季節風がやんだ明け方など、冬に立ちこめる暗くて重い霧。直後によく天気が崩れる。また、冬でも温かい日には霞（かすみ）が立つ。単に「霧」といえば秋の季語、「霞」といえば春の季語。また、冬は空気中の水蒸気が凝結して「靄」が漂う。霧が乳白色であるのに対して、靄は薄青く見える。

○冬霧（ふゆぎり）　◎冬霞（ふゆがすみ）　冬の靄（ふゆのもや）　冬靄（ふゆもや）

月光のしみる家郷の冬の霧　飯田蛇笏

橋に聞くながき汽笛や冬の霧　中村汀女

冬霧の夜を徹して市場の灯　西山睦

大仏は猫背におはす冬霞　大橋越央子

東京を愛し冬靄の夜を愛す　富安風生

冬の夕焼（ふゆのゆうやけ／ふゆのゆふやけ）

○冬夕焼（ふゆゆやけ）　寒夕焼（かんゆやけ）　冬茜（ふゆあかね）　寒茜（かんあかね）

「夕焼」は夏の季語だが、四季それぞれにあらわれ、各々の特徴を持っている。「冬の夕焼」は鮮血のような赤を燃え立たせるが、たちまち薄れてしまう。

冬夕焼見つめることを獣らも　正木ゆう子

路地染めて何をもたらす寒夕焼　菖蒲あや

手元まで闇の来てゐる冬茜　廣瀬町子

冬の山（ふゆのやま）　○冬山（ふゆやま）　枯山（かれやま）　雪山（ゆきやま）　雪嶺（せつれい）

春夏の緑や秋の紅葉でおおわれていた山が、冬となると枝を残すだけの蕭条（しょうじょう）たる状態となる。雪におおわれた山は神々しいまでの静けさを感じさせる。

城は燃え寺は残りぬ冬の山　大峯あきら
枯山に鳥突きあたる夢の後　藤田湘子
雪山のかへす光に鳥けもの　木村蕪城
雪嶺の光をもらふ指輪かな　浦川聡子

山眠る（やまねむる）

冬山の静まりかえったさまをいう。北宋の画家・郭熙（かくき）の詩の一節「冬山惨淡（さんたん）として眠るが如し」に基づく。惨淡とは痛ましく悲しい意味から転じて、さまざまに心を悩ます様子をいう。

神の山仏の山も眠りけり　福田蓼汀
山眠るまばゆき鳥を放ちては　山田みづえ

銃声に振向けば山眠りをり　鈴木鷹夫

枯野（かれの）

◯枯野道（かれのみち）　枯野人（かれのびと）　枯野宿（かれのやど）　◎冬野（ふゆの）

草の枯れた野原のこと。樹木は生い茂った葉が落ち切ると枝振りがよく分かるように、枯れきった冬の野原は起伏など地形がはっきり現れる。紛れるものがないためそこを行く人は寂寥（せきりょう）感が強い。

遠山に日の当りたる枯野かな　高浜虚子
空色の水飛び飛びの枯野かな　松本たかし
火を焚くや枯野の沖を誰か過ぐ　能村登四郎
よく眠る夢の枯野が青むまで　金子兜太
一対か一対一か枯野人　鷹羽狩行
冬野より父を呼ぶ声憚らず　福永耕二

冬田（ふゆた）

◯冬田道（ふゆたみち）

稲を刈り終わった後の、穭（ひつじ）も切り株も枯れて黒ずんだ田。荒涼とした感じがある。農家では屋外の作業もなくなり、田で見かける人の姿も少なくなる。

やまのべのみちの左右の冬田かな　高野素十
家にゐても見ゆる冬田を見に出づる　相生垣瓜人
冬の田に働く影を落しけり　須藤常央

水涸る（みずかる／みづかる）
◯川涸る（かわかる）　沼涸る（ぬまかる）　滝涸る（たきかる）　◎冬の川（ふゆのかわ）　冬川（ふゆかわ）
　冬の河川は水の流量が極端に減少するため、中小の河川や沼は干上がった状態となる。川底にわずかに一条の水が流れていく風景がよく見られる。滝が細くなって止まることもある。
昼の月でゝゐて水の涸れにけり　久保田万太郎
涸川に鳥たつ木曾の夕ぐれは　桂　信子
涸滝の雨に光りてゐたりけり　望月　周
冬川にかゝりて太し石の橋　高野素十

冬の水（ふゆのみず／ふゆのみづ）
◯冬の泉（ふゆのいずみ）　寒泉（かんせん）　◎寒の水（かんのみず）
　主に景色の中の水をいう。冬の湖や池の水は手を切るほどに冷たく、透徹している。静けさの中に湧く「冬の泉」は生命感がある。「寒の水」は寒の内の水で、主に湧水や井戸水など、布や食物をさらしたり、飲料や酒造など生活に用いたりする自然の水をいう。

冬の水一枝の影も欺かず　中村草田男
命あるものは沈みて冬の水　片山由美子
冬泉夕映うつすことながし　柴田白葉女
寒の水こぼれて玉となりにけり　右城暮石

冬の海（ふゆのうみ）

◯冬の浜（ふゆのはま）　◎冬の波（ふゆのなみ）　冬波（ふゆなみ）　寒潮（かんちょう）

日本海側の冬の海は白い波頭が立ち、荒涼としている。太平洋側は寒さに澄み切った青藍（せいらん）色の海が広がるが、荒れた海になることもある。

身も透くやただ一望の冬の海　中村苑子
靴の砂返して冬の海を去る　和田祥子
やあといふ朝日へおうと冬の海　矢島渚男
冬の浪炎の如く立ち上り　上野　泰
冬波に松は巌を砦とす　松野自得

霜柱（しもばしら）

地中の水分が毛細管現象で地表に吸い上げられ、細い氷の柱状の固まりになり、地表の土を押し上げるもの。特に関東ローム層地域に顕著である。なお、「霜」とは生成の原理が異なる。

霜柱伸び霜柱押し倒す　右城暮石

戦没の友のみ若し霜柱　三橋敏雄

霜柱少しこの世に遅れ来て　柿本多映

氷（こおり／こほり）

○厚氷（あつごおり）　氷面鏡（ひもかがみ）　氷橋（こおりばし）　氷湖（ひょうこ）　凍湖（とうこ）　氷海（ひょうかい）　海凍る（うみこお）　氷江（ひょうこう）　川凍る（かわこお）

◎初氷（はつごおり）

池や沼の水が零度以下となり固体状となったもの。冬になって初めて水が凍ることを「初氷」というが、時期は地方や年によってずれる。さらに温度が下がると「凍湖」や「凍滝（いてだき）」も見られる。「氷面鏡」は氷面が鏡のように滑らかなものをいう。

初氷手をさしのべてみたくなり　星野高士

叩きたる氷の固さ子等楽し　中村汀女

悪女たらむ氷ことごとく割り歩む　山田みづえ

一枚を水より剝がす氷かな　西宮舞

どこからか水の乗り来る氷面鏡　小原啄葉

月一輪凍湖一輪光りあふ　　橋本多佳子

氷柱（つらら）

○垂氷（たるひ）

屋根に積もった雪が解けて水となり、その滴りが凍って軒庇（のきびさし）などに棒状になったもの。雪国では地面にまで届く大氷柱となる。古くは「垂氷」といい、また「銀竹（ぎんちく）」ともいった。

みちのくの町はいぶせき氷柱かな　　山口青邨

みちのくの星入り氷柱われに呉れよ　　鷹羽狩行

草氷柱草より抜けて流れけり　　中嶋鬼谷

冬の滝（ふゆのたき）

○凍滝（いてだき）　氷瀑（ひょうばく）　滝凍つ（たきいつ）　滝凍る（たきこお）

冬の滝は水量も減少し、滝は細りきり、心細げに感じられる。氷点下の日が続くと凍結することもあり、これを「凍滝」という。

八方に音捨ててゐる冬の滝　　飯田龍太

なかばよりほとばしり落つ冬の滝　　井上康明

冬滝の真上日のあと月通る　　桂　信子

狐火（きつねび）

○狐（きつね）の提灯（ちょうちん）

冬の夜、山野や墓地などで見られる正体のはっきりしない青白い火。狐がくわえた骨の燐光（りんこう）だといわれるが、光の異常屈折で灯などが分かれて見える「不知火」と似た現象らしい。冬の季語とされるのは、毎年大晦日に、関八州（かんはっしゅう）の狐が王子稲荷に集まり狐火が連なるという伝説による。

狐火を信じ男を信ぜざる　富安風生
狐火に河内の国のくらさかな　後藤夜半
狐火や鯖街道は京を指す　加藤三七子

生活

冬休（ふゆやすみ）　通常十二月二十九日から一月三日までは、官公庁をはじめ会社などでも休業するが、主として学校の冬休みをいう。高校以下の学校では、十二月二十五日前後から一月七日頃までが「冬休」となる。暮、正月とつづき子供には楽しい休みである。

湯の町の小学校や冬休　高田風人子
叱られてばかりゐる子や冬休　青野卯
鍵束のひかりを投げて冬休　鈴木鷹夫

年用意（としようい）　新しい年を気持ちよく迎えるために、さまざまな支度を整えること。各家庭では日用品などの古くなったものを捨てて新しいものに取り替える。「煤払」「畳替」なども新春の用意として行われ、調度や晴着を揃えたり、正月用品の買物をしたりする。

年用意靄あたたかき日なりけり　久保田万太郎
年用意てのひらつかふこと多し　小原啄葉

山国にがらんと住みて年用意　廣瀬直人

年の市（としのいち）

○歳の市（としのいち）　暮市（くれいち）　がさ市（いち）　◎ぼろ市（いち）

新年のための品物を売る市。正月が近づくと、社寺の境内などでは神棚、注連飾（しめかざり）、門松、橙、裏白、楪（ゆずりは）、昆布、あるいは日用雑貨を商う市が立つ。夜になっても客足のとだえることがなく、威勢のよい売手の声は、いかにも年末らしい慌ただしさを感じさせる。「ぼろ市」は年の市のひとつで、「世田谷のボロ市」が歴史が長い。日清戦争後に古着などのぼろが売られるようになってその名がついたという。

知りつくす抜け裏さびし年の市　長谷川春草

年の市まぶしきものの売られけり　藤木倶子

がさ市や昼の薬缶のひゆると噴き　遠藤由樹子

ぼろ市の古レコードの山崩れ　行方克巳

飾売（かざりうり）

正月用の注連飾（しめかざり）などの飾り類を売ること。年の市のように大々的なものばかりでなく、寺社の境内をはじめ、駅前の広場や街角、橋のたもとなどでも見かける。年の暮の風物詩である。

雪となる大樹の下の飾売り　福田甲子雄
傍にをさな子ねむる飾売　中嶋鬼谷
その前をきれいに掃いて飾売る　山口青邨

煤払（すすはらい／すすはらひ）　○煤掃（すすはき）　煤竹（すすだけ）　煤籠（すすごもり）　煤逃（すすにげ）　煤湯（すすゆ）

正月を迎える準備として、年末、家の中や調度類などの埃を掃き清めること。その日、老人、子供などが埃を避けるために別室に籠るのが「煤籠」。「煤逃」は、「煤払」を手伝わずにどこかへ出かけてしまうこと。その日に入る風呂を「煤湯」という。

煤払終へ祖父の部屋母の部屋　星野立子
仏の手握りて煤を払ひけり　木内彰志
煤逃げの家にも世にも帰り来ず　文挾夫佐恵

門松立つ（かどまつたつ）　○松飾る（まつかざる）　注連飾る（しめかざる）

年末になると、門松を立てたり、注連を飾ったりして新年を迎える用意をする。門松は歳神（としがみ）の依代（よりしろ）と信じられ、十二月十三日頃に「松迎（まつむかえ）」といって山から伐り出してきた。

人住みて門松立てぬ城の門　高浜虚子
門松を立てたる夜の旨寝かな　山西雅子
松飾り終へたる街の風荒し　片山由美子

年忘（としわすれ）　○忘年会（ぼうねんかい）

年の暮に会社などの同僚や親戚、友人たちが集まって、一年の労をねぎらい、無事を祝い合う宴のこと。無礼講のような感じで酒を酌み交し、カラオケなどに興じる光景も見られる。

窓の下を河流れゐる年忘れ　草間時彦
この町に料亭ひとつ年忘　上﨑暮潮
またひとり海を見に出る年忘　黛　執

年守る（としまもる）　○年守る（としもる）

大晦日の夜、一家揃って除夜の鐘を聞いて明かしたり、また一人で去りゆく一年をしみじみ回想しながら夜を徹したりすることをいう。そこに年を守るという感じがある。

年守る月かすかなるひかりかな　五所平之助

年守るやこころ剣の如く痩せ　三橋鷹女
はるかなる灯台の灯も年守る　遠藤若狭男

晦日蕎麦（みそかそば）　○年越蕎麦（としこしそば）
大晦日の夜、家族が一堂に会して、しみじみ一年を振り返りながら食べる蕎麦。江戸期以後の風習といわれている。「細く長く」という願いがこめられている。

書斎より呼び出（いだ）されて晦日蕎麦　遠藤梧逸
宵寝して年越蕎麦に起さるる　水原秋櫻子
病妻へわが年越の蕎麦の味　有働　亨

寒稽古（かんげいこ）　◎寒復習（かんざらい）　寒ざらへ（かんざらえ）　寒習（かんならい）
寒中の一定期間、早朝や夜間に剣道・柔道・弓道などの稽古を行うことをいう。息も凍るかと思われる寒気の中での稽古は、自ずから心や技が磨かれる。謡曲・音曲などにも用いるが、それらにはほかに「寒復習」「寒習」という季語もある。

門弟の中のわが子や寒稽古　高野素十

黒帯が先に来てゐる寒稽古　島野紀子

芸に身を立てて稽古や寒ざらひ　上村占魚

寒紅（かんべに）

寒中に作られる紅のこと。寒中に製した日本紅は色の美しさが際立っている。本来は紅花から製した紅をいうが、現在の俳句では、寒中に用いる紅一般をさしていることが多い。

寒紅を引く表情のありにけり　粟津松彩子

寒紅や鏡の中に火の如し　野見山朱鳥

寒紅や妻より若き妻の客　大久保白村

寒見舞（かんみまい）　○寒中見舞（かんちゅうみまい）

寒中に、親類や知人などが息災であるかどうかと気づかって見舞うことをいう。また「寒中お見舞申し上げます」などと書状にしたためて、安否をたずねることも行われる。

しもふりの肉ひとつつみ寒見舞　上村占魚

美しき富士を見たりと寒見舞　和田順子

煙草やめよと書き添へて寒見舞　片山由美子

蒲団（ふとん）　○布団（ふとん）　掛蒲団（かけぶとん）　敷蒲団（しきぶとん）　羽根蒲団（はねぶとん）　干蒲団（ほしぶとん）　蒲団干す（ふとんほす）
　蒲団は冬季に限らず、四季を通じて用いるが、俳句では冬季と定められている。日に干して綿のふくらんだ蒲団は心地よい。

更けて寝る蒲団に嵩のなきおのれ　山口草堂
佐渡ヶ島ほどに布団を離しけり　櫂　未知子
蒲団ほす家の暮しのみられけり　西島麦南

ねんねこ
　赤ん坊を背負うときに用いる、綿を厚くして広袖にした防寒用の子守の半纏（はんてん）。膝上まですっぽり覆う。親も子も温かく気持ちがよい。

ねんねこのその母のまだ幼な顔　古賀まり子
ねんねこの中の寝息を覗かるる　稲畑汀子
ねんねこの手が吊革を握りたがる　塩川雄三

着（き）ぶくれ　◎重ね着（かさねぎ）　厚着（あつぎ）
　冬の寒さを防ぐために、何枚も重ねて着たりして体が膨れて見えること。動作が鈍くなり、無精な印象を与える。

着ぶくれて我が一生も見えにけり　五十嵐播水
百貨店めぐる着ぶくれ一家族　草間時彦
着ぶくれてビラ一片も受け取らず　髙柳克弘

毛皮（けがわ）

○毛皮売（けがわうり）　毛皮店（けがわてん）

狐や貂（てん）、ミンク、兎などの毛皮をなめして作られたもので、防寒用に用いられる。「毛皮」は古くから用いられていたが、近年では動物愛護の面から毛皮着用に反対の声もあがっている。

毛皮夫人にその子の教師として会へり　能村登四郎
毛皮着て臆する心なくもなし　下村梅子
いちまいの毛皮が人をいつくしむ　後藤比奈夫

毛布（もうふ）

○ケット　電気毛布（でんきもうふ）

眠るときに寒さから体を守るため、蒲団とともに体に掛けて用いる寝具。羊毛などで織られたものが多く、軽くてあたたかい。炬燵掛け、膝掛けとしても用いる。「ケット」はブランケットの略。

いと古りし毛布なれども手離さず　松本たかし

毛布からのぞくと雨の日曜日　加藤かな文

毛布被り孤島となりて泣きにけり　照井　翠

セーター

◯カーディガン　ジャケツ

毛糸で編んだ防寒用の上着の総称。長袖のジャケットのこと。老若男女を問わず、寒い間着用する。本来は、吸水性があるため、汗を吸い取るようにとの目的で使用された。かぶって着るものをセーター、前開きのものをカーディガン、ジャケツと呼ぶ。

としよりやとつくりセーターまへうしろ　草間時彦

セーターをかむりいつもの顔を出す　落合水尾

橋渡り来るセーターの黒い胸　坂本宮尾

外套（がいとう／ぐわいたう）

◯オーバーコート　オーバー　コート　◎マント　インバネス

防寒のために洋服の上に着用する衣服の総称。保温性は十分。「外套」は「被（おお）い」の意。オーバーは、オーバーコートの略で、現在ではこの呼称が一般的。「マント」は袖のないゆったりした外套で、ケープがついた「インバネス」をヒントに作られた。もとは和服の上に着るものとして普及した。

脱ぎ捨てし外套の肩なほ怒り　福永耕二
外套を預け主賓の顔になる　森野稔
鎌倉を知りつくしたるインバネス　吉本和子

冬帽子（ふゆぼうし）　○冬帽（ふゆぼう）

冬にかぶる防寒用の帽子。素材や形はさまざま。冬になると、防寒用のためにかぶっている人も多く見られる。

よこはまに近づく紺の冬帽子　長谷川双魚
居酒屋のさて何処に置く冬帽子　林翔
幾つかは遺品とならむ冬帽子　藤田湘子

襟巻（えりまき）　○マフラー　ショール　肩掛（かたかけ）　ストール

首に巻いて寒さを防ぐもの。北風が吹きぬける日などに防寒用として用いる。毛織物や毛糸で編んだもののほか、貂（てん）・狐などの毛皮のものもある。なお、和服の婦人が両肩を包むように掛けるのは「ショール」、「ストール」は洋装の婦人用の肩掛をいう。

襟巻の狐の顔は別に在り　高浜虚子
巻き直すマフラーに日の温みあり　岡本眸
マフラーを巻いて下校の顔となる　今瀬一博

手袋（てぶくろ）

○手套（しゅとう）　皮手袋（かわてぶくろ）

防寒・保温のために手指を覆うもの。毛糸や皮で作られる。指先が悴（かじか）むような寒いときにはやはり手袋に頼らなければならない。親指以外の指の分かれていないミトンなどもある。

手袋の右ぬいで持つ左かな　奈倉梧月
手袋に五指を分ちて意を決す　桂信子
手をつながむと手袋を脱ぎにけり　荒井千佐代

マスク

白いガーゼなどで作り、風邪にかかるのを防いだり、寒さや乾燥から喉や鼻を守るために用いる。インフルエンザが猛威をふるいはじめると、電車の中や会社や学校の中でもマスクをかけている人を見かける。近年では防塵用のものも増え、使い捨てタイプも多くなった。

美しき人美しくマスクとる　京極杞陽

純白のマスクを楯として会へり　野見山ひふみ
マスクして他人のやうに歩く街　山田佳乃

毛糸編む（けいとあむ）

○毛糸（けいと）　毛糸玉（けいとだま）

毛糸でセーター・マフラー・手袋などを編むこと。寒くなると、二本の編棒を操（あや）つるようにして毛糸を編む姿が見られる。

毛糸あむ指の小さな傷がじやま　今井つる女
毛絲編む一つ想ひを追ひつづけ　波多野爽波
わが思ふそとに妻ゐて毛糸編む　宮津昭彦

餅搗（もちつき）

○餅（もち）　餅米洗ふ（もちごめあらう）　餅莚（もちむしろ）　餅配（もちくばり）

年の瀬の二十五日から二十八日頃にかけて正月用の餅を搗くこと。正月が近づくと、かつては各家庭で餅を搗いたものだが、近年ではあまり見られない。二十九日の餅搗は、九が「苦」に通じるので行わないことが多い。

にぎやかに餅搗いてゐる隣かな　宇田零雨
餅搗のみえてゐるなり一軒家　阿波野青畝
次の間にはみ出してゐる餅莚　鷹羽狩行

鰭酒（ひれざけ）　○身酒（みざけ）

河豚（ふぐ）の鰭を強火であぶり、狐色の焦げめがついたところを耐熱のコップに入れて熱燗（あつかん）の日本酒を注いだもの。味はもちろん、その芳しい香りを楽しむ。酔いの回りが早いといわれる。「身酒」は、鰭のかわりに刺身の一片を入れたものをいう。

鰭酒や逢へば昔の物語　　高浜年尾
鰭酒のすぐ効きてきておそろしや　　皆川盤水
鰭酒の鰭くちびるにふれにけり　　中岡毅雄

玉子酒（たまござけ）　○卵酒（たまござけ）

いろいろな作り方があるが、酒に砂糖を加えて火にかけ、マッチでアルコール分を飛ばしてから卵を入れてかきまわすのが一般的。寒気を防ぐのみならず滋養強壮の効果もあり、飲んでぐっすり眠ると軽い風邪などは治ってしまう。

母の瞳（め）にわれがあるなり玉子酒　　原子公平
玉子酒妻子見守る中に飲む　　高木良多

独り居の灯を閉ぢ込めて玉子酒　　片山由美子

湯豆腐（ゆどうふ）

土鍋に煮出し昆布を敷き、そこに豆腐を入れて煮立つ寸前のものを、花がつおや微塵ねぎなどの薬味を加えた醬油で食べる。好みに合わせてポン酢醬油でもよい。煮すぎると鬆（す）が入り味が落ちる。京都南禅寺の湯豆腐が有名。

湯豆腐やいのちの果てのうすあかり　　久保田万太郎

湯豆腐や男の歎きくことも　　鈴木真砂女

永らへて湯豆腐とはよくつきあへり　　清水基吉

寒卵（かんたまご）　○寒玉子（かんたまご）

寒中に鶏が産んだ卵。卵は四季を通じてあるが、とくに寒中の卵は滋養が豊富だといわれている。

寒卵二つ置きたり相寄らず　　細見綾子

寒卵わが晩年も母が欲し　　野澤節子

籠青し翳かさねたる寒卵　　草間時彦

雑炊（ぞうすい・ざふすい）　○おじや　葱雑炊（ねぎぞうすい）　牡蠣雑炊（かきぞうすい）　韮雑炊（にらぞうすい）　藷雑炊（いもぞうすい）
野菜や魚介類を入れ、塩・醬油・味噌などで味付けした粥（かゆ）。「おじや」ともいう。鉄ちりやスッポン鍋、鶏の水炊きなどの残り汁に冷飯を入れて作る雑炊もおいしい。

雑炊もみちのくぶりにあはれなり　山口青邨
雑炊のあと何となくにぎやかに　鷹羽狩行
韮（にら）雑炊いよいよ素なる我が暮し　小原菁々子

柚子湯（ゆずゆ）　○冬至湯（とうじゆ）　柚子風呂（ゆずぶろ）　冬至風呂（とうじぶろ）
新暦では十二月二十二日頃にあたる冬至の日に、柚子を入れた風呂に入ること。柚子湯に入ると無病息災でいられるという俗信がある。

柚子湯して柚子とあそべる独りかな　及川貞
柚子湯出て夫の遺影の前通る　岡本眸
柚子風呂に浸す五体の蝶番（ちょうつがい）　川崎展宏

焼藷（やきいも）　○焼芋（やきいも）　石焼藷（いしやきいも）　焼藷屋（やきいもや）
焼いた甘藷。「栗より（九里四里）うまい十三里」などという俗（ぞく）

諺(げん)があるように、寒い中で食べる熱々の焼藷のうまさは格別。壺で焼く「壺焼」と、石の中に入れて焼く「石焼」がある。寒い夜の「石やーきいも」という売り声は懐しさを誘う。

焼藷を割つて話を切り出せり　老川敏彦

焼芋の大きな湯気を渡さるる　網倉朔太郎

焼芋屋行き過ぎさうな声で売る　後藤立夫

根深汁(ねぶかじる)

○葱汁(ねぎじる)　◎蕪汁(かぶらじる)　狸汁(たぬきじる)　粕汁(かすじる)　納豆汁(なつとじる)　のつぺい汁(じる)

葱のぶつ切りを実にした味噌汁。葱は半煮え加減のものがおいしく、体があたたまる。「のっぺい汁」は里芋・大根・椎茸・油揚げ・焼豆腐などを材料にし、片栗粉や葛粉(くずこ)でとろみをつけた郷土料理。

母病みて一人にあまる根深汁　下田実花

夕空の寧日つづき根深汁　櫻井博道

百年の柱を前にのつぺ汁　水田光雄

寄鍋(よせなべ)

◎鋤焼(すきやき)　牛鍋(うしなべ)　桜鍋(さくらなべ)　牡丹鍋(ぼたんなべ)　牡蠣鍋(かきなべ)　闇汁(やみじる)

魚貝類、肉類、野菜、シラタキ、チクワなど、いろいろな材料を寄せ集めて煮込んだ鍋物。決まった具材は特になく自由に楽しむ。「闇汁」はかつて流行った座興の鍋で、親しい仲間たちで食べ物を持ち寄り、その名を教えぬまま灯を消した室内で鍋を囲んだ。

舌焼きてなほ寄鍋に執しけり　水原秋櫻子
寄せ鍋の一人が抜けて賑はへり　千田一路
寄鍋にもつとも遠き席当る　中原道夫
闇汁のわが入れしものわが掬(すく)ひ　草野駝王

おでん　〇関東煮(かんとだき)

煮込み田楽の略称。大根、ちくわ、がんもどき、焼豆腐、はんぺん、こんにゃく、つみれ、ゆで玉子などを煮込んだもの。辛子をつけて食べる。江戸時代末期に始まったといわれ、関西では「関東煮」と呼ばれている。

別るるに東京駅のおでんかな　岬　雪夫
おでん煮えさまざまの顔通りけり　波多野爽波
おでん屋に昼の輩となりにけり　三村純也

煮凝（にこごり）　冬季、煮魚を鍋や皿に入れたままにしておくと、魚の骨に含まれているゼラチンがとけ出した煮汁が固まる。これを「煮凝」という。料理屋などでは料理の一つとして作って客に出す場合もある。鰈（かれい）、ひらめ、小鯊（こはぜ）といった魚で作ることが多い。

煮こゞりの魚の眼玉も喰はれけり　西島麦南
煮凝やなにもかもはや過ぎしこと　小川匠太郎
煮凝の山河端より崩しけり　宗田安正

風呂吹（ふろふき）　○風呂吹大根（ふろふきだいこん）
三センチほどの厚さに輪切りにした大根や蕪（かぶ）を鍋に入れて、やわらかくなるまで茹で、それに熱い味噌だれをかけたもの。熱いものを吹きながら食べるので「風呂吹」という。

風呂吹の一きれづつや四十人　正岡子規
風呂吹や妻の髪にもしろきもの　軽部烏頭子
箸入れて風呂吹の湯気二つにす　山田佳乃

塩鮭（しおざけ・しほざけ）　○新巻（あらまき）　荒巻（あらまき）　◎乾鮭（からざけ）　干鮭（ほしざけ）

獲れたての生鮭の腹部を開き、腸などを抜いて、口腔（こうくう）や腹腔（ふくくう）に食塩を入れ、さらに全体に塩を当てたもの。「新巻」は甘塩の鮭を縄で巻いた上等品で、歳暮としても用いられる。かつては塩漬けにするばかりでなく、軒下にぶら下げ「乾鮭」にして保存した。

塩鮭の塩きびしきを好みけり　　水原秋櫻子
新巻の荷にちがひなき長さかな　　唐笠何蝶
乾鮭の下顎強くもの言へり　　嶋田麻紀

沢庵（たくあん）　○沢庵漬（たくあんづけ）　◎茎漬（くきづけ）　菜漬（なづけ）　茎の桶（くきのおけ）　茎の石（くきのいし）

大根の干したものを大樽にぎっしりと並べて、それに糠（ぬか）と塩をふるという手順を繰り返し踏んで、最後に重石をのせて漬け込んだもの。「茎漬」は大根の茎や葉を塩漬にしたもので、漬物の容器を「茎の桶」、重石を「茎の石」という。

沢庵を漬けたるあとも風荒るる　　市村究一郎
沢庵石てこでも島を出ぬ気なり　　黛　執

石一つたす茎漬の手くらがり　　長谷川久々子

切干（きりぼし）　◯切干大根（きりぼしだいこん）

大根を千切りに細く切ったものをムシロや簀（す）の子の上に並べて、寒風に晒（さら）し、乾燥させたもの。日光の下で二、三日干すとできあがる。食べるときは水にもどし、煮付けたり、味噌汁の具として用いる。酢の物にも使う。保存食である。

切干のむしろを展（の）べて雲遠し　　富安風生

切干やいのちの限り妻の恩　　日野草城

切干も金星もまだ新しく　　大峯あきら

北窓塞ぐ（きたまどふさぐ）　◯北塞ぐ（きたふさぐ）　◎目貼（めばり）

冬の寒さを防ぐために風の強くあたる北側の窓を塞ぐこと。戸を下ろしたり、板を打ちつけたりする。「目貼」は窓をはじめとする隙間に紙などを貼って湿気の入ってくるのを防ぐこと。いよいよ長い冬がはじまったと思わせる。

北窓をふさぎ怒濤を封じけり　　徳永山冬子

ことごとく北塞ぎたる月夜かな　大峯あきら
首の骨こつくり鳴らす目貼して　能村登四郎

隙間風（すきまかぜ）
日本家屋では、特に立て付けの悪い家でなくても、たとえ目貼（めばり）がしてあっても、戸や障子の隙間から寒気のきびしい風が吹き込むことがある。それが「隙間風」で、体にまともにあたる寒風とは違って、首筋などにぞくっとした感じを与える。

寸分の隙間うかがふ隙間風　富安風生
すぐ寝つく母ぃとほしや隙間風　清崎敏郎
隙間風さまざまのもの経て来たり　波多野爽波

冬構（ふゆがまえ）　**冬構**（ふゆがまへ）　〇雪囲（ゆきがこい）
家の中に冬のはげしい風が吹きこんだり、あるいは庭木が風や霜などに害されたりするのを防ぐための備えをすること。雪の多い地方では雪害を防ぐために簀の子をたてるなど、いろいろな工夫がなされる。

あるだけの藁か丶へ出ぬ冬構　村上鬼城
石垣の高さ湖国の冬構　友岡子郷

冬構括りきれざるものは伐り　三村純也

冬籠（ふゆごもり）　寒さが厳しい冬の間になるべく外出せず、家にこもっていること。かつては冬構え（ふゆがまえ）を施した家の囲炉裏に集って、炉話（ろばなし）などに興じたことだろう。こうして春の到来を待つのである。

待つものに郵便ばかり冬籠　宮部寸七翁
夢に舞ふ能美しや冬籠　松本たかし
兵糧のごとくに書あり冬籠　後藤比奈夫

冬館（ふゆやかた）　冬景色の中の洋館。冬ざれの中でひっそりとしたたたずまいを見せる家をいう。窓が閉めきってあり、まるで人が住んでいないような静けさに包まれている様子の家をいってもいい。

ベル押せば深きにいらへ冬館　長谷川浪々子
鳥影や遠き明治の冬館　角川源義
造花よりほこりのたちぬ冬館　津川絵理子

雪吊（ゆきつり）　雪の重みで庭木や果樹などの枝が折れるのを防ぐために、一本の支柱から縄などを張り渡し枝を一本ずつ吊り上げておくこと。松など、その庭園において重要な木に施されることが多い。その姿は美しく、風情があり、金沢の兼六園のものが特に有名。

雪吊を見てゐて背丈伸びにけり　山田みづえ

雪吊の縄雪空を引き絞る　藤木倶子

雪吊のはじめの縄を飛ばしけり　大石悦子

雪下し（ゆきおろし）

○雪卸（ゆきおろし）　◎雪掻（ゆきかき）　除雪（じょせつ）　除雪車（じょせつしゃ）

雪国で、屋根に降り積もった雪のために戸障子が開けにくくなったり、重みのために家がつぶれるのを防ぐために、雪の晴れ間を選んで、屋根の雪を取り除くこと。冬季の重労働である。

雪下し夕空碧くせまり来る　金尾梅の門

雪下し影切り落し切り落し　若井新一

雪卸し能登見ゆるまで上りけり　前田普羅

歩くだけ生きるだけの幅雪を掻く　寺田京子

冬の灯（ふゆのひ）

○冬灯（ふゆともし）　寒灯（かんとう）　寒灯（かんともし）

寒々と感じられる冬の灯火のこと。「寒灯」には、「冬の灯」以上の厳しさが感じられる。必ずしも寒中の灯火のことだけを指すわけではない。

大阪の冬の灯ともる頃へ出る　後藤夜半

峡住みの言葉置くごと冬灯　有馬籌子

仏めく母におどろく寒燈下　大野林火

冬座敷（ふゆざしき）

外の寒気をしめだすために障子、襖などを立てきってある座敷。床の間には水仙などが活けてあり、日常的に使う部屋とはちがう趣がある。

冬座敷くぬぎ林の中にあり　大峯あきら

亡き人の先にきている冬座敷　宇多喜代子

別々に山を見てゐる冬座敷　福田甲子雄

障子（しょうじ/しやうじ）

○明り障子　白障子　雪見障子

片側にのみ和紙を貼り、光を採り入れながら寒さを防ぐ、日本家屋の建具。ともすると暗くなりがちな冬の座敷が、障子を通してほのかに明るくなり、あたたかみも増す。冬季に限ったものではないが、蒲団などと同様に保温効果もあることから冬の季語に定められた。「障子貼る」は秋の季語。

うしろ手に閉めし障子の内と外　中村苑子

日の温み障子いよいよましろなり　星野立子

みづうみに舟の出てゐる白障子　大串　章

暖房（だんぼう）　○床暖房（ゆかだんぼう）　スチーム　ヒーター　ストーブ　暖炉（だんろ）　暖房車（だんぼうしゃ）

室内を温めること。またその器具。少し前まではスチームによる暖房装置や石炭ストーブが中心であった。それが石油ストーブやガスストーブ、電気ストーブに代わり、近年は冷暖房をかねたルームエアコンが普及している。

暖房や肩をかくさぬをとめらと　日野草城

空青し床暖房のしづけさに　市古美香

大陸の綺羅星の夜を煖房車　福田蓼汀

炬燵（こたつ）　○切炬燵（きりごたつ）　置炬燵（おきごたつ）　掘炬燵（ほりごたつ）　◎行火（あんか）

日本独特の暖をとる用具。床に炉を切り、上に木製の櫓（やぐら）を置いて蒲団をかけたものが「切炬燵」で、椅子に座るように足を伸ばせるものが

「掘炬燵」、敷蒲団の上に小火鉢を入れた炬燵を置き、蒲団をかけた移動式のものが「置炬燵」である。現在では電気炬燵が主流。「行火」は炭火を入れて手足を温める箱型の道具。

炬燵出て歩いてゆけば嵐山　波多野爽波
脚すこし弱くなりたる炬燵出す　柴田佐知子
猫が出て子が出て来たる掘炬燵　千原叡子

炭（すみ）

○炭火（すみび）　跳炭（はねずみ）　走炭（はしりずみ）　埋火（うずみび）　枝炭（えだずみ）　桜炭（さくらずみ）　消炭（けしずみ）　火消壺（ひけしつぼ）　炭斗（すみとり）　炭籠（すみかご）

木炭のこと。材料となる木材はさまざまで、炭の性質によって分けたり、原料の樹種や形によって分類したりする。炭火が爆ぜて飛ぶのを「跳炭」「走炭」という。茶道で使う炭には「枝炭」「桜炭」などがある。「埋火」は灰に埋めた炭火のこと。

切口に日あたる炭や切り落とす　原　石鼎
炭つぐはひと待つ心にも似たり　稲垣きくの
埋み火やまことしづかに雲うつる　加藤楸邨
母の亡き世にも慣れたり桜炭　伊藤通明

炉（ろ）

◎囲炉裡（いろり）　囲炉裏（いろり）　炉火（ろび）　炉明り（ろあかり）　炉話（ろばなし）　炉語り（ろがたり）　◎榾（ほた）　榾火（ほたび）　火鉢（ひばち）

家の土間や床の一部を方形に切って設けた、火を焚く所。むかしの農家などでは大きい炉を切り、薪や「榾」（焚き物にする切り株など）を燃やした。「炉明り」の中で「炉話」が語られた。近年、炉は少なくなっている。

炉の部屋を常に散らかし親しめり　山口波津女

詩の如くちらりと人の炉辺に泣く　京極杞陽

炉話のところどころに風の声　八染藍子

動かせば火鉢に爺がついてくる　伊藤伊那男

懐炉（かいろ／くわいろ）

◎温石（おんじやく）

読んで字のごとく、懐（ふところ）など局部をあたためるのに使う道具。薄い金属製の容器に懐炉灰を入れて点火するものや、揮発（きはつ）油をにじませた綿を入れて燃やすものなどがある。近年では使い捨ての紙懐炉が多く使われている。かつては石などを火で温め、布で包んだ「温石」を用いていた。

ほこほこと身を焼きいやす懐炉かな　細木芒角星

懐炉して臍（へそ）からさきにねむりけり　龍岡　晋

亡き母がふところにゐる懐炉かな　国弘賢治

湯婆（たんぽ）　○湯たんぽ（ゆたんぽ）
寝床で用いる陶製・金属製などの保温器。中に熱湯を入れて使う。暖房器具の発達した現在では必要なものではないが、今でも金属製・陶製・ポリエチレン製などのものが売られている。電気器具とは違った温かさが保たれ、安眠できる。

寂寞と湯婆に足をそろへけり　渡辺水巴
みたくなき夢ばかりみる湯婆かな　久保田万太郎
湯婆より足が離れて睡り落つ　福永耕二

日記買う（にっきかう）　○古日記（ふるにっき）　日記果つ（にっきはつ）
年末に来年の日記を買うこと。一年間書き綴った「古日記」にも愛着はあるが、残り少なくなると買い換える。新たな年に向けた心持ちもにじむ。

こころにも風吹く日あり日記買ふ　保坂伸秋
来し方の美しければ日記買ふ　赤松蕙子

日記買ひ夜の雑踏に紛れけり　　星野高士

焚火（たきび）

○朝焚火（あさたきび）　夕焚火（ゆうたきび）　夜焚火（よたきび）　落葉焚（おちばたき）

暖を取るために、枯木や枯草を燃やすこと。庭のある家が少なくなったことや、防火意識の高まりなどにより、現在ではほとんど見られなくなった。建築現場や浜辺などで不要になったものを焚火にする光景はいかにも冬らしい。

焚火かなし消えんとすれば育てられ　　高浜虚子

一人退き二人よりくる焚火かな　　久保田万太郎

焚火跡暖かさうに寒さうに　　後藤比奈夫

冬耕（とうこう）

麦をはじめとする種を蒔（ま）くために、冬に田畑を耕すこと。冬ざれの田畑で一人あるいは二人で働く姿を見かける。単に「耕（たがやし）」といえば春の季語。

冬耕の一人となりて金色に　　西東三鬼

冬耕の兄がうしろの山通る　　飯田龍太

冬耕の影ふえもせず減りもせず　　岬　雪夫

火事（かじ）

〇大火（たいか）　小火（ぼや）　近火（ちかび）　遠火事（とおかじ）　昼火事（ひるかじ）　山火事（やまかじ）　火事見舞（かじみまい）

冬は暖房など火を使うことが多く、空気も乾燥しているので火事が多発する。深夜、消防車の鳴らすサイレンの音が聞こえることがある。

火事を見し昂り妻に子に隠す　福永耕二
東京や遠火事は一輪の花　櫂未知子
火事見舞あかつき近く絶えにけり　西島麦南

狩（かり）

〇猟（りょう）　狩猟（しゅりょう）　狩場（かりば）　狩人（かりうど）　猟犬（りょうけん）　猟銃（りょうじゅう）　猪狩（ししがり）　猟解禁（りょうかいきん）　猟期（りょうき）　鹿狩（しかがり）　兎狩（うさぎがり）　熊打（くまうち）

種々の猟具を用いて鳥獣を捕獲することをいう。鴨などの渡り鳥が大挙して渡来し、また雉や山鳥も殖え、猪、鹿も山を下りてくる冬季は狩猟の絶好期である。猟期はそれぞれの地域によって定められている。

猟の沼板の如くに轟けり　阿波野青畝
林中に火の香が走り猟期来る　白岩三郎
学校をからつぽにして兎狩　茨木和生
耳うごくときはつきりと狩の犬　後藤比奈夫

たちざまにぬくみはらへり狩の犬　　原　裕

紙漉（かみすき）
〇寒漉（かんすき）　紙干す（かみほす）　楮干す（こうぞほす）　楮蒸す（こうぞむす）　楮晒す（こうぞさらす）　楮踏む（こうぞふむ）

和紙を漉くこと。楮、三椏（みつまた）、雁皮（がんぴ）などを、何度も水でさらして大釜で煮たりしたものを、手動の道具で漉き、天日で乾燥させると和紙ができあがる。寒中は雑菌が繁殖しにくく、良質の紙が漉けるとされる。火を使えないため、寒中のきびしい作業となる。

紙漉のはじまる山の重なれり　　前田普羅
まだ水の重みの紙を漉き重ね　　今瀬剛一
漉く紙のまだ紙でなく水でなく　　正木ゆう子

探梅（たんばい）
〇梅探る（うめさぐる）　探梅行（たんばいこう）

冬の山野に早咲きの梅を探し求めること。「探梅行」ともいう。道のないようなところで踏み迷ったり、農家の庭にいきなり出て犬に吠えられたりというハプニングも生じる。

探梅のこころもとなき人数かな　　後藤夜半
探梅の橋なくて引き返へしけり　　秋篠光広

探梅の空ばかり見て歩きけり　　高田正子

顔見世（かおみせ／かほみせ）

江戸時代の歌舞伎役者の契約は一年を期限としていて、十月に更新がなされた。それで十一月の興行は新しく編成された顔ぶれで行われたので、「顔見世」と呼ばれるようになった。現在では、十二月の京都南座の興行が名高い。

顔見世の楽屋入まで清水に　　中村吉右衛門
顔見せや京に降りれば京ことば　　橋本多佳子
顔見世のまねきの掛かる角度かな　　後藤比奈夫

竹馬（たけうま）　○高足（たかあし）

二本の長い竹に横木を結びつけ、それに足を載せて歩く冬の子どもたちの遊び道具。「高馬」の転訛といわれる。もともとは川を渡ったり深い雪のなかを行ったりする時に実用にされたもの。

竹馬やいろはにほへとちり〴〵に　　久保田万太郎
竹馬に土まだつかず匂ふなり　　林　翔
竹馬の高き一人に従へる　　鷹羽狩行

雪遊（ゆきあそび）　○雪合戦（ゆきがっせん）　雪礫（ゆきつぶて）　雪丸げ（ゆきまろげ）

降りつづいていた雪がやむと、子供たちは居ても立ってもいられず外に出て遊ぶ。敵味方に分かれて、雪で作ったつぶてを投げ合うのが「雪合戦」。頭などに命中して泣き出す子もいる。「雪丸げ」は、雪の塊を転がして大きな雪の玉にする遊び。

靴紐を結ぶ間も来る雪つぶて　中村汀女
手の熱くなるまで固め雪礫　深谷鬼一
雪合戦休みてわれ等通らしむ　山口波津女

雪達磨（ゆきだるま）　○雪仏（ゆきぼとけ）　雪布袋（ゆきほてい）　雪兎（ゆきうさぎ）

大小二つの雪玉を作って積み重ね、達磨に見立てたもの。炭や炭団（たどん）などで目鼻をつける。「雪兎」は、雪で作った兎で、目には南天の実などを用いる。

雪だるま星のおしやべりぺちやくちやと　松本たかし
村の灯のことごとく消え雪達磨　木内彰志
良き耳をもらひてしづか雪うさぎ　明隅礼子

スキー　○スキーヤー　スキー場（じょう）　ゲレンデ　シャンツェ　シュプール　雪眼鏡（ゆきめがね）　スキー帽（ぼう）　スノーボード

もともとは北欧、スイスなどで発達した交通用具だが、現在では冬季のスポーツの花形となっている。風を切っての滑降は楽しく、また初心者が尻もちをついたりしているのもほほえましい。近年は「スノーボード」も人気。

　スキー長し改札口をとほるとき　　藤後左右
　わが座席なり頭の上にスキー吊る　　橋本美代子
　われの妻みるみるスキーヤーとなる　　田中春生

ラグビー　○ラガー　ラガーマン

フットボール競技の一種。イギリスが発祥の地。一チーム十五人ずつが一つのボールをめぐり、ゴールをめざす。毎年、新年早々に大学の決勝戦が行われ、国立競技場を沸かせる。

　ラグビーのジャケツちぎれて闘へる　　山口誓子
　ラグビーのスクラム解かれ一人起たず　　牧野寥々
　ラガーらのもつれてゐしがほどけゆく　　加藤三七子

風邪（かぜ）

○感冒（かんぼう）　流行風邪（はやりかぜ）　流感（りゅうかん）　風邪声（かぜごえ）　鼻風邪（はなかぜ）　風邪心地（かぜごこち）　風邪籠（かぜごもり）　風邪薬（かぜぐすり）　風邪の神（かぜのかみ）

冬は空気が乾燥し気温が低いため風邪をひく人が多い。「風邪に薬なし」「風邪は万病のもと」といわれるように、鼻水や熱、咳（せき）が出たり、なんとも厄介なものである。ウイルス性のインフルエンザ（「流感」）も風邪といわれることが多い。

風邪の身を夜の往診に引きおこす　相馬遷子
何をきいても風邪の子のかぶりふり　小路智壽子
温もるは汚るるに似て風邪ごもり　岡本眸

湯ざめ（ゆざめ）

熱めの湯に入り、あがっても体がぽかぽかとあたたかいので、ついつい油断していると、急に背中がぞくぞくと悪寒がして、寒さを感じる。それを「湯ざめ」という。風邪の原因になる場合もある。

亡き母に叱られさうな湯ざめかな　八木林之助
湯ざめして或夜の妻の美しく　鈴木花蓑
湯ざめして急に何かを思ひつく　加倉井秋を

嚔（くさめ）　◯くしやみ　◎咳（せき）　咳（しわぶき）　水洟（みずばな）

鼻の粘膜が刺激されることによって起こる反射運動。思いがけないところで突然出ることがあるので困る。「くしゃみ」のあとに「水洟」が出てとまらないこともある。風邪の前兆にも多く発する。

汁の椀はなさずおほき嚔なる　中原道夫
くさめして身体のどこか新しき　御子柴弘子
咳をして祝ふ咳して祝はるる　嶋田一歩
水洟や仏具をみがくたなごころ　室生犀星

息白し（いきしろ）　◯白息（しらいき）

大気が冷えることによって、吐く息が白く見えること。人間に限らず、動物の息も白くなるが、俳句では人間の息についてのみいう。

息白く問へば応へて息白し　稲畑汀子
泣き止まぬ子もその母も息白し　柏原眠雨
身籠りてより白息の濃くなれり　木内怜子

木の葉髪（こはがみ）　晩秋から初冬にかけて木々の葉が落ちる頃になると、俗に「十月（旧暦）の木の葉髪」といわれるように、人間の髪の毛も、いつもより余計に抜けるようになる。このことを「木の葉髪」という。

指に纏（ま）きいづれも黒き木葉髪　　橋本多佳子
よき櫛の我が身と古りぬ木の葉髪　　松本たかし
そのむかし恋の髪いま木の葉髪　　鈴木真砂女

悴む（かじかむ）　あまりにも寒さがきびしいために、手足がこごえてしまい、自分の動きが思うにまかせぬような状態をいう。俳句では単に手足だけでなく、心身ともに寒さで縮み上がったような感じを「悴む」として詠む場合もある。

悴む手女は千も万も擦（す）る　　山口誓子
悴みて針見失ふ夜の畳　　文挾夫佐恵
悴みておのれのほかはかへりみず　　井沢正江

懐手（ふところで）　寒いとき、懐に手を入れていること。もともとは和服が日常着だった頃に生まれた季語で、多くは不精者のすることとされた。腕組みとは別のもの。

懐手人に見られて歩き出す　香西照雄

やり直しきかぬ女のふところ手　稲垣きくの

ふりかかる火の粉に解きし懐手　柴田佐知子

日向ぼこ（ひなたぼこ）

〇日向ぼつこ　日向ぼこり

日向で温まること。冬の日ざしのうららかな日に、ぽかぽかとあたたかな日だまりでうつらうつら時をすごすのは心地良い。

うとうとと生死の外や日向ぼこ　村上鬼城

ひとの釣る浮子（うき）見て旅の日向ぼこ　山口いさを

どちらかと言へば猫派の日向ぼこ　和田順子

行事

亥の子（ゐのこ）　○亥の子餅（いのこもち）
旧暦十月の亥の日に行われる稲の収穫祭。かつては宮中や武家の年中行事であった。猪が多産であることから、子孫繁栄や豊穣祈願の性格をもつともいわれる。この日は新穀で餅を搗く習わしがあり、これを「亥の子餅」という。

臼音は麓の里の亥の子かな　　内藤鳴雪
ふるさとの亥の子といへば波の音　　木村蕪城
山茶花の紅つきまぜよ亥の子餅　　杉田久女

七五三（しちごさん）　○千歳飴（ちとせあめ）
十一月十五日の行事。むかしは髪置（かみおき）（三歳の男女の祝）、袴着（はかまぎ）（五歳の男児の祝）、帯解（おびとき）（七歳の女児の祝）といった。子どもの成長を祈り神社などに参詣する。

樹の上を風船の飛ぶ七五三　　吉田汀史

七五三道を濡らさぬほどの雨　雨宮きぬよ
子に合はす父母の歩幅や七五三　山崎ひさを

羽子板市（はごいたいち）　年末に立つ羽子板を商う市。東京では浅草寺（せんそうじ）境内、日本橋本石町（ほんごくちょう）、十軒店（じっけんだな）、人形町、京都では新京極付近の市が有名。近年ではデパートなどでも開催される。豪華な役者の似顔の押絵羽子板には人気が集まる。

うつくしき羽子板市や買はで過ぐ　高浜虚子
やはらかく押され羽子板市にゐる　北澤瑞史
よその子に買ふ羽子板を見て歩く　富安風生

追儺（ついな）　○鬼（おに）やらひ（い）　なやらひ（い）　◎柊挿（ひいらぎさ）す
節分の夜、桃の弓で葦（あし）の矢を放って悪魔を追い払う儀式。各寺社では追儺の「豆撒（まめまき）」が賑やかに行われる。追儺の「儺」は災いを追い払うという意味をもつ字。京都の吉田神社では古式にのっとり追儺式が行われる。「柊挿す」は、鬼や邪気が家に入るのを防ぐ呪（まじな）いとして、焼いた鰯の頭に柊の枝を挿すこと。

山国の闇おそろしき追儺かな　原　石鼎
八方へ射る芦の矢や追儺式　五十嵐播水
誰も来ぬ戸に柊を挿しにけり　岸本尚毅

豆撒（まめまき）

○豆打（まめうち）　年の豆（としのまめ）　福豆（ふくまめ）　鬼は外（おにはそと）　福は内（ふくはうち）　年男（としおとこ）

節分の夜、神社や寺院では、麻裃（あさかみしも）姿の「年男」が神仏に供えた炒豆を「鬼は外、福は内」といいながら撒（ま）き、縁起物として人々が豆を取り合う。もちろん家庭でも子供たちが元気に豆撒きをする。

使はざる部屋も灯して豆を撒く　馬場移公子
鬼の豆たんと余つてしまひけり　片山由美子
わがこゑのこれる耳や福は内　飯田蛇笏

厄払（やくはらい・やくはらひ）

○厄落し（やくおとし）　厄詣（やくもうで）　ふぐりおとし

節分の日の晩に、厄年にあたっているものが神社に参詣してお祓（はらい）をしてもらうこと。厄落しのために身につけたものを辻に落とす呪（まじな）いをすることもある。「ふぐりおとし」は日常身につけているもの（男は褌（ふんどし）、女は櫛）を落とし、厄を落とすことをいう。

厄払ひ女あるじに呼ばれけり　岡本松濱
厄払一人通りて夜は更けぬ　大島二宵
厄落しきて木屋町に待ち合はす　吉年虹二

神の留守

◎神の旅　神送　神迎

旧暦九月三十日、全国の神々は出雲へ旅立つ（＝「神の旅」）ので、旧暦十月の社は神が留守になる。旅立つ神々を見送る行事を「神送」、旧暦十月三十日に神々が出雲の旅から帰ってくるのを迎える行事を「神迎」という。

藪原に風こもるなり神の留守　橋本鶏二
風神の衝立立てて神の留守　下村梅子
海鳥の目覚めよきこゑ神迎へ　木内彰志

酉の市

◯一の酉　二の酉　三の酉　おかめ市　熊手市　熊手

十一月の酉の日に各地の神社で行われる祭礼。「二の酉」までの年と「三の酉」までの年がある。この市では縁起物の大きなおかめの面などを貼りつけた商売繁盛の熊手が売られ、多くの人で賑わう。「三の酉」までがある年は火事が多いといわれる。

一の酉夜空は紺のはなやぎて　渡邊千枝子
賑はひに雨の加はり一の酉　木内彰志
かつぎ持つ裏は淋しき熊手かな　阿部みどり女

十夜（じゅうや／じふや）

○お十夜（じゅうや）　十夜粥（じゅうやがゆ）　十夜婆（じゅうやばば）　十夜鉦（じゅうやがね）　十夜寺（じゅうやでら）

主として浄土宗の各寺院で行われる、旧暦十月六日からの十日間（十日十夜）の念仏法要。十五日の結願（けちがん）の夜、信徒たちにふるまわれるのが「十夜粥」。

灯の数のふえて淋（さび）しき十夜かな　松本たかし
履物を足でさぐりて十夜婆　木田千女
灯ともして闇のはじまる十夜寺　北村仁子

寒参り（かんまいり／かんまゐり）

○寒詣（かんもうで）　裸参（はだかまいり）

寒の三十日間、毎夜、神社や寺院に参詣すること。かつては裸や白装束に裸足でお参りする人が多く「裸参」とも呼ばれた。近親者の病気平癒などを祈願する。東京では深川不動堂が知られている。

寒まゐり闇の深さを手で測る　戸恒東人
寒詣かたまりてゆくあはれなり　久保田万太郎
このあたりにほふ艾（もぐさ）や寒詣　阿波野青畝

寒垢離（かんごり）

○寒行（かんぎょう）

寒気のきびしい寒の三十日間に、水垢離をすること。寺社に参詣して水を浴びたり、滝にうたれるなどして身心を清め、神仏に祈願するのである。現在は一部の行者が行うのみとなった。南禅寺駒ヶ滝、清水寺音羽滝などが有名。

寒垢離の肘を正しく張り直す　森田峠
寒垢離の白衣すつくと立ちあがる　福田甲子雄
寒行が歩むちひさき埃立て　草間時彦

寒念仏（かんねんぶつ）

○寒念仏（かんねぶつ）　寒行僧（かんぎょうそう）

各宗派において寒の三十日間、黒法衣、あるいは白装束で鉦（かね）をたたきながら念仏を唱えて、町や村を行乞（ぎょうこつ）すること。一人、もしくは一団となって家々の門口に立ち、喜捨をいただく。京都では各宗本山の修行僧が、草（わら）

鞋履きで托鉢をする姿が見られる。

鎌倉はすぐ寝しづまり寒念仏　松本たかし
子の頭さすりて過ぎぬ寒念仏　齋田鳳子
越前の闇の底より寒念仏　鈴木鷹夫

クリスマス

○降誕祭（こうたんさい）　聖誕祭（せいたんさい）　聖夜（せいや）　聖樹（せいじゅ）　聖夜劇（せいやげき）　聖歌（せいか）　聖菓（せいか）　サンタクロース

十二月二十五日、キリストの誕生日。キリスト教の最大の祭日で、前夜から荘厳な儀式が行われる。家庭ではクリスマスケーキなどを囲んで楽しい一夜をすごす。前夜を「聖夜」（クリスマスイブ）という。

へろへろとワンタンすするクリスマス　秋元不死男
行きずりに聖樹の星を裏返す　三好潤子
クリスマスツリー地階へ運び入れ　中村汀女
子へ贈る本が簞笥に聖夜待つ　大島民郎

除夜の鐘（じょやのかね）

大晦日の夜に鐘をつくこと。またその鐘の音。十二時近くなると、各寺院では鐘をつきはじめる。百八の煩悩を消すためであるが、僧侶のみならず一般の老若男女につかせるところもある。大津の三井寺、京都の知恩院、福井の永平寺などが有名。

旅にしていづかたよりぞ除夜の鐘　福田蓼汀
一斉に鎌倉五山除夜の鐘　星野椿
また一つ風の中より除夜の鐘　岸本尚毅

芭蕉忌（ばしょうき・ばせうき）　旧暦十月十二日。俳聖松尾芭蕉（一六四四―九四）の忌日。『おくのほそ道』所載の〈荒海や佐渡に横たふ天の河〉などの秀吟を多く残し、元禄七年、大坂の花屋仁左衛門方で門人たちに看取られながら没した。〇時雨忌（しぐれき）　桃青忌（とうせいき）　翁忌（おきなき）　ばせを忌（き）

芭蕉忌を一日おくれてしぐれけり　加藤楸邨
芭蕉忌や今も難所の親不知（おやしらず）　三村純也
時雨忌やつかのまの星海に見て　岡本眸

一茶忌（いっさき）　旧暦十一月十九日。俳人小林一茶（一七六三―一八二七）の忌日。信濃柏原の農家に生まれ、長じては江戸に出て俳諧を学ぶ。不遇であったが、その句風は諷刺（ふうし）・諧謔（かいぎゃく）を基調としての人間味に富んでいる。文政十年没。

一茶忌の雀四五羽のむつまじき　清水基吉
一茶忌の川底叩く木の実かな　石田勝彦
一茶忌の薪割る音のしてゐたり　池田秀水

一葉忌（いちようき・いちえふき）　十一月二十三日。小説家樋口一葉（一八七二―九六）の忌日。東京生まれ。中島歌子の歌塾で学び、のち半井（なからい）桃水に師事。『たけくらべ』で文名を高め、代表作に『にごりえ』などがある。明治二十九年、貧困のうちに二十五歳で没した。

あらひたる障子立てかけ一葉忌　久保田万太郎
廻されて電球ともる一葉忌　鷹羽狩行
指添へてとぎ汁こぼす一葉忌　八染藍子

蕪村忌（ぶそんき）　○春星忌（しゅんせいき）　旧暦十二月二十五日。俳人・画人与謝蕪村（一七一六―八三）の忌日。俳号は夜半亭など、また画号も春星など。画業にも才能を発揮した。清新で、芭蕉没後の堕落した俳風を正した。天明三年没。

蕪村忌の蒔絵の金のくもりけり　鍵和田秞子
蕪村忌の舟屋は雪をいただけり　井上弘美
味噌漬のぐちが食べごろ春星忌　草間時彦

漱石忌（そうせきき）

十二月九日。小説家夏目漱石（一八六七―一九一六）の忌日。東京生まれ。東京帝大英文科を卒業し、正岡子規と親交を結び、俳句を知る。「ホトトギス」に発表した『吾輩は猫である』が大好評で、やがて『三四郎』『こゝろ』などを著した。大正五年没。

書斎出ぬ主に客や漱石忌　長谷川かな女
うす紅の和菓子の紙や漱石忌　有馬朗人
新聞に雨の匂ひや漱石忌　片山由美子

動物

冬眠

蛙・蜥蜴・蛇・亀といった両生類や爬虫類など多くの変温動物や、ハリネズミ・蝙蝠など小型の哺乳類が、冬の間活動をやめて眠ったような状態で過ごすこと。栗鼠・熊などは時々覚醒する冬籠りといわれる状態になるが、それも一般には「冬眠」と呼んでいる。

冬眠の蝮のほかは寝息なし　　金子兜太

子がひとりゆく冬眠の森の中　　飯田龍太

冬眠のはじまる土の匂ひかな　　小島健

鷹

○大鷹　隼　刺羽　蒼鷹　◎鷲

タカ科のうち中小型のものをさし、大型のものは「鷲」という。種類が多く、どれも鋭い嘴をもつ猛禽で、急降下して獲物を捕える。江戸時代までは訓練した鷹による「鷹狩」がしばしば行われた。留鳥と、渡りをするものとがある。「鷲」と同様、威厳と孤高の雰囲気が漂う。

鷹のつらきびしく老いて哀れなり　　村上鬼城

鳥のうちの鷹に生れし汝かな　橋本鶏二
かの鷹に風と名づけて飼ひ殺す　正木ゆう子
わが而立握り拳を鷲も持つ　鷹羽狩行

笹鳴（ささなき）　◎冬の鶯（ふゆうぐいす）　笹子（ささご）

「冬の鶯」が、チャッチャッと舌打ちのような地鳴きをすること。または、その鳴き方をいう。雌雄ともにこの地鳴きをし、春になると雄だけがホーホケキョと鳴くようになる。鶯は冬の間、茂みや笹原などにいるため「笹子」とも呼ばれる。

笹鳴きに枝のひかりのあつまりぬ　長谷川素逝
笹鳴の顔まで見せてくれにけり　綾部仁喜
笹鳴きの鳴き移りつつ笹揺らす　村上鞆彦
伊勢みちの伊勢にちかづく笹子かな　鷲谷七菜子

寒雀（かんすずめ）　◯冬雀（ふゆすずめ）　ふくら雀（すずめ）

冬の雀のこと。冬の間、虫などが少なくなるので、雀は餌を求めて人家近くや庭先までやって来る。群をなすこともなく二、三羽が庭先へ姿を見せたりすると親しみを覚える。寒気のために全身の羽毛をふくらませているのが「ふくら雀」。

とび下りて弾みやまずよ寒雀　川端茅舎
てのひらのごとき日向に寒雀　牧　辰夫
佳き名つけふくらすずめを飼ひたしや　大石悦子

寒鴉（かんがらす）

○寒鴉（かんあ）　冬鴉（ふゆがらす）

冬の鴉のこと。同じところに止まったままじっとしている姿などがいかにも寒々しく、哀れに見える。時おり嗄（か）れた声を発し、夕暮れなどは特に侘（わび）しい姿を見せる。

首かしげおのれついばみ寒鴉　西東三鬼
寒鴉己（し）が影の上におりたちぬ　芝　不器男
冬鴉サイロに声を落とし去る　大串　章

鶴（つる）

○丹頂（たんちょう）　凍鶴（いてづる）

ツル科の鳥の総称。寒い日に、鶴が首を翼に埋めるようにして片足で立ったまま身じろぎもしない姿を「凍鶴」という。鍋鶴・真鶴（まなづる）は秋にシベリアから飛来し、田や沼で冬を越す。鶴は容姿の美しさもあり、古来、瑞鳥(ずいちょう)とされてきた。

高熱の鶴青空に漂へり　日野草城
鶴啼くやわが身のこゑと思ふまで　鍵和田秞子
丹頂の紅一身を貫けり　正木浩一
凍鶴のやをら片足下しけり　高野素十

梟(ふくろう/ふくろふ)　○ふくろ　◎木菟(みみずく)　づく(ず)
フクロウ科の鳥の総称。夜間、音もなく巣から飛び立ち、野鼠(のねずみ)や昆虫などを捕食する。梟は留鳥だが、冬の夜に聞く声がいかにも侘(わび)しく寒々しいので冬の季語になっている。耳羽(じう)のあるものはふつう「木菟」、あるいは「ずく」といっている。

梟のねむたき貌の吹かれける　軽部烏頭子
梟や燠にちらりと炎立ち　鷲谷七菜子
梟の目玉みにゆく星の中　矢島渚男
木菟のほうと追はれて逃げにけり　村上鬼城

水鳥（みずとり）　○浮寝鳥（うきねどり）　冬の沼や池など、水上にいる鳥の総称。鴨（かも）の仲間や鳰（かいつぶり）、百合鷗（ゆりかもめ）、鴛鴦（おしどり）などが主で、北方から渡ってくるものが多い。夜間、海や田へ餌を漁（あさ）りに行き、昼間は群で固まって休んでいる。水に浮いたまま眠っている鳥を「浮寝鳥」という。

水鳥のしづかに己が身を流す　柴田白葉女
水鳥のあさきゆめみし声こぼす　青柳志解樹
一日の終はり水鳥はなやかに　浦川聡子

鴨（かも）　○真鴨（まがも）　鴨（かも）の声（こえ）　鴨（かも）の陣（じん）
カモ科の鳥の総称。河川・湖沼、海上・港湾・荒磯など至る所で見られる。種類が多く、雄は美しい羽をもつ。肉は美味で、冬の間は狩猟が許されている。

鴨の中の一つの鴨を見てゐたり　高浜虚子
海に鴨発砲直前かも知れず　山口誓子
日のあたるところがほぐれ鴨の陣　飴山　實

鴛鴦（をしどり）

○をし　鴛鴦の沓

カモ科の留鳥。雄はきわめて美しい。つがいで行動し、常に離れないところから「鴛鴦の契」「おしどり夫婦」などのことばが生まれた。昔の人が履いていた沓に形が似ていることから「鴛鴦の沓」という表現もある。

鴛鴦に月のひかりのかぶさり来　阿波野青畝

円光を著て鴛鴦の目をつむり　長谷川素逝

おのが影乱さず浮いて鴛鴦の水　楠目橙黄子

千鳥（ちどり）

○鵆　磯千鳥　浜千鳥　夕千鳥

チドリ科の鳥の総称。『万葉集』の〈淡海の海夕波千鳥汝が鳴けば情もしのに古思ほゆ〉（柿本人麻呂）以来、詩歌によくうたわれ、千鳥足や千鳥格子などの言葉でも親しまれる。浜辺を歩き回る姿や、寒風の中の声が情趣を誘う。

裏となり表となりて千鳥飛ぶ　五十嵐播水

雨の消すものに千鳥の足跡も　後藤比奈夫

追ふ千鳥追はるる千鳥こゑもなく　行方克巳

鳰（かいつぶり）　○鳰（にお）　にほ（お）どり　かいつむり

褐色の水鳥。沼や池の水鳥の中では最も小型で、すぐ水に潜るのが特徴。ルルルルと澄んだよく透る声で鳴く。鳰や鴛鴦（おしどり）は留鳥だが、鴨などの群れとともに目にすることが多いので冬の季語となっている。古歌にも詠まれ、琵琶湖の別名を「鳰（にお）の湖（うみ）」という。

冥（くら）きより暗きへこゑのかいつぶり　今井杏太郎
かいつぶり浮かび横顔見せにけり　宮津昭彦
鳰（にほ）がゐて鳰の海とは昔より　高浜虚子

都鳥（みやこどり）　○百合鷗（ゆりかもめ）

一般に百合鷗をさす。カムチャツカ周辺で繁殖したものが渡ってくる。「都鳥」は『伊勢物語』の主人公が隅田川で〈名にし負はばいざ言（こと）問はむ都鳥わが思ふ人はありやなしやと〉と詠んだことにちなむ。

都鳥より白きものなにもなし　山口青邨
都鳥空は昔の隅田川　福田蓼汀
百合鷗よりあはうみの雫せり　対中いずみ

白鳥(はくちょう)　○スワン　大白鳥(おおはくちょう)　鵠(くぐい)

大型の水鳥。嘴(くちばし)と脚以外は純白で、長い頸(くび)をもち、水に浮かぶ様子はいかにも優美である。新潟県の瓢湖(ひょうこ)に大挙して飛来するほか、北海道や東北地方の河川の河口や湖へ渡ってくるものが多い。「鵠」は古称。

白鳥といふ一巨花を水に置く　中村草田男
白鳥といふやはらかき舟一つ　鍵和田秞子
白鳥の首やはらかく混み合へり　小島　健

冬の鳥(ふゆのとり)　○寒禽(かんきん)　冬鳥(ふゆどり)

種類を問わず、冬の間に姿を見せたり、声が聞こえたりする鳥。枯木の枝々を飛び移る姿や、晴れた日の夕方、シルエットのように空を過ぎるのを目にすることは多い。「冬鳥」は冬に渡ってくる渡り鳥のこと。

空映す水のほとりに冬の鳥　岸本尚毅
寒禽の声のこぼるる摩崖仏　皆川盤水
寒禽の撃たれし谺(こだま)より暮るる　神尾久美子

鰰（はたはた）　○雷魚（はたはた）　鱩（はたはた）　かみなりうを（お）

体長二十センチほどの平たい魚。秋田近海や太平洋岸の北部で獲れる。初冬、雷が多い頃が漁期にあたることから「雷魚」の異名がある。秋田の塩汁（しょっつる）には欠かせない魚。

鰰に映りてゐたる炎かな　石田勝彦

日が没（い）りてより鰰の海光る　平井さち子

鰰や雫石まで僧の伴　宮坂静生

鱈（たら）　○雪魚（たら）　真鱈（まだら）　介党鱈（すけとうだら）　助宗鱈（すけそうだら）　鱈場（たらば）　子持鱈（こもちだら）

タラ科の魚の総称、あるいは真鱈のことをいう。冬、産卵のために群れをなして近海を回遊してくるところを捕獲する。白い身は淡泊だが美味。塩鱈・干鱈にするほか、卵は「たらこ」として食べる。

鱈一本北方の空の縞持てり　新谷ひろし

品書の鱈といふ字の美しや　片山由美子

船去って鱈場の雨の粗く降る　寺山修司

鰤（ぶり）

○寒鰤（かんぶり）

紡錘形（ぼうすい）の回遊魚。産卵期の冬、沿岸にやってくるところを定置網などで捕る。ワカシ→イナダ→ワラサ→ブリ（関東の呼称）と成長にしたがって名が変わるいわゆる出世魚で、体長八十センチを超えてはじめてブリと呼ぶ。脂がのった「寒鰤」は特に珍重される。

ころがされ蹴られ何見る鰤の目は　加藤楸邨

日の柱立つ寒鰤の定置網　神蔵　器

寒鰤に稲妻の色走りけり　白石喜久子

鮟鱇（あんこう）

深海に棲むアンコウ科の硬骨魚。冬、産卵のために浅い海に移ってくるところを捕える。頭部が大きく扁平（へんぺい）で異様な形をしているが、美味。吊し切りにして捌（さば）き、皮、内臓までほとんど捨てるところがない。鍋にするのが一般的な食べ方。

鮟鱇の骨まで凍（い）ててぶちきらる　加藤楸邨

吊されて鮟鱇らしくなりにけり　亀田虎童子

糶（せ）られゆく鮟鱇どれも口あけて　三村純也

河豚（ふぐ）　◯ふぐと　ふく　虎河豚（とらふぐ）　◎ふぐと汁（じる）　河豚鍋（ふぐなべ）　てつちり

フグ科とその近縁種の魚の総称。真ふぐ・虎ふぐをはじめ種類が多いが、多くは肝臓・卵巣に猛毒をもつ。刺身・ちり鍋・汁にして食べたり、あぶった鰭を酒に浸して飲むなどする。薄造りの刺身は見た目にも美しく、上品な味わい。

壇の浦を見にもゆかずに河豚をくふ　　高浜虚子

河豚の皿赤絵の透きて運ばるる　　内藤吐天

とらふぐの鰭の先まで虎の柄　　後藤比奈夫

花嫁の父と二次会ふぐと汁　　嶋田一歩

寒鯉（かんごい）（かんごひ）　◎寒鮒（かんぶな）

寒中の鯉のこと。水温が下がってくると鯉は動きが鈍くなり、水底でじっとしている。この時期は脂を体にたくわえているため味がよく、滋養に富むといわれる。寒中の鮒も冬は水底にひそんでいて、それを「寒鮒」という。

寒鯉の居るといふなる水蒼し　　前田普羅

寒鯉はしづかなるかな鰭を垂れ　水原秋櫻子

寒鮒の息づく濁りありにけり　大石悦子

海鼠（なまこ）

棘皮（きょくひ）動物に属するナマコ類の総称。体は円筒状、口の周辺に触手が並んでいる。表面は褐色で黒い斑点がある。三杯酢にして食べるほか、乾燥させたものは中華料理に使われる。卵巣は海鼠子（このこ）といって酒客に好まれる。

海鼠噛むそれより昏き眼（まなこ）して　中村苑子

夜の色となりゆく海鼠すすりけり　草間時彦

押してみていちばん縮む海鼠買ふ　伊藤白潮

ずわい蟹（がに）

○松葉蟹（まつばがに）　越前蟹（えちぜんがに）

クモガニ科の蟹。甲はほぼ三角形で茶褐色、疣（いぼ）状の突起があり、脚を拡げると八十センチにもなる。肉は淡泊だが美味。山陰や京都では「松葉蟹」、福井県では「越前蟹」ともいう。

若狭より入洛したるずわい蟹　鵜澤利朗

荒海の能登より届く松葉蟹　星野椿

大皿に越前蟹の畏まる　　檜　紀代

牡蠣　◯真牡蠣　酢牡蠣　牡蠣飯

イタボガキ科の二枚貝。殻は厚くて固く、岩や石垣にしっかり付着しているので手鉤で剝がし取る。それを「牡蠣打」という。寒中が旬で、肉は滋養に富み美味。生食のほか、フライ、鍋物などにして食べる。

呉線の小さき町も牡蠣の浦　　富安風生

松島の松に雪ふり牡蠣育つ　　山口青邨

牡蠣提げて夜の広島駅にあり　　山崎ひさを

冬の蝶　◯冬蝶　凍蝶

冬に見られる蝶。晩秋に発生したものが初冬まで生きのびて、暖かい日には弱々しく飛んでいることがある。アカタテハ、ルリタテハ、キチョウ、一部のシジミチョウなどは成虫のまま越冬するものもある。寒さに凍えたようにじっと動かずにいるものを「凍蝶」という。

冬の蝶日溜り一つ増やしけり　　小笠原和男

凍蝶に指ふるるまでちかづきぬ　　橋本多佳子

凍蝶を過(あやまち)のごと瓶に飼ふ　飯島晴子

冬(ふゆ)の蜂(はち)　◯冬蜂(ふゆばち)　◎冬(ふゆ)の蠅(はえ)

冬に生き残っている蜂。蜜蜂は交尾がすむと雄は死に、雌だけが越冬して春になると巣を作り産卵する。その生き残った雌が日だまりに出てくることがあるが、弱々しく頼りない。蠅は成虫で越冬する種類があり、暖かい日にはどこからか姿を現す。

ふたゝび見ず柩(ひつぎ)の上の冬の蜂　山田みづえ

冬蜂の死にどころなく歩きけり　村上鬼城

冬の蠅紺美しくあはれかな　野村喜舟

綿(わた)虫(むし)　◯大綿(おおわた)　雪蛍(ゆきぼたる)　雪婆(ゆきばんば)

アブラムシ科の虫で、体長約二ミリ。白い綿のような分泌物をつけており、ゆっくり浮遊する。風のない日にどこからか一匹、二匹と現れ、よく見ると青白く光っている。北国ではこの虫が飛ぶと雪が近いということから雪虫の俗称がある。

晩年に似て綿虫の漂へる　福田蓼汀

綿虫の双手ひらけばすでになし　石田あき子

綿虫にあるかもしれぬ心かな　川崎展宏

大綿は手にとりやすしとれば死す　橋本多佳子

雪婆ふはりと村が透きとほる　黛　執

帰り花(かえりばな/かへりばな) ○返り花(かえりばな) 忘れ花(わすればな)
桜、山吹、つつじなどが、小春日和(こはるびより)にさそわれて咲く、時期外れの花のこと。俳句では桜をさす場合が多い。

帰り花鶴折るうちに折り殺す　赤尾兜子
人の世に花を絶やさず返り花　鷹羽狩行
約束のごとくに一つ返り花　倉田紘文

冬の梅(ふゆのうめ) ○寒梅(かんばい) 寒紅梅(かんこうばい) 冬至梅(とうじばい) ◎早梅(そうばい) 梅早し(うめはやし)
梅は早春の花だが、冬のうちから咲き出す梅をいう。「寒紅梅」は特に開花が早く、十二月に入ると咲き始める。

寒梅の固き蕾の賑しき　高浜年尾
朝日より夕日こまやか冬至梅　野澤節子
早梅に風の荒ぶる浅間かな　皆川盤水

蠟梅（ろうばい）　○臘梅（ろうばい）　唐梅（からうめ）

ロウバイ科の落葉低木の花。中国から渡来したので「唐梅」というが、梅の仲間ではない。十二月半ばから二月にかけて、半透明で黄色の蠟細工のような花を多数つける。甘く強い香りがある。臘月（旧暦十二月）に咲くことから「臘梅」とも書く。

臘梅に日ざしなければ良く匂ふ　小原菁々子

臘梅を無口の花と想ひけり　山田みづえ

臘梅へ帯のごとくに夕日影　川崎展宏

寒桜（かんざくら）　○冬桜（ふゆざくら）　寒緋桜（かんひざくら）　緋寒桜（ひかんざくら）

冬季に咲く種類の桜。冬桜と寒桜は、本来別種のものであるが、俳句では冬に咲く桜として両者を「寒桜」「冬桜」と呼んでいる。群馬県の鬼石（おにし）の桜山公園の冬桜は著名。

山の日は鏡のごとし寒桜　高浜虚子

母癒えて言葉少なや冬桜　岡田日郎

冬桜けふ恙（つつが）なく目の覚めて　山田真砂年

冬菫（ふゆすみれ）　〇寒菫（かんすみれ）

冬に咲いている菫のこと。菫は春の代表的な花のひとつだが、日当たりのよい土手などでは、冬の間から花をつけているのを目にする。短めの花柄で、寒風をこらえているかのような姿は愛らしく、あたりの枯一色の中でその色は目を引く。冬菫は種類ではない。

わが影のさして色濃き冬菫　右城暮石

ふるきよきこころのいろして冬すみれ　飯田龍太

冬すみれこころのうちの日なたにも　友岡子郷

冬薔薇（ふゆそうび・ふゆさうび）　〇冬薔薇（ふゆばら）　寒薔薇（かんそうび）

冬になってもしばらく咲き続けている薔薇のこと。霜に遇（あ）って赤い花びらが黒ずんだりするのは哀れだが、寒さに耐える姿がけなげである。

冬薔薇紅く咲かんと黒みもつ　細見綾子

冬さうび咲くに力の限りあり　上野章子

冬薔薇や海に向け置く椅子二つ　舘岡沙緻

室咲（むろざき）　○室の花（むろのはな）

春に咲く花を温室や暖かい室内で咲かせたもの。種類は限定しないが、シクラメンやカトレアなど、はなやかなものが多い。温室が普及していない頃は、梅などを室内に取り込み、外のものより早く咲かせた。本来はこれを「室咲」という。

室咲きの花のいとしく美しく　　久保田万太郎
室咲や父が遺愛の虫眼鏡　　林　徹
室咲きに水やることも旅支度　　片山由美子

ポインセチア

中米原産のトウダイグサ科の常緑低木。初冬に茎の上部の苞葉（ほうよう）といわれる部分が鮮紅色に変わり、造花のようなあざやかさを見せる。鉢物として小ぶりに栽培され、クリスマス用の装飾花に欠かせない。花は目立たない。

あまり赤きポインセチアに触れてみる　　今井つる女
ポインセチアどの窓からも港の灯　　古賀まり子
ポインセチアこころに人の棲まずなりぬ　　草間時彦

柊の花（ひいらぎのはな）　○花柊（はなひいらぎ）

山地に自生するモクセイ科の常緑小高木。晩秋から冬にかけて、葉の付け根に白い花をつける。散りやすい花なので、こぼれはじめてから花が咲いたことに気づいたりもする。さびしげだが清楚な印象を与える花である。香りもよい。

柊の花一本の香かな　高野素十
ひひらぎの花まつすぐにこぼれけり　高田正子
仏像に仏師のこころ花柊　鈴木貞雄

寒椿（かんつばき）　○冬椿（ふゆつばき）

冬の間から咲き始める椿のこと。寒中に限定しない。温暖な地域では、自生している藪椿（やぶつばき）はかなり早くから咲き出す。別にカンツバキという種類もあり、これは山茶花の系統で咲き終わると花びらが散り、椿のように花の形のまま落下はしない。これは季語の「寒椿」とは別。

毬つけば唄がおくれて寒椿　長谷川久々子
初めてのまちゆつくりと寒椿　田中裕明

ふるさとの町に坂無し冬椿　　鈴木真砂女

山茶花(さざんか)(さざんくわ)　ツバキ科の常緑小高木。椿によく似た花を初冬に開く。一重のものや八重咲きのもの、白、ピンク、しぼりなど、形・色ともにさまざま。咲き終わると花は散るが、椿のように花が落ちるのではなく、花弁が散る。この花の咲く頃には好天が続くことが多い。

さざん花の長き睫毛を蘂(しべ)といふ　　野澤節子
山茶花に咲き後れたる白さあり　　宮田正和
山茶花は咲く花よりも散つてゐる　　細見綾子

石蕗の花(つわのはな)(つはのはな)　○石蕗(つわぶき)の花(はな)
　石蕗はキク科の常緑多年草で、暖地の海辺に自生するが、艶(つや)のある葉と、晩秋から冬にかけて咲く黄色の花が美しいことから、観賞用に植えられる。葉や茎は食用になる。

静かなる月日の庭や石蕗の花　　高浜虚子
石蕗咲いていよいよ海の紺たしか　　鈴木真砂女
つはぶきはだんまりの花嫌ひな花　　三橋鷹女

八手の花（やつではな）

〇八つ手の花（やつではな）　花八手（はなやつで）

八手はウコギ科の常緑低木。海岸近くの森林に自生するが、庭木として植えられることも多い。天狗（てんぐ）の団扇（うちわ）のような大きな葉が重なり合い、初冬に、中心から伸びた枝が分岐して、それぞれに白い小花が毬（まり）のように集まって咲く。

一ト本の八つ手の花の日和かな　池内たけし

花八ツ手まぢかき星のよく光る　石橋秀野

いつ咲いていつまでとなく花八手　田畑美穂女

枇杷の花（びわのはな）

〇花枇杷（はなびわ）

枇杷はバラ科の常緑高木。重なり合う大きな葉の間から、十一月頃になると褐色の毛におおわれた花柄、萼（がく）がのぞき、やがて白い五弁花が開く。目立たないが、芳香がある。

蜂のみの知る香放てり枇杷の花　右城暮石

裏口へ廻る用向き枇杷の花　山崎ひさを

満開といふしづけさの枇杷の花　伊藤伊那男

茶の花（ちゃのはな）　茶は中国南東部原産のツバキ科の常緑低木。秋から初冬にかけて、山茶花（さざんか）を小さくしたような一重の白い五弁花がひっそりと咲く。たくさんの金色の雄しべが美しい。なお、「お茶」というのは飲料の呼称で植物名ではないので、「お茶の花」という言い方は避けたい。

茶の花のするすると雨流しをり　波多野爽波
茶の花や青空すでに夕空に　嶺　治雄
茶の花や母の形見を着ず捨てず　大石悦子

竜の玉（りゅうのたま）　○竜の髯の実（りゅうのひげのみ）　蛇の髯の実（じゃのひげのみ）

ユリ科の常緑多年草である竜の髯（蛇の髯）の実。葉は細く叢生（そうせい）し、その中に濃い青紫の球形の実をつける。宝石のラピスラズリを思わせ、固くてよく弾むので、かつては弾み玉といって子供たちがこれで遊んだ。

塔の影およぶところに竜の玉　村沢夏風
老いゆくは新しき日々竜の玉　深見けん二
生きものに眠るあはれや龍の玉　岡本　眸

寒木瓜（かんぼけ）　木瓜は中国原産のバラ科の落葉低木。本来は春に開花するが、寒中から咲くようになった品種を「寒木瓜」という。あざやかな朱色のものが多く、花の少ない時期であるだけに珍重される。

寒木瓜や先きの蕾に花移る　及川　貞
寒木瓜や日のあるうちは雀来て　永作火童
寒木瓜や人よりも濃き土の息　福永耕二

蜜柑（みかん）　ミカン科の常緑低木の実。冬の代表的な果物。暖地で栽培され、種類はいろいろあるが、鹿児島県原産の「温州蜜柑」がよく知られている。かつては炬燵を囲む団欒（だんらん）風景に欠かせなかった。

◯温州蜜柑（うんしゅうみかん）　蜜柑山（みかんやま）

蜜柑摘む隣りの山と声交し　北　さとり
テーブルの蜜柑かがやきはじめたり　鳴戸奈菜
近景に蜜柑遠景に蜜柑山　宇多喜代子

枯葉（かれは）　草木の枯れた葉のこと。降り積もった落葉が乾き、枯色をきわめたもの、風に吹かれて道をカラカラと走ってゆくもの、一、二枚枝先に残っているものなどさまざまだが、落葉より無機的なひびきがある。

日だまりの枯葉いつとき芳しき　石橋秀野
枯葉舞ふ死にも悦楽あるごとく　林　翔
地の色となるまで枯葉掃いてゐる　野木桃花

木の葉（このは）
○木の葉散る（このはちる）
散り行く木の葉、散り敷いた木の葉、また落ちようとして木に残っている葉を含めて「木の葉」という。

木の葉一枚水引つぱつて流れをり　和田順子
木の葉ふりやまずいそぐないそぐなよ　加藤楸邨
木の葉散る別々に死が来るごとく　津田清子

落葉（おちば）
○落葉時（おちばどき）　落葉掻（おちばかき）　落葉籠（おちばかご）　◎柿落葉（かきおちば）　朴落葉（ほおおちば）　銀杏落葉（いちょうおちば）
落葉樹は、冬になるとすべての葉を落とす。その散り敷いた葉をいう。とめどなく木の葉の散るさまは感傷を誘い、降り積もった落葉には懐かしい匂いがある。「柿落葉」などのように、個々の名を冠した言い方もする。

わが歩む落葉の音のあるばかり　杉田久女
むさしの空真青なる落葉かな　水原秋櫻子
手が見えて父が落葉の山歩く　飯田龍太
とめどなき落葉の中にローマあり　大峯あきら
落葉籠百年そこにあるごとく　大串章
蹴ちらしてまばゆき銀杏落葉かな　鈴木花蓑

冬木（ふゆき）

◯冬木立（ふゆこだち）　冬木影（ふゆきかげ）　冬木道（ふゆきみち）　寒林（かんりん）

寒々とした冬の木々をいう。落葉樹・常緑樹に限らず、ともに冬の景色として「冬木」「冬木立」と詠む。静けさを感じさせる季語で、詩情を誘うものがある。

あせるまじ冬木を切れば芯の紅　香西照雄
冬木の枝しだいに細し終に無し　正木浩一
一羽去り二羽去り冬木残さるゝ　森田純一郎
一本はうしろ姿の冬木立　和田耕三郎

枯木（かれき）

○裸木（はだかぎ）　枯枝（かれえだ）　枯木立（かれこだち）　枯木道（かれきみち）　枯木山（かれきやま）　枯木星（かれきぼし）

葉をすべて落とした冬の木のこと。枯死してしまった木ではない。青空を背景に細い枝の先まであらわになった姿を「裸木」という。「枯木星」は枯木ごしに見える星のこと。

教会と枯木ペン画のごときかな　森田　峠

裸木となりて樹齢を偽らず　早野広太郎

橋かけてさびしさ通ふ枯木山　岡本　眸

冬枯（ふゆがれ）

○枯（かれ）　枯る（かる）

冬が深まり、草木が枯れ尽くすのみにとどまらず、野山も庭もみな荒涼たる冬景色となること。一本の木や草についてもいう。

冬枯や星座を知れば空ゆたか　小川軽舟

枯すすむ木と草となく香ばしき　片山由美子

枯といふこのあたたかき色に坐す　木内彰志

寒菊（かんぎく）

○冬菊（ふゆぎく）　霜菊（しもぎく）

キク科の多年草である油菊を園芸化したもの。菊の花期は思いのほか長い。霜が降りた庭に、なお咲き残っている菊を見ることもある。「冬菊」「霜菊」は「寒菊」の別名。俳句では遅咲きの菊が咲き残っているのを「寒菊」「冬菊」として詠むことが多い。

寒菊の霜を払つて剪りにけり　富安風生

寒菊のほか何もなき畑かな　山本一歩

冬菊のまとふはおのがひかりのみ　水原秋櫻子

寒牡丹（かんぼたん）　○冬牡丹（ふゆぼたん）

五月に咲くはずの牡丹を、寒中に咲くよう栽培されたものをいう。一木ずつ藁（わら）を着せかけるように囲み、その中で咲く花を楽しむ。

狂はねば恋とは言はず寒牡丹　西嶋あさ子

死ぬるまでかくてひとりや冬牡丹　有馬籌子

開かむと気息ととのふ冬牡丹　松本澄江

水仙（すいせん）　○水仙花（すいせんか）　雪中花（せっちゅうか）　野水仙（のずいせん）

ヒガンバナ科の多年草で、地中海地方が原産地。日本へは中国経由で渡来した。白い六片の花の中心に、黄色い杯型のもう一つの花（副花冠）をつける。寒さに強く「雪中花」ともいう。なお「黄水仙」は春の季語。

一茎の水仙の花相背く　大橋越央子

水かへて水仙影を正しけり　日野草城

水仙の葉先までわが意志通す　朝倉和江

葉牡丹（はぼたん）

アブラナ科の多年草。冬に上部の葉が渦巻くように色づくことから、牡丹の花にたとえてその名がついた。赤紫や白などが多い。まるく花のように広がるので、観賞用に植える。

葉牡丹にうすき日さして来ては消え　久保田万太郎

葉牡丹の渦一鉢にあふれたる　西島麦南

葉牡丹や険しき色を芯に描く　藤田直子

千両（せんりよう／せんりやう）

◯仙蓼（せんりよう）　実千両（みせんりよう）　◎万両（まんりよう）　実万両（みまんりよう）　藪柑子（やぶこうじ）

暖地の林に生えるセンリョウ科の常緑低木。緑の葉と赤い実の対照が鮮やかであり、名前もめでたいので正月に飾る。ヤブコウジ科の「万両」との違いは、「千両」は葉の上に実がつくのに対し、「万両」は葉の下に垂れるように実をつける。「藪柑子」も光沢のある赤い実が美しい。

千両の実をこぼしたる青畳　今井つる女
千両の赤に満ちたる愁ひかな　山田みづえ
万両の万の瞳の息づきて　永方裕子
藪柑子夢のなかにも陽が差して　櫻井博道

白菜（はくさい）

中国原産のアブラナ科の一・二年草の蔬菜（そさい）。日本には江戸時代に渡来した。卵形の葉が固く結球し、柔らかい葉と白い肉厚の葉柄の部分を食べる。漬物や鍋物、煮物に使われる。

洗ひ上げ白菜も妻もかがやけり　能村登四郎
何のむなしさ白菜白く洗ひあげ　渡邊千枝子
真二つに白菜を割る夕日の中　福田甲子雄

葱（ねぎ）

○一文字（ひともじ）　根深（ねぶか）　葉葱（はねぎ）　葱畑（ねぎばたけ）

ユリ科の多年草。独特の香りと辛みがあり、薬味その他、日本料理には一年中欠かすことができないが、本来は冬が旬。関東では白い部分を主に食べるので「根深」と称して、地中の部分をできるだけ深く作り、関西では青い部分の多い「葉葱」を作る。

幸不幸葱をみぢんにして忘る　殿村菟絲子
折鶴のごとくに葱の凍てたるよ　加倉井秋を
葱焼いて世にも人にも飽きずをり　岡本　眸

大根（だいこん）

○大根（だいこ）　おほね（お）　青首大根（あおくびだいこん）　大根畑（だいこんばたけ）　大根畑（だいこばた）　◎大根引（だいこんひき）　大根引（だいこひ）く　大根抜（だいこぬ）く

アブラナ科の一・二年草。長くて太いものが多いが、桜島大根のようにまるいものもある。水分の豊富な根の部分を食べる。干したものは沢庵（たくあん）漬などにする。「おほね」は古名。折らないように収穫するので「大根引く」などという。

流れ行く大根の葉の早さかな　高浜虚子
すつぽりと大根ぬけし湖国かな　橋　閒石
大根の青首がぬと宇陀郡　大石悦子
大根抜くとき大根に力あり　青柳志解樹

蕪（かぶ）

○かぶら　赤蕪（あかかぶ）　蕪畑（かぶらばた）　蕪畑（かぶばたけ）

南欧やアフガニスタンが原産地のアブラナ科の越年草。大根と味は似ているが、大きさ・形・色は種類によってさまざま。冬季が美味。漬物にするほか、煮たり、おろしてかぶら蒸しなどの料理にも使う。淡泊だが、甘味がある。

瀬田川の夕日に洗ふ蕪かな　大嶽青児
風の日の水さびさびと赤蕪（かぶら）　長谷川久々子
母の忌はかならず晴れる蕪畑　澁谷　道

冬草（ふゆくさ）　○冬の草（ふゆのくさ）　◎冬萌（ふゆもえ）

冬に見られる草の総称。常緑のものや、赤みを帯びたりしながらも枯れずに越冬するものなどさまざまである。また、枯れかかっている草についてもいう。「冬萌」は陽だまりなどで冬のうちから草が芽吹くこと。

大阿蘇の冬草青き起伏かな　稲荷島人
冬草を踏んで蕪村の長堤　星野麥丘人
青といふ色の靭（つよ）さの冬の草　後藤比奈夫
冬萌や歌ふにも似て子の独語　馬場移公子

枯草（かれくさ）

○草枯（くさか）る　◎枯葎（かれむぐら）　枯蘆（かれあし）　枯芒（かれすすき）　冬芒（ふゆすすき）　枯尾花（かれおばな）

草が枯れている様子。冬になると、おおかたの草はすっかり枯れてしまう。その姿や枯れざまは侘（わび）しいものがある。

枯草を踏めばふはりと応へくる　加藤耕子
枯草のうすくれなゐや西の京　山本洋子
枯れてゆく草の終りはてらてらと　廣瀬直人
枯芒ただ輝きぬ風の中　中村汀女

枯菊（かれぎく）

○菊枯（きくか）る

寒さや霜で傷つき、やがて枯れてゆく菊をいう。長い間咲き続けていた菊も、下葉から枯れてくる。花の色が残っていると、剪（き）り捨てるのもためらわれるが、新芽を促すために株の下の方から剪る。その枝を焚（た）くと、ほのかな香りが漂う。

枯菊を刈らんと思ひつゝ今日も　西島麦南
枯菊に鏡の如く土間掃かれ　星野立子
枯菊を焚きて焔に花の色　深見けん二

枯蓮（かれはす）

○枯れ蓮（かれはちす）　蓮枯る（はすかる）　蓮の骨（はすのほね）

枯れてしまった蓮。夏の間、大きな葉を掲げていた蓮は、秋になると葉が破れ出し、ついには枯れて見るも無惨な姿をさらすようになる。しかし根茎は太り、食べ頃となる。

枯蓮のうごく時きてみなうごく　西東三鬼

枯蓮の折れたる先を水に刺す　池田秀水

魂の抜けし姿に蓮枯るる　今井つる女

新年

新年（しんねん）

○年新た（としあらた）　新玉の年（あらたまのとし）　年始（ねんし）　年始め（としはじめ）　年立つ（としたつ）　年明く（としあく）　年改まる（としあらたまる）　年来る（としきたる）　年迎ふ（としむかう）

一年の初め。見るものがめでたく、厳粛な気分が満ちている。一般に新春（しんしゅん）と呼ぶが、新暦では厳冬に当たる。

新年のゆめなき夜をかさねけり　飯田蛇笏
オリオンの楯新しき年に入る　橋本多佳子
路地の子が礼して駆けて年新た　菖蒲あや
あらたまのちからあめつちより貰ふ　茨木和生
女の手年の始の火を使ふ　野澤節子
古きよき言の葉をもて年迎ふ　富安風生
山に立ち山に礼して年迎ふ　岡田日郎

正月（しょうがつ／しやうぐわつ）

○お正月（しょうがつ）　◎一月（いちがつ）（冬）　睦月（むつき）（冬）

中国では歳首（さいしゅ）（年の初め）を「正」と呼んだところから、一月を

「正月」と呼ぶ。日本では、「みなむつみあう」という意味から「睦月」と呼んだ。新暦では旧月名は原則一ヶ月ずれるが、睦月と師走だけは「一月」と「十二月」として使うことが多い。

正月や楷書のごとき山の晴れ　林　徹
正月の雪真清水の中に落つ　廣瀬直人
正月の地べたを使ふ遊びかな　茨木和生

初春（はつはる）

○新春（しんしゅん）　迎春（げいしゅん）　明の暮（あけのくれ）　今朝の春（けさのはる）　老の春（おいのはる）

新しい年のこと。旧暦一月一日は立春前後に当たるため、「初春」とか「新春」と呼んだ。現代でもその慣習が残っている。「しょしゅん」と音読みにすると春の季語になるので注意。

初春や眼鏡のままにうとうとと　日野草城
初春や酒に国の名峠の名　永島靖子
酒もすき餅もすきなり今朝の春　高浜虚子
生くることやうやく楽し老の春　富安風生

去年今年（こぞことし）　◎去年（きよねん）　旧年（きゅうねん）　初昔（はつむかし）　今年（ことし）

元旦の午前零時を境に、去年から今年に移ること。年の移行がすみやかなことへの感慨が強くこもる。高浜虚子の句により、季語としての価値が定まった。「初昔」は新年になって振り返る旧年のこと。

去年今年貫く棒の如きもの　高浜虚子
去年今年闇にかなづる深山川　飯田蛇笏
暗きより火種をはこぶ去年今年　柿本多映
こころの火落して睡る初昔　鈴木鷹夫
旅先に鶴見て今年はじまりぬ　鈴木真砂女

元日（がんじつ／ぐわんじつ）　◯お元日（がんじつ）　鶏日（けいじつ）　◎元朝（がんちょう）　元旦（がんたん）　歳旦（さいたん）　大旦（おおあした）

一年の最初の日、一月一日を元日という。元は始めの意。元日をかつては「元三（がんさん）」といったのは年初、月初、日初三つの初めの意味である。またその朝を「元朝」「元旦」「歳旦」「大旦」ともいう。「旦」は朝の意。めでたさもひとしおである。

元日を飼はれて鶴の啼きにけり　臼田亜浪

元日の端山にたてる烟(けむり)かな　久保田万太郎
元日や手を洗ひをる夕ごころ　芥川龍之介
元日の日向ありけり飛鳥寺　石田勝彦
夕刊の来ぬ元日のいつまでも　高橋睦郎
元旦や分厚き海の横たはり　大串　章
一歩またいつぽをしかと大旦　雨宮抱星

松(まつ)の内(うち)

○松七日(まつなぬか)　◎三が日(さんにち)　二日(ふつか)　三日(みっか)　四日(よっか)　五日(いつか)　六日(むいか)

正月の門松を立てておく期間をいう。関東では元日から七日まで、関西では十四日、または十五日までをいう。元日は詠みやすいが、二日、三日などはそれぞれ微妙な情感の違いを詠む必要がある。松の内は正月気分が続く。

三日程富士も見えけり松の内　巌谷小波
浅草によき空のあり松の内　京極杜藻
ふるさとの海の香にあり三ケ日　鈴木真砂女
留守を訪(と)ひ留守を訪はれし二日かな　五十嵐播水

三日はや雲おほき日となりにけり　久保田万太郎

うとうとと炬燵の妻の四日かな　今井つる女

金色のものの減りたる五日かな　櫂 未知子

髪剪って六日の風の新しく　黒田杏子

人日（じんじつ）　◎七日（なぬか）

一月七日をいう。この日、七日粥を食べ、七日正月を祝い、関東ではこの日に松飾りを取り払う。中国では元日から八日までを、鶏・狗（いぬ）・豚・羊・牛・馬・人・穀（こく）に当てはめ、七日は人の日に当たるため「人日」と呼んだ。同様に一月二日は「狗日（くじつ）」、三日は「猪日（ちょじつ）」ともいう。

人日の女ばかりの集りに　星野立子

人日の椀に玉子の黄味一つ　野澤節子

人日の雨にいくつか文を書く　山本洋子

日のぬくみ欅（けやき）にありて七日かな　永方裕子

松過（まつすぎ）　◯松明（まつあけ）

正月の松飾りを取り去ったあとの時期をいう。松の内が過ぎてしまうことへの感慨がある。なお、十五日を「小正月」、二十日を「二十日正月」と呼び、おおむねこれで正月の行事は終了する。ほっとした気分とともに、一抹の寂しさが伴う。

松過の又も光陰矢の如く　高浜虚子
松すぎのはやくも今日といふ日かな　久保田万太郎
松過の海へ出てみる夕ごころ　稲垣きくの

小正月(こしょうがつ・こしやうぐわつ)　◎女正月(おんなしょうがつ)

旧暦一月十五日を正月の特別な行事として「小正月」と呼んだ。「左義長(さぎちょう)」など重要な行事がこの日に行われる。また、松の内は女性たちにとって多忙なため、十五日以降に年始の礼を始めることから「女正月」とも呼ばれる。

小正月そのかされて酔ひにけり　中村苑子
浪華(なにはづ)津の白浪見たり小正月　桂　信子
女正月つかまり立ちの子を見せに　中野三允

初空（はつぞら）

○初御空（はつみそら）

元旦の大空をいう。和歌では「春の初空」と詠まれ、由緒ある古い題となっているが、当時は立春の空をいった。清新な気に満ちた季語。日の光を中心に詠むときは「初日（はつひ）」「初東雲（はつしののめ）」「初茜（はつあかね）」と呼ぶ。

初空や大和三山よきかたち　大橋越央子
初空の藍と茜と満たしあふ　山口青邨
大那智の滝の上なる初御空　野村泊月

初日（はつひ）

○初日の出（はつひので）　初日影（はつひかげ）　◎初明り（はつあかり）

元日の朝の日の出のこと。また、その太陽。東の空から差してくる曙光を「初明り」という。年が改まり、神々しさが感じられる。初日を拝む風習は古来あり、一年の平穏無事を祈る。伊勢の二見浦の初日の出は有名。

夢殿の夢の扉（とぼそ）を初日敲（う）つ　中村草田男
大初日海はなれんとして揺らぐ　上村占魚

初日出づ一人一人に真直ぐに　中戸川朝人

初東雲（はつしののめ）

新年になって初めてのあけぼの。「東雲」は、明け方、あけぼのと同じ意味の言葉で、太陽が昇りきる前の明るくなっていく空をいう。初日の出にちなむ季語だが、太陽そのものでなく、暁光に染まった雲や空を詠む。

おごそかに初しのゝめに海の音　野田別天楼
徐々に徐々に初東雲といへる空　後藤比奈夫
川一筋初東雲の一文字　鳥居三朗

初茜（はつあかね）

元旦の太陽が昇りきる前、暁光に染まった雲や空が、明るさを増し、やがて茜色となって鮮やかに染まっていく情景をいう。夕焼けのことではないので注意。

初茜波より波の生れけり　小島花枝
馬小屋に馬目ざめゐて初茜　有働　亨
明星を消し忘れたる初茜　鷹羽狩行

初風（はつかぜ）

〇初松籟（はつしょうらい）

元旦に吹く風。「初松籟」は新年の松に吹きわたる風のこと。ことさらめでたく感じられる風である。籟は中国古代の三つ穴の笛のことで、松に吹く風に笛のような音が立つことを松籟といった。

初風や一矢を待てる白き的　西尾一

野火止に赤松多し初松籟　沢木欣一

初松籟西行岩を尋め行きぬ　鍵和田秞子

初凪（はつなぎ）

元日の海や浦が静かに凪ぎわたっていること。穏やかな気象を指すが、正月はこうした日が多い。特に元日は、海から上る初日の出を拝む風習が全国的に多く、初凪の景色が印象に残る。

初凪の真つ平なる太平洋　山口誓子

初凪やもの丶こほらぬ国に住み　鈴木真砂女

初凪の港も船も華やげる　山田みづえ

初霞（はつがすみ）

正月の野山にたなびく霞をいう。旧暦の正月は現在の二月にあたるため、暖かい日には霞が立って見えることがあった。新暦の正月ではあまり見られない。穏やかな正月のめでたさを示す季語。

県（あがた）より海老たてまつる初霞　水原秋櫻子
初がすみうしろは灘の縹（はなだ）色　赤尾兜子
初霞棚引く野山ありてこそ　後藤比奈夫

御降（おさがり）　元旦、あるいは三が日に降る雨や雪のこと。雨は涙を連想させ、「降る」は「古」にもつながり、正月の忌（いみ）ことばとされたことから、「御降」と言い換えられた。正月はふだんに比べ静穏な雰囲気が漂い、天気もその気分が反映されて感じられる。

お降りといへる言葉も美しく　高野素十
おさがりのきこゆるほどとなりにけり　日野草城
御降りの何も濡らさず止みにけり　白濱一羊

淑気（しゅっき）　正月の天地に瑞祥の気（めでたい気分）が満ち、荘厳な気配が漂うことをいう。具体的な事物でなく、気分的なものである。動詞を用いるときは「淑気満つ」などとする。漢字由来の語で、本来は春のなごやかな気をいう。

葛飾は男松ばかりの淑気かな　能村登四郎

朱の橋を渡れば淑気自づから　小畑柚流

遠山の折り目正しき淑気かな　伊藤敬子

地理

初景色（はつげしき）

元日の淑気（しゅっき）に満ちた風景をいう。晴れ晴れとした景色ばかりでなく、ありふれた田の畦（あぜ）や町並みも、新年は新鮮に感じられる。

○初山河（はつさんが）

大き鳥きて止りけり初景色　永田耕一郎

くれなゐのひろがつてゆく初景色　伊藤通明

母もまたこの町に住む初景色　千葉皓史

初景色川は光の帯として　宮本径考

をちこちに灯のともりをり初山河　木内怜子

初富士（はつふじ）

◎初筑波（はつつくば）　初比叡（はつひえい）　初浅間（はつあさま）

元日に仰ぎ見る富士山のこと。現在でも正月は都会の活動が静まり、富士を眺望するのにふさわしい。かつて江戸には富士見の地名が多く、富士山は初景色の最たるものだった。他の名山にも「初」を冠して「初筑波」「初比叡」「初浅間」などと詠む。

初富士のかなしきまでに遠きかな　山口青邨
初富士の裾をひきたる波の上　深見けん二
初富士にふるさとの山なべて侍す　藤田湘子
ほのぼのと二つ峰あり初筑波　清崎敏郎

生活

門松（かどまつ）　○松飾（まつかざり）　飾松（かざりまつ）　竹飾（たけかざり）　飾竹（かざりたけ）

新年、歳神（としがみ）を迎えるための依代（よりしろ）（目印）として家の戸口、または門前に立てる一対の松。松だけのものが「松飾」「飾松」で、竹を主としたものを「竹飾」「飾竹」という。他に楢（なら）・椿・朴（ほお）なども用いられ、地域によってちがいがある。

門松や東京の山みな遠嶺　　小川軽舟
大いなる門のみ残り松飾り　　高浜虚子
松よりも竹美しき松飾　　後藤比奈夫
風音を伊賀に聞きをり松飾　　鈴木鷹夫

飾（かざり）　○お飾（かざり）　輪飾（わかざり）　◎注連飾（しめかざり）　蓬莱（ほうらい）　飾海老（かざりえび）　飾臼（かざりうす）　歯朶飾る（しだかざる）　橙飾る（だいだいかざる）

新年の飾り物のこと。主として「注連飾」をいう。「しめ」は神の占有される場所としての意味をもつ。神棚をはじめ、門・戸口・井戸などにつける「輪飾」も同じ。これに橙・蜜柑・裏白・穂俵（ほだわら）などを添える。「蓬萊」

は、三方（さんぼう）に米・のしあわびなどを載せて飾る飾りのこと。

一管の笛にもむすぶかざりかな　飯田蛇笏
草の戸といふにあらねど飾かな　長谷川櫂
輪飾の五つ六つほどあれば足る　清崎敏郎
まだ誰も来ぬ玄関の注連飾　神尾季羊
蓬萊や東にひらく伊豆の海　水原秋櫻子

鏡餅（かがみもち）　○御鏡（おかがみ）　飾餅（かざりもち）

正月の床の間などに供える円形で扁平な餅のこと。大小二個を重ねて用いる。形が鏡に似ているところからその名がつけられた。橙（だいだい）・串柿・楪（ゆずりは）・昆布・裏白などを添える。いかにも正月らしいめでたい気分を漂わせる。

鏡餅暗きところに割れて坐す　西東三鬼
つぎつぎに子等家を去り鏡餅　加藤楸邨
家々に鏡餅のみ鎮座せり　桂　信子

若水（わかみず）　○福水（ふくみず）　若井（わかい）　若水桶（わかみずおけ）　若水汲（わかみずくみ）　◎若潮（わかしお）

元日の早朝、年男によって汲みあげられる水のこと。歳神（としがみ）に供えたり、手や顔を洗い浄めたり、雑煮を作ったり、「福沸（ふくわかし）」にしたりするために用いられる。九州では「若潮」と呼ぶ海水を汲んできて神に供える。

若水や人汲み去れば又湛ふ　赤木格堂

若水や星うつるまで溢れしむ　原田種茅

若水の両手に珠と弾けたる　深見けん二

一睡のあと暁闇の若井汲む　福田甲子雄

初手水（はつちょうず）

元日の朝、汲みあげたばかりの若水を用いて、手や顔を洗い浄めること。冷たい水で、心身が清らかになる。

杓の水揺れるを鎮め初手水　村上冬燕

沖雲に朱のひとすぢ初手水　奥名春江

生涯のてのひらをもて初手水　山尾玉藻

大服（おおぶく）　○大福（おおぶく）　福茶（ふくちゃ）　大福茶（おおぶくちゃ）

元日に「若水（わかみず）」で沸かして飲む、めでたいお茶。梅干・山椒・黒豆・結び昆布などを入れた煎茶で、邪気を祓い、正月の縁起を祝って飲む。大服を大福にかけた縁起物。

金婚の夫婦(めおと)茶碗に福茶注(つ)ぐ　力石郷水
膝に日のあたる福茶をいただきぬ　西山誠
大服(おおぶく)茶やひとのなさけにながらへて　日野草城

福沸(ふくわかし)　○福鍋(ふくなべ)
元日の早朝、年男が汲んできた「若水(わかみず)」を沸かすこと。それに用いる鍋を「福鍋」という。立ちこめる湯気は、新年の気分を感じさせる。

楢山の馥(ふく)郁(いく)とある福沸　綾部仁喜
鉄釜のやがて音に出て福沸し　鷹羽狩行
福鍋に耳かたむくる心かな　飯田蛇笏

屠蘇(とそ)　○屠蘇(とそ)祝(いわ)ふ
正月の祝い膳で飲む薬酒。無病息災、延命長寿を願って飲む。山椒・細辛(さいしん)・防風・桔梗(ききょう)・乾姜(かんきょう)・白朮(おけら)・肉桂などを調合して作り、薬酒らしい独特の匂いと味がある。

屠蘇飲んでほろと酔ひたり男の子　原田浜人
次の子も屠蘇を綺麗に干すことよ　中村汀女
祖母も母も並びて小さし屠蘇を受く　古賀まり子
屠蘇祝ふ長幼の序のありにけり　松崎鉄之介
我が家には過ぎたる朝日屠蘇祝ふ　戸恒東人

雑煮（ぞうに）

○雑煮祝ふ（ぞうにいわう）　雑煮餅（ぞうにもち）　雑煮椀（ぞうにわん）　雑煮膳（ぞうにぜん）

新年を迎えたことを喜び、家族の無事息災を願って食べる汁物。関東では焼いた切り餅に澄まし汁、関西では焼かない丸餅に白味噌仕立てが多い。地方によって煮こむ具はさまざまで、

立山の日の出を祝ふ雑煮かな　金尾梅の門
丸餅のどかつと坐る雑煮かな　草間時彦
根（こん）のもの厚く切つたる雑煮かな　大石悦子
鮞（はららご）のみちのくぶりの雑煮祝ふ　山口青邨
国生みのはじめの島の雑煮餅　川崎展宏

太箸（ふとばし）　○祝箸（いわいばし）　柳箸（やなぎばし）　孕み箸（はらばし）　雑煮箸（ぞうにばし）　箸紙（はしがみ）

正月の食膳に用いる白木の太い箸。多くは柳で作られている。まん中が太く、「孕（はら）み箸」「雑煮箸」ともいう。名前の書かれた「箸紙」（箸包）に包む。

太箸やころげ出でたる芋の頭（かみ）　籾山梓月
太箸のただ太々とありぬべし　高浜虚子
昔より細うなりけり柳箸　高本時子
箸紙に来ぬかも知れぬ子の名書く　後藤比奈夫

喰積（くいつみ・くひつみ）　○重詰（じゅうづめ）　節料理（せちりょうり）　お節（せち）

本来は、年賀の客をもてなすために飾る重詰料理。現在では、重箱に、昆布巻・田作（たづくり）・きんとん・牛蒡（ごぼう）・人参・大根などの煮付けや膾（なます）・数の子などの「節（せち）料理」を詰めたものをいう。主に年賀の客をもてなすために用いられるが、家族の正月用の食物としての用もなす。

食積や朱きは海老とたうがらし　草間時彦
喰積や甘きものとて軽んぜず　神尾季羊

海見えてきんとん残る節料理　川崎展宏

数の子（かずのこ）　鰊（にしん）の腹子を乾燥または塩漬けにしたもの。塩抜きをしたあと花鰹と醬油をかけるなどして食べる。子孫繁栄の縁起ものとして、正月には欠かせない肴とされている。

数の子にいとけなき歯を鳴らしけり　田村木国
数の子を噛み壮年の心ばへ　山口青邨
数の子を噛めばはるかに父の声　深見けん二

田作（たづくり）　○ごまめ
片口鰯を素干しにしたものを炒（い）って砂糖・醬油で飴煮（あめに）にした正月料理。田作の名は鰯を田の肥料（田を作る）にしたことにちなむという。五穀豊穣を祈る意味も含まれている。

独酌のごまめばかりを拾ひをり　石川桂郎
どれもこれも目出度く曲るごまめかな　角川照子
減りしともなく減つてゆくごまめかな　三村純也

結昆布（むすびこんぶ）

昆布を小さく切って結んだもの。正月の縁起ものとして、「雑煮」や「大服」（おおぶく）などに用いる。

杉箸ではさみし結昆布かな　松瀬青々

子が次に箸だすものに結昆布　森　澄雄

ほぐれたる一つも結昆布かな　山崎ひさを

草石蚕（ちよろぎ）

○ちようろぎ

正月料理に用いるチョロギの地下茎。梅酢に漬けて鮮やかに赤く染めあげたものを黒豆にまぜて食べる。

をかしくてちよろぎと三度言ひてみし　大石悦子

ちよろぎてふをかしきものを寿げり（ことほげり）　千葉　仁

めでたさはちよろぎの紅の縒（よぢ）れかな　梅村すみを

年賀（ねんが）

○年始（ねんし）　年礼（ねんれい）　廻礼（かいれい）　年始廻り（ねんしまわり）　◎御慶（ぎよけい）　礼者（れいじや）　門礼（かどれい）　賀客（がきやく）

正月の三が日の間に、親戚・知人・近隣の家を訪問して新年を祝う言葉を述べあうこと。門口だけで済ますのを「門礼」、その人を「門礼者」「賀客」という。「御慶」は賀詞（がし）（祝いの言葉）のこと。

武蔵野の芋さげてゆく年賀かな　佐野青陽人
舟に舟寄せねんごろに賀詞交す　吉原一暁
末の子の折目正しき御慶かな　上野　泰
ややありて女のこゑや門礼者　岸田稚魚

年酒（ねんしゅ）
○年酒（としざけ）　年の酒（としのさけ）　年始酒（ねんしざけ）
新年の酒、または年賀の挨拶回りに来た人にすすめる酒のこと。屠蘇のあとでふるまわれることが多い。

年酒酌むふるさと遠き二人かな　高野素十
息づかひしづかに父の年の酒　滝沢伊代次
婿となる青年と酌む年の酒　広渡敬雄

切山椒（きりざんしょう）（きりざんせう）
正月の餅菓子。しん粉に砂糖を加え、炒った実山椒をまぜあわせて、蒸してから臼で搗く。紅白または五色で、ほのかな山椒の香が喜ばれる。

わかくさのいろも添へたり切山椒　久保田万太郎
鎌倉の小町通りの切山椒　星野　椿

つまみたる切山椒のへの字かな　行方克巳

年玉（としだま）

○お年玉（としだま）

古くは年の餅のことであったが、現在では子供に与える金銭や品物をいうことが多い。「歳暮」が目下の者から目上に贈るものであるのに対して、年玉はその逆である。

年玉をならべておくや枕許　正岡子規

年玉を妻に包まうかと思ふ　後藤比奈夫

風呂敷の色をひろげてお年玉　上野章子

初電話（はつでんわ）

正月、ふるさとの父母や、ご無沙汰している知人に、あるいは恋人などに、電話を通して新年の挨拶（御慶）を交わすことをいう。声におのずから明るく華やいだ感じがあらわれる。現在ではメールのやりとりも増えている。

初電話巴里よりと聞き椅子を立つ　水原秋櫻子

初電話声もうららに癒えたまふ　古賀まり子

ひと弾みつけて鳴り出す初電話　鷹羽狩行

賀状（がじょう／がじやう）　○年賀状（ねんがじょう）

年賀の意を記した書状をいう。多くは年賀はがきが用いられている。元日に届けられる「年賀状」は、正月の楽しみのひとつとなっている。

猫に来る賀状や猫のくすしより　久保より江

賀状うづたかしかのひとよりは来ず　桂　信子

嵩（かさ）なして男ざかりの年賀状　大島民郎

初便（はつだより）

新年になってはじめて出したり受けとったりする便りのこと。「年賀状」は通常、「初便」とはいわない。

初便り皆生きてゐてくれしかな　石塚友二

ちちははへ出雲より出す初便り　小島花枝

ふくらんでゐるが嬉しき初便　岩田由美

初刷（はつずり）　○刷初（すりぞめ）

新聞や雑誌などの印刷物を新年になってから初めて刊行すること。元日の新聞をいうことが多い。増ページされて、芸能欄、文化欄などはカラー印刷になっていて読者の目を楽しませる。

初刷をぽつてりと置く机辺かな　松崎鉄之介
初刷りの少し湿りて配らるる　飛鳥雅子
初刷や富士を二つに折りたゝみ　石原透

初写真（はつしゃしん）
新年、はじめて写真をうつすこと、またその写真をいう。正月に家族や親せきが集まり、一家の長老を囲んで撮ることが多い。めでたさがあふれる写真である。

初写真もつとも高き塔入れて　山口青邨
初写真妻子をつつむさまに立つ　久保田博
分校の子ども九人の初写真　樋笠文

初暦（はつごよみ）　○新暦（しんごよみ）
新年になってはじめて使い始める暦。現在では、美しい絵や写真でいろどられたカレンダーや日めくりが主流を占めるが、かつては九星の暦のことをさしていった。

とぢ絲のいろわかくさやはつ暦　久保田万太郎
初暦大きく場所をとつてをり　星野椿

幸せの待ち居る如く初暦　稲畑汀子

初日記（はつにっき）

○日記始（にっきはじめ）　新日記（しんにっき）

新年になってはじめて日記を書き始めること、またその日記。新しい心持ちで日記に向かい、晴れがましい気分をもって一年の抱負などを書き入れる。

志すこし述べたり初日記　下村非文

初日記書きたきことは他にありて　富安風生

新日記三百六十五日の白　堀内　薫

初湯（はつゆ）

○初風呂（はつぶろ）　初湯殿（はつゆどの）　若湯（わかゆ）

新年になってはじめて風呂を立てて入ること。かつての銭湯では二日が初湯であった。これに入ると若返るとされ、「若湯」ともいわれる。

わらんべの溺るるばかり初湯かな　飯田蛇笏

初湯出て青年母の鏡台に　三橋鷹女

惜しげなく初風呂の湯を溢れしむ　三村純也

初鏡（はつかがみ）　○初化粧（はつげしょう）
新年になってはじめて鏡に向かって化粧をすること、またその際に用いる鏡のこともいう。鏡にむかう表情もふだんとちがって明るく華やいでみえる。

初鏡娘のあとに妻坐る　　日野草城
かんざしの向き決めかねて初鏡　　鷹羽狩行
空容れて旅の乙女の初鏡　　大串章

初髪（はつがみ）
新年のよそおいのために日本髪を結うこと。近年は洋髪にもいう。正月らしい気分を湛える。

初髪のふせてなまめく目もとみよ　　久保田万太郎
初髪のひとり娘のありにけり　　後藤比奈夫
初髪の妻のなかなか帰り来ず　　桑島啓司

春着（はるぎ）　○春著（はるぎ）　正月小袖（しょうがつこそで）　春小袖（はるこそで）　春襲（はるがさね）
正月に着るためにあつらえた衣服、あるいは正月の晴着のことをいう。華やかな和服は正月のめでたさを一層ひきたてる。春の着物のことではないので注意が必要。

誰(た)が妻とならむとすらむ春着の子　日野草城

膝に来て模様に満ちて春着の子　中村草田男

少年や春着の姉をまぶしとも　藤松遊子

竹生島行きの桟橋春着の子　山本洋子

教へ子に逢へば春著の匂ふなり　森田　峠

着衣始(きそはじめ)　古くは三が日のうちの吉日に新しい冠・装束・衣装をつけて着始の祝いをしたが、現在ではそうした風習も失われ、新年に晴着をはじめて着るときなどにも用いられる。

物堅く祇園に住むや著衣始　小沢碧童

若うして家の主や着衣始　佐々木北涯

姿見を日向に出せる着衣始　井上弘美

縫初(ぬいぞめ)(ぬひぞめ)　○縫始(ぬいはじめ)　初針(はつばり)

新年になってはじめて裁縫をすること。そこには緊張感と同時にときめくこころも感じられる。

忘れど針は器用や縫始　富安風生
縫初めの糸白くまだ街を見ず　神尾久美子
初針の浮き沈みゆく布の上　上野　泰

掃初（はきぞめ）

○初箒（はつぼうき）

新年はじめての掃除をすること。たいてい正月二日に行う。元日は、福を掃き出すといって掃除をしない風習があった。

掃きぞめの帚にくせもなかりけり　高浜虚子
山の辺のみちを掃初仕る　阿波野青畝
ひとりにはひとりの塵や初箒　山田弘子

俎始（まないたはじめ）

○包丁始（ほうちようはじめ）

新年になってはじめて俎や包丁を用いて料理をすること。元日はできるだけ家事をしないものとされてきたが、実際には雑煮の支度や来客のもてなしなどの台所仕事がある。

俎始鯛が睨（にらみ）を効かせけり　鈴木真砂女
男の手ごつと俎始かな　須原和男

子にまとひつかれ包丁始かな　　西宮　舞

読初（よみぞめ）

◯読始（よみはじめ）

新年になってはじめて書物を繙く（ひもとく）こと。かつては読初の慣習があり、漢籍などを朗々と音読した。

読初の春はあけぼのなるくだり　　下村梅子

読みぞめに古今和歌集春の哥（うた）　　川崎展宏

栞（しお）りたるところを開き読始　　山崎ひさを

書初（かきぞめ）

◯筆始（ふではじめ）　吉書（きっしょ）　◎初硯（はつすずり）

新年にはじめて毛筆で文字を書くこと、また書いたものをいう。現在では二日に行われることが多い。慶賀にふさわしい「寿」「福」などのめでたい字句が選ばれる。書いたものを「吉書」とよぶ。宮中では二日に吉書始めの行事が行われる。「初硯」は正月はじめて硯を用いること。

書初や平仮名一人一字づつ　　久保田万太郎

吉野紙うちひろげたり筆始　　深見けん二

一字なほにじみひろごる試筆かな　　皆吉爽雨

笑初（わらいぞめ）**わらひぞめ**

◯初笑（はつわらい）　初笑顔（はつえがお）

新年になってはじめて笑うこと。正月ともなればめでたく、なごやかで明るい感じがする。

その頬にしづかにたたへ初笑　富安風生

初笑ひたしなめつつも祖母笑ふ　星野立子

初笑ひ夫の笑ひと合はぬなり　大木あまり

泣初（なきぞめ）

◯初泣（はつなき）　◎米（よね）こぼす

新年になってはじめて泣くこと。かつては元日に泣くと一年中泣くことになるといって子供をたしなめたものである。「米こぼす」は三が日に泣くことで、涙ということばを忌み、米粒に見立てた季語。

泣初の両手握ってやりにけり　山西雅子

初泣の子供を抱けばあたたかく　今井杏太郎

琴を弾き終へたるひとり米こぼす　茨木和生

乗初（のりぞめ）

◯初乗（はつのり）　初電車（はつでんしゃ）　初飛行（はつひこう）

新年になってはじめて乗物に乗ること。具体的に「初電車」「初飛行」などともいわれるが、初自動車・初自転車のようには用いない。

おとなしく人混みあへる初電車　武原はん
初電車子の恋人と乗り合はす　安住敦
すぐ次の駅までのこと初電車　下村梅子

仕事始（しごとはじめ）

○事務始（じむはじめ）　初仕事（はつしごと）　◎御用始（ごようはじめ）

新年になってはじめて仕事にとりかかること。一般の会社・銀行・工場などでは一月四日を仕事始めとするところが多い。独特のめでたい雰囲気が残っている。官公庁の仕事始めは「御用始」という。

船曳（ひ）くを仕事始の男かな　鈴木真砂女
柝（き）を入れて仕事始の兜町　村瀬水螢
文鎮の重たき仕事始めかな　永方裕子

初句会（はつくかい）

○初披講（はつひこう）　◎初吟行（はつぎんこう）

その年最初の句会のこと。名乗りをあげる声もどことなくはればれとしている。「初吟行」は新年はじめての吟行。

折詰の紐の赤房初句会　猿橋統流子

一回も名乗りをあげず初句会　荒川　実
誰も富士詠まむと黙す初句会　福田甲子雄

初旅（はつたび）

○旅始（たびはじめ）

新年になってはじめての旅のこと。初詣をかねての神社仏閣への旅は、ことのほか新年のめでたい気分が漂い、新鮮な気持ちで景色を味わうことができる。

初旅や駅弁うまき予讃線　草間時彦
初旅の搭乗券を胸にさし　山崎ひさを
初旅の船しろがねの水を吐く　小山玄黙

初商（はつあきない・はつあきなひ）

○商始（あきないはじめ）　売初（うりぞめ）　初売（はつうり）

新年になってはじめての商売をいう。かつては元日は福が逃げぬよう商売をせず、二日から営業するのが習わしだったが、近年では元日から営業している店も多い。デパートなどでは福袋などが売られ、正月らしさがいちだんと漂う。

束子（たはし）より初商のしづくかな　奥坂まや

売初や管の先なる飴細工　百合山羽公

初売りの五寸角材抛（はふ）り出す　村山古郷

初市（はついち）

○初市場（はついちば）　初糶（はつせり）

新年になってはじめて開く、魚・野菜・果実などの市。かつては二日に行われたが、近年では四日に行われるところが多い。魚河岸などでは御祝儀相場の高値をつける威勢のいい糶声がとびかう。

初市にどっかと坐る島豆腐　平良雅景

初市の祝儀値弾む瀬田蜆　斎藤朗笛

初糶や山も港もまだ明けず　長沼紫紅

鏡開（かがみびらき）

○鏡割（かがみわり）　鏡餅開（かがみもちひら）く

正月の歳神（としがみ）に供えてあった鏡餅を割ること。切るという言葉を忌むため刃物を使わず、手や槌などを用いて割る。雑煮や汁粉にして食べる。一月十一日に行われることが多い。

銀行の嘉例の鏡びらきかな　久保田万太郎

鏡開明日となりぬ演舞場　水原秋櫻子

鏡餅ひらくや潮の満ちきたり　林　徹

十五日粥（じゅうごにちがゆ／じふごにちがゆ）　○小豆粥（あずきがゆ）　粥柱（かゆばしら）　小正月の十五日の朝に、粥を作って神に供え、人も祝い食すこと。霊力があるとされる小豆を入れることが多い。餅を入れることもあり、この餅を「粥柱」という。粥でその年の豊凶や天候を占う地域もある。

十五日粥のかなたや風の色　宇多喜代子

杉箸のほのかに染まり小豆粥　猿橋統流子

粥柱しづかに老を養はむ　富安風生

買初（かいぞめ／かひぞめ）　○初買（はつがい）　新年になってはじめてものを買うこと。デパート・小売店などでは福袋などを用意して、買物客の購買意欲をそそったりする。「初商（はつあきない）」と同様、かつては一月二日とされていた。

買初に雪の山家の絵本かな　泉　鏡花

買初の小魚すこし猫のため　松本たかし

買初の花菜つぼみを一とつかみ　宮岡計次

鍬始（くわはじめ／くははじめ）　○鍬初（くわぞめ）　鋤始（くわはじめ）　初田打（はつたうち）　新年になって、御幣（ごへい）と松を立て、餅などを供えた田畑で耕作の真似をして仕事始めを行うこと。一月十一日に行うところが多い。農家にとっては豊作を願う上で大事な新年の行事である。

ねむる田にひと声かけて鍬始　能村登四郎
三山の真中に打つ鍬始　有馬朗人
鍬初めに出てゐるたつた一人かな　阿波野青畝

山始（やまはじめ）　○初山（はつやま）　初山入り（はつやまいり）　斧始（おのはじめ）　その年はじめて山に入って仕事始めの祝いをすること。山の木に注連（しめ）をかけ、米や酒、餅などを供えて、一年の無事を祈る。

一瀑のしづかに懸（かか）り山始　大峯あきら
音すべて谺となれり山始　黛　執
ちらちらと子の蹤（つ）いてゆく山始　辻田克巳

初漁（はつりょう／はつれふ）　○漁始（りょうはじめ）　初網（はつあみ）　新年になってはじめて漁に出ること。一月二日の初漁で得た魚は、恵比須などの漁の神や船霊に供える。沖で漁をする真似をして帰り、豊漁の予祝とするところもある。

初漁や海境の青一文字　木内彰志

初漁のはなから太き水脈を曳き　檜紀代

方違へして初漁の船を出す　茨木和生

獅子舞 ○獅子頭

正月、家々を訪れ、獅子頭をかぶって厄を払うために舞う神楽の一種。一人立と二人立のものがあり、土地によって演じ方や曲目に特徴がある。

獅子舞は入日の富士に手をかざす　水原秋櫻子

獅子舞の獅子さげて畑急ぐなり　森澄雄

獅子頭背にがつくりと重荷なす　西東三鬼

万歳 ○万歳楽　三河万歳　大和万歳　加賀万歳　万歳太夫

風折烏帽子に紋服姿の太夫（主役）と裁着け姿に侍烏帽子、または大黒頭巾の才蔵（脇役）とで行われる門付芸能のひとつ。新春の家々を訪れ、節付(ふしづけ)や賀詞(がし)を述べる。近年では秋田・石川・愛知などにわずかに残っている。

万歳や合点々々の鼓打つ　八木林之助
一島をあげて万歳もてなせり　茨木和生
三河万歳東京行は混みにけり　加藤かけい

歌留多(かるた)　○百人一首(ひゃくにんいっしゅ)　歌(うた)がるた　花(はな)がるた　いろはがるた　歌留多会(かるたかい)

正月の屋内での遊びのひとつ。主に用いられるのは藤原定家撰の「小倉百人一首」で、子供のためには「いろはがるた」などがある。「花がるた」は花札のことで、四季十二ヶ月の花鳥を取り合せるもの。

封切れば溢れんとするかるたかな　松藤夏山
座を挙げて恋ほのめくや歌かるた　高浜虚子
読み札のいちまいを欠く歌がるた　伊藤白潮

双六(すごろく)　○絵双六(えすごろく)

正月の子供の遊びのひとつ。古く中国から伝わった遊戯が変化し、近世になって東海道・木曾街道などの絵入りの双六（「絵双六」）が盛んになった。現在はいろいろの趣向のものがあり、正月の子供たちを楽しませる。

双六の花鳥こぼるる畳かな　橋本鶏二
双六の振出しのまづ花ざかり　後藤比奈夫
一振りで越ゆ双六の箱根山　大石悦子

福笑（ふくわらい）（ふくわらひ）　正月に行う家庭の遊びのひとつ。目隠しをして、お多福の顔の輪郭を描いた絵の上に、別に切り抜いた眉・目・鼻・口を置いてゆく。江戸時代からある遊びで、ときに珍妙な顔になり、座が盛り上がる。

袖摺りて鼻の行方や福笑ひ　増田龍雨
福笑大いなる手に抑へられ　阿波野青畝
福笑ひ寂しき顔となりにけり　内田美紗

羽子つき（はねつき）　○羽子（はね）　羽子（はご）　追羽子（おいばね）　遣羽子（やりばね）　揚羽子（あげばね）　羽子日和（はねびより）　◎羽子板（はごいた）

新春の子供の代表的な遊びのひとつ。無患子（むくろじ）の実に穴を空け、彩色した鳥の羽を差し込んだ羽子を、羽子板で突いて競う。「追羽子」「遣羽子」は複数でつきあい、「揚羽子」は数え歌をうたいながら一人がついて勝負を競うもの。

羽子つくや母と云ふこと忘れをり　池上不二子
大空に羽子の白妙とどまれり　高浜虚子
羽子の白いまだ暮色にまぎれず突く　野澤節子
羽子板や母が贔屓の歌右衛門　富安風生

独楽（こま）

○独楽廻し（こままわし）　独楽打つ（こまうつ）　独楽の紐（こまのひも）　勝独楽（かちごま）　負独楽（まけごま）　喧嘩独楽（けんかごま）

長い紐を巻きつけて抛り（ほうり）だすようにしてまわす、新年の子供の遊び具のひとつ。種類も多く、遊び方も多彩。博多独楽（木製の胴に鉄の軸を中心に貫いたもの）・鉄胴独楽・唐独楽（とうごま）（唸り（うなり）独楽）などがある。

たとふれば独楽のはぢける如くなり　高浜虚子
一片の雲ときそへる独楽の澄み　木下夕爾
ひとり独楽まはす暮色の芯にゐて　上田五千石
独楽打つて夕日に紐を垂らしたる　大串　章
勝独楽のなほ猛（たけ）れるを手に掬ふ　福田蓼汀

手毬（てまり）

○手鞠（てまり）　手毬つく（てまりつく）　手毬唄（てまりうた）

丸めた綿や糸を芯にして作った毬、またそれを用いた子供の遊び。

かつての手毬は五色の絹糸などで綾にかがった優雅なものであったが、近年はゴムまりが中心。手毬をつきながら歌うのが「手毬唄」で、「あんたがたどこさ……」など、今もなお愛唱されるものが多くある。

それぞれに手毬の高さついてをり　　岡安仁義
手毬唄かなしきことをうつくしく　　高浜虚子
手毬唄日向のひとつづつ消えて　　関戸靖子

正月の凧（しょうがつのたこ／しやうぐわつのたこ）　◯凧揚（たこあげ）

正月の代表的な子供の遊び。元来は春の行事であった。河川敷や小学校の校庭などで凧あげに興じる子供の姿には、正月らしい明るさがあふれている。「凧」（春の季語）が大人の競技性の強いものであるのに対し、のんびりとした、子供の遊びの要素が強い。

正月の凧や子供の手より借り　　百合山羽公
遠き日のごとく遠くにいかのぼり　　鷹羽狩行
兄いもと一つの凧をあげにけり　　安住敦

稽古始（けいこはじめ）

○初稽古（はつげいこ）

新年になってはじめて、柔道・剣道・相撲などの武術や音曲・花道・茶道などの稽古を行うこと。

松蒼き切り戸くゞるや初稽古　佐野青陽人
三味かかへ稽古はじめの妻となる　成瀬正俊
手拭の紺を折りたる初稽古　大嶽青児

舞初（まいぞめ・まひぞめ）

○舞始（まいはじめ）

新年になってはじめて舞うこと。古くは宮中の舞楽を司る家での新年の舞初の式をいったが、現在では日本舞踊の家元の家に門弟たちが集まって行う舞初をさす。能の仕舞についてもいわれる。

梅の精狂ふ舞初うつくしく　山口青邨
舞初の海を見渡す所作に入る　宮津昭彦
白扇を日とし月とし舞始め　木内怜子

初釜（はつがま）

○初茶湯（はつちゃのゆ）　初点前（はつてまえ）　釜始（かまはじめ）

新年になってはじめての茶の湯のこと。「若水（わかみず）」で茶をたてて新年を祝う。はじめて掛ける釜を「初釜」ということもある。新年らしい独特の華やかさがある。

初釜のはやくも立つる音なりけり　安住　敦

初釜の薄雪を踏みお正客　佐野美智

菓子の名は下萌といふ初点前　片山由美子

初芝居（はつしばい／はつしばゐ）　○新春狂言（しんしゅんきょうげん）　春芝居（はるしばい）　初曾我（はつそが）　二の替（にのかわり）

正月に行われる歌舞伎などの芝居興行のこと。「春芝居」ともいわれ、京阪では「二の替」とも呼ばれる。出し物も正月らしく派手で華やかなもの、めでたい狂言などが選ばれる。

日の本のその荒事や初芝居　松根東洋城

太棹で幕上りたり初芝居　高畑浩平

手拭の紙屋治兵衛も二の替　後藤比奈夫

初夢（はつゆめ）　○夢祝（ゆめいわい）　貘枕（ばくまくら）　初寝覚（はつねざめ）

新年になってはじめて見る夢。元日の夜から二日にかけて見る夢をいうが、大晦日に見る夢をいうこともある。「一富士二鷹三茄子（なすび）」などが吉夢の代表とされ、「宝船」の絵を枕の下に置いて寝る風習があった。めでたい夢を見れば、その年は幸運をさずかるといわれる。「初寝覚」は年が明けてはじめて目が覚めること。「貘枕」は凶夢を見ないために貘を描いた紙を枕の下に置いて寝ることをいう。

初夢に一寸法師流れけり　　秋元不死男
初夢のなかをどんなに走つたやら　　飯島晴子
初夢をさしさはりなきところまで　　鷹羽狩行
祇園へと誘ひ出されて夢祝　　茨木和生
貘枕子のよき夢をつゆ知らず　　赤尾兜子
耳許に猫の鈴鳴り初寝覚　　木田千女

寝正月（ねしょうがつ／ねしやうぐわつ）　元日に何をするでもなくごろごろと寝てすごすこと。元日に限らず、正月休みをいう場合もある。サラリーマンなど仕事をもつ身にとっては何よりの骨休めといえる。

次の間に妻の客あり寝正月　　日野草城
雨降つてうれしくもあり寝正月　　佐藤鬼房

寝正月自問自答をくり返し　下村非文

宝船（たからぶね）　元日か二日の夜によい夢が見られるように、宝船を枕の下に置いてねること、またはその絵。七福神や太公望の乗った、数々の宝物を満載した船を描くものが多い。めでたい初夢を見ると一年中幸運にめぐまれるという習俗に由来する。

敷いて寝る百万両の宝舟　富安風生
宝舟目出度さ限りなかりけり　高浜虚子
つくづくと寶はよき字宝舟　後藤比奈夫

初場所（はつばしょ）　一月に東京で開かれる大相撲本場所のこと。明治時代の二場所制の頃は一月を春場所と呼んだ。年六場所制になってから、三月場所（大阪場所）が春場所と呼ばれたため、一月場所は初場所と呼ばれるようになった。

初場所やかの伊之助の白き髯　久保田万太郎
初場所の砂青むまで掃かれけり　内田哀而
初場所も十日の幟（のぼり）きそひをり　木村美保子

箱根駅伝(はこねえきでん)

○駅伝(えきでん)

一月二日から三日にかけて行われる大学対抗の駅伝競走。正式名は東京箱根間往復大学駅伝競走で大正九年（一九二〇）に始まった。東京と箱根の間の約二〇〇キロメートルを往路・復路の各五区に分け、一チーム十人の選手で襷(たすき)をつないで走る。沿道の応援風景は新春の風物詩。

箱根駅伝友の母校といふだけで　片山由美子

襷匂ふ箱根駅伝なればこそ　櫂　未知子

初詣（はつもうで）

◯初参（はつまいり）　初社（はつやしろ）　初祓（はつはらい）　初神籤（はつみくじ）　◎初伊勢（はついせ）　七福神詣（しちふくじんまいり）　七福詣（しちふくもうで）

正月に神社仏閣に参詣すること。新しい一年の息災を祈願する。神主のお祓いを受けることを「初祓」、新年はじめて引く神籤（みくじ）を「初神籤」という。「初伊勢」のように遠方へ参ることもあるし、「七福神詣」のように巡回することもある。

日本がここに集る初詣　山口誓子

踏みしむる一歩々々や初詣　水原春郎

初詣なかなか神に近づけず　藤岡筑邨

鴨川の風いさぎよし初詣　岩崎照子

勉学をせよと出てをり初神籤　島谷征良

初伊勢の晴れて白馬のまたたけり　福谷俊子

七福神詣妻子を急がせて　安住敦

恵方詣（えほうまいり／ゑはうまゐり）

○恵方（えほう）　恵方道（えほうみち）

古い暦には歳徳神（としとくじん）のその年の所在が書いてあるが、それが恵方（吉方（えほう））。例えば甲巳（きのえみ）の年は寅と卯の間というように。元日からその方角にある神社仏閣に参詣し一年の福徳を祈る。「恵方道」はその参詣道のこと。

恵方詣り大原までは行かぬなり　長谷川かな女

ひとすぢの道をあゆめる恵方かな　阿波野青畝

箒目に鳥の足あと恵方道　小島　健

白朮詣（おけらまいり／をけらまゐり）

○白朮火（おけらび）　白朮縄（おけらなわ）　吉兆縄（きっちょうなわ）　火縄売（ひなわうり）

京都市の八坂神社で大晦日から元日の朝にかけて行われる白朮祭（祇園削り掛けの神事）に詣ること。おけらを材料とした篝火から「吉兆縄」という縄に火種を移し取り、消えぬように振りながら家に持ち帰って元日の火種とした。今も削り掛けの火に草の白朮（びゃくじゅつ）を加えて篝火を焚く。

白朮詣のだらりの帯とすれ違ふ　清水基吉

白朮火の一つを二人してかばふ　西村和子

くらがりに火縄売る子の声幼な　大橋越央子

破魔矢（はまや）

○破魔弓（はまゆみ）

正月の厄除けの縁起物として神社で授ける弓矢。かつての正月には、弓矢を用いて的を射る競技があり、この弓矢を「破魔弓」「破魔矢」と称した。その後、飾り物として室内に飾り、男児の息災を祝ったものが、初詣の神社で厄除けのお守りとして配られるようになった。

をりからの雪にうけたる破魔矢かな　久保田万太郎

幸矢とて袖をあてがふ破魔矢かな　後藤夜半

掌（て）に享（う）けて鈴の止みたる破魔矢かな　加倉井秋を

弓始（ゆみはじめ）

○初弓（はつゆみ）　的始（まとはじめ）

新年になってはじめて弓を射ること。正月の武芸始めの行事で、鎌倉時代からはじまった。江戸時代には正月十一日に行われ、将軍の上覧もあり盛大であった。正月の神事にしている神社も多くある。

的遠く雪降りかくす弓始　大橋宵火

一本の矢が音となる弓始　吉原一暁

黒髪を和紙で束ねて弓始　栗田やすし

出初（でぞめ）

◯出初式（でぞめしき）　梯子乗（はしごのり）

全国各地の消防団で、その年はじめての演習などを行う儀式。一月六日の朝に行うところが多い。消防署員が消防車で出動し、鳶（とび）の者が木遣りを唸り梯子（はしご）乗りの妙技を披露したりする。江戸時代からの行事であるが、今日のような大仕掛けになったのは明治以降のこと。

本丸の跡の広場の出初かな　加藤覚範

出初式終り平らな海となる　稲畑汀子

仰向けの顔に雨浴び梯子乗　柏原眠雨

松納（まつおさめ／まつをさめ）

◯松取る（まつとる）　門松取る（かどまつとる）

正月の飾り物である門松を取り払うこと。松の内の終わる七日前後に取る地域と、小正月の十五日前後に取る地域がある。正月の飾り物でも注連飾（しめかざり）を取ることについては「飾納」といって別の季語になる。

柴門に結びし松を納めけり　富安風生

夕月の光を加ふ松納　深見けん二

松とるや伊勢も大和も昼の月　大峯あきら

鳥総松(とぶさまつ) 「松納」で門松を取り払った跡に、門松の先端を折り取って挿したものをいう。鳥総とは木を伐採した後、その梢や枝を折り、元の株に立てて山神を祭ったものをいい、その風習は『万葉集』にも詠まれている。

門深く行く人見ゆる鳥総松　高浜虚子
結び目のかたき故里鳥総松　小島花枝
山はるか空をはるかに鳥総松　宇多喜代子

飾納(かざりおさめ)(かざりをさめ) ◯飾取る(かざりとる)　注連取る(しめとる)　飾卸(かざりおろし)
正月に飾った注連飾(注連縄や輪飾)を取り去ること。松の内の終わる七日前後または十五日前後に行うところが多い。この飾物類を集めて「左義長」での火に掛けて焚く。

松飾りとれて小さき船ばかり　山下和人
注連とりてことに鶏の目夕景色　飯田龍太
細帯に着替へ飾をおろしたり　きくちつねこ

初天神（はってんじん）　一月二十五日に新年はじめての天満宮に参詣すること、またその初縁日のこと。太宰府天満宮（福岡）、大阪天満宮（大阪）、北野天満宮（京都）、亀戸天神社（東京）などが特に賑わう。ほかに年頭の縁日には、初水天宮（すいてんぐう）（五日）・初薬師（八日）・初戎（えびす）（十日）・初金毘羅（こんぴら）（十日）・初聖天（しょうてん）（十六日）・初閻魔（えんま）（十六日）・初観音（十八日）・初大師（二十一日）・初不動（二十八日）などがある。

日おもてに雀群れたり初天神　　柴田白葉女
初天神妻が真綿を買ひにけり　　草間時彦
初天神女ばかりが来てをりぬ　　石田郷子

鷽替（うそかえ／うそかへ）　木で彫った鷽を交換し合う行事。福岡県太宰府（だざいふ）市の天満宮では一月七日、東京亀戸の天満宮では一月二十五日に行う。参拝の人々は手に木製の鷽を持ち、「替えましょ、替えましょ」と唱えながら行う。古くは各自が作り交換したというが、現在は社務所で求める。「いままでのあしきこともうそとなり吉（よ）きに鳥替える」意味だという。

鷽替の渦にしたしく歩み入る　　山田みづえ

鷽替ふる大き太鼓を一つ打ち　栗田せつ子
鷽替ふるならば徹頭徹尾替ふ　後藤比奈夫

餅花（もちばな）　○繭玉（まゆだま）　団子花（だんごばな）

稲を模した小正月の飾り木。柳・榎などの枝に繭の形の餅や団子を刺して家の内外に飾り、豊年を祈った。紅白に染めたものや、赤・黄・緑など色とりどりのものがあり、彩り豊かな正月の飾り物として重宝されている。「繭玉」「団子花」などとも呼ばれる。

餅花や静かなる夜を重ねつつ　阿部みどり女
餅花の枝垂れて髪にかかりけり　勝又一透
餅花の買はるるまでを風の中　蓬田紀枝子
繭玉の火影にぎはふ柱かな　野中亮介

七種（ななくさ）　○七草（ななくさ）　◎七草粥（ななくさがゆ）　七日粥（なぬかがゆ）　薺粥（なずながゆ）　薺打つ（なずなうつ）　七種打つ（ななくさうつ）

五節句のひとつ。一月七日の朝に七種の若菜（せり・なずな・ごぎょう・はこべら・ほとけのざ・すずな・すずしろ）を入れた粥を食べ、邪気を祓う。かつては前夜から「七草なずな」と囃（はや）し、若菜を叩き刻んで七草粥の準備をした。

七種や沖より雨の強まり来　貞弘　衛

七草の土間の奥より加賀言葉　井上　雪

七草や空うつくしき飛騨の国　遠藤若狭男

濤（なみ）音の七草粥を吹きにけり　飯島晴子

煮え立ちてはるけき色の薺粥　廣瀬直人

八方の岳しづまりて薺打　飯田蛇笏

なまはげ

○生身剝（なまみはぎ）

秋田県の男鹿半島に伝わる大晦日の晩の行事。かつては小正月に行われた。おそろしい異形の面をかぶり、蓑を着て木製の刃物や御幣を持った男たちが「ナマミコはげたか」などと唱え家々を訪れ、「なまみ」（火斑（ひだこ））を包丁で剝ぎ取るぞと、火の傍で怠けている者を威（おど）して懲らしめる。国の重要無形民俗文化財で、「来訪神」のひとつとしてユネスコ無形文化遺産にも登録された。

なまはげにしやつくり止みし童かな　古川芋蔓

なまはげに父の円座の踏まれけり　小原啄葉
なまはげの吼え星空を沸き立たす　川口襄

左義長（さぎちょう）

◯どんど　とんど　どんど焼（や）く　どんど焚（た）く　飾焚（かざりた）く　注連焚（しめた）く　吉書揚（きっしょあげ）　さいと焼（やき）　◎注連貰（しめもらい）

正月に行われる火祭の行事。一月十四日の夜または十五日の朝、子供や若者が注連飾類を貰い集めて（「注連貰」）燃やす。左義長の火は神聖なものとされ、餅や団子を焙（あぶ）って食べると一年を息災で過ごせるといわれる。「吉書揚」は書初めを火勢に煽らせて書の上達を祈願するもの。

左義長やまつくらがりに海動き　岸田稚魚
左義長や婆が跨ぎて火の終（しまひ）　石川桂郎
谷水を撒きてしづむるどんどかな　芝不器男
金箔の剝がれとびたる吉書揚　茨木和生
注連貰ひ声かたまつて散らばつて　石地まゆみ

かまくら

秋田県横手市などで行われる、小正月の子供の行事。子供たちが道端に雪を積んで洞（ほら）を作り、水神を祭る。雪洞（せつどう）には神棚を設け、灯明を点し、供物をする。筵（むしろ）を敷いて遊んだり、餅を焼いて食べたり、甘酒を飲んだりする。現在は二月十五、十六日に行われる。

かまくらの灯影のまるく雪の上　今井つる女

城に灯が入りかまくらもともるなり　大野林火

かまくらの中より餅を焼く匂ひ　吉川信子

えんぶり

○えぶり

青森県八戸（はちのへ）市周辺で行われる小正月の豊作を祈る行事。烏帽子（えぼし）大夫（だゆう）と大黒舞、えびす舞などの囃子舞などが神社から市内の家々を回り祝福する。「えんぶり」は、土を掻きならす農具の「杁（えぶり）」にちなむ。現在は二月十七日から四日間行われる。

えんぶりの笛いきいきと雪降らす　村上しゆら

えんぶりや雪の鍛冶町大工町　藤木倶子

篝火やえぶり摺る影地に長く　吉田千嘉子

成人（せいじん）の日（ひ）

○成人式（せいじんしき）

一月第二月曜日までに二十歳になった男女を祝福する、国民の祝日のひとつ。市町村では成人を迎えた青年たちを招待して式典が行われる。令和四年（二〇二二）からは成人対象者が十八歳に変更されたが、高校生が中心で参加が難しいことから、従来の二十歳を対象に「二十歳の集い」として開催する自治体が多い。

爪研いで成人の日の乙女はも　石塚友二

成人の日の華やぎにいて孤り　楠本憲吉

足袋きよく成人の日の父たらむ　能村登四郎

初弥撒（はつミサ）

○弥撒始（ミサはじめ）

元日にカトリック教会で挙行される聖祭（ミサ）。ミサは信者が一家揃って参列する最も重要な儀式となる。ちなみに一月一日はキリストが降臨八日目で割礼を受けイエスの名を受けた〈聖名祭〉に当たる。

初弥撒や落葉松はみな直なる木　石田勝彦

初弥撒に君の座のあり君の亡く　依田明倫

初弥撒や息ゆたかなる人集ひ　福永耕二

動物

嫁が君（よめがきみ）　鼠のこと。新年の忌言葉（いみことば）のひとつで、三が日の間は鼠をこのように呼ぶ。鼠は、穀物を荒らすなど害を及ぼしはするが、かつては大黒様の使いとして、米や餅を供えるなど身近な動物であった。嫁御・嫁御前・嫁女などと呼ぶ地域もある。

三宝に登りて追はれ嫁が君　高浜虚子

ぬば玉の閨（ねや）かいまみぬ嫁が君　芝　不器男

嫁が君この家の勝手知りつくし　轡田　進

初雀（はつすずめ）　元日の雀をいう。ふだんはうるさく感じられるその鳴き声も、改まった気分の元日にはめでたく明るく聞こえる。声のみならず、愛らしい姿も俳句に詠まれている。

初雀飛び翔（た）つことをすこしする　加倉井秋を

あさくさの雷門の初雀　今井杏太郎

つぎつぎに松よりこぼれ初雀　柏原眠雨

初鶏（はつどり）　元日の暁に鳴く一番鶏（いちばんどり）のこと。鶏の声は、日頃から夜明けを知らせるが、新年の第一声でもあり、神聖なものとして聞こえる。なお、元旦は「鶏旦（けいたん）」ともいう。

初鶏にこたふる鶏も遠からぬ　阿部みどり女
木曾に来て初鶏のこの勁（つよ）き声　所　山花
初鶏の次の声待つ山河かな　遠藤若狭男

初鴉（はつがらす）　元日、ことに早朝に鳴く鴉の声、あるいはその姿をいう。ふだんは不吉な印象のある鴉だが、八咫烏（やたがらす）・三足（さんぞく）の烏（からす）などは瑞兆（ずいちょう）とされ、元旦の鴉は新鳥（しんう）として愛でられた。新年を迎えてすべての災いを福に転じようという人間心理がうかがえる。

ばら〳〵に飛んで向ふへ初鴉　高野素十
背山よりいつもの声の初鴉　後藤比奈夫
初鴉面を上げて啼（な）きにけり　皆川盤水

初声（はつこえ）（はつこゑ）　元日の朝早く聞こえてくる、さまざまな鳥の声。初雀・初鶏・初鴉などを総称したもので、鳥以外の動物には用いない。耳によって新年の感慨を味わう、あらたまった気持ちがこもる。

初声の戒壇院の石叩　岡井省二
初声の雀の中の四十雀　青柳志解樹
帆柱に来て初声を高めけり　茨木和生

初鳩（はつばと）

正月に目にする鳩。鳩は神社仏閣などに群れをなして棲みついていることが多く、参拝の人々の足元にまで寄ってくる。初詣の寺社の境内などで見かける姿はいかにも新年の風景で、愛らしさが感じられる。

初鳩や水平飛行して千木（ちぎ）に　村山古郷
由比ケ浜の凪が初鳩ちらしけり　西　宇内
初鳩の群れの大きな影走る　廣瀬直人

伊勢海老（いせえび）

長く太い触角、鎧（よろい）のように立派な甲殻といい、最も豪華であり、正月の祝膳を飾る海の幸として珍重されてきた。太平洋側以外ではほとんど獲れず、伊勢が名産として知られる。味もよいが、湯蒸ししして真っ赤になった色もいかにもめでたい。

木屑より出て伊勢海老の髭うごく　福田甲子雄

伊勢海老のどことは言はず菫いろ　角川照子

これやこの伊勢海老の舵紅（くれない）に　鷹羽狩行

植物

福寿草（ふくじゅそう／ふくじゅさう）　○元日草（がんじつそう）

キンポウゲ科の多年草。もとは山地に自生し、春先に花をつけるが、金色の花がめでたさを感じさせ、正月に花が咲くように鉢植えにすることから「元日草」とも呼ばれる。花の乏しい時期でもあり、南天などと寄せ植えにして床飾りに用いられる。江戸時代初期から栽培されてきた。

福寿草家族のごとくかたまれり　福田蓼汀
福寿草ひらきてこぼす真砂かな　橋本鶏二
針山も日にふくらみて福寿草　八染藍子
朝日まだよそよそしくて福寿草　山本一歩

若菜（わかな）　○粥草（かゆぐさ）　七草菜（ななくさな）　◎若菜摘（わかなつみ）　若菜籠（わかなかご）　若菜野（わかなの）

正月に食べる菜の意味だが、現在では「春の七草」の総称となっている。異説もあるが、春の七草は〈せり・なずな・ごぎょう・はこべら・ほとけのざ・すずな・すずしろ〉とするのが一般的。

古鍋の中に煮え立つ若菜かな　尾崎紅葉

籠の目に土のにほひや京若菜　大須賀乙字

初若菜うらうら海にさそはれて　長谷川かな女

草の戸にすむうれしさよわかなつみ　杉田久女

楪（ゆずりは・ゆづりは）　○親子草（おやこぐさ）

ユズリハ科の常緑高木で、庭木として植えられることが多い。新葉が開くと古い葉は垂れ下がるところから、子に座をゆずるという意味で一家の繁栄を願い、新年の縁起物とする。交譲葉・杠・楒とも書き、「親子草」ともいう。

楪やことしわが家に二十歳（はたち）の子　岡崎元子

ゆづり葉や古歌の終りは妹（いも）を恋ひ　鍵和田秞子

楪の下の親しき歩みかな　中山世一

歯朶（しだ）　○羊歯（しだ）　裏白（うらじろ）

シダは種類が多いが、正月の歯朶といえば裏白のこと。葉の表面はあざやかな緑だが、裏を返すと真っ白なことからその名がある。採ってからも葉や茎は青々としていてなかなか枯れず、白い裏を白髪の長寿になぞらえ、正月の飾りに用いられる。対生する葉は夫婦和合の象徴ともされる。

歯朶の葉の右左あるめでたさよ　高野素十

歯朶の塵こぼれて畳うつくしき　大峯あきら

裏白に映えて神世の灯かな　野村泊月

仏の座（ほとけのざ）

○田平子（たびらこ）

春の七草のひとつ。キク科の越年草で、正しくはコオニタビラコ（小鬼田平子）という。はじめは対生する半円形の葉が地にへばりつき、円座のように見えるところから「仏の座」と呼ばれる。なおホトケノザという植物は別にシソ科に存在する。

しつかりとひつそりとあり仏の座　有馬朗人

遠来のもののごとくに仏の座　鷹羽狩行

たびらこや洗ひあげおく雪の上　吉田冬葉

薺（なずな・なづな）

○初薺（はつなずな）　薺売（なずなうり）

春の七草のひとつ。アブラナ科の二年草で、その若苗を七草粥に入れる。生長したものは「三味線草」とか「ぺんぺん草」と呼ばれ、春の季語。

ふるさとの不二かゞやける薺かな　勝又一透

俎板に散らばつてゐるなづなかな　山本一歩

ひとり摘む薺の土のやはらかに　中村汀女

根白草（ねじろぐさ）　春の七草のひとつで、芹（せり）の異称。「芹」といえば春の季語、「根白草」という場合は新年の七草粥に入れる芹をさす。

根白草仏の山の日だまりに　高木良多

指細くしては摘みけり根白草　今泉陽子

師も父母も在さぬこの世根白草　池田澄子

御行（おぎょう／おぎやう）　○御形（ごぎょう）　五行（ごぎょう）

春の七草のひとつで、母子草（ははこぐさ）のこと。「ごぎょう」といわれることが多いが、正しくは「おぎょう」。七草粥に入れるが、かつては雛の節句の草餅にも使われていた。春になると黄色い花をつけ、「母子草」として春の季語になっている。

古都に住む身には平野の御行かな　名和三幹竹

高麗の里御行の畦に風移る　広瀬一朗

御形摘む大和島根を膝に敷き　八田木枯

古典の有名句

本歳時記の例句でとりあげなかった芭蕉・蕪村・一茶の有名句を掲出します。

【芭蕉の句】

行く春や鳥啼(な)き魚の目は泪
行く春を近江の人と惜しみける
辛崎の松は花より朧にて
草の戸も住み替はる代ぞ雛の家
古池や蛙飛びこむ水の音
鶯や餅に糞する縁の先
明ぼのやしら魚しろきこと一寸
梅が香にのつと日の出る山路かな
さま〱のこと思ひ出す桜かな
花の雲鐘は上野か浅草か
しばらくは花の上なる月夜かな
奈良七重七堂伽藍八重ざくら
草臥(くたびれ)て宿かる比や藤の花
山路来て何やらゆかしすみれ草
よくみれば薺(なづな)花さく垣ねかな
夏の夜や崩れて明けし冷し物
暑き日を海に入れたり最上川
雲の峰幾つ崩れて月の山
蛸壺やはかなき夢を夏の月
五月雨をあつめて早し最上川
五月雨の降り残してや光堂

田一枚植ゑて立ち去る柳かな
おもしろうてやがてかなしき鵜舟かな
うき我をさびしがらせよかんこ鳥
閑(しづか)さや岩にしみ入る蟬の声
先づ頼む椎の木も有り夏木立
若葉して御目の雫拭はばや
あらたふと青葉若葉の日の光
象潟(きさがた)や雨に西施(せいし)がねぶの花
夏草や兵(つはもの)共がゆめの跡
此秋は何で年よる雲に鳥
枯枝に鳥のとまりたるや秋の暮
此の道や行く人なしに秋の暮
野ざらしを心に風のしむ身かな
秋深き隣は何をする人ぞ
蛤のふたみに別れ行く秋ぞ

月はやし梢は雨を持ちながら
名月や池をめぐりて夜もすがら
あらうみや佐渡に横たふ天の川
あかあかと日は難面(つれなく)も秋の風
石山のいしより白しあきの風
物言へば唇寒し秋の風
芭蕉野分して盥(たらい)に雨を聞く夜かな
病雁(びょうがん)の夜寒に落ちて旅寝かな
むざんやな甲(かぶと)の下のきり〴〵す
道のべの木槿(むくげ)は馬にくはれけり
菊の香やならには古き仏達
白菊の目に立てて見る塵もなし
旅人と我名よばれん初しぐれ
初しぐれ猿も小蓑をほしげなり
旅に病んで夢は枯野をかけ廻る

【蕪村の句】

にほひある衣も畳まず春の暮

公達に狐化けたり宵の春

ゆく春やおもたき琵琶の抱きごゝろ

さしぬきを足でぬぐ夜や朧月

春雨や小磯の小貝濡るゝほど

春の海ひねもすのたり〳〵かな

凧(いかのぼり)きのふの空のありどころ

椿落ちてきのふの雨をこぼしけり

短夜や枕にちかき銀屛風

涼しさや鐘をはなるゝかねの声

さみだれや大河を前に家二軒

夏河を越すうれしさよ手に草履

ほとゝぎす平安城を筋違(すじかい)に

牡丹散りて打かさなりぬ二三片

不二ひとつうづみのこして若葉かな

愁ひつゝ岡にのぼれば花いばら

秋たつや何におどろく陰陽師

門を出れば我も行く人秋のくれ

月天心(つきてんしん)貧しき町を通りけり

鳥羽殿へ五六騎いそぐ野分かな

四五人に月落ちかゝるをどりかな

大文字やあふみの空もたゞならね

小鳥来る音うれしさよ板びさし

柳散り清水涸れ石処々(ところどころ)

朝がほや一輪深き淵のいろ

易水(えきすい)にねぶか流るゝ寒さかな

細道になり行く声や寒念仏

斧入れて香におどろくや冬木立

【一茶の句】

春の月さはらば雫たりぬべし
雪とけて村一ぱいの子どもかな
山焼くや夜はうつくしきしなの川
痩蛙まけるな一茶是に有り
雀の子そこのけそこのけ御馬が通る
夕桜家ある人はとくかへる
戸口から青水無月の月夜かな
大の字に寝て涼しさよ淋しさよ
青空と一つ色なり汗拭ひ
蟻の道雲の峰よりつづきけん
名月をとつてくれろと泣く子かな
淋しさに飯をくふなり秋の風
露の世は露の世ながらさりながら
ともかくもあなた任せのとしの暮
次の間の灯で膳につく寒さかな
是がまあつひの栖(すみか)か雪五尺
大根引き大根で道を教へけり
寒鳥かはいがられてとられけり
目出度さもちう位なりおらが春

俳人の忌日一覧

忌日・姓名（雅号）・職業・没年・代表句の順に掲載。忌日の名称は名に忌が付いたもの（芭蕉忌・虚子忌など）は省略しました。

《1月》

1日　**高屋窓秋**　平成11年
頭の中で白い夏野になつてゐる

5日　**中村苑子**　平成13年
春の日やあの世この世と馬車を駆り

8日　**松村蒼石**　昭和57年
星空のうつくしかりし湯ざめかな

9日　**松瀬青々**　昭和12年
日盛りに蝶のふれ合ふ音すなり

10日　**宮津昭彦**　平成23年
今年竹年年に空はるかなり

綾部仁喜　平成27年
寒木となりきるひかり枝にあり

12日　**野村喜舟**　昭和58年
天平に如く世はあらぬ菫かな

15日　**上野章子**　平成11年
福笹を置けば恵比寿も鯛も寝る

17日　**小川双々子**　平成18年
亡郷やてのひらを突く麦の禾

18日　**福田蓼汀**　昭和63年
神の山仏の山も眠りけり

19日　**佐藤鬼房**　平成14年
風光る海峡のわが若き鳶

20日　**大須賀乙字**　寒雷忌・二十日忌　大正9年
妙高の雲動かねど秋の風

21日　**杉田久女**　昭和21年

29日　**日野草城**　凍鶴忌・銀忌・鶴唳忌　昭和31年
物の種にぎればいのちひしめける

30日　**渡辺白泉**　昭和44年
戦争が廊下の奥に立つてゐた

大峯あきら　平成30年
日輪の燃ゆる音ある蕨かな

《2月》

1日　**河東碧梧桐**　寒明忌　昭和12年
赤い椿白い椿と落ちにけり

3日　**小林康治**　平成4年
たかんなの光りて竹となりにけり

5日　**武原はん女**　平成10年
小つゞみの血に染まりゆく寒稽古

6日　**大谷句仏**　東本願寺法主　昭和18年
人の世へ儚なき花の夢を見に

7日　**相生垣瓜人**　昭和60年
家にゐても見ゆる冬田を見に出づる

8日　**石塚友二**　昭和61年
百方に借あるごとし秋の暮

9日　**殿村菟絲子**　平成12年
鮎落ちて美しき世は終りけり

14日　**古賀まり子**　平成26年
紅梅や病臥に果つる二十代

15日　**村上霽月**　昭和21年
朝鵙に夕鵙に絣織りすすむ

17日　**馬場移公子**　平成6年
寒雲の燃え尽しては峡を出づ

19日　**阿部完市**　平成21年
いたりやのふいれんつえとおしとんぼ釣り

20日　**内藤鳴雪**　老梅忌・二十日忌　大正15年
初冬の竹緑なり詩仙堂

金子兜太　平成30年

おおかみに蛍が一つ付いていた

21日 **大橋敦子** 平成26年
天仰ぎつづけて雛流れゆく

22日 **富安風生** 艸魚忌 昭和54年
まさをなる空よりしだれざくらかな

23日 **和田悟朗** 平成27年
寒暁や神の一撃もて明くる

24日 **芝不器男** 昭和5年
あなたなる夜雨の葛のあなたかな

25日 **飯田龍太** 平成19年
大寒の一戸もかくれなき故郷

26日 **野見山朱鳥** 昭和45年
火を投げし如くに雲や朴の花

29日 **久米正雄** 三汀忌・海棠忌 小説家 昭和27年
小諸なる古城に摘みて濃き菫

上村占魚 平成8年
本丸に立てば二の丸花の中

《3月》

1日 **岡本綺堂** 劇作家 昭和14年
昼も寝て聞くや師走の風の音

島津 亮 平成12年
怒らぬから青野でしめる友の首

大島民郎 平成19年
夜々おそく戻りて今宵雛あらぬ

廣瀬直人 平成30年
正月の雪真清水の中に落つ

2日 **古沢太穂** 平成12年
ロシヤ映画みてきて冬のにんじん太し

3日 **星野立子** 昭和59年
美しき緑走れり夏料理

山口草堂 昭和60年
散る花の宙にしばしの行方かな

木村蕪城 平成16年
送り火や砂に突きたる老の膝

7日 **富沢赤黄男** 昭和37年
蝶墜ちて大音響の結氷期

8日 **村越化石** 平成26年
茶の花を心に灯し帰郷せり
鷲谷七菜子 平成30年
人の手がしづかに肩へ秋日和

10日 **鈴鹿野風呂** 昭和46年
嵯峨の虫いにしへ人になりて聞く

13日 **尾崎迷堂** 昭和45年
鎌倉右大臣実朝の忌なりけり
高橋淡路女 昭和30年
天上の恋をうらやみ星祭

14日 **鈴木真砂女** 平成15年
羅や人かなします恋をして

16日 **飴山　實** 平成12年
うつくしきあぎととあへり能登時雨
村松紅花 平成21年
シベリアの月の射し入る汽車に寝む

17日 **青木月斗** 昭和24年
春愁や草を歩けば草青く
吉岡禅寺洞 昭和36年
アドバルーン冬木はづれに今日はなき
赤尾兜子 昭和56年
帰り花鶴折るうちに折り殺す

19日 **八田木枯** 平成24年
黒揚羽ゆき過ぎしかば鏡騒

20日 **角田竹冷** 大正8年
夕立や四山とどろく水の上
林　徹 平成20年
翅となり目玉となりて蜻蛉とぶ

21日 **宮下翠舟** 平成9年
鎌倉に雪降る雛の別れかな

25日 **伊藤松宇** 昭和18年
凩や浪の上なる佐渡ヶ島

26日 **室生犀星** 詩人・小説家 昭和37年
鯛の骨たたみにひらふ夜寒かな

山口誓子　平成6年
海に出て木枯帰るところなし

28日　瀧　春一　平成8年
みごもりてさびしき妻やヒヤシンス

30日　清水基吉　平成20年
御油過ぎて赤坂までや油照り

《4月》

1日　西東三鬼　昭和37年
水枕ガバリと寒い海がある

5日　三好達治　鷗忌　詩人　昭和39年
街角の風を売るなり風車

加藤三七子　平成17年
抱擁を解くが如くに冬の涛

7日　尾崎放哉　大正15年
咳をしても一人

三橋鷹女　昭和47年
鞦韆は漕ぐべし愛は奪ふべし

8日　高浜虚子　椿寿忌　昭和34年
遠山に日の当りたる枯野かな

9日　野澤節子　平成7年
春昼の指とどまれば琴も止む

安東次男　平成14年
鯛という名の裏山をいつも持つ

10日　鈴木鷹夫　平成25年
起つときの脚の段取り孕鹿

12日　伊東月草　昭和21年
目張して空ゆく風を聞いてゐる

15日　藤田湘子　平成17年
天山の夕空も見ず鷹老いぬ

20日　大牧　広　平成31年
噴水の内側の水怠けをり

21日　篠田悌二郎　春蟬忌　昭和61年
暁やうまれし蟬のうすみどり

下村ひろし　昭和61年
浦上は愛渇くごと地の旱

23日　**五十嵐播水**　平成12年
初暦めくれば月日流れそむ

25日　**田川飛旅子**　平成11年
遠足の列大丸の中とおる
福田甲子雄　平成17年
生誕も死も花冷えの寝間ひとつ

30日　**永井荷風**　偏奇館忌　小説家　昭和34年
正月や宵寝の町を風のこゑ
丸山海道　平成11年
焰をつつく白朮の縄の尖ともる

《5月》

5日　**津田清子**　平成27年
虹二重神も恋愛したまへり

6日　**久保田万太郎**　傘雨忌　小説家・戯曲家　昭和38年
神田川祭の中をながれけり
佐藤春夫　慵斎忌　小説家・詩人　昭和39年
たちまちに六月の海傾きぬ

7日　**赤松蕙子**　平成24年
眠りみなこの世にさめて桜どき

8日　**中　拓夫**　平成20年
迎火や海よりのぼる村の道

10日　**下村梅子**　平成24年
屛風の図ひろげてみれば長恨歌

11日　**松本たかし**　牡丹忌　昭和31年
夢に舞ふ能美しや冬籠

12日　**清崎敏郎**　平成11年
コスモスの押しよせてゐる厨口
中川四明　大正6年
茶の花や細道ゆけば銀閣寺

16日　**坂本四方太**　大正6年
畑打の語りあふなり国境
加藤郁乎　平成24年

句には句の位ありけり江戸桜

18日 **山田みづえ** 平成25年
春分の日をやはらかくひとりかな

19日 **文挟夫佐恵** 平成26年
艦といふ大きな棺沖縄忌

20日 **荻原井泉水** 昭和51年
かごからほたる一つ一つを星にする

星野麥丘人 平成25年
手つかずの一壺酒春も闌けにけり

24日 **能村登四郎** 平成13年
火を焚くや枯野の沖を誰か過ぐ

25日 **栗林一石路** 昭和36年
メーデーの腕組めば雨にあたたかし

26日 **草間時彦** 平成15年
足もとはもうまつくらや秋の暮

28日 **田畑美穂女** 平成13年
秋扇あだに使ひて美しき

29日 **橋本多佳子** 昭和38年
いなびかり北よりすれば北を見る

31日 **嶋田青峰** 昭和19年
日輪は筏にそゝぎ牡蠣育つ

《6月》

2日 **加倉井秋を** 昭和63年
折鶴のごとくに葱の凍てたるよ

3日 **佐藤紅緑** 小説家 昭和24年
朝寒や柱に映る竈の火

櫻井博道 平成3年
藪柑子夢の中にも陽が差して

5日 **眞鍋呉夫** 平成24年
花冷えのちがふ乳房に逢ひにゆく

6日 **田村木国** 昭和39年
狩くらは大月夜なり寝るとせん

飯島晴子 平成12年
寒晴やあはれ舞妓の背の高き

森田 峠 平成25年

11日　**倉田紘文**　平成26年
子に跳べて母には跳べぬ芹の水

12日　**朝倉和江**　平成13年
蕾はや人恋ふ都忘れかな

14日　**林田紀音夫**　平成10年
水仙の葉先までわが意志通す

15日　**森川暁水**　昭和51年
鉛筆の遺書ならば忘れ易からむ

16日　**神尾季羊**　平成9年
夜濯にありあふものをまとひけり

17日　**山口波津女**　昭和60年
浜木綿の花の上なる浪がしら

24日　**柴田白葉女**　昭和59年
毛糸編み来世も夫にかく編まん

25日　**香西照雄**　昭和62年
春の星ひとつ潤めばみなうるむ

福永鳴風　平成19年
あせるまじ冬木を切れば芯の紅

27日　**今井杏太郎**　平成24年
白桃の荷を解くまでもなく匂ふ

つぶやけば雪めつむれば白い船

28日　**藤松遊子**　平成11年

卒業のその後の彼を誰も知らず

29日　**皆吉爽雨**　昭和58年

日脚伸ぶ夕空紺をとりもどし

30日　**有働　亨**　平成22年

風にまだ芯が残つて浮氷

《7月》

2日　**岸風三樓**　昭和57年
手をあげて足を運べば阿波踊

3日　**加藤楸邨**　達谷忌　平成5年
落葉松はいつめざめても雪降りをり

8日　**高柳重信**　昭和58年
身をそらす虹の／絶巓／処刑台

安住　敦　昭和63年

しぐるるや駅に西口東口

9日　**石田勝彦**　平成16年
大海の端踏んで年惜しみけり

11日　**長谷川春草**　昭和9年
樸の紅に心のある如く

吉屋信子　小説家　昭和48年
秋灯下机の上の幾山河

12日　**村上冬燕**　平成9年
一亭の障子ましろく池に向く

16日　**石原八束**　平成10年
くらがりに歳月を負ふ冬帽子

17日　**川端茅舎**　昭和16年
ひら〳〵と月光降りぬ貝割菜

水原秋櫻子　喜雨亭忌・紫陽花忌・群青忌　昭和56年
瀧落ちて群青世界とどろけり

18日　**原子公平**　平成16年
浮き世とや逃げ水に乗る霊柩車

24日　**芥川龍之介**　河童忌・我鬼忌　小説家　俳号澄江堂　昭和2年
元日や手を洗ひをる夕ごころ

25日　**秋元不死男**　甘露忌　昭和52年
鳥わたるこきこきこきと罐切れば

26日　**神蔵　器**　平成29年
棒落つ樹下に余白のまだありて

27日　**長谷川零余子**　昭和3年
一つ杭に繋ぎ合ひけり花見船

角　光雄　平成26年
母の日の母の身支度みな待てり

28日　**八木林之助**　平成5年
病院に母を置きざり夕若葉

中山純子　平成26年
過ぎし日のしんかんとあり麦藁帽

《8月》

1日　**村山古郷**　昭和61年

3日　端居してかなしきことを妻は言ふ
竹下しづの女　昭和26年
短夜や乳ぜり泣く児を須可捨焉乎
髙嶋　茂　平成11年
手を下げて人間歩く冬景色
4日　**木下夕爾**　詩人　昭和40年
家々や菜の花いろの灯をともし
5日　**中村草田男**　昭和58年
万緑の中や吾子の歯生え初むる
6日　**山上樹実雄**　平成26年
傘のねばり開きや谷崎忌
8日　**前田普羅**　立秋忌　昭和29年
雪解川名山けづる響かな
金子青銅　平成22年
満月にかたまりねむり蜥蜴の子
9日　**右城暮石**　平成7年
風呂敷のうすくて西瓜まんまるし
角川照子　平成16年
さいはての句碑に掛け置く春ショール
村田　脩　平成22年
白雲の立ちつぐ山の破魔矢かな
10日　**江國　滋**　小説家　俳号滋酔郎　平成9年
おい癌め酌みかはさうぜ秋の酒
12日　**伊藤白潮**　平成20年
来歴のやうにいつぽん冬の川
13日　**渡辺水巴**　白日忌　昭和21年
かたまつて薄き光の菫かな
松澤　昭　平成22年
雪山を手玉にとつてみたくなる
16日　**岡本松濱**　昭和14年
春眠や覚むれば夜着の濃紫
18日　**寒川鼠骨**　昭和29年
月大きく枯木の山を出でにけり
森　澄雄　平成22年
ぼうたんの百のゆるるは湯のやうに

20日　**永田耕一郎**　平成18年
気の遠くなるまで生きて耕して

21日　**石橋辰之助**　昭和23年
朝やけの雲海尾根を溢れ落つ

大野林火　昭和57年
ねむりても旅の花火の胸にひらく

斎藤夏風　平成29年
これよりは辻俳諧や花の門

22日　**松崎鉄之介**　平成26年
野馬追へ具足着け合ふ兄弟

25日　**永田耕衣**　平成9年
夢の世に葱を作りて寂しさよ

26日　**島村　元**　大正12年
囀やピアノの上の薄埃

29日　**後藤夜半**　底紅忌　昭和51年
滝の上に水現れて落ちにけり

皆川盤水　平成22年
月山に速力のある雲の峰

《9月》

1日　**富田木歩**　大正12年
我が肩に蜘蛛の糸張る秋の暮

竹久夢二　画家　昭和9年
傾ける赤城の尾根や青嵐

伊藤柏翠　平成11年
うかみくる顔のゆがめり鮑採

2日　**篠原温亭**　大正15年
冷麦の箸を辷りて止まらず

上田五千石　平成9年
貝の名に鳥やさくらや光悦忌

5日　**五十崎古郷**　昭和10年
晩稲田に音のかそけき夜の雨

6日　**細見綾子**　平成9年
女身仏に春剝落のつづきをり

7日　**泉　鏡花**　小説家　昭和14年
露草や赤のまんまもなつかしき

10日　**阿部みどり女**　昭和55年
九十の端を忘れ春を待つ
11日　**平畑静塔**　平成9年
徐々に徐々に月下の俘虜として進む
13日　**平井照敏**　平成15年
鰯雲子は消しゴムで母を消す
15日　**篠原鳳作**　昭和11年
しんしんと肺碧きまで海のたび
西山泊雲　昭和19年
鹿の足よろめき細し草紅葉
岡本　眸　平成30年
雲の峰一人の家を一人発ち
17日　**村上鬼城**　昭和13年
冬蜂の死にどころなく歩きけり
18日　**石井露月**　山人忌・南瓜忌　昭和3年
草枯や海士が墓みな海に向く
19日　**正岡子規**　獺祭忌・糸瓜忌　俳人・歌人・評論家　明治35年
柿くへば鐘が鳴るなり法隆寺
20日　**中村汀女**　昭和63年
外にも出よ触るるばかりに春の月
22日　**長谷川かな女**　昭和44年
羽子板の重きが嬉し突かで立つ
23日　**岡井省二**　平成13年
大鯉のぎいと廻りぬ秋の昼
児玉輝代　平成23年
落ちてゆく重さの見えて秋没日
26日　**石橋秀野**　昭和22年
蟬時雨子は担送車に追ひつけず
伊藤通明　平成27年
鷹の座は断崖にあり天の川

《10月》
2日　**橋本鶏二**　平成2年
鳥のうちの鷹に生れし汝かな

原　裕　平成11年
はつゆめの半ばを過ぎて出雲かな
3日　**飯田蛇笏**　山廬忌　昭和37年
くろがねの秋の風鈴鳴りにけり
4日　**高野素十**　金風忌　昭和51年
方丈の大庇より春の蝶
5日　**滝沢伊代次**　平成22年
茸狩のきのふの山の高さかな
9日　**橋本夢道**　昭和49年
大戦起るこの日のために獄をたまわる
10日　**長谷川素逝**　昭和21年
いちまいの朴の落葉のありしあと
井本農一　国文学者　平成10年
ビルを出て遅日の街にまぎれ入る
11日　**種田山頭火**　昭和15年
分け入つても分け入つても青い山
西島麦南　昭和56年
炎天や死ねば離るゝ影法師
12日　**細谷源二**　昭和45年
地の涯に倖せありと来しが雪
永井龍男　東門居忌　小説家　平成2年
繭玉に宵の雨音籠りけり
13日　**石原舟月**　昭和59年
死をおもふこと恍惚と朝ざくら
攝津幸彦　平成8年
南国に死して御恩のみなみかぜ
15日　**木下杢太郎**　葱南忌　詩人・劇作家　昭和20年
秋雨やみちのくに入る足の冷
17日　**篠原　梵**　昭和50年
葉桜の中の無数の空さわぐ
18日　**波多野爽波**　平成3年
鳥の巣に鳥が入つてゆくところ
清水径子　平成17年
渚まで砂深く踏む秋の暮

22日　**百合山羽公**　平成3年
　桃冷す水しろがねにうごきけり
　高木晴子　平成12年
　新緑の樟ょ椎ょと打ち仰ぐ
23日　**和知喜八**　平成16年
　人生のところどころの芒原
24日　**桂樟蹊子**　平成5年
　島に来てのどかや太きにぎり鮨
　小池文子　平成13年
　夕野分藭るかたちの木を残す
25日　**細川加賀**　平成元年
　生身魂ひよこひよこ歩み給ひけり
26日　**高浜年尾**　昭和54年
　紫は水に映らず花菖蒲
　小坂順子　平成5年
　振り声も土用蜆や明石町
　吉田鴻司　平成17年
　蓮の実の跳びそこねたる真昼かな

　神尾久美子　平成26年
　竹筒に山の花挿す立夏かな
27日　**角川源義**　秋燕忌　国文学者・民俗学者　昭和50年
　花あれば西行の日とおもふべし
28日　**松根東洋城**　城雲忌・東忌　昭和39年
　山からの雨潔き夏野かな
　古舘曹人　平成22年
　花冷えの底まで落ちて眠るかな
30日　**尾崎紅葉**　十千万堂忌　小説家　明治36年
　ごぼ〳〵と薬飲みけりけさの秋

《11月》
5日　**沢木欣一**　平成13年
　塩田に百日筋目つけ通し
6日　**鈴木花蓑**　昭和17年

大いなる春日の翼垂れてあり
石川桂郎 昭和50年
昼蛙どの畦のどこ曲らうか

8日 **京極杞陽** 昭和56年
浮いてこい浮いてこいとて沈ませて

長谷川双魚 昭和62年
曼珠沙華不思議は茎のみどりかな

9日 **林　翔** 平成21年
今日も干す昨日の色の唐辛子

11日 **臼田亜浪** 昭和26年
郭公や何処までゆかば人に逢はむ

14日 **原　月舟** 大正9年
提灯に海を照らして踊かな

17日 **小沢碧童** 昭和16年
行秋や机離るゝ膝がしら

成田千空 平成19年
佞武多みな何を怒りて北の闇

18日 **徳田秋声** 小説家　昭和18年

森に来れば森に人あり小六月
横山白虹 昭和58年
夕桜折らんと白きのど見する

21日 **石田波郷** 忍冬忌・風鶴忌・惜命忌
昭和44年
プラタナス夜もみどりなる夏は来ぬ

瀧井孝作 折柴忌　小説家　昭和59年
蛍かごラジオのそばに灯りけり

22日 **千代田葛彦** 平成15年
眠るまで月をいくつも見て眠る

23日 **岡部六弥太** 平成21年
二階より妻の声して月今宵

24日 **岸田稚魚** 昭和63年
鬼灯市夕風のたつところかな

26日 **橋　閒石** 平成4年
銀河系のとある酒場のヒヤシンス

市村究一郎 平成23年

29日　**村沢夏風**　平成12年
み仏のほかゐたまはず春障子

赤松にこもる夕日や籐寝椅子

川崎展宏　平成21年

晴れぎはのはらりきらりと春時雨

《12月》

1日　**三橋敏雄**　平成13年
いつせいに柱の燃ゆる都かな

3日　**増田龍雨**　昭和9年
洗ひ鯉日は浅草へ廻りけり

本宮鼎三　平成10年
初花を木の吐く息と思ひけり

4日　**室積徂春**　昭和31年
蜘蛛の子の術も知らずに糸長し

福永耕二　昭和55年
新宿ははるかなる墓碑鳥渡る

8日　**猪俣千代子**　平成26年
婚の荷をひろげるやうに雛飾る

9日　**夏目漱石**　小説家　大正5年
菫程な小さき人に生れたし

きくちつねこ　平成21年
白粉花過去に妻の日ありしかな

12日　**鈴木六林男**　平成16年
天上もさびしからんに燕子花

14日　**成瀬櫻桃子**　平成16年
空港のかかる別れのソーダ水

阪本謙二　平成27年
一教師たりし生涯薄氷

15日　**山口青邨**　昭和63年
銀杏散るまつたゞ中に法科あり

16日　**中西舗土**　平成15年
青鷺の真中に下りる最上川

桂　信子　平成16年
ふところに乳房ある憂さ梅雨ながき

17日　**楠本憲吉**　昭和63年

三田二丁目の秋ゆうぐれの赤電話

18日 **轡田　進**　平成11年
かげろふの中へ押しゆく乳母車
本宮哲郎　平成25年
雛の灯を消せば近づく雪嶺かな

20日 **原　石鼎**　昭和26年
頂上や殊に野菊の吹かれ居り

22日 **阿波野青畝**　万両忌　平成4年
水澄みて金閣の金さしにけり

25日 **下村槐太**　昭和41年
死にたれば人来て大根煮きはじむ

26日 **齊藤美規**　平成24年
可惜夜の桜かくしとなりにけり

29日 **穴井　太**　平成9年
吉良常と名づけし鶏は孤独らし

30日 **横光利一**　小説家　昭和22年
衣更はるかにやしの傾けり
田中裕明　平成16年
大学も葵祭のきのふけふ

31日 **寺田寅彦**　冬彦忌・寅日子忌　科学者・随筆家　昭和10年
墓守の娘に会ひぬ冬木立
中塚一碧楼　昭和21年
病めば蒲団のそと冬海の青きを覚え

総索引

一、『俳句歳時記　第五版』全五巻に収録の季語・傍題のすべてを現代仮名遣いの五十音順に配列した。
一、収録巻は春・夏・秋・冬・新（新年）で示した。
一、漢数字はページ数を示す。
一、＊のついた語は本見出しである。

あ

あいすくりーむアイスクリーム　夏一八〇
あいすこーひーアイスコーヒー　夏一七九
あいすてぃーアイスティー　夏一七九
あいのはね愛の羽根　秋三二五
あいゆかた藍浴衣　夏一七三
＊あおあらし青嵐　夏一五六
＊あおい葵　夏二七七
＊あおうめ青梅　夏二四八
あおがえる青蛙　夏二二一
あおかび青黴　夏二六三
あおぎた青北風　秋二八六
あおきふむ青き踏む　春七三
あおくびだいこん青首大根　冬四九五
あおじそ青紫蘇　夏二五一
あおすじあげは青筋揚羽　夏二三一
＊あおすだれ青簾　夏一八四
＊あおた青田　夏一六八
あおだいしょう青大将　夏二二三
あおたかぜ青田風　夏一六八
あおたなみ青田波　夏一六八
あおたみち青田道　夏一六八
あおづゆ青梅雨　夏一七七
あおとかげ青蜥蜴　夏二二一
あおね青嶺　夏一六五
あおばじお青葉潮　夏一六六
＊あおばずく青葉木菟　夏二二五
あおばやみ青葉闇　夏二二四
あおふくべ青瓢　秋三六四
あおまつかさ青松毬　秋三五四
あおまつむし青松虫　秋三一七
＊あおみかん青蜜柑　秋三四九
あおみさき青岬　夏一六六
あおみなづき青水無月　夏一四八
＊あおむぎ青麦　春一七七
あおやぎ青柳　春一一八
＊あかいはね赤い羽根　秋三二五
あかがえる赤蛙　春九〇
あかかぶ赤蕪　冬四九五
あかしお赤潮　夏一六六
あかじそ赤紫蘇　夏二五一
あかとんぼ赤蜻蛉　秋三二五
あかのまま赤のまま　秋三七九
あかのまんま赤のまんま　秋三七九
あかまんま赤まんま　秋三七九
あかりしょうじ明り障子　冬四四〇
＊あき秋　秋二六六
あきあかね秋茜　秋三三五
あきあじ秋味　秋三三三
あきあつし秋暑し　秋二六八
あきいく秋行く　秋二五六
あきいりひ秋入日　秋二七七
あきうちわ秋団扇　秋二九九
＊あきうらら秋麗　秋二七三

*あきおうぎ秋扇　秋二九九
あきおしむ秋惜しむ　秋二七六
*あきかぜ秋風　秋二八四
あきかわ秋川　秋二九二
あききたる秋来る　秋二六八
*あきくさ秋草　秋三七〇
あきぐち秋口　秋二六六
あきぐもり秋曇　秋二七八
あきざくら秋桜　秋三五九
*あきさむ秋寒　秋二七四
あきさむし秋寒し　秋二七四
あきさめ秋雨　秋二八七
あきしお秋潮　秋二九三
あきしぐれ秋時雨　秋二八七
あきすずし秋涼し　秋二六九
あきぞら秋空　秋二七九
*あきたかし秋高し　秋二七九
あきたつ秋立つ　秋二六八
*あきちかし秋近し　夏二五三
あきちょう秋蝶　秋三三三
あきつあきつ　秋三三五
あきついり秋黴雨　秋二八七
あきつばめ秋燕　秋三一七
あきでみず秋出水　秋二九二
あきどなり秋隣　夏二五三
あきともし秋ともし　秋二九九
あきないはじめ商始　新五三三
あきにいる秋に入る　秋二六八
*あきのあめ秋の雨　秋二八七
あきのあゆ秋の鮎　秋三三〇
*あきのうみ秋の海　秋二九三
*あきのか秋の蚊　秋三三三
あきのかぜ秋の風　秋二八四
*あきのかわ秋の川　秋二九二
あきのくさ秋の草　秋三七〇
*あきのくも秋の雲　秋二七八
*あきのくれ秋の暮　秋二七一
*あきのこえ秋の声　秋二七八
あきのしお秋の潮　秋二九三
*あきのせみ秋の蟬　秋三三四
あきのそら秋の空　秋二七九
*あきのた秋の田　秋二九一
*あきのちょう秋の蝶　秋三三三
あきのなぎさ秋の渚　秋二九三
あきのななくさ秋の七草　秋三七〇
あきのなみ秋の波　秋二九三
あきのの秋の野　秋二九〇
あきのはま秋の浜　秋二九三
*あきのひ秋の日　秋二七七
*あきのひ秋の灯　秋二九九
あきのへび秋の蛇　秋三三五
あきのほし秋の星　秋二八二
あきのみさき秋の岬　秋二九三
あきのみず秋の水　秋二九二
あきのみね秋の峰　秋二九〇
*あきのやま秋の山　秋二九〇
あきのゆう秋の夕　秋二七一
あきのゆうぐれ秋の夕暮　秋二七一
あきのゆうべ秋の夕べ　秋二七一
あきのよ秋の夜　秋二七三
あきのよい秋の宵　秋二七三
あきはじめ秋初め　秋二六六
あきばしょ秋場所　秋三〇八
*あきばれ秋晴　秋二七七
あきび秋日　秋二七七
あきひかげ秋日影　秋二七七
*あきひがん秋彼岸　秋二七〇
あきびより秋日和　秋二七七
*あきふかし秋深し　秋二七五

*あきまき秋蒔　秋三〇六
あきまつ秋待つ　夏一五三
*あきまつり秋祭　秋三一七
*あきめく秋めく　秋二六九
あきやま秋山　秋二九〇
あけのくれ明の暮　新五〇一
あげはちょう揚羽蝶　夏三一
あげはなび揚花火　夏一九七
あげばね揚羽子　新五三八
*あけび通草　秋三五五
あけび木通　秋三五五
あけびのみ通草の実　秋三五五
あげひばり揚雲雀　春九二
あけやす明易　夏一四九
あけやすし明易し　夏一四九
*あさがお朝顔　秋三三七
あさがすみ朝霞　春四七
あさぎり朝霧　秋二八八
あさくさのり浅草海苔　春一三九
*あさぐもり朝曇　夏一六〇
あさごち朝東風　春四八
あさざくら朝桜　春一〇五
あさざむ朝寒　秋二七四
あさしぐれ朝時雨　冬四〇二
あさしも朝霜　冬四〇三
あさすず朝涼　夏一五一
あさすず朝鈴　秋三三七
あさぜみ朝蟬　夏二二六
あさたきび朝焚火　冬四四五
あさつゆ朝露　秋二八九
あさにじ朝虹　夏一五九
あさやけ朝焼　夏一六一
あさり浅蜊　春九八
あしかび蘆牙　春一三八
*あしかり蘆刈　秋三〇六
あしかる蘆刈る　秋三〇六
*あじさい紫陽花　夏二四三
あじさいのめ紫陽花の芽　春一三八
*あしのつの蘆の角　春一三八
あしのめ蘆の芽　春一三八
あしのわかば蘆の若葉　春一三八
あしび蘆火　秋三〇六
*あしびのはな馬酔木の花　春一〇九
あしぶね蘆舟　秋三〇六
あずきがゆ小豆粥　新五三四
あずきひく小豆引く　秋三六九
*あせ汗　夏二〇一
あぜあおむ畦青む　春一一八
あせしらず汗しらず　夏一八五
あせばむ汗ばむ　夏二〇一
あせびのはなあせびの花　春一〇九
あぜまめ畦豆　秋二九六
あそびぶね遊び船　夏一九四
*あたたか暖か　春三三
*あたためざけ温め酒　秋三一四
あつぎ厚着　冬四二三
あつごおり厚氷　冬四一四
あつさ暑さ　夏一五〇
*あつし暑し　夏一五〇
あつものざき厚物咲　秋三六三
あとずさりあとずさり　夏二二九
あなまどい穴惑　秋三三五
*あぶ虻　春一〇三
あぶらぜみ油蟬　夏二二六
あぶらでり油照　夏一六三
あぶらなのはな油菜の花　春一三三
あぶれか溢れ蚊　秋三三三
あまがえる雨蛙　夏二二一
あまがき甘柿　秋三四五

あまちゃ甘茶　春八三
あまちゃぶつ甘茶仏　春八三
あまなつ甘夏　春一一三
＊あまのがわ天の川　秋二八三
あまのり甘海苔　春一二九
＊あめんぼ水馬　夏二二六
あめんぼう水馬　夏二二六
あやめ渓蓀　夏二四二
あやめぐさあやめぐさ　夏二四三
あやめのひ菖蒲の日　夏二〇五
＊あゆ鮎　夏二一七
あゆおつ鮎落つ　秋三一〇
あゆつり鮎釣　夏二一七
あゆのこ鮎の子　春九七
あらい洗膾　夏一七六
あらいがみ洗ひ髪　夏二〇〇
あらう荒鵜　夏一九三
あらたまのとし新玉の年　新五〇〇
あらづゆ荒梅雨　夏一七七
あらばしり新走　秋二九五
あらまき新巻　冬四三五
あらまき荒巻　冬四三五
＊あられ霰　冬四〇三
＊あり蟻　夏二三〇
＊ありじごく蟻地獄　夏二三九
ありづか蟻塚　夏二三〇
ありのす蟻の巣　夏二三〇
ありのとう蟻の塔　夏二三〇
ありのみ有の実　秋三四五
ありのみち蟻の道　夏二三〇
ありのれつ蟻の列　夏二三〇
あわゆき淡雪　春五三
あんかう行火　冬四四一
＊あんこう鮟鱇　冬四七四
＊あんずのはな杏の花　春一一四

い

いーすたーイースター　春八四
いえばえ家蠅　夏二三七
いがぐり毬栗　秋三四七
いかずちいかづち　夏一五九
いかのぼりいかのぼり　春七三
＊いきしろし息白し　冬四五三
いきみたま生身魂　秋三一九
＊いざよい十六夜　秋二八一
いしたたき石叩　秋三一八
いしやきいも石焼藷　冬四三二
＊いずみ泉　夏一六九
＊いせえび伊勢海老　新五五九
いそあそび磯遊　春七三
いそちどり磯千鳥　冬四七〇
＊いたどり虎杖　春一一三
いちがつ一月（冬）　新五〇〇
＊いちご苺　夏二四七
いちごがり苺狩　夏二四七
＊いちじく無花果　秋三四八
いちのうま一の午　春七八
いちのとり一の酉　冬四五八
いちばんちゃ一番茶　春七一
いちょうおちば銀杏落葉　冬四八九
＊いちようき一葉忌　冬四六三
いちょうのみ銀杏の実　秋三四九
いちょうもみじ銀杏紅葉　秋三五二
いちようらいふく一陽来復　冬三八八
いつ凍つ　冬三九四
いつ沍つ　冬三九四
いつか五日　新五〇三
＊いっさき一茶忌　冬四六二
いてかえる凍返る　春二三

いてぐも凍雲　冬三九九
いてぞら凍空　冬三九九
いてだき凍滝　冬四一五
いてちょう凍蝶　冬四七七
いてづる凍鶴　冬四六七
いてぼし凍星　冬三九九
いとうりいとうり　秋三六四
いとすすき糸芒　秋三七三
*いとど竈馬　秋三三六
いとゆう糸遊　春四六
いなぐるま稲車　秋三〇三
*いなご蝗　秋三四〇
いなご螽　秋三四〇
いなご稲子　秋三四〇
*いなすずめ稲雀　秋三三七
いなだ稲田　秋二九一
いなづか稲束　秋三〇三
いなつるび稲つるび　秋二八七
*いなずま稲妻　秋二八七
いなびかり稲光　秋二八七
いなぶね稲舟　秋三〇三
いなほ稲穂　秋三六七
いなほなみ稲穂波　秋三六七
いぬたでのはな犬蓼の花　秋三七九
*いぬふぐり犬ふぐり　春一三四
*いね稲　秋三六七
*いねかり稲刈　秋三〇三
いねかる稲刈る　秋三〇三
いねこき稲扱　秋三〇三
いねのあき稲の秋　秋三六七
いねのか稲の香　秋三六七
いねのはな稲の花　秋三六七
*いのこ亥の子　冬四五五
*いのこずち牛膝　秋三七五
いのこずちゐのこづち　秋三七五
いのこもち亥の子餅　冬四五五
*いのしし猪　秋三三四
いぼむしりいぼむしり　秋三四一
いまちづき居待月　秋二八一
いも甘藷　秋三六五
いも藷　秋三六五
*いも芋　秋三六五
いもあらし芋嵐　秋二九六
いもぞうすい藷雑炊　冬四三二
*いもにかい芋煮会　秋三二一
いものつゆ芋の露　秋二八九
いものは芋の葉　秋三六五
いもほる芋掘る　秋三六五
いよかん伊予柑　春一二三
いりひがん入彼岸　春八
いろくさ色草　秋三七〇
*いろどり色鳥　秋三三六
いろなきかぜ色なき風　秋二八四
いろはがるたいろはがるた　新五三七
いろり囲炉裡　冬四四三
いろり囲炉裏　冬四四三
いわいばし祝箸　新五一八
*いわし鰯　秋三三一
いわし鰮　秋三三一
いわしあみ鰯網　秋三三一
いわしぐも鰯雲　秋二七八
いわしひく鰯引く　秋三三一
いわしぶね鰯船　秋三三一
いわしほす鰯干す　秋三三一
いわしみず岩清水　夏一六九
いわつつじ岩躑躅　春一一〇
いわのり岩海苔　春一三九
いんばねすインバネス　冬四二五

*うえた　植田　夏一六八
*うかい　鵜飼　夏一九三
うかがり　鵜篝　夏一九三
うかれねこ　うかれ猫　春八八
*うきくさ　萍　夏二六一
うきくさ　浮草　夏二六一
うきくさのはな　萍の花　夏二六一
*うきす　浮巣　夏二一六
うきねどり　浮寝鳥　冬四六九
うきは　浮葉　夏二六三
うきわ　浮輪　夏一九五
*うぐいす　鶯　春九一
うぐいすのたにわたり　鶯の谷渡り　春九一
うぐいすもち　鶯餅　春六五
うげつ　雨月　秋二八〇
うさぎがり　兎狩　冬四四六
うじ　蛆　夏二二七
うしあぶ　牛虻　春一〇三
うしなべ　牛鍋　冬四三三
うしょう　鵜匠　夏一九三
うすごおり　薄氷　春六〇
うずみび　埋火　冬四四三
うすもの　羅　夏一七三
うすもみじ　薄紅葉　秋三五三
*うすらい　薄氷　春六〇
*うそかえ　鷽替　新五五一
うそさむ　うそ寒　秋二七四
うたがるた　歌がるた　新五三七
*うちみず　打水　夏一九〇
うちわ　団扇　夏一八七
*うづき　卯月　夏一四三
うづきなみ　卯月波　夏一六七
うつぎのはな　空木の花　夏二二七
うつせみ　空蟬　夏二一六
*うど　独活　春一一六
*うなみ　卯波　夏一六七
うなわ　鵜縄　夏一九三
*うのはな　卯の花　夏二二七
うのはなくたし　卯の花腐し　夏一五八
うぶね　鵜舟　夏一九三
*うまおい　馬追　秋三三九
うまおいむし　馬追虫　秋三三九
*うまごやし　苜蓿　春一三〇
うまのこ　馬の子　春八八
うままつり　午祭　春七八
*うまやだし　厩出し　春六七
うみこおる　海凍る　冬四二四
うみのいえ　海の家　夏一九六
うみびらき　海開き　夏一九六
*うめ　梅　春一〇四
うめごし　梅干　夏一七七
うめさぐる　梅探る　冬四四七
うめづけ　梅漬　夏一七七
うめのはな　梅の花　春一〇四
うめのみ　梅の実　夏二四八
うめはやし　梅早し　冬四八〇
*うめほす　梅干す　夏一七七
うめむしろ　梅筵　夏一七七
うらがる　末枯る　秋三七三
*うらがれ　末枯　秋三七三
うらじろ　裏白　新五六二
うらぼん　盂蘭盆　秋三一九
*うらぼんえ　盂蘭盆会　秋三一九
うらまつり　浦祭　秋三一七
うらうらら　うらうら　春三三
*うららか　麗か　春三三

*うり瓜　夏二五〇
うりぞめ売初　新五三三
うりのうし瓜の牛　秋三一九
うりのうま瓜の馬　秋三一九
うりばたけ瓜畑　夏二五〇
うりぼう瓜坊　秋三三四
うろこぐも鱗雲　秋二七八
うんしゅうみかん温州蜜柑　冬四八八
*うんどうかい運動会　秋二九四

え

えいぷりるふーるエイプリルフール　春八〇
えおうぎ絵扇　夏一八七
えきでん駅伝　新五四五
えすごろく絵双六　新五三七
えたこ絵凧　春七三
えだずみ枝炭　冬四四二
*えだまめ枝豆　秋二九六
えちぜんがに越前蟹　冬四七六
えのこぐさゑのこ草　秋三七五
*えのころぐさ狗尾草　秋三七五
えひがさ絵日傘　夏一八九
えぶりえぶり　新五五五
えほう恵方　新五四七
*えほうまいり恵方詣　新五四七
えほうみち恵方道　新五四七
えみぐり笑栗　秋三四七
*えりまき襟巻　冬四三六
えんいき円位忌　春八五
えんえい遠泳　夏一九五
えんしょ炎暑　夏一五〇
*えんそく遠足　春六三
*えんちゅう炎昼　夏一四八
えんてい炎帝　夏一四三
*えんてん炎天　夏一六三
えんどうのはな豌豆の花　春一二四
えんどうまく豌豆蒔く　秋三〇六
*えんぶりえんぶり　新五五五
えんまこおろぎえんま蟋蟀　秋三三七
えんらい遠雷　夏一五九

お

おいうぐいす老鶯　夏二一六
おいのはる老の春　新五〇一
おいばね追羽子　新五三八
*おうぎ扇　夏一八七
おうぎおく扇置く　秋二九九
おうとう桜桃　夏二四八
*おうとうき桜桃忌　夏二一〇
おうとうのみ桜桃の実　夏二四八
おおあした大旦　新五〇三
おおぎく大菊　秋三六二
おおしも大霜　冬四〇三
おおたか大鷹　冬四六五
おおどし大年　冬三九〇
おおねおほね　冬四九五
おおば大葉　夏二五一
おーばーオーバー　冬四三五
おーばーこーとオーバーコート　冬四三五
おおはくちょう大白鳥　冬四七三
おおひでり大旱　夏一六三
*おおぶく大服　新五一五
おおぶく大福　新五一五
おおぶくちゃ大福茶　新五一五
おおみそか大晦日　冬三九〇
おおみそか大三十日　冬三九〇
おおみなみ大南風　夏一五五

おおむぎ大麦　夏二四七
おおゆき大雪　冬四〇四
おおわた大綿　冬四七八
おかがみ御鏡　新五一四
おかざりお飾　新五一三
おかぼ陸稲　秋三六七
おかめいちおかめ市　冬四五八
おがらたく苧殻焚く　秋三三〇
おがんじつお元日　新五〇三
おきごたつ置炬燵　冬四四一
おきなき翁忌　冬四六三
おきなます沖膾　夏一七六
*おぎょう御行　新五五四
おくて晩稲　秋三〇三
おくて晩稲　秋三六七
おくりづゆ送り梅雨　夏一五七
おくりび送火　秋三三〇
おくれが後れ蚊　秋三三三
おけらなくおけら鳴く　秋三四一
おけらなわ白朮縄　新五四七
おけらび白朮火　新五四七
*おけらまいり白朮詣　新五四七
*おさがり御降　新五〇九
おしをし　冬四七〇
おじか牡鹿　秋三三四
*おしどり鴛鴦　冬四七〇
おしのくつ鴛鴦の沓　冬四七〇
おじやおじや　冬四三一
おじゅうやお十夜　冬四五九
おしょうがつお正月　新五〇〇
おしろいおしろい　秋三六〇
おしろいのはなおしろいの花　秋三六〇
*おしろいばな白粉花　秋三六〇
おせちお節　新五一八
おそきひ遅き日　春二五
おそざくら遅桜　春一〇五
おだき男滝　夏一六九
おたびしょ御旅所　夏二〇七
おたまじゃくしおたまじやくし　春九〇
*おちあゆ落鮎　秋三三〇
おちぐり落栗　秋三四七
おちつばき落椿　春一〇四
*おちば落葉　冬四八九
おちばかき落葉搔　冬四八九
おちばかご落葉籠　冬四八九
おちばたき落葉焚　冬四四五
おちばどき落葉時　冬四八九
おちひばり落雲雀　春九二
おちゅうにちお中日　春二八
*おでんおでん　冬四三三
おとこえし男郎花　秋三一七
おとこめしをとこめし　秋三一七
おとしだまお年玉　新五一三
おどしづつ威銃　秋三〇三
おとめつばき乙女椿　春一〇四
*おどり踊　秋三〇八
おとりあゆ囮鮎　夏二一七
おどりうた踊唄　秋三〇八
おどりがさ踊笠　秋三〇八
おどりこ踊子　秋三〇八
おどりだいこ踊太鼓　秋三〇八
おどりやぐら踊櫓　秋三〇八
おにくるみ鬼胡桃　秋三四八
おにのこ鬼の子　秋三四二
おにはそと鬼は外　冬四五七
おにやらい鬼やらひ　冬四五六
おにやんま鬼やんま　秋三三五

おにゆり鬼百合　夏二五二
おのはじめ斧始　新五三五
おのむし斧虫　秋三四一
おばな尾花　秋三七三
おはなばたけお花畑　夏一六六
おひがんお彼岸　春二八
おびな男雛　春七九
*おぼろ朧　春四五
おぼろづき朧月　春四五
おぼろよ朧夜　春四五
*おみずとりお水取　春八二
*おみなえし女郎花　秋三七七
おみなめしをみなめし　秋三七七
おもだか沢瀉　夏二六一
おやいも親芋　秋三六五
おやこぐさ親子草　新五六二
おやすずめ親雀　春九五
おやねこ親猫　春八九
*およぎ泳ぎ　夏一九五
およぐ泳ぐ　夏一九五
おりひめ織姫　秋三一二
おんじゃく温石　冬四四三
おんなしょうがつ女正月　新五〇五

か

*か蚊　夏二二七
が蛾　夏二二三
かーでぃがんカーディガン　冬四二五
*かいこ蚕　春一〇三
かいし海市　春五四
かいすいぎ海水着　夏一七四
*かいすいよく海水浴　夏一九六
*かいぞめ買初　新五三四
*かいつぶり鳰　冬四七一
かいつむりかいつむり　冬四七一
*がいとう外套　冬四二五
かいなんぷう海南風　夏一五五
かいれい廻礼　新五三〇
*かいろ懐炉　冬四四三
*かいわりな貝割菜　秋三六六
かいわれ貝割　秋三六六
かえりづゆ返り梅雨　夏一七七
*かえりばな帰り花　冬四八〇
かえりばな返り花　冬四八〇
かえる蛙　春九〇
かえるかり帰る雁　春九三
かえるとり帰る鳥　春九三
かえるのこ蛙の子　春九〇
*かおみせ顔見世　冬四四八
*かかしかかし　秋三〇三
かがし案山子　秋三〇三
かがまんざい加賀万歳　新五三六
かがみさゆ鏡冴ゆ　冬三九五
*かがみびらき鏡開　新五三三
*かがみもち鏡餅　新五一四
かがみもちひらく鏡餅開く　新五三三
かがみわり鏡割　新五三三
かがりびばな篝火花　春一一三
*ががんぼががんぼ　夏二二八
*かき柿　秋三四五
*かき牡蠣　冬四七七
かきおちば柿落葉　冬四八九
がきき我鬼忌　夏二一〇
かききゅうか夏季休暇　夏一七一
かきごおりかき氷　夏一八〇
かきぞうすい牡蠣雑炊　冬四三一
*かきぞめ書初　新五二九
*かきつばた燕子花　夏二四二

かきつばた杜若　夏二四二
かきなべ牡蠣鍋　冬四三三
かきびより柿日和　秋三四五
かきめし牡蠣飯　冬四一七
かきもみじ柿紅葉　秋三五三
がきゃく賀客　新五三〇
かぎゅう蝸牛　夏二一一
かきわかば柿若葉　夏二三五
がくあじさい額紫陽花　夏二四三
がくのはな額の花　夏二四三
かけぶとん掛蒲団　冬四三三
*かげろう陽炎　春四六
がさいちがさ市　冬四一八
*かざぐるま風車　春七四
かささぎのはし鵲の橋　秋三一二
かさねぎ重ね着　冬四三三
*かざはな風花　冬四〇七
かさぶらんかカサブランカ　夏二五二
*かざり飾　新五一三
かざりうす飾臼　新五一三
*かざりうり飾売　冬四一八
かざりえび飾海老　新五一三
*かざりおさめ飾納　新五五〇
かざりおろし飾卸　新五五〇
かざりたく飾焚く　新五五四
かざりたけ飾竹　新五一三
かざりとる飾取る　新五五〇
かざりまつ飾松　新五一三
かざりもち飾餅　新五一四
*かじ火事　冬四四六
かじか河鹿　夏二一一
*かじかむ悴む　冬四四三
かじみまい火事見舞　冬四四六
*がじょう賀状　新五一三
かしわもち柏餅　夏一七六
かすじる粕汁　冬四三三
*かずのこ数の子　新五一九
*かすみ霞　春四七
かすむ霞む　春四七
*かぜ風邪　冬四五一
かぜあおし風青し　夏一七六
かぜいれ風入　夏一八九
*かぜかおる風薫る　夏一七六
かぜぐすり風邪薬　冬四五一
かぜごえ風邪声　冬四五一
かぜごこち風邪心地　冬四五一
かぜごもり風邪籠　冬四五一
かぜのかみ風邪の神　冬四五一
*かぜひかる風光る　春五〇
かぜまちづき風待月　夏一四八
*かぞえび数へ日　冬三八九
かたかけ肩掛　冬四二六
*かたかげ片蔭　夏一六三
かたかげ片陰　夏一六三
かたかげり片かげり　夏一六三
かたかごのはなかたかごの花　春一二七
*かたくりのはな片栗の花　春一二七
かたしぐれ片時雨　冬四〇三
かたしろ形代　夏二〇七
*かたつむり蝸牛　夏二一一
かちごま勝独楽　新五三九
がちゃがちゃがちゃがちゃ　秋三三九
*かつお鰹　夏二一九
かつお松魚　夏二一九
かつおぶね鰹船　夏二一九
*かっこう郭公　夏二一四
*かっぱき河童忌　夏二一〇
*かと蝌蚪　春九〇

かどすずみ門涼み　夏一九四
かとのひも蝌蚪の紐　春九〇
＊かどび門火　秋三三〇
かどびたく門火焚く　秋三三〇
＊かどまつ門松　新五二三
＊かどまつたつ門松立つ　冬四一九
かどまつとる門松取る　新五四九
かどれい門礼　新五二〇
かとんぼ蚊とんぼ　夏二二八
かなかなかなかな　秋三三四
かなぶんかなぶん　夏二二四
＊かに蟹　夏二二〇
＊かねたたき鉦叩　秋三三八
かのうば蚊姥　夏二二八
かのこゆり鹿の子百合　夏二五二
かのなごり蚊の名残　秋三三三
かばしら蚊柱　夏二二七
＊かび黴　夏二六三
かびのか黴の香　夏二六三
かびのはな黴の花　夏二六三
かびのやど黴の宿　夏二六三
＊かぶ蕪　冬四九五
＊かぶとむし兜虫　夏二二四
かぶとむし甲虫　夏二二四
かぶばたけ蕪畑　冬四九五
かぶらかぶら　冬四九五
かぶらじる蕪汁　冬四三三
かぶらばた蕪畑　冬四九五
かふんしょう花粉症　春一一七
かぼすかぼす　秋三五〇
かぼちゃ南瓜　秋三六三
がま蝦蟇　夏二一一
＊かまきり蟷螂　秋三四一
かまきり鎌切　秋三四一
＊かまくらかまくら　新五五四
かまつかかまつか　秋三五九
かまどうま竈馬　秋三三六
かまはじめ釜始　新五四一
＊かみあらう髪洗ふ　夏二〇〇
かみありづき神在月　冬三八五
かみおくり神送　冬四五八
かみきり天牛　夏二三四
かみきりむし髪切虫　夏二三四
かみさりづき神去月　冬三八五
＊かみすき紙漉　冬四四七
かみなづきかみなづき　冬三八五
＊かみなり雷　夏一五九
かみなり神鳴　夏一五九
かみなりうおかみなりうを　冬四七三
かみのたび神の旅　冬四五八
＊かみのるす神の留守　冬四五八
かみびな紙雛　春七九
かみふうせん紙風船　春七三
かみほす紙干す　冬四四七
かみむかえ神迎　冬四五八
＊かめなく亀鳴く　春八九
＊かも鴨　冬四六九
かもすずし鴨涼し　夏二一七
かもなす加茂茄子　夏二五一
かものこえ鴨の声　冬四六九
かものじん鴨の陣　冬四六九
かや蚊帳　夏二二七
かや萱　秋三七三
かやの萱野　秋三七三
かやのほ萱の穂　秋三七三
かやのめ萱の芽　春一二八
かやはら萱原　秋三七三
かゆぐさ粥草　新五六一
かゆばしら粥柱　新五三四

からうめ唐梅　冬四八一
からざけ乾鮭　冬四三五
からしなまく芥菜蒔く　秋三〇六
*からすうり烏瓜　秋三八〇
からつゆ空梅雨　夏一五七
*かり雁　秋三三九
*かり狩　冬四四六
かりあし刈蘆　秋三〇六
かりいね刈稲　秋三〇三
かりうど狩人　冬四四六
かりがねかりがね　秋三三九
かりくる雁来る　秋三三九
*かりた刈田　秋二九一
かりたみち刈田道　秋二九一
かりのこえ雁の声　秋三三九
かりのさお雁の棹　秋三三九
かりのつら雁の列　秋三三九
かりば狩場　冬四四六
がりょうばい臥龍梅　春一〇四
*かりわたし雁渡し　秋二八六
かりわたる雁渡る　秋三三九
*かりんのみ榠樝の実　秋三五一
かりんのみ花梨の実　秋三五一
かる枯る　冬四九一
かるがも軽鴨　夏二二七
*かるた歌留多　新五三七
かるたかい歌留多会　新五三七
かれ枯　冬四九一
かれあし枯蘆　冬四九七
かれえだ枯枝　冬四九一
かれおばな枯尾花　冬四九七
*かれき枯木　冬四九一
*かれぎく枯菊　冬四九七
かれきぼし枯木星　冬四九一
かれきみち枯木道　冬四九一
かれきやま枯木山　冬四九一
*かれくさ枯草　冬四九七
かれこだち枯木立　冬四九一
かれすすき枯芒　冬四九七
*かれの枯野　冬四二一
かれのびと枯野人　冬四二一
かれのみち枯野道　冬四二一
かれのやど枯野宿　冬四二一
*かれは枯葉　冬四八八
*かれはす枯蓮　冬四九八
かれはちす枯れ蓮　冬四九八
かれむぐら枯葎　冬四九七
かれやま枯山　冬四一〇
かわがに川蟹　夏三三〇
かわかる川涸る　冬四二三
かわこおる川凍る　冬四二四
*かわず蛙　春九〇
かわずがっせん蛙合戦　春九〇
*かわずのめかりどき蛙の目借時　春三五
かわせがき川施餓鬼　秋三一一
かわてぶくろ皮手袋　冬四二七
かわらなでしこ川原撫子　秋三七四
*かん寒　冬三九一
がん雁　秋三三九
かんあ寒鴉　冬四六七
かんあかね寒茜　冬四〇八
かんあく寒明く　春三〇
*かんあけ寒明　春三〇
かんうん寒雲　冬三九九
*かんおりおん寒オリオン　冬三九九
かんがい旱害　夏一六三
*かんがらす寒鴉　冬四六七
かんかんぼうカンカン帽　夏一七五

＊かんぎく寒菊　冬四九一
かんぎょう寒行　冬四六〇
かんぎょうそう寒行僧　冬四六〇
かんきん寒禽　冬四七二
かんく寒九　冬三九一
＊かんげいこ寒稽古　冬四二一
かんげつ観月　秋三〇九
かんげつ寒月　冬四〇〇
＊かんごい寒鯉　冬四七五
がんこう雁行　秋三三九
かんこうばい寒紅梅　冬四八〇
かんこどり閑古鳥　夏二一四
＊かんごり寒垢離　冬四六〇
＊かんざくら寒桜　冬四八一
かんざらい寒復習　冬四二一
かんざらえ寒ざらへ　冬四二一
＊がんじつ元日　新五〇三
がんじつそう元日草　新五六一
＊かんしょ甘薯　秋三六五
かんしょ甘藷　秋三六五
かんしろう寒四郎　冬三九一
かんすき寒漉　冬四四七
＊かんすずめ寒雀　冬四六六
かんすばる寒昴　冬三九九
かんすみれ寒菫　冬四八二
かんせい寒星　冬三九九
かんぜみ寒蟬　秋三三四
かんせん寒泉　冬四一二
＊かんぞうのはな萱草の花　夏二五四
かんそうび寒薔薇　冬四八二
＊かんたまご寒卵　冬四三〇
かんたまご寒玉子　冬四三〇
かんたん邯鄲　秋三三七
がんたん元旦　新五〇二
かんちゅう寒中　冬三九一
かんちゅうみまい寒中見舞　冬四二三
かんちょう寒潮　冬四一三
がんちょう元朝　新五〇二
＊かんつばき寒椿　冬四八四
かんてん旱天　夏一六三
かんてん寒天　冬三九九
かんとう寒灯　冬四三九
かんとだき関東煮　冬四三三
かんともし寒灯　冬四三九
かんどよう寒土用　冬三九一
＊かんなカンナ　秋三五八
＊かんなづき神無月　冬三八五
かんならい寒習　冬四二一
かんにいる寒に入る　冬三九一
かんねぶつ寒念仏　冬四六〇
＊かんねんぶつ寒念仏　冬四六〇
かんのあけ寒の明　春三〇
かんのいり寒の入　冬三九一
かんのうち寒の内　冬三九一
かんのみず寒の水　冬四一三
かんぱ寒波　冬三九三
かんばい寒梅　冬四八〇
かんばつ旱魃　夏一六三
かんばれ寒晴　冬三九八
かんびーる缶ビール　夏一七八
かんひざくら寒緋桜　冬四八一
かんびより寒日和　冬三九八
かんぷう観楓　秋三一〇
かんぶつえ灌仏会　春八三
かんぶな寒鮒　冬四七五
かんぶり寒鰤　冬四七四
＊かんべに寒紅　冬四三三
かんぼう感冒　冬四五一
かんほくと寒北斗　冬三九九

*かんぼけ寒木瓜　冬四八八
*かんぼたん寒牡丹　冬四九二
*かんまいり寒参り　冬四五九
*かんみまい寒見舞　冬四二三
かんもうで寒詣　冬四五九
かんもどる寒戻る　春二三
かんや寒夜　冬三九二
かんゆやけ寒夕焼　冬四〇八
かんらい寒雷　冬四〇七
がんらいこう雁来紅　秋三五九
かんりん寒林　冬四九〇
かんれい寒冷　冬三九三

き

きう喜雨　夏一五六
きえん帰燕　秋三二七
ぎおんえ祇園会　夏二〇八
ぎおんだいこ祇園太鼓　夏二〇八
ぎおんばやし祇園囃子　夏二〇八
*ぎおんまつり祇園祭　夏二〇八
きぎく黄菊　秋三六二
ききざけ利酒　秋二九五
きぎしきぎし　春九一
ぎぎすきぎす　春九一
*ききょう桔梗　秋三七六
*きく菊　秋三六二
きくかる菊枯る　冬四九七
きくざけ菊酒　秋三二三
きくし菊師　秋三二〇
きくなます菊膾　秋三六二
*きくにんぎょう菊人形　秋三二〇
きくにんぎょうてん菊人形展　秋三二〇
きくねわけ菊根分　春七一
きくのせっく菊の節供　秋三二三
きくのはな菊の花　秋三六二
きくのひ菊の日　秋三二三
きくのめ菊の芽　春一二八
きくばたけ菊畑　秋三六二
きくびより菊日和　秋三一七
きこうでん乞巧奠　秋三二二
*きさらぎ如月　春二九
*きじ雉　春九一
きじ雉子　春九一
きじのほろろ雉のほろろ　春九一
ぎすぎす　秋三二八
*きずいせん黄水仙　春二二〇
きすげ黄菅　夏二三四
きすずめ黄雀　春九五
*きせい帰省　夏一七二
きせいし帰省子　夏一七二
きせきれい黄鶺鴒　秋三一八
*きそはじめ着衣始　新五二七
きた北風　冬四〇一
*きたかぜ北風　冬四〇一
きたふく北吹く　冬四〇一
きたふさぐ北塞ぐ　冬四三六
*きたまどふさぐ北窓塞ぐ　冬四三六
きちきちきちきち　秋三四〇
きちきちばったきちきちばつた　秋三四〇
きちこうきちかう　秋三七六
きちょう黄蝶　春一〇二
きっかてん菊花展　秋三六二
きっしょ吉書　新五二九
きっしょあげ吉書揚　新五五四
きっちょうなわ吉兆縄　新五四七
*きつつき啄木鳥　秋三一八
きつねのちょうちん狐の提灯

冬四一六
きつねばな狐花　秋三七六
＊きつねび狐火　冬四一六
＊きぬかつぎ衣被　秋二九八
＊きのこ茸　秋三八一
きのこ菌　秋三八一
きのこじる茸汁　秋三八一
きのこめし茸飯　秋二九七
＊きのめあえ木の芽和　春六四
＊きびあらし黍嵐　秋二八六
きびたき黄鶲　秋三三六
＊きぶくれ着ぶくれ　冬四三三
ぎふちょうちん岐阜提灯　夏一八八
きみかげそう君影草　夏二四三
きもりがき木守柿　秋三四五
きもりゆず木守柚子　秋三五〇
きゃらぶき伽羅蕗　夏二四九
きゅうか九夏　夏二四三
きゅうしゅう九秋　秋二六六
きゅうとう九冬　冬三八四
きゅうねん旧年　新五〇二
きゅうぼん旧盆　秋三一九
きゅうり胡瓜　夏二五〇
きょうえい競泳　夏一九五
きょうさく凶作　秋三〇三
＊きょうちくとう夾竹桃　夏二五九
きょうのつき今日の月　秋二八〇
ぎょけい御慶　新五二〇
＊きょしき虚子忌　春八六
きょねん去年　新五〇三
きょほう巨峰　秋三四六
きららむし雲母虫　夏二三九
＊きり霧　秋二八八
＊きりぎりす螽蟖　秋三三八
きりこ切子　秋三〇〇
きりごたつ切炬燵　冬四四一
きりこどうろう切子灯籠　秋三〇〇
＊きりざんしょう切山椒　新五二一
きりしぐれ霧時雨　秋二八八
きりしまつつじ霧島躑躅　春二一〇
＊きりのはな桐の花　夏二三八
＊きりひとは桐一葉　秋三五四
きりぶすま霧襖　秋二八八
＊きりぼし切干　冬四三六
きりぼしだいこん切干大根　冬四三六
きれだこ切凧　春七三
ぎんが銀河　秋二八三
＊きんかん金柑　秋三五〇
ぎんかん銀漢　秋二八三
＊きんぎょ金魚　夏二一八
きんぎょうり金魚売　夏二一八
きんぎょだ金魚田　夏二一八
きんぎょばち金魚鉢　夏二一八
きんしゅう金秋　秋二六六
＊ぎんなん銀杏　秋三四九
きんばえ金蠅　夏二二七
ぎんばえ銀蠅　夏二二七
きんぷう金風　秋二八四
きんもくせい金木犀　秋三四三
ぎんもくせい銀木犀　秋三四三

く

＊くいつみ喰積　新五一八
くーらークーラー　夏一八六
くがつ九月　秋二六六
くがつじん九月尽　秋二七六
くがつばしょ九月場所　秋三〇八
くきだちくきだち　春一二五
くきづけ茎漬　冬四三五

くきのいし茎の石　冬四三五
くきのおけ茎の桶　冬四三五
くぐい鵠　冬四七三
*くくたち茎立　春一二五
くくだちくくだち　春一二五
くさあおむ草青む　春一二八
くさいきれ草いきれ　夏二三六
*くさいち草市　秋三一八
くさいちご草苺　夏二四七
くさかぐわし草芳し　春一二七
くさかる草枯る　冬四九七
くさかんばし草芳し　春一二七
くさしげる草茂る　夏二三六
くさじらみ草虱　秋三七五
くさずもう草相撲　秋三〇八
くさつむ草摘む　春七三
くさのいち草の市　秋三一八
*くさのはな草の花　秋三七一
*くさのほ草の穂　秋三七一
くさのみ草の実　秋三七一
*くさのめ草の芽　春一二八
くさのわた草の絮　秋三七一
くさひばり草雲雀　秋三三七

*くさぶえ草笛　夏一九八
*くさめ嚔　冬四五三
くさもえ草萌　春一二八
*くさもち草餅　春六五
*くさもみじ草紅葉　秋三五三
くさや草矢　夏一九八
くしゃみくしやみ　冬四五三
*くず葛　秋三七三
くずあらし葛嵐　秋二八六
くずのは葛の葉　秋三七三
くずのはうら葛の葉裏　秋三七三
くずのはな葛の花　秋三七三
くずれやな崩れ簗　秋三〇七
くすわかば樟若葉　夏二三五
くだりあゆ下り鮎　秋三三〇
*くだりやな下り簗　秋三〇七
*くちなしのはな梔子の花　夏二四四
くちなわくちなは　夏二二二
*くつわむし轡虫　秋三三九
ぐびじんそう虞美人草　夏二五五
くまうち熊打　冬四四六
くまで熊手　冬四五八
くまでいち熊手市　冬四五八

くまばち熊蜂　春一〇一
*くも蜘蛛　夏二三〇
くものい蜘蛛の囲　夏二三〇
くものいと蜘蛛の糸　夏二三〇
くものこ蜘蛛の子　夏二三〇
くものす蜘蛛の巣　夏二三〇
*くものみね雲の峰　夏一五四
*くらげ海月　夏二二一
くらげ水母　夏二二一
*くり栗　秋三四七
くりーむそーだクリームソーダ　夏一七九
くりごはん栗ごはん　秋二九七
*くりすますクリスマス　冬四六一
*くりのはな栗の花　夏二四〇
くりひろい栗拾　秋三四七
くりめいげつ栗名月　秋二八三
*くりめし栗飯　秋二九七
くりやま栗山　秋三四七
*くるみ胡桃　秋三四八
くるみのみ胡桃の実　秋三四八
くるみわり胡桃割　秋三四八
くれいち暮市　冬四一八

くれのあき暮の秋　秋二七五
＊くれのはる暮の春　春三九
くれはやし暮早し　冬三九二
くろーばークローバー　春一三〇
くろーるクロール　夏一九五
くろはえ黒南風　夏一五五
くろほ黒穂　夏二四七
＊くわ桑　春一一九
くわがたむし鍬形虫　夏三三四
くわぞめ鍬初　新五三五
くわのはな桑の花　春一一九
＊くわはじめ鍬始　新五三五
くわはじめ鋤始　新五三五
くわばたけ桑畑　春一一九
くんぷう薫風　夏一五六

け

＊けいこはじめ稽古始　新五四一
けいじつ鶏日　新五〇三
げいしゅん迎春　新五〇一
＊けいちつ啓蟄　春二七
けいと毛糸　冬四二八
＊けいとあむ毛糸編む　冬四二八
＊けいとう鶏頭　秋三五八
けいとうか鶏頭花　秋三五八
けいとだま毛糸玉　冬四二八
＊けいろうのひ敬老の日　秋三一五
＊けがわ毛皮　冬四二四
けがわうり毛皮売　冬四二四
けがわてん毛皮店　冬四二四
けさのあき今朝の秋　秋二六八
けさのきく今朝の菊　秋三一三
けさのはる今朝の春　新五〇一
けさのふゆ今朝の冬　冬三八六
＊げし夏至　夏一四四
けしずみ消炭　冬四四二
＊けしのはな罌粟の花　夏二五五
けしのはな芥子の花　夏二五五
けしまく罌粟蒔く　秋三〇六
けずりひ削氷　夏一八〇
げっかびじん月下美人　夏二六〇
げっこう月光　秋二七九
けっとケット　冬四二四
げつめい月明　秋二七九
げつれいし月鈴子　秋三三七
＊けむし毛虫　夏三三三
けむしやく毛虫焼く　夏三三三
けらけら　秋三三八
けらつつきけらつつき　秋三三八
けらなく螻蛄鳴く　秋三四一
けるんケルン　夏一九五
げれんでゲレンデ　冬四五〇
けんがいぎく懸崖菊　秋三六二
けんかごま喧嘩独楽　新五三九
げんかん厳寒　冬三九三
けんぎゅう牽牛　秋三一二
けんぎゅうか牽牛花　秋三五七
＊げんげ紫雲英　春一三〇
げんげまく紫雲英蒔く　秋三〇六
げんげんげんげんげん　春一三〇
げんじぼたる源氏蛍　夏三三三
げんじむし源氏虫　夏三三四
げんとう玄冬　冬三八四
＊げんばくき原爆忌　夏二〇八
げんばくのひ原爆の日　夏二〇八

こ

こ蚕　春一〇三
こあゆ小鮎　春九七

こいすずめ恋雀　春九四
こいねこ恋猫　春八八
こいのぼり鯉幟　夏三〇六
こいも子芋　秋三六五
こうぎょ香魚　夏三一七
こうさ黄砂　春五〇
＊こうすい香水　夏一八五
こうぞさらす楮晒す　冬四四七
こうぞふむ楮踏む　冬四四七
こうぞほす楮干す　冬四四七
こうぞむす楮蒸す　冬四四七
こうたんさい降誕祭　冬四六一
ごうながうな　春一〇〇
こうばい紅梅　春一〇四
＊こうほね河骨　夏二六一
こうま子馬　春八八
こうよう紅葉　秋三三三
こうよう黄葉　秋三三三
＊こうらく黄落　秋三三三
こうらくき黄落期　秋三三三
こーとコート　冬四二五
＊こおり氷　冬四一四
こおりあずき氷小豆　夏一八〇

こおりいちご氷苺　夏一八〇
こおりがし氷菓子　夏一八〇
こおりはし氷橋　冬四一四
＊こおりみず氷水　夏一八〇
こおりみせ氷店　夏一八〇
＊こおる凍る　冬三九四
こおる氷る　冬三九四
＊こおろぎ蟋蟀　秋三三七
ごがつ五月　夏一四二
ごがつにんぎょう五月人形　夏二〇五
ごがつのせっく五月の節句　夏二〇五
＊こがねむし金亀子　夏二三四
こがねむし金亀虫　夏二三四
こがねむし黄金虫　夏二三四
＊こがらし凩　冬四〇〇
こがらし木枯　冬四〇〇
こぎく小菊　秋三六二
ごぎょう御形　新五六四
ごぎょう五行　新五六四
ごくかん極寒　冬三九三
ごくげつ極月　冬三八八
こくしょ酷暑　夏一五〇
ごくしょ極暑　夏一五〇

こくてんし告天子　春九三
こごめざくら小米桜　春一一〇
こごめばな小米花　春一一〇
こころぶとこころぶと　夏一八一
ごしきのいと五色の糸　秋三一三
こしたやみ木下闇　夏二三四
こしゅ古酒　秋二九五
＊こしょうがつ小正月　新五〇五
ごすい午睡　夏二〇三
こすずめ子雀　春九五
＊こすもすコスモス　秋三五九
＊こぞことし去年今年　新五〇三
＊こたつ炬燵　冬四四一
＊こち東風　春四八
こちゃ古茶　夏一七八
こちょう胡蝶　春一〇一
ことし今年　新五〇三
ことしざけ今年酒　秋二九五
ことしだけ今年竹　夏二四六
ことしまい今年米　秋二九五
ことしわら今年藁　秋三〇四
＊こどものひこどもの日　夏二〇四
＊ことり小鳥　秋三二六

ことりくる小鳥来る　秋三二六
ことりのす小鳥の巣　春九五
ことりわたる小鳥渡る　秋三二六
こなゆき粉雪　冬四〇四
ごにんばやし五人囃子　春七九
こねこ子猫　春八九
*このは木の葉　冬四八九
*このはがみ木の葉髪　冬四五三
このはずく木葉木菟　夏二一五
このはちる木の葉散る　冬四八九
*このみ木の実　秋三五五
このみあめ木の実雨　秋三五五
このみおつ木の実落つ　秋三五五
このみごま木の実独楽　秋三五五
このみしぐれ木の実時雨　秋三五五
このみふる木の実降る　秋三五五
*このめ木の芽　春二一五
このめかぜ木の芽風　春二一五
このめどき木の芽時　春二一五
このめやま木の芽山　春二一五
こはぎ小萩　秋三七三
*こはる小春　冬三八七
こはるび小春日　冬三八七
こはるびより小春日和　冬三八七
*こぶし辛夷　春一〇七
こぼれはぎこぼれ萩　秋三七三
*こま独楽　新五三九
こまうつ独楽打つ　新五三九
こまのひも独楽の紐　新五三九
こままわし独楽廻し　新五三九
ごまめごまめ　新五一九
こむぎ小麦　夏二四七
こもちあゆ子持鮎　秋三三〇
こもちだら子持鱈　冬四七三
こもちづき小望月　秋二八一
こやまぶき濃山吹　春一二三
こゆき小雪　冬四〇四
ごようはじめ御用始　新五三一
ごろくがつ小六月　冬三八七
ころもかう衣更ふ　夏一七三
*ころもがえ更衣　夏一七三

さ

さーふぃんサーフィン　夏一九六
*さいかくき西鶴忌　秋三三三
さいかちむしさいかち虫　夏二二四
*さいぎょうき西行忌　春八五
ざいごき在五忌　夏二〇九
*さいだーサイダー　夏一七九
さいたん歳旦　新五〇二
さいとうき西東忌　春八六
さいとやきさいと焼　新五五四
さいばん歳晩　冬三八九
さいぼ歳暮　冬三八九
さいまつ歳末　冬三八九
ざいまつり在祭　秋三一七
さいらさいら　秋三三三
さえ冴え　冬三九五
*さえかえる冴返る　春三三
*さえずり囀　春九四
さおじか小牡鹿　秋三三四
さおとめ早乙女　夏一九〇
*さぎそう鷺草　夏二五三
*さぎちょう左義長　新五五四
さぎり狭霧　秋二八八
*さくら桜　春一〇五
*さくらがい桜貝　春九九
さくらかくし桜隠し　春五三

さくらがり桜狩　春七六
さくらずみ桜炭　冬四四二
＊さくらそう桜草　春一一三
＊さくらだい桜鯛　春九六
さくらちる桜散る　春一〇六
さくらだて桜蓼　秋三七九
さくらなべ桜鍋　冬四三三
＊さくらもち桜餅　春六五
さくらもみじ桜紅葉　秋三五二
＊さくらんぼさくらんぼ　夏二四八
＊ざくろ石榴　秋三四七
ざくろ柘榴　秋三四七
＊さけ鮭　秋三三三
さけうち鮭打ち　秋三三三
さけごや鮭小屋　秋三三三
さけりょう鮭漁　秋三三三
＊さざえ栄螺　春九八
ささご笹子　冬四六六
＊ささなき笹鳴　冬四六六
ささめゆき細雪　冬四〇四
ささゆり笹百合　夏二五三
ささりんどう笹竜胆　秋三七八
＊さざんか山茶花　冬四八五
さしき挿木　春七一
さしば刺羽　冬四六五
さしもぐささしも草　春一三六
さつき皐月　夏一四三
さつき五月　夏一四三
さつきあめ五月雨　夏一五八
さつきなみ皐月波　夏一六七
さつきばれ五月晴　夏一六〇
＊さつきやみ五月闇　夏一六〇
さつまいも薩摩薯　秋三六五
さといも里芋　秋三六五
さとまつり里祭　秋三一七
さなえ早苗　夏一九〇
さなえだ早苗田　夏一六八
さなえたば早苗束　夏一九〇
さなえとり早苗取　夏一九〇
さなえぶり早苗饗　夏一九〇
さばぐも鯖雲　秋二七八
さびあゆ錆鮎　秋三一〇
＊さぼてんのはな仙人掌の花　夏二六〇
さみだるさみだる　夏一五八
＊さみだれ五月雨　夏一五八
さむけ寒気　冬三九三
さむさ寒さ　冬三九三
＊さむし寒し　冬三九三
さむぞら寒空　冬三九九
さやかさやか　秋二七三
さやけしさやけし　秋二七三
＊さゆ冴ゆ　冬三九五
さよしぐれ小夜時雨　冬四〇二
さらさぼけ更紗木瓜　春一一五
ざりがにざりがに　夏二三〇
＊さるすべり百日紅　夏二五八
さわがに沢蟹　夏二三〇
さわききょう沢桔梗　秋三七六
さわくるみ沢胡桃　秋三四八
＊さわやか爽やか　秋二七三
さわらび早蕨　春一一三
ざんおう残鶯　夏二一六
さんか三夏　夏一四二
ざんか残花　春一〇六
さんがつ三月　春二六
さんがつじん三月尽　春四〇
さんがにち三が日　新五〇三
さんかん三寒　冬三九五
＊さんかんしおん三寒四温　冬三九五

*さんきき三鬼忌　春八六
ざんぎく残菊　秋三六三
*さんぐらすサングラス　夏一七四
さんしきすみれ三色菫　春一二九
さんじゃくね三尺寝　夏三〇三
さんしゅう三秋　秋二六六
*ざんしょ残暑　秋二六八
*ざんせつ残雪　春五九
さんたくろーすサンタクロース　冬四六一
さんだるサンダル　夏一七五
さんとう三冬　冬三八四
さんのとり三の酉　冬四五八
さんぽうかん三宝柑　春一二三
さんぽうちょう三宝鳥　夏二二五
*さんま秋刀魚　秋三三三

し

しいたけ椎茸　秋二八一
しえん紙鳶　春七三
しおからとんぼ塩辛とんぼ　秋三三五
*しおざけ塩鮭　冬四三五
しおにしをに　秋三六一
しおひ潮干　春五八
*しおひがた潮干潟　春五八
*しおひがり汐干狩　春七三
しおひがり潮干狩　春七三
しおやけ潮焼　夏三〇一
*しおん紫苑　秋三六一
しおん四温　冬三九五
しおんのめ紫苑の芽　春一二八
*しか鹿　秋三三四
しかがり鹿狩　冬四四六
しがつ四月　春二六
*しがつばか四月馬鹿　春八〇
しかのこえ鹿の声　秋三三四
*しかのつのきり鹿の角切　秋三一七
しかよせ鹿寄せ　秋三一七
*しききき子規忌　秋三三三
しきぶとん敷蒲団　冬四三三
*しくらめんシクラメン　春一三三
しぐる時雨る　冬四〇二
*しぐれ時雨　冬四〇二
しぐれき時雨忌　冬四六二
しぐれづき時雨月　冬三八五
しげり茂　夏二三四
*しごとはじめ仕事始　新五三二
しし猪　秋三三四
ししおどし鹿威し　秋三〇二
ししがしら獅子頭　新五三六
ししがり猪狩　冬四四六
*じしばい地芝居　秋三〇九
*ししまい獅子舞　新五三六
*しじみ蜆　春一〇〇
しじみうり蜆売　春一〇〇
しじみぶね蜆舟　春一〇〇
*しそ紫蘇　夏二五一
じぞうえ地蔵会　秋三二一
*じぞうぼん地蔵盆　秋三二一
じぞうもうで地蔵詣　秋三二一
しそのは紫蘇の葉　夏二五一
*しだ歯朶　新五六二
しだ羊歯　新五六二
*じだいまつり時代祭　秋三一八
しだかざる歯朶飾る　新五三三
じたこ字凧　春七三
*したたり滴り　夏一七〇
*したもえ下萌　春一二八
したやみ下闇　夏二三四

しだれうめ枝垂梅　春一〇四
しだれざくら枝垂桜　春一〇五
しだれやなぎ枝垂柳　春二八
しちがつ七月　夏一四三
*しちごさん七五三　冬四五五
しちふくじんまいり七福神詣　新五四六
しちふくもうで七福詣　新五四六
しちへんげ七変化　夏二四三
しでこぶし幣辛夷　春一〇七
*じねんじょ自然薯　秋三六六
しばぐり柴栗　秋三四七
しびとばな死人花　秋三七六
しぶがき渋柿　秋三四五
じふぶき地吹雪　冬四〇六
しまんろくせんにち四万六千日　夏三〇六
*しみ紙魚　夏三一九
しみ衣魚　夏三一九
しみず清水　夏一六九
しむ凍む　冬三九四
じむしあなをいず地虫穴を出づ　春二七
じむしなく地虫鳴く　秋三四一
じむはじめ事務始　新五三一
しめかざり注連飾　新五一三
しめかざる注連飾る　冬四一九
しめじ占地　秋三八一
しめたく注連焚く　新五五四
しめとる注連取る　新五五〇
しめもらい注連貰　新五五四
*しも霜　冬四〇三
しもぎく霜菊　冬四九一
しもくれん紫木蓮　春二一
しもしずく霜雫　冬四〇三
しもつき霜月　冬三八五
しもどけ霜解　冬四〇三
しものこえ霜の声　冬四〇三
しものなごり霜の名残　春五三
しものはな霜の花　冬四〇三
*しもばしら霜柱　冬四一三
しもばれ霜晴　冬四〇三
しもよ霜夜　冬三九二
しゃーべっとシャーベット　夏一八〇
*しゃがのはな著莪の花　夏二四五
*しゃくやく芍薬　夏二四一
しゃくやくのめ芍薬の芽　春二八
じゃけつジャケツ　冬四二五
じゃのひげのみ蛇の髯の実　冬四八七
*しゃぼんだま石鹼玉　春七四
しゃみせんぐさ三味線草　春二三
しゃんつぇシャンツェ　冬四五〇
じゅういちがつ十一月　冬三八四
しゅうう驟雨　夏一五八
しゅうえん秋燕　秋三一七
じゅうがつ十月　秋二六六
しゅうこう秋江　秋二九二
*じゅうごにちがゆ十五日粥　新五三四
じゅうごや十五夜　秋二八〇
しゅうざん秋山　秋二九〇
じゅうさんや十三夜　秋二八二
*しゅうし秋思　秋三一一
しゅうしょ秋暑　秋二六八
しゅうすい秋水　秋二九二
しゅうせい秋声　秋二七八
*しゅうせん鞦韆　春七五
しゅうせん秋扇　秋二九九
しゅうせん秋蟬　秋三二四

*しゅうせんきねんび終戦記念日　秋三四
しゅうせんび終戦日　秋三四
じゅうづめ重詰　新五八
しゅうてん秋天　秋三九
しゅうとう秋灯　秋二九
じゅうにがつ十二月　冬三八四
*しゅうぶん秋分　秋二八四
しゅうふう秋風　秋二七一
*じゅうや十夜　冬四五九
じゅうやがね十夜鉦　冬四五九
じゅうやがゆ十夜粥　冬四五九
*じゅうやく十薬　夏二四五
じゅうやでら十夜寺　冬四五九
じゅうやばば十夜婆　冬四五九
しゅうりん秋霖　秋二八七
しゅうれい秋麗　秋二七三
しゅうれい秋冷　秋二七三
しゅうれい秋嶺　秋二九〇
しゅか朱夏　夏一四三
じゅくし熟柿　秋三四五
じゅずご数珠子　春九〇
*しゅっき淑気　新五〇九
しゅとう手套　冬四二七
じゅなんせつ受難節　春八四
しゅにえ修二会　春八三
しゅぷーるシュプール　冬四五〇
しゅりょう狩猟　冬四四六
*しゅんぎょう春暁　春三六
しゅんげつ春月　春四四
しゅんこう春耕　春六八
じゅんさい蓴菜　夏二六一
*しゅんしゅう春愁　春七六
しゅんしょう春宵　春三七
*しゅんじん春塵　春五一
しゅんすい春水　春五六
しゅんせい春星　春四五
しゅんせいき春星忌　冬四六三
しゅんせつ春雪　春五三
しゅんそう春草　春一二七
*しゅんちゅう春昼　春三六
しゅんちょう春潮　春五七
*しゅんでい春泥　春五九
しゅんてん春天　春四三
*しゅんとう春灯　春六六
しゅんぷう春風　春四九
しゅんぷく春服　春六三
*しゅんぶん春分　春一八
*しゅんみん春眠　春七五
*しゅんらい春雷　春五一
しゅんりん春霖　春五三
しゅんれい春嶺　春五五
しょ暑　夏一五〇
*しょうがつ正月　新五〇〇
しょうがつこそで正月小袖　新五一六
*しょうがつのたこ正月の凧　新五四〇
しょうかん小寒　冬三九一
*しょうじ障子　冬四四〇
*しょうじあらう障子洗ふ　秋三〇〇
しょうじはる障子貼る　秋三〇〇
じょうびたき尉鶲　秋三一六
しょうぶ菖蒲　夏二四三
しょうぶ白菖　夏二四三
しょうぶえん菖蒲園　夏二四三
しょうぶだ菖蒲田　夏二四三
しょうぶのめ菖蒲の芽　春一二八
しょうぶふく菖蒲葺く　夏二〇五

しょうりょうさい精霊祭　秋三一九
しょうりょうとんぼ精霊蜻蛉　秋三二五
しょうりょうながし精霊流し　秋三二三
しょうりょうぶね精霊舟　秋三二三
じょおうか女王花　夏二六〇
じょおうばち女王蜂　春二〇一
しょーるショール　冬四二六
*しょか初夏　夏一四三
しょくじょ織女　秋三一二
じょくしょ溽暑　夏一五〇
*しょしゅう初秋　秋二六六
しょしゅん初春　春三一
じょせつ除雪　冬四三九
じょせつしゃ除雪車　冬四三九
しょちゅうきゅうか暑中休暇　夏一七二
しょとう初冬　冬三八五
*じょや除夜　冬三九〇
*じょやのかね除夜の鐘　冬四六一
しらいき白息　冬四五二
*しらうお白魚　春九七
しらおしらを　春九七
しらおあみ白魚網　春九七
しらおび白魚火　春九七
しらおぶね白魚舟　春九七
しらがさね白重　夏一七三
しらぎく白菊　秋三六二
しらつゆ白露　秋二八九
しらはぎ白萩　秋三七二
しらゆり白百合　夏二五三
しろうり越瓜　夏二五〇
しろかき代掻　夏一九〇
しろかく代掻く　夏一九〇
*しろがすり白絣　夏一七三
*しろぐつ白靴　夏一七五
しろけし白芥子　夏二五五
しろざけ白酒　春七九
しろさるすべり白さるすべり　夏二五八
しろじ白地　夏一七三
しろしょうじ白障子　冬四四〇
しろしょうぶ白菖蒲　夏二四三
しろた代田　夏一六八
しろちょう白蝶　春一〇一
しろつばき白椿　春一〇四
しろつめくさ白詰草　春一三〇
しろはえ白南風　夏一五五
しろばら白薔薇　夏二四一
しろひがさ白日傘　夏一八九
しろふく白服　夏一七三
しろふじ白藤　春一二一
しろふよう白芙蓉　秋三四四
しろむくげ白木槿　秋三四三
しろやまぶき白山吹　春一二三
*しわす師走　冬三八八
しわぶき咳　冬四五三
しんあずき新小豆　秋三六九
*しんきろう蜃気楼　春五四
しんげつ新月　秋二七九
しんごよみ新暦　新五二四
しんさいき震災忌　秋三一五
*しんさいきねんび震災記念日　秋三一五
*じんじつ人日　新五〇四
*しんしゅ新酒　秋二九五
しんじゅ新樹　夏二三三
しんしゅう新秋　秋二六六

しんしゅう深秋　秋二七五
しんしゅん新春　新五〇一
しんしゅんきょうげん新春狂言　新五四三
しんせつ新雪　冬四〇四
*しんそば新蕎麦　秋二九八
*しんだいず新大豆　秋三六九
*しんちぢり新松子　秋三五四
*しんちゃ新茶　夏一七八
じんちょう沈丁　春一〇七
*じんちょうげ沈丁花　春一〇七
しんにっき新日記　新五二五
しんにゅうせい新入生　春六三
*しんねん新年　新五〇〇
*しんまい新米　秋二九五
しんまゆ新繭　夏一九二
*しんりょう新涼　秋二六九
*しんりょく新緑　夏二三三
しんわかめ新若布　春一三八
*しんわら新藁　秋三〇四

す

すあし素足　夏一九九
すいえい水泳　夏一九五
*すいか西瓜　秋三六三
すいかばたけ西瓜畑　秋三六三
すいかばん西瓜番　秋三六三
ずいき芋茎　秋三六五
*すいせん水仙　冬四九二
すいせんか水仙花　冬四九二
*すいちゅうか水中花　夏一九八
すいっちょすいつちよ　秋三三九
すいとすいと　秋三三九
すいふよう酔芙蓉　秋三一四
すいみつとう水蜜桃　秋三一四
*すいれん睡蓮　夏二六二
すえぐろの末黒野　春六七
すがき酢牡蠣　冬四七七
すがれむしすがれ虫　秋三三五
*すきースキー　冬四五〇
すきーじょうスキー場　冬四五〇
すきーぼうスキー帽　冬四五〇
すきーやースキーヤー　冬四五〇
すぎおちば杉落葉　夏二三六
すぎかふん杉花粉　春二一七
*すぎのはな杉の花　春二一七
*すきまかぜ隙間風　冬四三七
すきやき鋤焼　冬四三三
ずくづく　冬四六八
すぐみ巣組み　春九五
すけそうだら助宗鱈　冬四七三
すけとうだら介党鱈　冬四七三
すこーるスコール　夏一五八
すごもり巣籠　春九五
*すごろく双六　新五三七
*すさまじ冷まじ　秋二七五
すし鮓　夏一七六
すずかぜ涼風　夏一五一
*すすき芒　秋三七三
すすき薄　秋三七三
すすきはら芒原　秋三七三
すすごもり煤籠　冬四一九
*すずし涼し　夏一五一
すすだけ煤竹　冬四一九
すすにげ煤逃　冬四一九
すすはき煤掃　冬四一九
*すすはらい煤払　冬四一九
*すずみ納涼　夏一九四
すずみだい涼み台　夏一九四

＊すずむし鈴虫　秋三三七
＊すずめのこ雀の子　春九五
すすゆ煤湯　冬四一九
＊すずらん鈴蘭　夏二四二
すだち巣立　春九六
すだち酸橘　秋三五〇
＊すだちどり巣立鳥　春九六
すだれ簾　夏一八四
すちーむスチーム　冬四四一
すてうちわ捨団扇　秋二九九
すておうぎ捨扇　秋二九九
すてかがし捨案山子　秋三〇三
すてご捨蚕　春一〇三
すてごばな捨子花　秋三七六
すとーぶストーブ　冬四四一
すとーるストール　冬四二六
すなひがさ砂日傘　夏一九六
すのーぼーどスノーボード　冬四五〇
＊すみ炭　冬四四三
すみかご炭籠　冬四四三
すみとり炭斗　冬四四三
すみび炭火　冬四四三
＊すみれ菫　春一二九
すみれぐさ菫草　春一二九
＊すもう相撲　秋三〇八
すもう角力　秋三〇八
すもうとりぐさ相撲取草　春一二九
すりぞめ刷初　新五一三
すりばちむし擂鉢虫　夏二三九
＊ずわいがにずわい蟹　冬四七六
すわんスワン　冬四七三

せ

せいか聖歌　冬四六一
せいか聖菓　冬四六一
せいが星河　秋二八三
せいじゅ聖樹　冬四六一
せいじょ青女　冬四〇三
せいじんしき成人式　新五五五
＊せいじんのひ成人の日　新五五五
せいたんさい聖誕祭　冬四六一
せいぼ歳暮　冬三八九
せいや聖夜　冬四六一
せいやげき聖夜劇　冬四六一
＊せーたーセーター　冬四二五
せおよぎ背泳ぎ　夏一九五
＊せがき施餓鬼　秋三二一
せがきえ施餓鬼会　秋三二一
せがきでら施餓鬼寺　秋三二一
せがきばた施餓鬼幡　秋三二一
せき咳　冬四五二
せきしゅん惜春　春四〇
せきらんうん積乱雲　夏一五四
＊せきれい鶺鴒　秋三一八
せぐろせきれい背黒鶺鴒　秋三一八
せちりょうり節料理　新五一八
せっけい雪渓　夏一六五
せっちゅうか雪中花　冬四九二
＊せつぶん節分　冬三九七
せつれい雪嶺　冬四一〇
＊せみ蟬　夏二二六
せみしぐれ蟬時雨　夏二二六
せみのから蟬の殻　夏二二六
＊せり芹　春一二四
せりつむ芹摘む　春一二四
せりのみず芹の水　春一二四
せんこうはなび線香花火　夏一九七
せんす扇子　夏一八七
＊せんてい剪定　春七〇

*せんぷうき扇風機　夏一〇七
ぜんまいぜんまい　春一三三
*せんりょう千両　冬四九三
せんりょう仙蓼　冬四九三

そ

ぞうきのめ雑木の芽　春一二五
ぞうきもみじ雑木紅葉　秋三五三
そうしゅん早春　春三一
*そうず添水　秋三〇三
そうず僧都　秋三〇三
*ぞうすい雑炊　冬四二一
*そうせきき漱石忌　冬四六四
そうたい掃苔　秋三一〇
*ぞうに雑煮　新五一七
ぞうにいわう雑煮祝ふ　新五一七
ぞうにぜん雑煮膳　新五一七
ぞうにばし雑煮箸　新五一八
ぞうにもち雑煮餅　新五一七
ぞうにわん雑煮椀　新五一七
そうばい早梅　冬四八〇
そうび薔薇　夏二四一
*そうまとう走馬燈　夏一八八
そうらい爽籟　秋二八四
そうりょう爽涼　秋二七三
そーだすいソーダ水　夏一七九
そこびえ底冷　冬三九四
そこべに底紅　秋二四三
そしゅう素秋　秋二六六
そぞろさむそぞろ寒　秋二七四
*そつぎょう卒業　春六三
そつぎょうか卒業歌　春六三
そつぎょうしき卒業式　春六三
*そばのはな蕎麦の花　秋三六九
そふう素風　秋二八四
そふとくりーむソフトクリーム　夏一八〇
そめたまご染卵　春八四
そらたかし空高し　秋二七九
*そらまめ蚕豆　夏二五〇
そらまめ空豆　夏二五〇
そらまめのはな蚕豆の花　春一二四
そらまめまく蚕豆蒔く　秋三〇六

た

たいいくさい体育祭　秋二九四
*たいいくのひ体育の日　秋三一六
たいか大火　冬四四六
だいかん大寒　冬三九一
だいこ大根　冬四九五
だいこぬく大根抜く　冬四九五
だいこばた大根畑　冬四九五
だいこひく大根引く　冬四九五
*だいこん大根　冬四九五
*だいこんのはな大根の花　春一二四
だいこんばたけ大根畑　冬四九五
だいこんひき大根引　冬四九五
だいこんまく大根蒔く　秋三〇六
*たいさんぼくのはな泰山木の花　夏二三九
たいしゅん待春　冬三九六
*たいしょ大暑　夏一五一
だいずひく大豆引く　秋三六九
だいだい橙　秋三五〇
だいだいかざる橙飾る　新五一三
たいとう駘蕩　春三四
*たいふう台風　秋二八五
たいふう颱風　秋二八五
たいふうけん台風圏　秋二八五

たいふうのめ台風の眼　秋二八五
*たうえ田植　夏一九〇
たうえうた田植歌　夏一九〇
たうえがさ田植笠　夏一九〇
*たか鷹　冬四六五
たかあし高足　冬四四八
たかうなたかうな　夏二四六
*たかきにのぼる高きに登る　秋三一三
たかのつめ鷹の爪　秋三六七
たかむしろ簟　夏一八三
*たがやし耕　春六八
*たからぶね宝船　新五四四
たかる田刈る　秋三〇三
たかんなたかんな　夏二四六
*たき滝　夏一六九
たきいつ滝凍つ　冬四一五
たきかぜ滝風　夏一六九
たきかる滝涸る　冬四一二
たきこおる滝凍る　冬四一五
たきしぶき滝しぶき　夏一六九
たきつぼ滝壺　夏一六九
たきどの滝殿　夏一六九
*たきび焚火　冬四四五
たきみ滝見　夏一六九
*たくあん沢庵　冬四三五
たくあんづけ沢庵漬　冬四三五
*たくぼくき啄木忌　春八七
たけ茸　秋三八一
*たけうま竹馬　冬四四八
たけかざり竹飾　新五一三
*たけきる竹伐る　秋三〇五
たけすだれ竹簾　夏一八四
*たけのあき竹の秋　春一一九
たけのかわぬぐ竹の皮脱ぐ　夏二四六
*たけのこ筍　夏二四六
たけのこ笋　夏二四六
たけのこ竹の子　夏二四六
たけのこめし筍飯　夏一七七
*たけのはる竹の春　秋三五六
*たこ凧　春七三
たこあげ凧揚　新五四〇
だざいき太宰忌　夏二一〇
だし山車　夏二〇七
たぜり田芹　春一三四
たちあおい立葵　夏二五七
たちびな立雛　春七九
たちまちづき立待月　秋二八一
*たづくり田作　新五一九
だっこく脱穀　秋三〇三
だっさいき獺祭忌　秋三一三
*たでのはな蓼の花　秋三七九
たでのほ蓼の穂　秋三七九
たながすみ棚霞　春四七
たなぎょう棚経　秋三一九
*たなばた七夕　秋三一一
たなばたたけ七夕竹　秋三一一
たなばたづき七夕月　秋二六七
たなばたながし七夕流し　秋三一一
たなばたまつり七夕祭　秋三一一
たにもみじ谷紅葉　秋三五三
たにわかば谷若葉　夏二二五
たぬきじる狸汁　冬四一三
たねえらび種選　春六八
たねおろし種おろし　春六八
たねかがし種案山子　春六八
たねとり種採　秋三〇六
たねひたし種浸し　春六八
たねふくべ種瓢　秋三六四
*たねまき種蒔　春六八

たねもの種物　春六八
たびはじめ旅始　新五三三
たびらこ田平子　新五六三
たまあられ玉霰　冬四〇三
たまおくり魂送　秋三一〇
*たまござけ玉子酒　冬四二九
たまござけ卵酒　冬四二九
たまだな魂棚　秋三一九
たまつばき玉椿　春一〇四
たまのあせ玉の汗　夏二〇一
たままつり魂祭　秋三一九
たまむかえ魂迎　秋三一〇
*たら鱈　冬四七三
たら雪魚　冬四七三
たらば鱈場　冬四七三
たるひ垂氷　冬四一五
*たんご端午　夏二〇五
たんごのせっく端午の節句　夏二〇五
だんごばな団子花　新五五二
*たんじつ短日　冬三九二
たんじょうえ誕生会　春八三
たんちょう丹頂　冬四六七
*たんばい探梅　冬四四七
たんばいこう探梅行　冬四四七
たんばぐり丹波栗　秋三四七
*たんぽ湯婆　冬四四四
*だんぼう暖房　冬四四一
だんぼうしゃ暖房車　冬四四一
*たんぽぽ蒲公英　春一三一
たんぽぽのわた蒲公英の絮　春一三一
だんろ暖炉　冬四四一

ち

ちかび近火　冬四四六
ちがやのはな白茅の花　春一三六
ちぐさ千草　秋三七〇
ちくしゅう竹秋　春一一九
ちくしゅん竹春　秋三五六
*ちじつ遅日　春三五
*ちちのひ父の日　夏二〇五
ちちろちちろ　秋三三七
ちちろむしちちろ虫　秋三三七
ちとせあめ千歳飴　冬四五五
*ちどり千鳥　冬四七〇
ちどり鵆　冬四七〇
ちのわ茅の輪　夏二〇七
*ちまき粽　夏一七六
ちまきゆう粽結ふ　夏一七六
*ちゃつみ茶摘　春七二
ちゃつみうた茶摘唄　春七二
*ちゃのはな茶の花　冬四八七
ちゃばたけ茶畑　春七二
ちゅうしゅう中秋　秋二八〇
*ちゅーりっぷチューリップ　春一三三
*ちょう蝶　春一〇一
ちょううまる蝶生る　春一〇一
ちょうきゅう重九　秋三一三
ちょうじ丁子　春一〇七
ちょうじゅうろう長十郎　秋三四五
ちょうちょう蝶々　春一〇一
ちょうのひる蝶の昼　春一〇一
*ちょうよう重陽　秋三一三
*ちょろぎ草石蚕　新五二〇
ちょうろぎちようろぎ　新五二〇
ちんじゅき椿寿忌　春八六
ちんちろりんちんちろりん　秋三三七

つ

*ついな追儺　冬四五六

ついり梅雨入　夏一四
*つき月　秋二七九
つきかげ月影　秋二七九
つぎき接木　春七一
つきくさ月草　秋三七九
つきさゆ月冴ゆ　冬三九五
つきさゆ月冴ゆ　冬四〇〇
つきしろ月白　秋二七九
つきすずし月涼し　夏二五五
つきので月の出　秋二七九
つきまつる月まつる　秋三〇九
*つきみ月見　秋三〇九
つきみぐさ月見草　夏二五六
つきみざけ月見酒　秋三〇九
*つきみそう月見草　夏二五六
つきみだんご月見団子　秋三〇九
つきみぶね月見舟　秋三〇九
つきみまめ月見豆　秋二九六
つきよ月夜　秋二七九
*つくし土筆　春一三
つくしつむ土筆摘む　春一三
つくしの土筆野　春一三
つくしんぼつくしんぼ　春一三
つくつくしつくつくし　秋三三四
つくづくしつくづくし　春一三
つくつくぼうしつくつく法師　秋三三四
つぐみ鶫　秋三二六
*つた蔦　秋三五六
つたかずら蔦かづら　秋三五六
つたもみじ蔦紅葉　秋三五六
つちがえる土蛙　春九〇
つちばち土蜂　春一〇一
*つちふる霾　春五〇
*つつじ躑躅　春一一〇
つづみぐさ鼓草　春一二三
つづれさせつづれさせ　秋三三七
つのきり角切　秋三一七
つのぐむあし角組む蘆　春一三八
*つばき椿　春一〇四
つばくらつばくら　春九二
つばくらめつばくらめ　春九二
つばくろつばくろ　春九二
*つばな茅花　春一二六
つばなの茅花野　春一二六
*つばめ燕　春九二
つばめ乙鳥　春九二
つばめ玄鳥　春九二
*つばめかえる燕帰る　秋三一七
つばめくる燕来る　春九二
つぼすみれ壺菫　春一二九
つぼやき壺焼　春九八
つまくれないつまくれない　秋三六一
つまべにつまべに　秋三六一
つまみな摘み菜　秋三六六
つみくさ摘草　春七三
*つめたし冷たし　冬三九四
*つゆ梅雨　夏一五七
*つゆ露　秋二八九
つゆきざす梅雨きざす　夏一四
*つゆくさ露草　秋三七九
つゆぐもり梅雨曇　夏一五七
つゆけし露けし　秋二八九
つゆざむ梅雨寒　夏一四
つゆしぐれ露時雨　秋二八九
つゆじめり梅雨湿り　夏一五七
つゆでみず梅雨出水　夏一六五
つゆにいる梅雨に入る　夏一四
つゆのたま露の玉　秋二八九

つゆのちょう梅雨の蝶　夏三一
つゆのやみ梅雨の闇　夏一六〇
つゆばれ梅雨晴　夏一六〇
つゆはれま梅雨晴間　夏一六〇
つゆびえ梅雨冷　夏一四四
つゆやけ梅雨夕焼　夏一五七
つよごち強東風　春四八
つよしも強霜　冬四〇三
*つらら氷柱　冬四一五
つりしのぶ釣忍　夏一八八
*つる鶴　冬四六七
つるべおとし釣瓶落し　秋二七七
*つわのはな石蕗の花　冬四八五
つわぶきのはな石蕗の花　冬四八五

て

でーじーデージー　春二三
*でぞめ出初　新五四九
でぞめしき出初式　新五四九
てっちりてつちり　冬四七五
てっぽうゆり鉄砲百合　夏二五二
でむしでむし　夏三一
てはなび手花火　夏一九七
*てぶくろ手袋　冬四二七
*てまり手毬　新五三九
てまり手鞠　新五三九
てまりうた手毬唄　新五三九
てまりつく手毬つく　新五三九
でみず出水　夏一六五
でめきん出目金　夏二一八
でらうぇあデラウェア　秋三四六
てりは照葉　秋三五二
てんがいばな天蓋花　秋三七六
でんがく田楽　春六四
*てんかふん天瓜粉　夏一八五
てんかふん天花粉　夏一八五
でんきもうふ電気毛布　冬四二四
てんしぎょ天使魚　夏二一八
てんたかし天高し　秋二七九
でんでんむしでんでんむし　夏三一
*てんとうむし天道虫　夏三二五
てんとむしてんとむし　夏三二五
てんぼ展墓　秋三三〇

と

*とういす籐椅子　夏一八四
とうかしたし灯火親し　秋二九九
とうかしたしむ灯火親しむ　秋二九九
*とうがらし唐辛子　秋三六七
とうがらし蕃椒　秋三六七
とうがん冬瓜　秋三六三
とうきび唐黍　秋三六八
とうこ凍湖　冬四一四
とうこう登高　秋三一三
*とうこう冬耕　冬四四五
*とうじ冬至　冬三八八
とうじばい冬至梅　冬四八〇
とうじぶろ冬至風呂　冬四三一
とうじゆ冬至湯　冬四三一
*とうせい踏青　春七三
とうせいき桃青忌　冬四六二
どうだんつつじ満天星躑躅　春二一〇
どうだんのはな満天星の花　春二一〇
とうてい冬帝　冬三八四
とうてん冬天　冬三九九
とうねいす籐寝椅子　夏一八四
*とうみん冬眠　冬四六五
とうむしろ籐莚　夏一八三
*とうもろこし玉蜀黍　秋三六八

とうれい　618

*とうれい冬麗　冬二六七
*とうろう灯籠　秋二〇〇
とうろう蟷螂　秋二一一
*とうろうながし灯籠流し　秋四三三
とおかじ遠火事　冬四〇六
とおかすみ遠霞　春七
とおかのきく十日の菊　秋二三三
*とおしがも通し鴨　冬二六七
とおはなび遠花火　夏二二〇
*とかげ蜥蜴　夏二二
とぎょ渡御　夏二〇
*ときわぎおちば常盤木落葉　夏二六
どくきのこ毒茸　秋二六一
どくたけ毒茸　秋三一
どくだみどくだみ　夏二四四
どくだみのはなどくだみの花　夏二四四
とこなつづき常夏月　夏四五
*ところてん心太　夏四四
*とざん登山　夏一六一
とさんぐち登山口　夏二九五
とさんぐつ登山靴　夏二九五
とざんごや登山小屋　夏二九五

とざんどう登山道　夏一六一
とざんぼう登山帽　夏二九五
としあく年明く　新五〇〇
としあゆむ年歩む　冬四〇〇
としあらた年新た　新五〇〇
としあらたまる年改まる　新五〇〇
*としおくる年送る　新五〇〇
としおしむ年惜しむ　冬四〇〇
としおとこ年男　冬二九〇
としきたる年来る　新五〇〇
*としくる年暮る　冬二六八
としこし年越　冬二六八
*としこしそば年越蕎麦　冬二六八
*としざけ年酒　新五〇三
としたつ年立つ　新五〇〇
*としだま年玉　新五〇〇
としつまる年詰まる　冬二六八
*としながる年流る　冬四〇〇
*としのいち年の市　冬二六八
としのいちのいち歳の市　冬二六八
としのうちの内　冬二六九
としのうちねん年の内　冬二六九
*としのくれ年の暮　冬二六九
としのさけ年の酒　新五〇三

としのせ年の瀬　冬二六九
としのはて年の果　冬二六九
としのまめ年の豆　冬四〇七
としのよ年の夜　冬三九九
としはじめ年始め　新五〇〇
*としまもる年守る　新五〇〇
としむかう年迎ふ　新五〇〇
としもる年守る　冬四〇〇
*としよい年用意　冬四〇〇
*としよりのひ年寄りの日　秋三三五
*としわすれ年忘　冬三三五
*とそ屠蘇　新五三六
とそいわう屠蘇祝ふ　新五三六
どてあおむ土手青む　春二六
とのさまがえる殿様蛙　春二六
とのさまばった殿様ばった　秋二九〇
*とびこみ飛び込み　夏五〇
とぶさまつ鳥総松　新五五〇
どぶろくどぶろく　秋三五
*どよう土用　夏二四九
どようあけ土用明　夏二四九
どよういり土用入　夏二四九

*どよううなぎ土用鰻　夏一八一
どようさぶろう土用三郎　夏一四九
どようじろう土用次郎　夏一四九
どようたろう土用太郎　夏一四九
*どようなみ土用波　夏一六七
どようぼし土用干　夏一八九
とよのあき豊の秋　秋三〇三
とらふぐ虎河豚　冬四七五
とりおどし鳥威し　秋三〇三
*とりかえる鳥帰る　春九三
とりかぜ鳥風　春四八
とりくもに鳥雲に　春九三
*とりくもにいる鳥雲に入る　春九三
*とりぐもり鳥曇　春四八
*とりさかる鳥交る　春九四
とりつるむ鳥つるむ　春九四
*とりのいち酉の市　冬四五八
とりのこい鳥の恋　春九四
*とりのす鳥の巣　春九五
とりひく鳥引く　春九三
とりわたる鳥渡る　秋三三五
どんぐり団栗　秋三五五
とんどとんど　新五五四
どんどどんど　新五五四
どんどたくどんど焚く　新五五四
どんどやくどんど焼く　新五五四
とんばうとんばう　秋三三五
*とんぼ蜻蛉　秋三三五

な

なえぎいち苗木市　春七〇
*なえぎうう苗木植う　春七〇
なえふだ苗札　春六九
ながいも薯蕷　秋三六六
ながいも長薯　秋三六六
ながきひ永き日　春二四
ながきよ長き夜　秋二七二
ながさきき長崎忌　夏二〇八
ながしびな流し雛　春八〇
ながつき長月　秋二六七
ながづゆ長梅雨　夏一七七
なかて中稲　秋三六七
ながれぼし流れ星　秋二八三
*なきぞめ泣初　新五三〇
なぐさのめ名草の芽　春一一八
なごし夏越　夏二〇七
*なごしのはらえ名越の祓　夏二〇七
なごりのつき名残の月　秋二八二
*なし梨　秋三四五
なしうり梨売　秋三四五
なしえん梨園　秋三四五
なしがり梨狩　秋三四五
なしさく梨咲く　春一一三
*なしのはな梨の花　春一一三
*なす茄子　夏二五一
*なずな薺　新五六三
なずなうつ薺打つ　新五五二
なずなうり薺売　新五六三
なずながゆ薺粥　新五五二
*なずなのはな薺の花　春一三一
なすのうま茄子の馬　秋三一九
なすのはな茄子の花　夏二五一
なすびなすび　夏二五一
*なたねづゆ菜種梅雨　春五三
なたねまく菜種蒔く　秋三〇六
*なだれ雪崩　春六〇
*なつ夏　夏一四二
なつあらし夏嵐　夏一五六
なつうぐいす夏鶯　夏二一六

なつおしむ夏惜しむ　夏一五三
なつおちば夏落葉　夏二三六
なつおわる夏終る　夏一五三
なつかぜ夏風邪　夏二〇二
なつかわ夏川　夏一六五
なつかん夏柑　春一二三
なつき夏木　夏二三五
なつきざす夏きざす　夏一四二
なつきたる夏来る　夏一四四
*なつくさ夏草　夏二三六
なづけ菜漬　冬四三五
なつごおり夏氷　夏一八〇
*なつこだち夏木立　夏二三五
*なつごろも夏衣　夏一七二
*なつざしき夏座敷　夏一八二
なつじお夏潮　夏一六六
なつぞら夏空　夏一五四
なつたつ夏立つ　夏一四四
なつちょう夏蝶　夏二三一
なっとじる納豆汁　冬四三三
なつどとう夏怒濤　夏一六六
なつにいる夏に入る　夏一四四
なつね夏嶺　夏一六五
なつの夏野　夏一六五
*なつのうみ夏の海　夏一六六
*なつのかぜ夏の風邪　夏二〇二
なつのかも夏の鴨　夏二一七
*なつのかわ夏の川　夏一六五
なつのくも夏の雲　夏一五四
なつのしお夏の潮　夏一六六
*なつのそら夏の空　夏一五四
*なつのちょう夏の蝶　夏二三一
*なつのつき夏の月　夏一五五
なつのなみ夏の波　夏一六六
*なつのはて夏の果　夏一五三
なつのはま夏の浜　夏一六六
なつのみさき夏の岬　夏一六六
なつのみね夏の嶺　夏一六五
*なつのやま夏の山　夏一六五
なつのよ夏の夜　夏一四九
なつのれん夏暖簾　夏一八三
なつはじめ夏はじめ　夏一四二
なつはつ夏果つ　夏一五三
なつはらえ夏祓　夏二〇七
なつふかし夏深し　夏一四七
なつふく夏服　夏一七二
なつぼう夏帽　夏一七五
*なつぼうし夏帽子　夏一七五
なつまけ夏負け　夏二〇三
なつまつり夏祭　夏二〇七
*なつみかん夏蜜柑　春一二三
*なつめく夏めく　夏一四五
*なつやすみ夏休　夏一七一
*なつやせ夏痩　夏二〇三
なつやま夏山　夏一六五
なつゆく夏行く　夏一五三
*なつりょうり夏料理　夏一七六
*なでしこ撫子　秋三七四
*ななくさ七種　新五五二
ななくさ七草　新五五二
ななくさうつ七種打つ　新五五二
ななくさがゆ七草粥　新五五二
ななくさな七草菜　新五六一
なぬか七日　新五〇四
なぬかがゆ七日粥　新五五二
*なのはな菜の花　春一三三
*なまこ海鼠　冬四七六
*なまはげなまはげ　新五五三
なまびーる生ビール　夏一七八

なまみはぎ生身剥　新五三三
なみのり波乗　夏一九六
＊なめくじ蛞蝓　夏二三一
なめくじらなめくぢら　夏二三一
なめくじりなめくぢり　夏二三一
＊なめし菜飯　春六六
ならやいなやらひ　冬四五六
＊なりひらき業平忌　夏三〇九
なるかみ鳴神　夏一五九
なるこ鳴子　秋三〇三
なんぷう南風　夏一五五

に

にいぼん新盆　秋三一九
にお藁塚　秋三〇四
にお鳰　冬四七一
におどりにほどり　冬四七一
におのうきす鳰の浮巣　夏二一六
におのす鳰の巣　夏二一六
にがつ二月　春二六
＊にげみず逃水　春五四
＊にこごり煮凝　冬四三四
にごりざけ濁り酒　秋二九五
＊にじ虹　夏一五九
にしきぎ錦木　秋三五三
にじっせいき二十世紀　秋三四五
＊にしび西日　夏一六三
にじゅうさんや二十三夜　秋二八一
にせい二星　秋三一三
＊にっきかう日記買う　冬四四四
にっきはじめ日記始　新五三五
にっきはつ日記果つ　冬四四四
にのうま二の午　春七八
にのかわり二の替　新五四三
にのとり二の酉　冬四五八
にばんちゃ二番茶　春七一
＊にひゃくとおか二百十日　秋二七〇
にひゃくはつか二百二十日　秋二七〇
＊にゅうがく入学　春六三
にゅうがくしき入学式　春六三
にゅうがくしけん入学試験　春六三
にゅうどうぐも入道雲　夏一五四
＊にゅうばい入梅　夏一四四
にらぞうすい韮雑炊　冬四三二
にわたたき庭叩　秋三一八

ぬ

＊ぬいぞめ縫初　新五三七
ぬいはじめ縫始　新五三七
ぬかか糠蛾　夏二二八
ぬかごぬかご　秋三六六
ぬくしぬくし　春三三
ぬなわ蓴　夏二六一
ぬまかる沼涸る　冬四二三

ね

ねーぶるネーブル　春一一三
ねがいのいと願の糸　秋三一三
＊ねぎ葱　冬四九四
ねぎじる葱汁　冬四三三
ねぎぞうすい葱雑炊　冬四三二
ねぎのはな葱の花　春一一四
ねぎばたけ葱畑　冬四九四
＊ねぎぼうず葱坊主　春一一四
ねこさかる猫さかる　春八八
ねこじゃらし猫じゃらし　秋三七五
＊ねこのこ猫の子　春八九
＊ねこのこい猫の恋　春八八

ねこのつま猫の妻　春八八
＊ねこやなぎ猫柳　春二八
ねしゃか寝釈迦　春八一
＊ねしょうがつ寝正月　新五四三
＊ねじろぐさ根白草　新五五四
ねずみはなびねずみ花火　夏一九七
＊ねったいぎょ熱帯魚　夏三一八
ねったいや熱帯夜　夏一五〇
ねなしぐさ根無草　夏三六一
ねはん涅槃　春八一
＊ねはんえ涅槃会　春八一
ねはんず涅槃図　春八一
ねはんぞう涅槃像　春八一
ねびえ寝冷　夏二〇三
ねぶか根深　冬四九四
＊ねぶかじる根深汁　冬四三三
ねぶのはなねぶの花　夏二五八
ねまちづき寝待月　秋二八一
＊ねむのはな合歓の花　夏二五八
ねゆき根雪　冬四〇四
＊ねわけ根分　春七一
＊ねんが年賀　新五三〇
ねんがじょう年賀状　新五三三
ねんぎょ年魚　夏二一七
ねんし年始　新五〇〇
ねんしざけ年始酒　新五二一
ねんしまわり年始廻り　新五三〇
＊ねんしゅ年酒　新五二一
ねんない年内　冬三八九
＊ねんねこねんねこ　冬四三三
ねんまつ年末　冬三八九
ねんれい年礼　新五三〇

の

＊のあそび野遊　春七三
のいちご野苺　夏二四七
のうぜん凌霄　夏二五九
のうぜん凌霄花　夏二五九
のうぜんかずらのうぜんかづら　夏二五九
＊のうぜんのはな凌霄の花　夏二五九
のうむ濃霧　秋二八八
のうりょう納涼　夏一九四
のうりょうせん納涼船　夏一九四
＊のぎく野菊　秋三七四
のこるあつさ残る暑さ　秋二六八
のこるか残る蚊　秋三三三
のこるさむさ残る寒さ　春三〇
のこるせみ残る蟬　秋三三四
のこるむし残る虫　秋三三五
のこるゆき残る雪　春五九
のこんぎく野紺菊　秋三七四
のずいせん野水仙　冬四九二
＊のちのつき後の月　秋二八二
のちのひがん後の彼岸　秋二七〇
のっぺいじるのっぺい汁　冬四三三
＊のどか長閑　春二四
のどけしのどけし　春二四
のはぎ野萩　秋三七三
のび野火　春六七
＊のぼり幟　夏二〇六
のぼりあゆ上り鮎　春九七
のやき野焼　春六七
＊のやく野焼く　春六七
＊のり海苔　春一三九
のりそだ海苔粗朶　春一三九
＊のりぞめ乗初　新五三〇
のりひび海苔篊　春一三九

のりほす海苔干す　春二三九
*のわき野分　秋二八五
のわきぐも野分雲　秋二八五
のわきご野分後　秋二八五
のわきだつ野分だつ　秋二八五
のわきばれ野分晴　秋二八五
のわけ野わけ　秋二八五

は

はあり羽蟻　夏二三〇
ばい霾　春五〇
ばいう梅雨　夏一七七
ばいう黴雨　夏一七七
ばいえん梅園　春一〇四
はいせんき敗戦忌　秋三一四
はいせんび敗戦日　秋三一四
はいちょう蠅帳　夏二二七
ばいてん霾天　春五〇
ばいりん梅林　春一〇四
ばいりん梅霖　夏一七七
はえ南風　夏一五五
*はえ蠅　夏二二七
はえよけ蠅除　夏二二七
はかあらう墓洗ふ　秋三一〇
*はかまいり墓参　秋三一〇
はかもうで墓詣　秋三一〇
*はぎ萩　秋三七三
*はきぞめ掃初　新五三八
はぎねわけ萩根分　春七一
はぎのはな萩の花　秋三七三
はぎびより萩日和　秋三七三
はくう白雨　夏一五八
*はくさい白菜　冬四九四
はくしゅう白秋　秋二六六
ばくしゅう麦秋　夏一四六
*はくしょ薄暑　夏一四五
ばくしょ曝書　夏一八九
はくしょこう薄暑光　夏一四五
はくせきれい白鶺鴒　秋三一八
はくせん白扇　夏一八七
*はくちょう白鳥　冬四七二
はくてい白帝　秋二六六
はくとう白桃　秋三四四
はくばい白梅　春一〇四
ばくふ瀑布　夏一六九
はくぼたん白牡丹　夏二四〇
ばくまくら貘枕　新五四三
はくもくれん白木蓮　春一二一
はくれんはくれん　春一二一
*はげいとう葉鶏頭　秋三五九
はご羽子　新五三八
はごいた羽子板　新五三八
*はごいたいち羽子板市　冬四五六
*はこねえきでん箱根駅伝　新五四五
はさはさ　秋三〇三
はざ稲架　秋三〇三
*はざくら葉桜　夏一三三
*はしい端居　夏二〇〇
はしがみ箸紙　新五一八
はじきまめはじき豆　夏二五〇
はしごのり梯子乗　新五四九
はしすずみ橋涼み　夏一九四
*ばしょう芭蕉　秋三七七
*ばしょうき芭蕉忌　冬四六三
ばしょうは芭蕉葉　秋三七七
ばしょうりん芭蕉林　秋三七七
はしりずみ走炭　冬四四三
はしりそば走り蕎麦　秋二九八
はしりちゃ走り茶　夏一七八

はしりづゆ走り梅雨　夏一二七
はすいけ蓮池　夏二六三
はすかる蓮枯る　冬四九八
*はすのうきは蓮の浮葉　夏二六三
はすのは蓮の葉　夏二六三
はすのはな蓮の花　夏二六三
はすのほね蓮の骨　冬四九八
はすのまきは蓮の巻葉　夏二六二
はすのみ蓮の実　秋三六三
はすのみとぶ蓮の実飛ぶ　秋三六三
はすのめし蓮の飯　秋三一九
*はぜ鯊　秋三三一
はぜ沙魚　秋三三一
ばせおきばせを忌　冬四六二
はぜつり鯊釣　秋三三一
はぜのあき鯊の秋　秋三三一
はぜのしお鯊の潮　秋三三一
はぜびより鯊日和　秋三三一
はぜもみじ櫨紅葉　秋三五二
はたはた　春七三
はたおり機織　秋三一八
*はだか裸　夏一九
はだかぎ裸木　冬四九一
はだかご裸子　夏一九
はだかまいり裸参　冬四五九
はださむ肌寒　秋二七四
はだし跣足　夏一九
はたたがみはたた神　夏一五九
はだぬぎ肌脱　夏一九
はたはた蟿螽　秋三四〇
*はたはた鰰　冬四七三
はたはた雷魚　冬四七三
はたはた鱩　冬四七三
ばたふらいバタフライ　夏一九五
はたやく畑焼く　春六七
はたらきばち働蜂　春一〇二
*はち蜂　春一〇二
はちがつ八月　秋二六六
はちがつじゅうごにち八月十五日　秋三一四
*はちじゅうはちや八十八夜　春三八
はちすはちす　夏二六三
はちのこ蜂の子　春一〇二
はちのす蜂の巣　春一〇二
*はつあかね初茜　新五〇七
はつあかり初明り　新五〇六
はつあき初秋　秋二六六
*はつあきない初商　新五三三
はつあさま初浅間　新五二一
はつあみ初網　新五三五
はつあられ初霰　冬四〇三
はついせ初伊勢　新五四六
*はついち初市　新五三三
はついちば初市場　新五三三
*はつうま初午　春七八
はつうり初売　新五三三
はつえがお初笑顔　新五三〇
はつか初蚊　春一〇三
はつがい初買　新五三四
*はつかがみ初鏡　新五三六
*はつがすみ初霞　新五〇八
*はつかぜ初風　新五〇八
はつがつお初鰹　夏二一九
*はつがま初釜　新五四一
*はつがみ初髪　新五三六
*はつがらす初鴉　新五五八
はつかり初雁　秋三二九
はつかわず初蛙　春九〇
はづき葉月　秋二六七

はづきしお葉月潮　秋二九三
はつぎんこう初吟行　新五三二
*はつくかい初句会　新五三二
はつげいこ初稽古　新五四一
*はつげしき初景色　新五二一
はつげしょう初化粧　新五三六
*はつこえ初声　新五五八
はつごおり初氷　冬四一四
*はつごよみ初暦　新五三四
はっさく八朔　春一二三
はつざくら初桜　春一〇五
はつさけ初鮭　秋三一三
はつさんが初山河　新五二一
はつさんま初さんま　秋三一三
はつしお初潮　秋二九三
はつしぐれ初時雨　冬四〇二
はつしごと初仕事　新五三一
*はつしのめ初東雲　新五〇七
*はつしばい初芝居　新五四二
はつしも初霜　冬四〇三
はつしもづき初霜月　冬三八五
*はつしゃしん初写真　新五二四
はつしょうらい初松籟　新五〇八
*はつすずめ初雀　新五五七
はつすずり初硯　新五二九
*はつずり初刷　新五三三
はつせり初糶　新五三三
はつそが初曾我　新五四二
*はつぞら初空　新五〇六
*ばった螇蚸　秋三四〇
ばった飛蝗　秋三四〇
はつたうち初田打　新五二五
はつたけ初茸　秋三八一
*はつたび初旅　新五三三
*はつだより初便　新五三三
ばったんこばったんこ　秋三〇二
はつちゃのゆ初茶湯　新五四一
はつちょう初蝶　春一〇一
*はつちょうず初手水　新五一五
はつづき初月　秋二七九
はつつくば初筑波　新五二一
はつつばめ初燕　春九二
はつてまえ初点前　新五四一
はつでんしゃ初電車　新五三〇
*はつてんじん初天神　新五五一
*はつでんわ初電話　新五三三
*はつどり初鶏　新五五八
はつなき初泣　新五三〇
*はつなぎ初凪　新五〇八
はつなずな初薺　新五六三
はつなすび初茄子　夏二五一
はつなつ初夏　夏一四三
はつにじ初虹　春四三
*はつにっき初日記　新五二五
はつね初音　春九一
はつねざめ初寝覚　新五四二
はつのぼり初幟　夏二〇六
はつのり初乗　新五三〇
*はつばしょ初場所　新五四四
*はつばと初鳩　新五五九
はつはらい初祓　新五四六
はつばり初針　新五二七
*はつはる初春　新五〇一
*はつひ初日　新五〇六
はつひえい初比叡　新五二一
はつひかげ初日影　新五〇六
はつひこう初飛行　新五三〇
はつひこう初披講　新五三一
はつひので初日の出　新五〇六

はつひばり初雲雀　春九二
*はつふじ初富士　新五二一
*はつふゆ初冬　冬三八五
はつぶろ初風呂　新五三五
はつほ初穂　秋三六七
はつぼうき初箒　新五三八
はつほたる初蛍　夏二三三
はつまいり初参　新五四六
はつみくじ初神籤　新五四六
*はつみさ初弥撒　新五五六
はつみそら初御空　新五〇六
はつむかし初昔　新五〇二
*はつもうで初詣　新五四六
はつもみじ初紅葉　秋三三二
はつやしろ初社　新五四六
はつやま初山　新五三五
はつやまいり初山入り　新五三五
*はつゆ初湯　新五三五
*はつゆき初雪　冬四〇五
はつゆどの初湯殿　新五三五
はつゆみ初弓　新五四八
*はつゆめ初夢　新五四二
はつらい初雷　春五一
*はつりょう初漁　新五三五
はつわらい初笑　新五三〇
はつわらび初蕨　春一三三
*はな花　春一〇六
はなあおい花葵　夏二七七
はなあかり花明り　春一〇六
はなあしび花馬酔木　春一〇九
はなあぶ花虻　春一〇三
はなあやめ花あやめ　夏二四三
はなあんず花杏　春一一四
はないかだ花筏　春一〇六
はなうつぎ花卯木　夏二三七
はなおしろい花白粉　秋三六〇
はながい花貝　春九九
はなかげ花影　春一〇六
はなかぜ鼻風邪　冬四五一
はながるた花がるた　新五三七
はなぎり花桐　夏二三八
*はなぐもり花曇　春四七
はなぐり花栗　夏二四〇
*はなごおり花氷　夏一八六
*はなござ花茣蓙　夏一八三
*はなごろも花衣　春六三
はなざかり花盛り　春一〇六
*はなしょうぶ花菖蒲　夏二四三
はなすすき花芒　秋三七三
はなすみれ花菫　春一二九
はなそば花蕎麦　秋三六九
はなだいこ花大根　春一二四
はなだいこん花大根　春一二四
*はなだねまく花種蒔く　春六九
はなだより花便り　春一〇六
*はなづかれ花疲れ　春七七
はなつばき花椿　春一〇四
はなな花菜　春一二三
はななずな花薺　春一二一
はなねむ花合歓　夏二五八
*はなの花野　秋二九〇
はなのあめ花の雨　春一〇六
はなのうたげ花の宴　春七六
はなのくも花の雲　春一〇六
はなのちり花の塵　春一〇六
はなのひる花の昼　春一〇六
はなのやど花の宿　春一〇六
はなばたけ花畑　秋二九〇
はなははに花は葉に　夏二三三

*はなび　花火　夏一九七
はなひいらぎ　花柊　冬四八四
*はなびえ　花冷　春三三
はなびし　花火師　夏一九七
はなびと　花人　春七六
はなびわ　花枇杷　冬四八六
はなふぶき　花吹雪　春一〇六
はなふよう　花芙蓉　秋三四四
はなぼけ　花木瓜　春一二五
はなまつり　花祭　春八三
ぱなまぼう　パナマ帽　夏一七五
*はなみ　花見　春七六
はなみかん　花蜜柑　夏二三九
はなみきゃく　花見客　春七六
はなみだい　花見鯛　春九六
はなみどう　花御堂　春八三
はなみもざ　花ミモザ　春一〇八
はなむくげ　花木槿　秋三四三
はなむしろ　花筵　春七六
はなやつで　花八手　冬四八六
はなりんご　花林檎　春一一四
*はぬけどり　羽抜鶏　夏二二三
はぬけどり　羽抜鳥　夏二二三
はね　羽子　新五三八
はねぎ　葉葱　冬四九四
はねずみ　跳炭　冬四四三
*はねつき　羽子つき　新五三八
はねびより　羽子日和　新五三八
はねぶとん　羽根蒲団　冬四三三
*ははのひ　母の日　夏二〇四
*はぼたん　葉牡丹　冬四九三
はまおもと　浜万年青　夏三五四
*はまぐり　蛤　春九八
はまぐりつゆ　蛤つゆ　春九八
はまちどり　浜千鳥　冬四七〇
*はまなす　玫瑰　夏三五三
はまなす　浜茄子　夏三五三
はまひるがお　浜昼顔　夏三五六
*はまや　破魔矢　新五四八
はまゆう　浜木綿　夏三五四
*はまゆうのはな　浜木綿の花　夏三五四
はまゆみ　破魔弓　新五四八
*はも　鱧　夏二一九
はものかわ　鱧の皮　夏二一九
はやぶさ　隼　冬四六五
はやりかぜ　流行風邪　冬四五一
*ばら　薔薇　夏二四一
ばらえん　薔薇園　夏二四一
ぱらそる　パラソル　夏一八九
はらみうま　孕馬　春八八
はらみねこ　孕猫　春八八
はらみばし　孕み箸　新五一八
はららご　はららご　秋三三三
*はりくよう　針供養　春七八
*はる　春　春二六
はるあけぼの　春曙　春三六
*はるあさし　春浅し　春二一
*はるあつし　春暑し　春四〇
はるあらし　春嵐　春五〇
*はるいちばん　春一番　春四九
はるいりひ　春入日　春四三
はるうれい　春愁　春七六
はるおしむ　春惜しむ　春四〇
*はるおちば　春落葉　春一三〇
はるか　春蚊　春一〇三
はるがさね　春襲　新五三六
はるがすみ　春霞　春四七
*はるかぜ　春風　春四九
*はるぎ　春着　新五三六

はるぎ春著　新五二六
はるきざす春きざす　春三一
はるきたる春来る　春二七
はるくる春暮る　春二九
はるご春蚕　春一〇三
はるこーと春コート　春六三
はるごおり春氷　春六〇
はるこそで春小袖　新五二六
*はるごたつ春炬燵　春六七
*はるごま春駒　春八八
*はるさむ春寒　春三〇
はるさむし春寒し　春三〇
*はるさめ春雨　春五三
はるしばい春芝居　新五四二
はるしょーる春ショール　春六三
*はるぜみ春蟬　春一〇三
はるぞら春空　春四三
*はるた春田　春五八
はるたく春闌く　春二九
はるたつ春立つ　春二七
はるちかし春近し　冬三九六
はるつげどり春告鳥　春九一
はるどなり春隣　冬三九六
はるともし春ともし　春六六
はるの春野　春五六
はるのあけぼの春の曙　春三六
はるのあさ春の朝　春三六
はるのあめ春の雨　春五三
はるのうま春の馬　春八八
*はるのうみ春の海　春五七
*はるのか春の蚊　春一〇三
はるのかぜ春の風　春四九
*はるのかわ春の川　春五七
*はるのくさ春の草　春一二七
*はるのくも春の雲　春四三
*はるのくれ春の暮　春二七
はるのこま春の駒　春八八
はるのしお春の潮　春五七
*はるのそら春の空　春四三
*はるのつき春の月　春四四
はるのどろ春の泥　春五九
はるのなみ春の波　春五七
*はるのにじ春の虹　春四三
*はるのの春の野　春五六
*はるのひ春の日　春四二
はるのひ春の灯　春六六
はるのひる春の昼　春三六
*はるのふく春の服　春六三
*はるのほし春の星　春四五
*はるのみず春の水　春五六
*はるのやま春の山　春五五
*はるのやみ春の闇　春四六
はるのゆう春の夕　春三七
はるのゆうやけ春の夕焼け　春四三
*はるのゆき春の雪　春五三
はるのゆめ春の夢　春七五
*はるのよ春の夜　春三八
*はるのよい春の宵　春三七
はるのらい春の雷　春五一
*はるはやて春疾風　春五〇
はるひ春日　春四三
はるひかげ春日影　春四三
*はるひがさ春日傘　春六四
*はるふかし春深し　春三九
はるふく春更く　春三九
はるぼこり春埃　春五一
*はるまつ春待つ　冬三九六
*はるまつり春祭　春八一
はるまんげつ春満月　春四四

＊はるめく春めく　春二二
＊はるやすみ春休　春一七
＊はるゆうべ春夕べ　春三七
はるゆうやけ春夕焼　春四三
＊ばれんたいのひバレンタインの日　春八三
ばれんたいんでーバレンタインデー　春八三
＊ばんか晩夏　夏一四七
ばんかこう晩夏光　夏一四七
ばんぐせつ万愚節　春八〇
はんげ半夏　夏一四六
はんげあめ半夏雨　夏一四六
＊はんげしょう半夏生　夏一四六
ぱんじーパンジー　春一一九
ばんしゅう晩秋　秋二七五
はんせんぎ半仙戯　春七五
ばんそう晩霜　春五三
＊はんみょう斑猫　夏二三五
ばんりょう晩涼　夏一五一
＊ばんりょく万緑　夏二三四

ひ

＊ひあしのぶ日脚伸ぶ　冬三九六
ひーたーヒーター　冬四一
びーちぱらそるビーチパラソル　夏一九六
ひいなひな　春七九
ひいらぎさす柊挿す　冬四五六
＊ひいらぎのはな柊の花　冬四八四
＊びーる麦酒　夏一七八
びーるビール　夏一七八
ひえん飛燕　春九二
ひおおい日覆　夏一八三
ぴおーねピオーネ　秋三四六
ひか飛花　春一〇六
ひが火蛾　夏二三三
＊ひがさ日傘　夏一八九
ひがた干潟　春五八
ひがみなり日雷　夏一五九
＊ひがん彼岸　春六八
ひがんえ彼岸会　春六八
ひかんざくら緋寒桜　冬四八一
ひがんすぎ彼岸過　春六八
ひがんばな彼岸花　秋二七六
ひがんまいり彼岸参　春六八
ひき蟾　夏二二一
＊ひきがえる蟇　夏二二一
ひきがえる蟾蜍　夏二二一
ひきがも引鴨　春九三
ひきづる引鶴　春九三
ひきどり引鳥　春九三
＊ひぐらし蜩　秋二三四
ひぐらし日暮　秋二三四
ひけしつぼ火消壺　冬四四二
＊ひこいし火恋し　秋三〇一
＊ひこばえ蘖　春一一六
ひこばゆひこばゆ　春一一六
ひこぼし彦星　秋二一三
＊ひざかり日盛　夏一六三
ひさごひさご　秋二六四
＊ひじき鹿尾菜　春一三九
ひじきほすひじき干す　春一三九
ひしくい菱喰　秋三三九
ひしもち菱餅　春七九
＊ひしょ避暑　夏一九三
ひしょち避暑地　夏一九三

ひしょのやど避暑の宿　夏一九三
ひたき鶲　秋三三六
ひつじぐさ未草　夏二六二
ひつじだ穭田　秋二九一
*ひでり旱　夏一六三
ひでりぞら旱空　夏一六三
ひでりばた旱畑　夏一六三
ひでりぼし旱星　夏一六三
ひとえ単衣　夏一七三
ひとは一葉　秋三五四
ひとはおつ一葉落つ　秋三五四
ひともじ一文字　冬四九四
*ひとりしずか一人静　春一三五
*ひとりむし火取虫　夏二三三
ひとりむし灯取虫　夏二三三
ひな雛　春七九
ひなあられ雛あられ　春七九
ひなおさめ雛納め　春八〇
*ひなが日永　春二四
ひなかざり雛飾　春七九
ひなかざる雛飾る　春七九
*ひなぎく雛菊　春一二一
ひなげし雛罌粟　夏二五五

*ひなたぼこ日向ぼこ　冬四五四
ひなたぼこり日向ぼこり　冬四五四
ひなたぼっこ日向ぼつこ　冬四五四
ひなだん雛段　春七九
*ひながし雛流し　春八〇
ひなにんぎょう雛人形　春七九
*ひなまつり雛祭　春七九
ひなわうり火縄売　新五四七
ひのさかり日の盛　夏一六三
ひばく飛瀑　夏一六九
ひばち火鉢　冬四四三
*ひばり雲雀　春九二
ひばりの雲雀野　春九二
ひぼたん緋牡丹　夏二四〇
*ひまわり向日葵　夏二四七
ひみじか日短か　冬三九二
ひむし灯虫　夏二三三
ひめうつぎ姫うつぎ　夏二三七
ひめくるみ姫胡桃　秋三四八
ひめゆり姫百合　夏二五三
ひもかがみ氷面鏡　冬四一四
びやがーでんビヤガーデン　夏一七八
ひゃくじつこう百日紅　夏二五八

ひゃくじつはく百日白　夏二五八
ひゃくにんいっしゅ百人一首　新五三七
びゃくれん白蓮　夏二六三
*ひやけ日焼　夏二〇一
ひやけどめ日焼止め　夏二〇一
*ひやしんすヒヤシンス　春一三三
ひやそうめん冷索麺　夏一七六
びやほーるビヤホール　夏一七八
ひやむぎ冷麦　夏一七六
*ひややか冷やか　秋二七三
ひややっこ冷奴　夏一七六
ひゆ冷ゆ　秋二七三
ひよ鵯　秋三三六
*ひょうか氷菓　夏一八〇
ひょうかい氷海　冬四一四
ひょうこ氷湖　冬四一四
ひょうこう氷江　冬四一四
ひょうたん瓢簞　秋三六四
ひょうちゅう氷柱　夏一八六
ひょうちゅうか氷中花　夏一八六
ひょうばく氷瀑　冬四一五
びょうぶまつり屏風祭　夏二〇八

＊ひよけ日除　夏一八三
ひよどり鵯　秋三三六
ひらおよぎ平泳ぎ　夏一九五
＊ひるがお昼顔　夏二五六
ひるかじ昼火事　冬四四六
ひるかわず昼蛙　春九〇
＊ひるね昼寝　夏二〇三
ひるねざめ昼寝覚　夏二〇三
ひるのむし昼の虫　秋三三五
ひるむしろ蛭蓆　夏二六一
＊ひれざけ鰭酒　冬四二九
ひろしまき広島忌　夏二〇八
＊びわ枇杷　夏二四九
＊びわのはな枇杷の花　冬四八六

ふ

＊ふうせん風船　春七三
＊ふうりん風鈴　夏一八八
ふうりんうり風鈴売　夏一八八
ぷーるプール　夏一九五
ふかしも深霜　冬四〇三
＊ふき蕗　夏二四九
ふきながし吹流し　夏二〇六
＊ふきのとう蕗の薹　春一三五
ふきのは蕗の葉　夏二四九
ふきのはな蕗の花　春一三五
ふきのめ蕗の芽　春一三五
ふきみそ蕗味噌　春六四
ふくふく　冬四七五
＊ふぐ河豚　冬四七五
ぶぐかざる武具飾る　夏二〇五
＊ふくじゅそう福寿草　新五六一
ふくちゃ福茶　新五一五
ふぐとふぐと　冬四七五
ふぐとじるふぐと汁　冬四七五
ふくなべ福鍋　新五一六
ふぐなべ河豚鍋　冬四七五
ふくはうち福は内　冬四七七
ふくべ瓢　秋三六四
ふくまめ福豆　冬四七七
ふくみず福水　新五一五
ふくらすずめふくら雀　冬四六六
ふぐりおとしふぐりおとし　冬四七七
ふくろふくろ　冬四六八
＊ふくろう梟　冬四六八
＊ふくろかけ袋掛　夏一九二
＊ふくわかし福沸　新五一六
＊ふくわらい福笑　新五三八
ふけい噴井　夏一六九
ふけまちづき更待月　秋二八一
＊ふじ藤　春一二一
ふじだな藤棚　春一二一
ふじなみ藤浪　春一二一
ふじのはな藤の花　春一二一
ふじのひる藤の昼　春一二一
ふじふさ藤房　春一二一
＊ぶそんき蕪村忌　冬四六三
ふたえにじ二重虹　夏一五九
ふたりしずか二人静　春一三五
ふつか二日　新五〇三
ふつかづき二日月　秋二七九
＊ふっかつさい復活祭　春八四
ふづき文月　秋二六七
＊ぶっしょうえ仏生会　春八三
＊ぶっぽうそう仏法僧　夏二二五
ふではじめ筆始　新五三九
＊ぶどう葡萄　秋三四六
ぶどうえん葡萄園　秋三四六
ぶどうがり葡萄狩　秋三四六

ぶどうだな葡萄棚　秋三四六
*ふところで懐手　冬四五三
*ふとばし太箸　新五一八
*ふとん蒲団　冬四三三
ふとん布団　冬四三三
ふとんほす蒲団干す　冬四三三
*ふなあそび船遊　夏一九四
ふなせがき船施餓鬼　秋三一一
*ふなむし舟虫　夏三三〇
ふなむし船虫　夏三三〇
*ふぶき吹雪　冬四〇六
ふぶく吹雪く　冬四〇六
*ふみづき文月　秋二六七
*ふゆ冬　冬三八四
ふゆあかね冬茜　冬四〇八
ふゆうがき富有柿　秋三四五
ふゆうらら冬うらら　冬三八七
ふゆおわる冬終る　冬三九六
ふゆがすみ冬霞　冬四〇八
*ふゆがまえ冬構　冬四三七
ふゆがらす冬鴉　冬四六七
*ふゆがれ冬枯　冬四九一
ふゆかわ冬川　冬四一三
*ふゆき冬木　冬四九〇
ふゆきかげ冬木影　冬四九〇
ふゆぎく冬菊　冬四九一
ふゆきたる冬来る　冬三八六
ふゆきみち冬木道　冬四九〇
ふゆぎり冬霧　冬四〇八
ふゆぎんが冬銀河　冬三九九
*ふゆくさ冬草　冬四九六
ふゆぐも冬雲　冬三九九
ふゆこだち冬木立　冬四九〇
*ふゆごもり冬籠　冬四三八
ふゆざくら冬桜　冬四八一
*ふゆざしき冬座敷　冬四四〇
ふゆざるる冬ざるる　冬三八六
*ふゆざれ冬ざれ　冬三八六
*ふゆじたく冬支度　秋三〇二
ふゆしょうぐん冬将軍　冬三八四
ふゆすすき冬芒　冬四九七
ふゆすずめ冬雀　冬四六六
*ふゆすみれ冬菫　冬四八二
*ふゆそうび冬薔薇　冬四八二
ふゆぞら冬空　冬三九九
*ふゆた冬田　冬四一一
ふゆたつ冬立つ　冬三八六
ふゆたみち冬田道　冬四一一
*ふゆちかし冬近し　秋二七六
ふゆちょう冬蝶　冬四七七
ふゆつく冬尽く　冬三九六
ふゆつばき冬椿　冬四八四
ふゆどなり冬隣　秋二七六
ふゆともし冬灯　冬四三九
ふゆどり冬鳥　冬四七二
ふゆなみ冬波　冬四一三
ふゆにいる冬に入る　冬三八六
ふゆの冬野　冬四一一
ふゆのいずみ冬の泉　冬四一二
ふゆのうぐいす冬の鶯　冬四六六
*ふゆのうみ冬の海　冬四一三
*ふゆのうめ冬の梅　冬四八〇
ふゆのかわ冬の川　冬四一二
*ふゆのきり冬の霧　冬四〇八
ふゆのくさ冬の草　冬四九六
ふゆのくも冬の雲　冬三九九
*ふゆのそら冬の空　冬三九九
*ふゆのたき冬の滝　冬四一五
*ふゆのちょう冬の蝶　冬四七七

*ふゆのつき冬の月　冬四〇〇
*ふゆのとり冬の鳥　冬四七三
ふゆのなみ冬の波　冬四一三
ふゆのはえ冬の蠅　冬四七八
*ふゆのはち冬の蜂　冬四七八
ふゆのはま冬の浜　冬四一三
*ふゆのひ冬の日　冬三九八
*ふゆのひ冬の灯　冬四三九
*ふゆのほし冬の星　冬三九九
*ふゆのみず冬の水　冬四一二
ふゆのもや冬の靄　冬四〇八
*ふゆのやま冬の山　冬四一〇
*ふゆのゆうやけ冬の夕焼　冬四〇八
*ふゆのよ冬の夜　冬三九二
*ふゆのらい冬の雷　冬四〇七
ふゆばち冬蜂　冬四七八
ふゆはつ冬果つ　冬三九六
ふゆばら冬薔薇　冬四八二
*ふゆばれ冬晴　冬三九八
ふゆひ冬日　冬三九八
ふゆひなた冬日向　冬三九八
ふゆびより冬日和　冬三九八
ふゆぼう冬帽　冬四二六
*ふゆぼうし冬帽子　冬四二六
ふゆほくと冬北斗　冬三九九
ふゆぼたん冬牡丹　冬四九二
ふゆまんげつ冬満月　冬四〇〇
ふゆみかづき冬三日月　冬四〇〇
ふゆもえ冬萌　冬四九六
ふゆもや冬靄　冬四〇八
*ふゆやかた冬館　冬四三八
*ふゆやすみ冬休　冬四一七
ふゆやま冬山　冬四一〇
ふゆゆやけ冬夕焼　冬四〇八
ふゆようい冬用意　秋三〇二
*ふよう芙蓉　秋三四四
ふらここふらここ　春七五
ぶらんこぶらんこ　春七五
*ぶり鰤　冬四七四
ぶりおこし鰤起し　冬四〇七
ぷりむらプリムラ　春一一三
ふるおうぎ古扇　夏一八七
ふるくさ古草　春一二九
ふるす古巣　春九五
ふるすだれ古簾　夏一八四
ふるにっき古日記　冬四四四
ふるびな古雛　春七九
*ふろふき風呂吹　冬四三四
ふろふきだいこん風呂吹大根　冬四三四
*ぶんかのひ文化の日　秋三一六
*ふんすい噴水　夏一八二
ぶんぶんぶんぶん　夏二三四

へ

へいあんまつり平安祭　秋三一八
へいけぼたる平家蛍　夏二三三
*へちま糸瓜　秋三六四
へちまき糸瓜忌　秋三三三
へちまだな糸瓜棚　秋三六四
べにがい紅貝　春九九
べにつばき紅椿　春一〇四
べにはぎ紅萩　秋三七三
べにはす紅蓮　夏二六三
べにばら紅薔薇　夏二四一
べにふよう紅芙蓉　秋三四四
*へび蛇　夏二二二
*へびあなにいる蛇穴に入る　秋三三五
へびあなをいず蛇穴を出づ　春二七

＊へびきぬをぬぐ蛇衣を脱ぐ　夏二一三
へびのから蛇の殻　夏二一三
へびのきぬ蛇の衣　夏二一三
ぺんぺんぐさぺんぺん草　春一三一
＊へんろ遍路　春八二
へんろがさ遍路傘　春八二
へんろづえ遍路杖　春八二
へんろやど遍路宿　春八二

ほ

＊ぽいんせちあポインセチア　冬四八三
ほうしぜみ法師蟬　秋三三四
＊ほうせんか鳳仙花　秋三六一
ほうそう芳草　春一二七
ぼうたんぼうたん　夏二四〇
ほうちょうはじめ包丁始　新五三八
ほうねん豊年　秋三〇三
ぼうねんかい忘年会　冬四二〇
ぼうふら孑孑　夏二二七
ほうらい蓬萊　新五一三
＊ほうれんそう菠薐草　春一二五
ほおおちば朴落葉　冬四八九
＊ほおずき鬼灯　秋三六〇
ほおずき酸漿　秋三六〇
＊ほおずきいち鬼灯市　夏二〇六
＊ほおのはな朴の花　夏二三八
ほぐさ穂草　秋三七一
＊ぼけのはな木瓜の花　春一二五
ほこ鉾　夏二〇八
ほこたて鉾立　夏二〇八
ほこまち鉾町　夏二〇八
ほしあい星合　秋三一二
ほしうめ干梅　夏一七
ほしこよい星今宵　秋三一二
ほしざけ干鮭　冬四三五
ほしさゆ星冴ゆ　冬三九五
ほしさゆ星冴ゆ　冬三九九
ほじそ穂紫蘇　夏二五一
＊ほしづきよ星月夜　秋二八二
ほしづくよ星月夜　秋二八二
ほしとぶ星飛ぶ　秋二八三
ほしながる星流る　秋二八三
ほしのこい星の恋　秋三一二
ほしのちぎり星の契　秋三一二
ほしぶとん干蒲団　冬四三三
ほしまつり星祭　秋三一二
ほしまつる星祭る　秋三一二
ほしむかえ星迎　秋三一二
ぼしゅん暮春　春一三九
ぼせつ暮雪　冬四〇四
ほた榾　冬四四三
ほたび榾火　冬四四三
＊ほたる蛍　夏二一三
＊ほたるいか蛍烏賊　春九八
ほたるかご蛍籠　夏二一三
ほたるがり蛍狩　夏二一三
ほたるぐさ蛍草　秋三七九
ほたるび蛍火　夏二一三
＊ほたるぶくろ蛍袋　夏二五三
＊ぼたん牡丹　夏二四〇
ぼたんえん牡丹園　夏二四〇
ぼたんなべ牡丹鍋　冬四三三
ぼたんゆき牡丹雪　春五三
＊ほちゅうあみ捕虫網　夏一九
ほちゅうもう捕虫網　夏一九
＊ほとけのざ仏の座　新五六三
＊ほととぎす時鳥　夏二一四
ほととぎす子規　夏二一四
ほととぎす不如帰　夏二一四

ほととぎす杜鵑　夏二一四
ほととぎす杜宇　夏二一四
ぽぴーぽぴー　夏二五五
ぼや小火　冬四四六
ほりごたつ掘炬燵　冬四四一
ぼろいちぼろ市　冬四一八
ぼん盆　秋三一九
ぼんいち盆市　秋三一八
ぼんおどり盆踊　秋三〇八
ぼんじたく盆支度　秋三一八
ぼんそう盆僧　秋三一九
ぼんぢょうちん盆提灯　秋三〇〇
ぼんどうろう盆灯籠　秋三〇〇
ぼんなみ盆波　秋二九三
ぼんのいち盆の市　秋三一八
ぼんのつき盆の月　秋二七九
ぼんばい盆梅　春一〇四
ぼんようい盆用意　秋三一八

ま

*まいぞめ舞初　新五四一
まいたけ舞茸　秋三八一
まいはじめ舞始　新五四一
まいわし真鰯　秋三二一
まがき真牡蠣　冬四七七
まがも真鴨　冬四六九
まがん真雁　秋三三九
まくず真葛　秋三七三
まくずはら真葛原　秋三七三
*まくなぎ蠛蠓　夏二一八
まくわうり甜瓜　夏二五〇
まくわうり真桑瓜　夏二五〇
まけごま負独楽　新五三九
ましじみ真蜆　春一〇〇
ますかっとマスカット　秋三四六
*ますくマスク　冬四三七
まぜまぜ　夏一五五
まだら真鱈　冬四七三
まつあけ松明　新五〇四
*まつおさめ松納　新五四九
まつおちば松落葉　夏二三六
まつかざり松飾　新五一三
まつかざる松飾る　冬四一九
まつかふん松花粉　春一一七
*まつすぎ松過　新五〇四
まつぜみ松蟬　春一〇三

まつたけ松茸　秋三八一
*まつたけめし松茸飯　秋二九七
*まっていれ松手入　秋三〇一
まつとる松取る　新五四九
まつなぬか松七日　新五〇三
*まつのうち松の内　新五〇三
まつのしん松の芯　春一一六
*まつのはな松の花　春一一七
まつばがに松葉蟹　冬四七六
まつむし松虫　秋三三七
まつよい待宵　秋二八一
まつよいぐさ待宵草　夏二五六
*まつり祭　夏二〇七
まつりごろも祭衣　夏二〇七
まつりだいこ祭太鼓　夏二〇七
まつりちょうちん祭提灯　夏二〇七
まつりはも祭鱧　夏二一九
まつりばやし祭囃子　夏二〇七
まつりぶえ祭笛　夏二〇七
まとはじめ的始　新五四八
*まないたはじめ俎始　新五三八
まびきな間引菜　秋三六六
まふらーマフラー　冬四三六

まむし蝮　夏三三
まめうち豆打　冬四七七
まめごはん豆御飯　夏一七七
*まめのはな豆の花　春一二四
まめひく豆引く　秋三六九
まめほす豆干す　秋三六九
*まめまき豆撒　冬四七七
まめむしろ豆莚　秋三六九
まめめいげつ豆名月　秋二八二
*まめめし豆飯　夏一七七
まやだしまやだし　春六七
*まゆ繭　夏一九二
まゆかき繭掻　夏一九二
まゆだま繭玉　新五五二
まゆほす繭干す　夏一九二
まるはだか丸裸　夏一九九
まんげつ満月　秋二八〇
*まんざい万歳　新五三六
まんざいたゆう万歳太夫　新五三六
まんざいらく万歳楽　新五三六
*まんじゅしゃげ曼珠沙華　秋三七六
まんとマント　冬四二五
まんりょう万両　冬四九三

み

みうめ実梅　夏二四八
みかづき三日月　秋二七九
みかわまんざい三河万歳　新五三六
*みかん蜜柑　冬四八八
*みかんのはな蜜柑の花　夏三三九
みかんやま蜜柑山　冬四八八
みくさおう水草生ふ　春一三七
みこし神輿　夏二〇七
みざくろ実柘榴　秋三四七
みざけ身酒　冬四三九
みさはじめ弥撒始　新五五六
*みじかよ短夜　夏一四九
みずあおい水葵　夏二六一
*みずあそび水遊　夏一九七
みずうつ水打つ　夏一九〇
みずがい水貝　夏一七六
*みずかる水涸る　冬四三
*みずぎ水着　夏一七四
*みずくさおう水草生ふ　春一三七
みずくさもみじ水草紅葉　秋三五二
みずすましみづすまし　夏三三六

*みずすむ水澄む　秋二九二
みずでっぽう水鉄砲　夏一九七
みずとり水取　春八二
*みずとり水鳥　冬四六九
*みずぬるむ水温む　春五七
みずのあき水の秋　秋二九二
みずのはる水の春　春五六
*みずばしょう水芭蕉　夏二六〇
みずばな水洟　冬四五二
みずはも水鱧　夏二一九
みずひきそう水引草　秋三八〇
*みずひきのはな水引の花　秋三八〇
みずまき水撒　夏一九〇
みせんりょう実千両　冬四九三
*みそかそば晦日蕎麦　冬四二一
みそぎ御禊　夏二〇七
みぞれ霙　冬四〇三
みだれはぎ乱れ萩　秋三七二
みちおしえ道をしへ　夏二二五
みっか三日　新五〇三
みつばち蜜蜂　春一〇一
みどりさす緑さす　夏二二三
みどりたつ緑立つ　春一一六

みなしぐり虚栗　秋三四七
*みなづき水無月　夏一四八
*みなみ南風　夏一五五
みなみかぜ南風　夏一五五
みなみふく南吹く　夏一五五
みにしむ身に入む　秋二七三
みねぐも峯雲　夏一五四
*みのむし蓑虫　秋三四三
みのむしなく蓑虫鳴く　秋三四三
みのりだ稔り田　秋二九一
みまんりょう実万両　冬四九三
みみずく木菟　冬四六八
*みみずなく蚯蚓鳴く　秋三四一
*みもざミモザ　春一〇八
*みやこどり都鳥　冬四七一
みやずもう宮相撲　秋三〇八
みやまりんどう深山竜胆　秋三七八
みゆき深雪　冬四〇四
みゆきばれ深雪晴　冬四〇四
みんみんみんみん　夏二二六

む

むいか六日　新五〇三
むかえび迎火　秋三三〇
むかご零余子　秋三六六
むかごめし零余子飯　秋三六六
*むぎ麦　夏二四七
むぎあおむ麦青む　春一二七
むぎあき麦秋　夏一四六
むぎあらし麦嵐　夏一五六
むぎうち麦打　夏一九一
*むぎかり麦刈　夏一九一
むぎぐるま麦車　夏一九一
むぎこき麦扱　夏一九一
*むぎちゃ麦茶　夏一七九
*むぎのあき麦の秋　夏一四六
むぎのくろほ麦の黒穂　夏二四七
むぎのほ麦の穂　夏二四七
むぎばたけ麦畑　夏二四七
むぎぶえ麦笛　夏一九八
むぎぼこり麦埃　夏一九一
むぎゆ麦湯　夏一七九
むぎわら麦稈　夏一九一
むぎわら麦藁　夏一九一
むぎわらとんぼ麦藁とんぼ　秋三三五
むぎわらぼうし麦稈帽子　夏一七五
むく椋鳥　秋三六六
*むくげ木槿　秋三四三
むくどり椋鳥　秋三六六
むげつ無月　秋二八〇
*むし虫　秋三三五
むしうり虫売　秋三三五
むしかご虫籠　秋三三五
むししぐれ虫時雨　秋三三五
むしすだく虫集く　秋三三五
むしだしのらい虫出しの雷　春五一
むしのあき虫の秋　秋三三五
むしのこえ虫の声　秋三三五
むしのね虫の音　秋三三五
むしのやみ虫の闇　秋三三五
むしはらい虫払　夏一八九
*むしぼし虫干　夏一八九
むしゃにんぎょう武者人形　夏二〇五
*むすびこんぶ結昆布　新五二〇
むつき睦月（冬）　新五〇〇
むつのはな六の花　冬四〇四
むてき霧笛　秋二八八
むらさきしじみ紫蜆　春一〇〇
むらしぐれ村時雨　冬四〇二

むらしばい村芝居　秋三〇九
むらまつり村祭　秋三一七
*むろざき室咲　冬四八三
むろのはな室の花　冬四八三

め

*めいげつ名月　秋二八〇
めいじせつ明治節　秋三一六
めかりどき目借時　春三五
めかりぶね若布刈舟　春一二八
めぐむ芽ぐむ　春一二五
めじか牝鹿　秋三一四
めだき女滝　夏一六九
めだち芽立ち　春一二五
めばり目貼　冬四三六
めびな女雛　春七九
めぶく芽吹く　春一二五
めまといめまとい　夏三三八
めろんメロン　夏三五〇

も

*もうふ毛布　冬四三四
*もがりぶえ虎落笛　冬四〇一
*もきちき茂吉忌　春八五
もぐさ艾草　春一三六
もくしゅく苜蓿　春一三〇
*もくせい木犀　秋三四三
*もくれん木蓮　春一一一
*もず鵙　秋三三〇
もず百舌鳥　秋三三〇
もずのこえ鵙の声　秋三三〇
もずのにえ鵙の贄　秋三三〇
もずびより鵙日和　秋三三〇
もち餅　冬四二八
もちぐさ餅草　春一三六
もちくばり餅配　冬四二八
もちごめあらう餅米洗ふ　冬四二八
*もちつき餅搗　冬四二八
もちづき望月　秋二八〇
*もちばな餅花　新五三二
もちむしろ餅莚　冬四二八
もどりづゆ戻り梅雨　夏一七七
ものだね物種　春六八
もみ籾　秋三〇三
もみおろし籾おろし　春六八
*もみじ紅葉　秋三五二
もみじ黄葉　秋三五二
もみじかつちる紅葉且つ散る　秋三五二
*もみじがり紅葉狩　秋三一〇
もみじがわ紅葉川　秋三五二
もみじざけ紅葉酒　秋三一〇
もみじみ紅葉見　秋三一〇
もみじやま紅葉山　秋三五二
もみずもみづ　秋三五二
*もも桃　秋三一四
ももちどり百千鳥　春九四
もものせっく桃の節句　春七九
*もものはな桃の花　春一二三
もものみ桃の実　秋三一四
もろがえり蒼鷹　冬四六五
もろこしもろこし　秋三六八
もんしろちょう紋白蝶　春一〇一

や

やえざくら八重桜　春一〇五
やえつばき八重椿　春一〇四
やえやまぶき八重山吹　春一一三
*やがく夜学　秋二九四

やがくせい夜学生　秋二九四
やがっこう夜学校　秋二九四
＊やきいも焼藷　冬四三一
やきいも焼芋　冬四三一
やきいもや焼藷屋　冬四三一
やきぐり焼栗　秋三四七
やきはまぐり焼蛤　春九八
やぎょう夜業　秋三〇五
やくおとし厄落し　冬四七七
＊やくはらい厄払　冬四七七
やくび厄日　秋二七〇
やくもうで厄詣　冬四七七
やけの焼野　春六七
＊やこうちゅう夜光虫　夏二三三
＊やしょく夜食　秋二九六
やちぐさ八千草　秋三七〇
やつがしら八頭　秋三六五
やっこだこ奴凧　春七三
＊やつでのはな八手の花　冬四八六
やつでのはな八つ手の花　冬四八六
＊やどかり寄居虫　春二〇〇
＊やなぎ柳　春二一八
やなぎばし柳箸　新五二八

やばい野梅　春一〇四
やぶか藪蚊　夏二三七
やぶこうじ藪柑子　冬四九三
やぶじらみ藪虱　秋三七五
やぶつばき藪椿　春一〇四
やまあり山蟻　夏二三〇
やまいも山芋　秋三六六
やまうつぎ山うつぎ　夏二三七
やまかがし赤棟蛇　夏二二一
やまかじ山火事　冬四四六
やまがに山蟹　夏二三〇
やまぐり山栗　秋三四七
やまざくら山桜　春一〇五
やましたたる山滴る　夏一六五
やましみず山清水　夏一六九
やまつつじ山躑躅　春一一〇
やまつばき山椿　春一〇四
やまとなでしこ大和撫子　秋三七四
やまとまんざい大和万歳　新五三六
＊やまねむる山眠る　冬四一〇
やまのぼり山登り　夏一九五
やまはぎ山萩　秋三七二
＊やまはじめ山始　新五三五

＊やまぶき山吹　春一一三
やまふじ山藤　春一一一
やまほこ山鉾　夏二〇八
やまやく山焼く　春六七
やまゆり山百合　夏二五三
やまよそおう山粧ふ　秋二九〇
＊やまわらう山笑ふ　春五五
やみじる闇汁　冬四三三
やもり守宮　夏二二一
ややさむやや寒　秋二七四
＊やよい弥生　春二九
＊やよいじん弥生尽　春四〇
やりばね遣羽子　新五三八
やりょう夜涼　夏一五一
やればしょう破芭蕉　秋三五七
＊やれはす敗荷　秋三六三
やれはす破蓮　秋三六三
やれはちす破蓮　秋三六三
やんまやんま　秋三三五

ゆ

ゆうあられ夕霰　冬四〇三
ゆうえい遊泳　夏一九五

ゆうがすみ夕霞　春四〇七
ゆうかわず夕蛙　春九〇
ゆうぎり夕霧　秋二八八
ゆうげしょう夕化粧　秋三六〇
ゆうごち夕東風　春四八
ゆうざくら夕桜　春一〇五
ゆうしぐれ夕時雨　冬四〇三
ゆうすげ夕菅　夏二五四
ゆうすず夕涼　夏一五一
ゆうすずみ夕涼み　夏一九四
ゆうぜみ夕蟬　夏三三六
ゆうせん遊船　夏一九四
ゆうたきび夕焚火　冬四四五
*ゆうだち夕立　夏一五八
ゆうちどり夕千鳥　冬四七〇
ゆうづき夕月　秋二七九
ゆうづきよ夕月夜　秋二七九
ゆうにじ夕虹　夏一五九
ゆうのわき夕野分　秋二八五
ゆうはしい夕端居　夏二〇〇
ゆうもみじ夕紅葉　秋三五三
*ゆうやけ夕焼　夏一六一
ゆうやけぐも夕焼雲　夏一六一
ゆうやけぞら夕焼空　夏一六一
ゆうれいばな幽霊花　秋三七六
*ゆかた浴衣　夏一七三
ゆかたびら湯帷子　夏一七三
ゆかだんぼう床暖房　冬四四一
*ゆき雪　冬四〇四
ゆきあかり雪明り　冬四〇四
*ゆきあそび雪遊　冬四四九
ゆきうさぎ雪兎　冬四四九
ゆきおこし雪起し　冬四〇七
*ゆきおろし雪下し　冬四三九
ゆきおろし雪卸　冬四三九
ゆきおんな雪女　冬四〇六
ゆきかき雪搔　冬四三九
ゆきがこい雪囲　冬四三七
ゆきがっせん雪合戦　冬四四九
ゆきげ雪解　春六〇
ゆきげかぜ雪解風　春六〇
ゆきげがわ雪解川　春六〇
ゆきげしき雪景色　冬四〇四
ゆきげみず雪解水　春六〇
ゆきけむり雪煙　冬四〇六
ゆきしまき雪しまき　冬四〇六
*ゆきじょろう雪女郎　冬四〇六
*ゆきだるま雪達磨　冬四四九
ゆきつぶて雪礫　冬四四九
*ゆきつり雪吊　冬四三八
*ゆきどけ雪解　春六〇
ゆきのこる雪残る　春五九
ゆきばれ雪晴　冬四〇四
ゆきばんば雪婆　冬四七八
ゆきぼたる雪蛍　冬四七八
ゆきほてい雪布袋　冬四四九
ゆきぼとけ雪仏　冬四四九
ゆきまろげ雪丸げ　冬四四九
ゆきみしょうじ雪見障子　冬四四〇
ゆきめがね雪眼鏡　冬四五〇
*ゆきもよい雪催　冬四〇五
*ゆきやなぎ雪柳　春一一〇
ゆきやま雪山　冬四一〇
*ゆくあき行く秋　秋二七六
ゆくあき逝く秋　秋二七六
*ゆくとし行く年　冬三九〇
ゆくなつ行く夏　夏一五三
*ゆくはる行く春　春四〇
*ゆざめ湯ざめ　冬四五一

*ゆず柚子　秋三五〇
ゆずのみ柚子の実　秋三五〇
ゆずぶろ柚子風呂　冬四三一
*ゆずゆ柚子湯　冬四三一
*ゆずりは楪　新五六二
ゆだちゆだち　夏一五八
ゆだちかぜ夕立風　夏一五八
ゆだちぐも夕立雲　夏一五八
ゆたんぽ湯たんぽ　冬四四四
ゆでぐり茹栗　秋三四七
*ゆどうふ湯豆腐　冬四三〇
*ゆみはじめ弓始　新五四八
ゆめいわい夢祝　新五四三
ゆやけゆやけ　夏一六一
*ゆり百合　夏二五三
ゆりかもめ百合鷗　冬四七一
ゆりのめ百合の芽　春一一八

よ

よいみや宵宮　夏二〇七
よいやみ宵闇　秋二八一
ようかてん養花天　春四七
ようなし洋梨　秋三四五
よか余花　夏一三三
よかん余寒　春三〇
よぎり夜霧　秋二八八
よくぶつ浴仏　春八三
よこしぐれ横時雨　冬四〇二
よざくら夜桜　春一〇五
よさむ夜寒　秋二七四
よしごと夜仕事　秋三〇五
よしず葭簀　夏一八三
よしすだれ葭簾　夏一八四
よしも夜霜　冬四〇三
よすずみ夜涼み　夏一九四
*よせなべ寄鍋　冬四三三
よたきび夜焚火　冬四四五
よっか四日　新五〇三
よつゆ夜露　秋二八九
*よなが夜長　秋二七三
*よなべ夜なべ　秋三〇五
よねこぼす米こぼす　新五三〇
よのあき夜の秋　夏一五三
よばいぼし夜這星　秋二八三
よひら四葩　夏二四三
よぼしのうめ夜干の梅　夏一七七
*よみせ夜店　夏一九六
*よみぞめ読初　新五二九
よみはじめ読始　新五二九
*よめがきみ嫁が君　新五五七
よめな嫁菜　秋三七四
*よもぎ蓬　春一三六
よもぎう蓬生　春一三六
よもぎつむ蓬摘む　春一三六
よもぎもち蓬餅　春六五
*よるのあき夜の秋　夏一五三
よわのはる夜半の春　春三八
よわのふゆ夜半の冬　冬三九二

ら

らい雷　夏一五九
らいう雷雨　夏一五九
らいめい雷鳴　夏一五九
*らいらっくライラック　春一〇九
らがーラガー　冬四五〇
らがーまんラガーマン　冬四五〇
らくがん落雁　秋三一九
らくだい落第　春六二
*らぐびーラグビー　冬四五〇

らくらい落雷　夏一五九
＊らっか落花　春一〇六
らっぱすいせん喇叭水仙　春一三〇
らふらんすラ・フランス　秋三四五
らむねラムネ　夏一七九
らんおう乱鶯　夏二一六
らんちゅう蘭鋳　夏二一八

り

りか梨花　春一一三
＊りっか立夏　夏一一四
りっか六花　冬四〇四
＊りっしゅう立秋　秋二六八
＊りっしゅん立春　春一七
りっしゅんだいきち立春大吉　春一七
＊りっとう立冬　冬三八六
りゅうかん流感　冬四五一
りゅうきん琉金　夏二一八
りゅうじょ柳絮　春一一八
＊りゅうせい流星　秋二八三
りゅうとう流灯　秋三三三
りゅうとうえ流灯会　秋三三三
りゅうのすけき龍之介忌　夏二二〇
＊りゅうのたま竜の玉　冬四八七
りゅうのひげのみ竜の髯の実　冬四八七
＊りゅうひょう流氷　春六一
りょう猟　冬四四六
りょうあらた涼新た　秋二六九
りょうかいきん猟解禁　冬四四六
りょうき猟期　冬四四六
りょうけん猟犬　冬四四六
りょうじゅう猟銃　冬四四六
りょうはじめ漁始　新五三五
りょうふう涼風　夏一五一
りょうや良夜　秋二八〇
＊りょくいん緑陰　夏二三四
りょくや緑夜　夏二三三
りらリラ　春一〇九
りらのはなリラの花　春一〇九
＊りんご林檎　秋三四六
＊りんごのはな林檎の花　春一一四
＊りんどう竜胆　秋三七八

る

るりびたき瑠璃鶲　秋三一六

れ

れいじつ麗日　春三三
れいじゃ礼者　新五三〇
＊れいぼう冷房　夏一八六
れいぼうしゃ冷房車　夏一八六
＊れもん檸檬　秋二五一
＊れんぎょう連翹　春一〇八
れんげ蓮華　夏二六三
れんげそう蓮華草　春一三〇

ろ

＊ろ炉　冬四四三
ろあかり炉明り　冬四四三
＊ろうおう老鶯　夏二一六
ろうげつ臘月　冬三八八
ろうじんのひ老人の日　秋三二五
ろうばい老梅　春一〇四
＊ろうばい蠟梅　冬四八一
ろうばい臘梅　冬四八一

ろがたり炉語り　冬四四三
ろくがつ六月　夏一四三
ろばなし炉話　冬四四三
ろび炉火　冬四四三

わ

わかあし若蘆　春一三八
*わかあゆ若鮎　春九七
わかい若井　新五一五
わかかえで若楓　夏二三五
*わかくさ若草　春一二九
わかごま若駒　春八八
わかさのい若狭の井　春八二
わかざり輪飾　新五一三
わかしお若潮　新五一五
*わかたけ若竹　夏二四六
*わかな若菜　新五六一
わかなかご若菜籠　新五六一
わかなつ若夏　夏一四三
わかなつみ若菜摘　新五六一
わかなの若菜野　新五六一
*わかば若葉　夏二三五
わかばあめ若葉雨　夏二三五
わかばかぜ若葉風　夏二三五
わかばさむ若葉寒　夏二三五
わかまつ若松　春一一六
*わかみず若水　新五一五
わかみずおけ若水桶　新五一五
わかみずくみ若水汲　新五一五
*わかみどり若緑　春一一六
*わかめ若布　春一三八
わかめ和布　春一三八
わかめがり若布刈　春一三八
わかやなぎ若柳　春一二八
わかゆ若湯　新五二五
わかれが別れ蚊　秋三三三
*わかれじも別れ霜　春五三
わきん和金　夏二一八
わくらば病葉　夏二三六
*わさび山葵　春一二六
わさびざわ山葵沢　春一二六
わさびだ山葵田　春一二六
わさびのめ山葵の芽　春一二六
わし鷲　冬四六五
わすれおうぎ忘れ扇　秋二九九
わすれぐさ忘草　夏二五四
*わすれなぐさ勿忘草　春二二
わすればな忘れ花　冬四八〇
わせ早稲　秋三〇三
わせ早稲　秋三六七
*わたむし綿虫　冬四七八
*わたりどり渡り鳥　秋三三五
*わらいぞめ笑初　新五三〇
わらづか藁塚　秋三〇四
*わらび蕨　春一三三
*われもこう吾亦紅　秋三七七

今はじめる人のための
俳句歳時記　第三版
角川書店＝編

令和7年 1月25日　初版発行

発行者●山下直久

発行●株式会社KADOKAWA
〒102-8177　東京都千代田区富士見2-13-3
電話　0570-002-301（ナビダイヤル）

角川文庫 24515

印刷所●株式会社暁印刷
製本所●本間製本株式会社

表紙画●和田三造

Printed in Japan
ISBN 978-4-04-400776-8　C0192

◇◇◇

角川文庫発刊に際して

角川源義

第二次世界大戦の敗北は、軍事力の敗北であった以上に、私たちの若い文化力の敗退であった。私たちの文化が戦争に対して如何に無力であり、単なるあだ花に過ぎなかったかを、私たちは身を以て体験し痛感した。西洋近代文化の摂取にとって、明治以後八十年の歳月は決して短かすぎたとは言えない。にもかかわらず、近代文化の伝統を確立し、自由な批判と柔軟な良識に富む文化層として自らを形成することに私たちは失敗して来た。そしてこれは、各層への文化の普及滲透を任務とする出版人の責任でもあった。

一九四五年以来、私たちは再び振出しに戻り、第一歩から踏み出すことを余儀なくされた。これは大きな不幸ではあるが、反面、これまでの混沌・未熟・歪曲の中にあった我が国の文化に秩序と確たる基礎を齎らすためには絶好の機会でもある。角川書店は、このような祖国の文化的危機にあたり、微力をも顧みず再建の礎石たるべき抱負と決意とをもって出発したが、ここに創立以来の念願を果すべく角川文庫を発刊する。これまで刊行されたあらゆる全集叢書文庫類の長所と短所とを検討し、古今東西の不朽の典籍を、良心的編集のもとに、廉価に、そして書架にふさわしい美本として、多くのひとびとに提供しようとする。しかし私たちは徒らに百科全書的な知識のジレッタントを作ることを目的とせず、あくまで祖国の文化に秩序と再建への道を示し、この文庫を角川書店の栄ある事業として、今後永久に継続発展せしめ、学芸と教養との殿堂として大成せんことを期したい。多くの読書子の愛情ある忠言と支持とによって、この希望と抱負とを完遂せしめられんことを願う。

一九四九年五月三日

角川ソフィア文庫ベストセラー

角川ソフィア文庫ベストセラー

決定版　名所で名句　鷹羽狩行

地名が季語と同じ働きをすることもある。そんな名句を全国に求め、俳句界の第一人者が名解説。旅先の地名も、住み慣れた場所の地名も、風土と結びついて句を輝かす。地名が効いた名句をたっぷり堪能できる本。

金子兜太の俳句入門　金子兜太

「季語にとらわれない」「生活実感を表す」「主観を吐露する」など、句作の心構えやテクニックを82項目にわたって紹介。俳壇を代表する俳人・金子兜太が、独自の俳句観をストレートに綴る熱意あふれる入門書。

芭蕉のこころをよむ　「おくのほそ道」入門　尾形仂

『おくのほそ道』完成までの数年間に芭蕉は何を追い求めたのか。その創作の秘密を解き明かし、俳諧ひと筋に生きた芭蕉の足跡と、〝新しみ〟や〝軽み〟を常とした作句の精神を具体的かつ多角的に追究する。

季語うんちく事典　編／新海均

俳句歳時記には載っていない、面白くて意外で、ちょっと余分な（!?）季語のトリビア200超が大集合！季語ということばの趣きと豊かさを感じながら、句友との話題も盛り上がる、愉快でためになる事典。

季語ものしり事典　編／新海均

「竹は木？　それとも草？」「除夜の鐘はなぜ108回？」等々、歳時記には載っていない豆知識が満載！めくって愉しい、知って納得、俳句作りにも（少し）役立つ、大好評の『季語うんちく事典』兄弟編。

角川ソフィア文庫ベストセラー

雪月花のことば辞典
編著／宇田川眞人

人びとの心情と文化、歴史が結晶した雪月花のことば全２４７１項目を三部構成で収録。古今東西の自然と暮らし、祭りと習俗、詩歌や伝説に触れながら、詩情あふれることばとの出会いを愉しめる、極上の辞典！

飯田蛇笏全句集
飯田蛇笏

郷里甲斐の地に定住し、雄勁で詩趣に富んだ俳句を詠み続けた蛇笏。その作品群は現代俳句の最高峰として他の追随を許さない。第一句集『山廬集』から遺句集『椿花集』まで全9冊を完全収録。解説・井上康明

西東三鬼全句集
西東三鬼

鬼才と呼ばれた新興俳句の旗手、西東三鬼。「水枕ガバリと寒い海がある」「中年や遠くみのれる夜の桃」反戦やエロスを大胆かつモダンな感性で詠んだ句は今なお刺激的である。貴重な自句自解を付す全句集！

橋本多佳子全句集
橋本多佳子

女心と物語性に満ちた句で、戦後俳壇の女流スターと称された多佳子。その全句を眺めるとき、生をみつめる厳しい眼差しと天賦の感性に圧倒される。全五句集に自句自解、師・山口誓子による解説を収録！

飯田龍太全句集
飯田龍太

伝統俳句の中心的存在として活躍、昭和俳句史に厳然とその名を刻む飯田龍太。全十句集に拾遺、自句自解抄、年譜、解説、季語索引を付す、初の文庫版全句集！

角川ソフィア文庫ベストセラー

角川ソフィア文庫ベストセラー